GEGREPEN

Van Dean Koontz zijn verschenen:

Het Franciscus komplot*
Motel van de angst*
Weerlicht*
Middernacht*
Het kwade licht*
De stem van de nacht*
Het koude vuur*
Fantomen*
Dienaren van de schemering*
Onderaards*
Het masker*
Monsterklok*
Ogen der duisternis*
Mr. Murder*
Wintermaan*
Duistere stromen*
In de val
Het Visioen*
IJskerker*
Eeuwig vuur*
Tiktak*
De sadist*
De overlevende*
Duivelszaad*
Vrees niets*
Grijp de nacht*
Verbrijzeld*
Het Huis van de Donder*
Gezicht van de angst*
Geheugenfout*
De deur naar december*
Gefluister*
Schemerogen*
Schaduwvuur*
Schemerzone*
Verblind*
Huiveringen*
Verlossing*
Bij het licht van de maan*
Spiegel van de ziel*
De gave
Gegrepen*
Tijd van leven
De nachtmerrie
De vriendschap
De echtgenoot
De broeder

Over Dean Koontz is verschenen:

De biografie* *(door Harrie Kemps)*

*In POEMA-POCKET verschenen

DEAN KOONTZ

GEGREPEN

POEMA
POCKET

Vierde druk

Oorspronkelijke titel: *The Taking*
Vertaling: Cherie van Gelder
Omslagontwerp: Edd, Amsterdam
Omslagfotografie: Frits van den Assem

ISBN 978 90 210 0292 7

www.boekenwereld.com & www.poemapocket.com

Dit boek is opgedragen aan Joe Stefko, een fantastische drummer, uitgever van chique speciale edities, en hondenliefhebber... Drie eigenschappen die hem een stoel in de hemel bezorgen. Dan maken die rare voeten ook niets meer uit.

Als je alleen bent in het midden van de nacht en je schrikt wakker, badend in het zweet en in doodsangst...

T.S. Eliot, *Fragment van een Agon*

deel een

'Mijn begin is gelijk mijn einde.'
T.S. Eliot, *East Coker*

1

Vlak na één uur 's ochtends begon het zonder waarschuwing hard te regenen. De zondvloed ging niet gepaard met onweer en er was geen wind. De stortbui was zo onverwacht en zo hevig dat je onwillekeurig moest denken aan een angstaanjagende onweersbui in een droom.

Molly Sloan, die naast haar man in bed lag, had zich al voor de plotselinge wolkbreuk onrustig gevoeld. Terwijl ze naar de gutsende regen lag te luisteren, voelde ze zich steeds minder op haar gemak.

Het noodweer sprak met vele stemmen, alsof het een boze menigte was die in een vergeten taal leuzen scandeerde. Regenvlagen ranselden en belaagden de houten wanden en het dak alsof ze zich toegang probeerden te verschaffen.

September in Zuid-Californië was tot dan toe altijd een droge maand geweest, onderdeel van een lange periode van voorspelbare droogte. Na maart regende het tot december vrijwel nooit meer. In natte maanden kon het geroffel van de regendruppels op het dak als een prima middel tegen slapeloosheid fungeren. Maar vannacht slaagde de muziek van het water er niet in haar in slaap te wiegen en dat was niet alleen omdat het rond deze tijd eigenlijk nooit regende.

Slapeloosheid was voor Molly de afgelopen paar jaar maar al te vaak de prijs geweest die ze moest betalen voor een niet vervulde ambitie. Als de zandman zijn opwachting niet wenste te maken, lag ze naar het duistere plafond van de slaapkamer te staren, piekerend over hoe het had kunnen zijn en verlangend naar wat misschien nooit zou gebeuren.

Ze was inmiddels achtentwintig en had vier romans gepubliceerd. Ze hadden stuk voor stuk goede recensies gehad, maar er was niet één boek bij waarvan voldoende exemplaren waren verkocht om haar beroemd te maken of zelfs maar te garanderen dat ze geen enkele moeite zou hebben een uitgever te vinden voor het volgende.

Haar moeder, Thalia, een schrijfster van verlicht proza, had aan het begin gestaan van een bloeiende carrière toen ze op haar dertigste aan kanker overleed. Nu, zestien jaar later, waren haar boeken niet langer leverbaar en was het stempel dat ze op de wereld had gedrukt vrijwel uitgewist.

Molly leefde voortdurend in de vrees dat zij het voorbeeld van haar moeder zou volgen. Niet dat ze overdreven bang was om dood te gaan; het was eigenlijk vooral het idee dat ze zou overlijden voordat ze de kans had gehad zich door haar werk onsterfelijk te maken.

Naast haar lag Neil zacht te snurken, zonder iets van het noodweer te merken.

Hij sliep altijd binnen een minuut nadat zijn hoofd het kussen raakte en zijn ogen dichtvielen. En hij werd 's nachts vrijwel nooit wakker. Als hij acht uur later – uitgerust en verkwikt – zijn ogen weer opendeed, lag hij in dezelfde houding als waarin hij in slaap was gevallen. Neil beweerde dat alleen onschuldigen zo prima konden slapen.

Molly noemde het de slaap van de slampamper. In de zeven jaar dat ze getrouwd waren, hadden ze een verschillend besef van tijd gehad. De toekomst hield haar net zo bezig als het heden, omdat ze voortdurend voor ogen had wat ze wilde bereiken en constant nadacht over de weg die ze moest volgen om het hoge ideaal waar ze naar streefde te bereiken. Haar sterke drijfveer was altijd gespannen.

Neil leefde bij het moment. Wat hem betrof, lag volgende week in de verre toekomst en hij vertrouwde erop dat de tijd hem daar wel zou brengen, of hij nu plannen maakte voor die reis of niet. Ze leken evenveel op elkaar als muizen en manestralen.

Als je naging hoe groot hun verschil van karakter was, deed de liefde die ze voor elkaar voelden onwerkelijk aan. Maar toch was liefde de band die hen samenhield, de pezige vezels die hun de kracht gaven om teleurstellingen en zelfs tragedies te verwerken.

Tijdens Molly's aanvallen van slapeloosheid was het ritmische gesnurk van Neil, ook al was het niet luid, vaak net zo'n aanslag op hun liefde als overspel zou zijn geweest. Nu werd het geluid dat hij maakte, overstemd door de herrie van de striemende regen, zodat Molly een nieuw mikpunt voor haar ergernis had.

De herrie van de hoosbui nam nog steeds toe, tot het leek alsof ze midden in de ronkende machine zaten die het universum aandreef.

Een paar minuten over twee stapte Molly uit bed zonder het licht aan te doen. Bij een raam dat door de uitstekende rand van het dak tegen de regen werd beschermd, keek ze door haar spookachtige spiegelbeeld naar de windloze moesson buiten.

Hun huis stond hoog in de San Bernardino Mountains, omringd door verschillende soorten naaldbomen zoals de *Ponderosa*'s met hun opvallende stammen vol spleten en naden.

Op dit uur lagen vrijwel al hun buren in bed. Door het gordijn van dennen en de aanhoudende stortbui was er op de hellingen boven Black Lake maar één stel verlichte ramen te zien. Het huis van de familie Corrigan. Harry Corrigan had afgelopen juni Calista verloren, de vrouw met wie hij vijfendertig jaar getrouwd was geweest. Toen ze een weekendje bij haar zus Nancy in Redondo Beach logeerde, was Calista in haar Honda naar een geldautomaat gereden om tweehonderd dollar te pinnen. Ze was beroofd en vervolgens in het gezicht geschoten. Daarna was Nancy uit de auto gesleurd en tweemaal beschoten. En toen de twee gewapende dieven zich in de Honda uit de voeten maakten, hadden ze haar ook nog eens overreden. Nu, drie maanden na de begrafenis van Calista, lag Nancy nog steeds in coma.

Terwijl Molly naar slaap hunkerde, deed Harry zijn uiterste

best om iedere nacht wakker te blijven. Hij zei dat hij gek werd van zijn dromen.

In de zondvloed leken de verlichte ramen van Harry's huis op de navigatielichten van een schip ver weg op een woelige zee, een van die legendarische spookschepen waarvan de passagiers en de bemanning verdwenen waren terwijl de reddingsboten nog steeds op hun plaats hingen. In de kantine van de bemanning zou het eten onaangeroerd op tafel staan. En in de stuurhut zou de lievelingspijp van de kapitein smeulend op de kaartentafel liggen te wachten tot iemand hem op zou pakken.

Molly's fantasie was op gang gekomen en het zou haar niet gemakkelijk vallen die weer tot zwijgen te brengen. Als ze last had van slapeloosheid lag ze af en toe letterlijk te woelen in de knellende omhelzing van literaire inspiratie.

Beneden, in haar werkkamer, lagen vijf hoofdstukken van haar nieuwe boek, die bijgeschaafd moesten worden. Misschien zou ze rustig genoeg worden om in slaap te vallen als ze een paar uurtjes aan het manuscript werkte.

Haar kamerjas hing als een gordijn om de rug van een stoel bij het bed. Ze schoot hem aan en knoopte de ceintuur dicht.

Op weg naar de deur drong het ineens tot haar door dat ze goed kon zien waar ze liep, ook al was het licht niet aan. Dat ze zich in het donker zo gemakkelijk bewoog, viel niet helemaal te verklaren uit het feit dat ze al uren wakker had gelegen en dat de ogen waarmee ze naar het plafond had liggen staren inmiddels wel aan het duister gewend waren. Het vage licht dat door de ramen naar binnen viel en op die manier iets van de duisternis in de slaapkamer verdreef, kon niet afkomstig zijn van het huis van Harry Corrigan, dat een stuk verder naar het zuiden lag. Ze zag niet meteen waar het wel vandaan kwam.

De maan ging schuil achter regenwolken. Buiten waren de tuinlampen uit en hetzelfde gold voor het licht op de veranda. Ze liep weer terug naar het raam en keek verbaasd naar het valse glimmen van de regen. Een eigenaardige natte glans zorgde ervoor dat de takken van de dichtstbijzijnde dennen duidelijker zichtbaar waren dan ze hadden moeten zijn.

IJzel? Nee. In het donker zou het scherpe prikken van ijsregen een ratelender geluid hebben gemaakt dan het fluisterende geroffel van deze herfstachtige hoosbui.

Ze drukte haar vingertoppen tegen de ruit. Het glas was koel maar niet koud.

Vallende regen kon soms een zilverachtig aanzien krijgen als er in de omgeving een lichtbron was. Maar dat was nu niet het geval. De regen zelf leek vaag lichtgevend, alsof elke druppel een fluorescerend kristal was. De duisternis werd tegelijkertijd versluierd en onthuld door strengen zwak glimmende kralen.

Toen Molly vanuit de slaapkamer naar de overloop liep, viel er door twee bolle dakramen een zacht schijnsel naar binnen dat het donker van zwart in grijs veranderde, waardoor ze de trap duidelijk kon zien. Boven haar hoofd werd het regenwater dat over het bolle plexiglas omlaag gutste, verlevendigd door stralende sliertjes die deden denken aan spiraalnevels die over de koepel van een planetarium scheerden.

Ze ging de trap af en liep door naar de keuken met behulp van het vreemde regenlicht dat door de ramen naar binnen viel.

Af en toe verwelkomde ze haar slapeloosheid in plaats van ertegen te vechten en dan zette ze 's nachts een pot koffie om mee te nemen naar haar bureau in de werkkamer. Dan raakte ze zo opgefokt dat ze puntige, door cafeïne aangescherpte zinnen op papier zette met de realistische toon van uitgetikte politieverhoren.

Maar vannacht was ze van plan na korte tijd weer naar bed te gaan. Nadat ze het licht van de afzuigkap boven de kookplaat had aangeknipt, strooide ze wat vanillepoeder en kaneel in een glas melk en maakte dat warm in de magnetron.

In haar werkkamer waren de wanden bedekt met kasten vol boeken van haar lievelingsauteurs – Louise Glück, Donald Justice, T.S. Eliot, Carson McCullers, Flannery O'Connor en Dickens. Bij tijd en wijle putte ze troost en inspiratie uit een nederig gevoel van verwantschap met deze schrijvers en dichters. Maar meestal gaven ze haar het gevoel dat ze een komediant was. Of, nog erger, een bedrieger.

Haar moeder zei altijd dat iedere goede schrijfster haar eigen strengste criticus moest zijn. Molly redigeerde haar werk niet alleen met een rode pen, maar ook met een figuurlijke hakbijl. Met de eerste liet ze het bewijs van een bloederig lijden achter, met de tweede hakte ze hele stukken aan spaanders.

Neil had meer dan eens opgemerkt dat Thalia nooit had gezegd – en ook nooit had bedoeld – dat achtenswaardige kunst alleen door zelfkritiek met de scherpte van een beitel uit het rauwe materiaal van de taal kon worden gehouwen. Voor Thalia was haar werk ook haar favoriete manier van ontspanning geweest.

In een warrige wereld, waar room vaak naar de bodem zakte en de dunste melk bovenin bleef zitten, wist Molly dat ze leed aan een tekort aan logica en een overdaad aan bijgelovigheid als ze werkelijk dacht dat haar hoop op succes uitsluitend afhankelijk was van de hoeveelheid passie, pijn en poetslappen die ze in haar werk stopte. Desondanks bleef Molly als het om haar werk ging een echte puritein voor wie zelfkastijding een deugd was.

Ze liet het licht uit en zette de computer aan, maar ze ging niet meteen achter haar bureau zitten. In plaats daarvan liep ze, toen het scherm oplichtte en de muziek van het startprogramma haar welkom heette voor een nachtelijk werkuurtje, opnieuw naar het raam, aangetrokken door het onophoudelijke ritme van de regen.

Achter het raam was aan de voorkant een brede veranda. De balustrade en het uitstekende dak vormden de omlijsting voor een duister panorama van dicht op elkaar staande dennen, een vreemd verlicht spookbos uit een nare droom. Ze kon haar ogen er niet van afhouden. Het was een verontrustend uitzicht, al zou ze niet precies kunnen zeggen waarom.

De natuur kan een romanschrijver veel leren. Een van die lessen is dat niets de verbeelding zo snel en zo volledig prikkelt als een spectaculaire gebeurtenis. Sneeuwstormen, overstromingen, vulkaanuitbarstingen, wervelstormen en aardbevingen zijn juist zo fascinerend omdat ze duidelijk etaleren dat moeder natuur, behept met een bipolaire afwijking, evenzeer in staat is ons een kopje kleiner te maken als ons in leven te houden. Een afwisselend zorgzame en destructieve ouder is de hoeksteen van een aangrijpend verhaal.

Zilveren watervallen werden uitgestort over de bronzen bomen en lieten glanzende plekjes achter op stammen en takken.

Een zeldzaam mineraal bestanddeel van de regen zou misschien die vage fosforescentie kunnen veroorzaken.

Of… Aangezien het slechte weer vanuit het westen was komen aandrijven, door de verontreinigde lucht boven Los Angeles en omringende steden, had de bui daaruit misschien een heksenbrouwsel van verontreinigde stoffen gedestilleerd die samen de oorzaak vormden van dit bleke, griezelige schijnsel.

Molly besefte instinctief dat geen van beide verklaringen juist was en probeerde net een derde mogelijkheid te bedenken, toen ze opschrok van een beweging op de veranda. Ze wendde haar blik af van de bomen en keek naar de schaduwen onder de overkapping vlak achter de ruit.

Onder het raam zag ze de beweging van lage, lenige lijven. Ze waren zo geruisloos, zo vloeiend en zo mysterieus dat ze heel even een product van haar verbeelding leken: vormeloze uitingen van oerangsten.

Daarna tilde eerst een, toen twee, toen vijf hun kop op en richtten hun gele ogen op het raam om haar onderzoekend aan te kijken. Ze waren even echt als Molly zelf, alleen met scherpere tanden.

De veranda wemelde van de wolven. Ze slopen vanuit de regen het trapje op naar de planken vloer waar ze zich onder de beschutting van het dak verzamelden, alsof dit geen huis was maar een ark die over niet al te lange tijd veilig zou deinen over het wassende water van een gigantische overstroming.

2

In deze bergen, tussen de echte woestijn in het oosten en het vlakke gebied in het westen, waren wolven allang uitgestorven. Het onwelkome bezoek op de veranda was even onwerkelijk als een geestverschijning.

Toen Molly wat beter keek en besefte dat de beesten in werkelijkheid coyotes waren – die ook wel prairiewolven werden genoemd – maakte dat hun gedrag niet minder opmerkelijk dan toen ze nog per abuis had gedacht dat het om de grotere beesten ging die zo veelvuldig hun opwachting maakten in sprookjes en volksverhalen.

De eigenaardigheid van hun gedrag werd nog eens onderstreept door het feit dat ze zo stil waren. Meestal janken coyotes van opwinding als ze op jacht zijn en hun prooi achtervolgen, een gekrijs dat door merg en been gaat en even griezelig klinkt als de muziek van een *theremin*. Nu jankten ze niet, ze blaften niet, ze gromden zelfs niet.

In tegenstelling tot wolven gaan coyotes vaak alleen op jacht. Als ze zich in een groep verzamelen om een prooi te achtervolgen, vormen ze niet zulke gesloten formaties als wolven.

Op de veranda aan de voorkant was van dat soort individualistische trekjes in hun karakter echter niets te merken. Ze kropen tegen elkaar aan, flank aan flank, schouder aan schouder, en kronkelden door elkaar als een stel nerveuze, gedomesticeerde honden die geruststelling zochten bij elkaar. Toen ze

Molly achter het raam van de werkkamer zagen staan, deinsden ze niet voor haar terug en er was ook geen sprake van agressiviteit. Hun glanzende ogen, die tot nu toe altijd een wrede en bloeddorstige indruk op haar hadden gemaakt, straalden nu even weinig dreiging uit als de trouwe ogen van een huisdier. Het was zelfs zo dat de dieren haar stuk voor stuk aankeken met een onweerstaanbare blik, die ze helemaal niet bij een coyote vond passen. Ze maakten een smékende indruk.

Dat was zo onwaarschijnlijk dat ze aan haar eigen ogen begon te twijfelen. Maar toch had ze het gevoel dat niet alleen hun ogen iets smekends hadden, maar ook hun houding en hun hele gedrag. Eigenlijk had ze bang moeten zijn voor deze met scherpe tanden gewapende meute. En haar hart klopte ook inderdaad iets sneller dan gewoonlijk, maar dat was niet van angst. Het was meer een gevoel van mysterie, het feit dat ze nog nooit zoiets had gezien, dat haar bloed sneller deed stromen. De coyotes zochten kennelijk beschutting, al had Molly nog nooit meegemaakt dat een van de dieren bij de woonplaats van een mens probeerde te schuilen voor zwaar weer. Mensen vormden een grotere bedreiging voor hun soort dan alles wat hun in de natuur kon overkomen.

Daar kwam nog bij dat dit in feite toch vrij rustige en donkere noodweer niet gepaard ging met de donder en bliksem die hen misschien uit hun schuilplaats had kunnen verdrijven. Het was ongewoon weer omdat het zo'n enorme stortbui was, maar het had nog niet lang genoeg geregend om de holen van deze stoïcijnse roofdieren onder water te zetten.

Hoewel de coyotes Molly dringende blikken bleven toewerpen, was hun aandacht toch voornamelijk op het noodweer gevestigd. Met de staart tussen de poten en gespitste oren hielden de behoedzame beesten de zilveren stortvloed en het doorweekte woud zo scherp in de gaten dat ze zelfs de indruk wekten bang te zijn.

Terwijl steeds meer van hun wolfachtige soortgenoten uit de

nacht opdoken en de veranda op slopen, tuurde Molly naar de palissade van bomen om te zien wat de dieren zo ongerust had gemaakt. Ze zag niets meer dan ze al eerder had gezien: de haast lichtgevende watervallen die uit de oververzadigde lucht vielen, de bomen en de andere planten die trillend doorbogen onder de neergutsende regen die alles met een zilveren glans overgoot. Desondanks voelde ze dat haar nekharen overeind gingen staan toen ze naar het duistere woud bleef kijken. Het was net alsof een spookminnaar zijn ectoplastische lippen tegen haar huid had gedrukt. Een onverklaarbaar angstig voorgevoel deed een rilling over haar rug lopen.

Verontrust door het gevoel dat iets haar vanachter het gordijn van regen zat te begluren, stapte Molly weg bij het raam.

De monitor van de computer leek plotseling veel te helder... en te onthullend. Ze schakelde het apparaat weer uit.

Zwart en met een metalen glans stroomde en glibberde de kwikzilverachtige duisternis langs de ramen. Zelfs hier binnen leek de lucht vochtig en bedompt.

Het fosforescerende licht van het noodweer weerkaatste glanzend van een verzameling porselein, van glazen presse-papiers en van zilveren en goudkleurige fotolijstjes... De werkkamer leek op een onderzeese diepte waarin het zonlicht nooit doordrong, maar die toch vaag zichtbaar was dankzij stralende zeeanemonen en lichtgevende kwallen.

Molly werd overvallen door het verwarrende gevoel dat alles ánders was, een gevoel dat ze wel kende uit dromen maar dat haar nog nooit bekropen had wanneer ze nog wakker was.

Ze trok zich nog verder terug van het raam en liep voorzichtig naar de deur van de werkkamer die toegang gaf tot de hal.

Langzaam maar zeker, zenuw voor zenuw, kroop een gevoel van bezorgdheid door haar heen. Haar ongerustheid werd niet veroorzaakt door de coyotes op de veranda, maar door iets wat ze niet onder woorden kon brengen – een gevoel van dreiging dat zo primair was dat haar verstand het niet kon beredeneren en haar instinct alleen de vage omtrekken ervan gewaar werd.

Terwijl ze zichzelf inprentte dat ze te volwassen was om zomaar toe te geven aan een angst die kinderlijk en puberaal aandeed, liep ze toch naar de trap om naar boven te gaan en Neil wakker te maken.

Misschien wel een minuut lang bleef ze met haar hand om de onderste stijl van de trapleuning staan om na te denken over wat ze tegen hem moest zeggen als ze hem had gewekt. Alles wat ze kon bedenken, klonk op de een of andere manier net een tikje te hysterisch.

Ze maakte zich niet druk over het feit dat Neil zou denken dat ze zich aanstelde. In de zeven jaar van hun huwelijk hadden ze allebei al zo vaak domme dingen uitgehaald dat ze wel wisten wat ze aan elkaar hadden. Maar ze had een zelfbeeld opgebouwd dat haar in moeilijke tijden houvast bood en ze deed altijd haar best daar geen afbreuk aan te doen. In haar eigen ogen was ze taai en veerkrachtig, gehard door een vreselijk voorval dat haar op jonge leeftijd was overkomen, en gesterkt door verdriet; ervaringen die haar in staat stelden het hoofd te bieden aan alles wat het noodlot voor haar in petto had.

Op haar achtste was ze het slachtoffer geworden van een extreem gewelddadig voorval dat ze wonder boven wonder had overleefd en dat menig kind waarschijnlijk tientallen jaren therapie zou hebben gekost. Later, toen ze nog maar net twaalf jaar was, had een onzichtbare dief die lymfekanker heette, haar moeder van het leven beroofd.

Het grootste deel van haar leven had Molly haar ogen opengehouden voor een waarheid die de meeste mensen wel onderkenden maar hardnekkig onderdrukten: dat ieder van ons ieder moment van iedere dag, afhankelijk van het geloof dat we aanhangen, alleen maar in leven blijft met de barmhartige instemming van God of dankzij de grillen van puur geluk en de onverschilligheid van moeder natuur.

Ze luisterde naar de regen. De hoosbui klonk niet onverschillig, maar doelbewust en vastberaden.

Ze liet Neil slapen en liep weg bij de trap. De ramen werden nog steeds vaag verlicht, alsof ze de verre gloed van het noorderlicht weerkaatsten.

Hoewel haar ongerustheid langzaam maar zeker de vorm van vrees aannam, net zoals bij een opstekende wervelstorm steeds sterkere windvlagen om het doodstille oog rondtollen, liep Molly door de hal naar de voordeur.

Aan weerskanten van de deur waren hoge zijramen, met kleine, vierkante ruitjes. Daarachter lag de veranda waar ze vanuit haar kantoor naar had staan kijken.

De coyotes stonden nog steeds op een hoopje op die beschutte plek. Toen ze in de buurt van de deur kwam, draaiden een paar van de dieren zich opnieuw om en keken haar aan.

Hun angstige gehijg liet bleke pluimen op het glas achter. Vanachter die sluier van stomende adem keken hun heldere ogen haar smekend aan. Om een onverklaarbare reden was Molly ervan overtuigd dat ze deur open kon doen en bij hen kon gaan staan zonder het gevaar te lopen dat ze aangevallen werd.

Of ze nu wel of niet zo sterk was als ze zelf dacht, impulsief of roekeloos was ze zeker niet. Het fatalisme van de slangenbezweerder en zelfs de avontuurlijkheid van mensen die op vlotten een rivier vol stroomversnellingen afzakken, waren haar volkomen vreemd.

In de herfst van het jaar daarvoor, toen een bosbrand over de oostelijke flank van de berg raasde en via de top dreigde over te slaan naar het westen en omlaag naar het meer, waren zij en Neil op haar aandringen de eersten uit de buurt geweest om hun belangrijkste eigendommen in te pakken en te vertrekken. Haar scherpe besef van de vergankelijkheid van het leven had al vanaf haar jeugd een voorzichtig mens van haar gemaakt.

En toch liet ze die voorzichtigheid vaak varen als ze een boek schreef, want dan vertrouwde ze meer op haar instinct en haar gevoelens dan op haar verstand. Als ze geen risico's nam, kreeg ze niets op papier dat de moeite van het lezen waard was.

Hier in de hal, in de weerschijn van dat pseudo-noorderlicht en met de angstige blikken van de verzamelde wolfachtige dieren op de veranda op haar gericht, ademde het moment iets van mysterie, iets wat meer leek op een verzinsel dan op de werkelijkheid. Misschien was dat wel de reden waarom Molly overwoog zich op de veranda te wagen.

Ze legde haar rechterhand op de deurknop. Of liever gezegd, ze kwam tot de ontdekking dat haar hand op de deurknop lag zonder dat ze zich kon herinneren wanneer ze die precies had uitgestoken.

Het gedreun van de regen, dat van een oorverdovende herrie inmiddels was veranderd in een geluid alsof de wereld verging, had samen met het spookachtige licht een hypnotiserende uitwerking. Desondanks wist ze zeker dat ze niet in trance raakte en ook niet, zoals in een slechte film, door een of andere bovennatuurlijke macht het huis werd uitgelokt.

Ze was nog nooit zo wakker geweest, nog nooit zo helder. Instinct, gevoelens én verstand werkten nu zo volmaakt samen als ze in haar achtentwintig levensjaren maar zelden had meegemaakt.

De unieke zondvloed in september en het vreemde gedrag van de coyotes, vooral hun onkarakteristieke tamheid, waren voldoende reden voor de stelling dat gewone logica niet meer van toepassing was. Onder deze omstandigheden lag stoutmoedigheid meer voor de hand dan voorzichtigheid.

Als haar hart nog steeds was blijven bonzen, had ze de deurknop waarschijnlijk niet omgedraaid. Maar alleen al bij de gedáchte dat ze de deur zou opendoen, kwam er een vreemde kalmte over haar. Haar polsslag daalde, hoewel elke klop van haar hart haar hele lichaam deed schokken.

In sommige Chinese dialecten wordt hetzelfde woord gebruikt voor *gevaar* als voor *gelegenheid*. Op dit moment was ze meer dan ooit Chinees georiënteerd.

Ze deed de deur open. De coyotes vielen haar niet aan en gromden ook niet, ondanks hun aantal. Ze trokken niet hun lippen op. Stomverbaasd over hun gedrag en haar eigen reactie stapte Molly over de drempel de veranda op. Als makke honden maakten de coyotes plaats voor haar en ze leken blij te zijn met haar gezelschap.

Ondanks haar verbazing bleef ze toch voorzichtig en sloeg haar armen over elkaar. Maar eigenlijk had ze het gevoel dat als ze haar hand naar de beesten uit zou steken, ze er alleen maar aan zouden snuffelen en likken.

De coyotes verdeelden nerveus hun aandacht tussen Molly en het omringende bos. Hun snelle en lichte gehijg duidde niet op vermoeidheid na een lange ren, maar op acute vrees.

Iets in dat door regen doorweekte woud had hun angst aangejaagd. En die angst was kennelijk zo groot, dat ze er niet op durfden te reageren met het gebruikelijke gegrom, de opgezette nekharen en tegenaanvallen. In plaats daarvan stonden ze te trillen op hun poten en maakten zachte, onderdanige geluidjes. Hun oren lagen niet plat, wat op een agressieve reactie zou duiden, maar bleven gespitst, alsof ze ondanks het gekletter van de regen de ademhaling en de sluipende voetstappen van een gevaarlijk roofdier konden horen.

Met hun staart tussen de poten en trillende lijven bleven ze constant heen en weer lopen. Ze zagen eruit alsof ze ieder moment met hun allen op de grond konden gaan liggen, onderdanig en met de buik naar boven, in een poging de aanval van een of andere woeste vijand te voorkomen.

De coyotes streken langs Molly terwijl ze over de veranda drentelden en leken daar evenveel troost uit te putten als uit de aanraking van hun soortgenoten. Hoewel hun ogen vreemd en wild waren, zag ze in sommige ervan hoopvol vertrouwen en de behoefte aan gezelschap, een blik die normaal gesproken alleen maar in de ogen van de meest zachtaardige honden te lezen staat.

Haar verbazing maakte plaats voor verbijstering toen ze een golf van emoties voelde opwellen die ze nooit eerder had ervaren – zeker niet in deze mate – en die haar een nederig gevoel bezorgden. Een gevoel van verwondering dat bijna kinderlijk aandeed. Een haast heidens gevoel van één zijn met de natuur.

De vochtige lucht rook sterk naar natte vachten vermengd met de vage, naar ammoniak ruikende geur van muskus. Molly dacht aan Diana, de Romeinse godin van de jacht, die door kunstenaars vaak werd afgebeeld aan het hoofd van een roedel wolven die onder haar leiding over maanverlichte heuvels en velden op jacht was naar prooi. Een sterk besef van onderling verband tussen alle onderdelen van de schepping nam bezit van haar, een besef dat niet uit haar brein en ook niet uit haar hart scheen te komen, maar uit de kleinste bouwstenen van haar wezen. Het was net alsof de coyotes, de ongewone stortbui en het woud dezelfde uitwerking hadden op de minuscule stroompjes cytoplasma in de miljarden cellen van haar lichaam als de aantrekkingskracht van de maan op de oceanen van de wereld. Dit bijzonder vreemde moment was overgoten met een mystiek aspect dat zo groots en zo ongelooflijk krachtig aandeed, zo heel anders dan alles wat Molly tot dan toe had meegemaakt, dat ze overstelpt werd door een gevoel van ontzag en begon te trillen van een vreemd soort opwinding die bijna op blijdschap leek. Haar ademhaling werd snel en licht en haar knieën begonnen te knikken.

Meteen daarna werd de hele meute coyotes bekropen door een angst die nog groter was dan de vrees die hen het bos uit had gejaagd. Met ijle, wanhopige kreetjes van paniek vluchtten ze weg van de veranda.

Terwijl ze zich langs haar heen drongen, zwiepten hun natte staarten langs haar benen. Een paar keken dringend naar haar op, alsof zij de oorzaak van hun angst wel zou begrijpen en misschien in staat zou zijn hen te redden van de vijand, echt of denkbeeldig, die hen uit hun holen had verjaagd.

Dicht op elkaar gepakt om zich beter te kunnen verdedigen stoof de hele roedel het trapje af en de regen in, ditmaal niet de jagers maar de prooi.

Doorweekte, platliggende pelzen onthulden magere lijven vol botten, pezen en zenige spieren. Vroeger had ze coyotes altijd agressief en indrukwekkend gevonden, maar deze leken volledig de draad kwijt te zijn en geen besef te hebben van wat ze moesten doen. Het was bijna zielig.

Molly liep naar de trap, bleef op de bovenste tree staan en keek ze na. De neiging om achter hen aan te lopen was bijna onweerstaanbaar, ook al was het gevoel nog zo irrationeel en verontrustend.

Terwijl de coyotes door de duisternis, het woud en de rare lichtgevende regen renden, bleven ze voortdurend omkijken, langs het huis naar de toppen van de bergen. Toen ze plotseling de geur van een achtervolger leken op te snuiven, schoten ze als snelle en schichtige spoken tussen de dennenbomen door om in het niets te verdwijnen.

Verkild tot op het bot sloeg Molly haar armen over elkaar en slaakte een diepe zucht. Ze had niet eens gemerkt dat ze haar adem had ingehouden. Ze bleef strak en gespannen wachten, maar er was niets wat de roedel volgde.

In deze bergen hadden coyotes geen natuurlijke vijanden die hen konden bedreigen. De paar beren die er nog over waren, voedden zich met wilde bessen, knollen en malse wortels en ze joegen op niets groters dan vissen. En de lynxen, die de opdringende menselijke samenleving in groteren getale hadden weerstaan dan de beren, zouden nooit proberen een ander roofdier als prooi te verschalken. En ze zouden ze al helemaal niet puur voor de sport opjagen.

De muskusachtige geur van de coyotes bleef na hun vertrek

hangen. De lucht nam ook niet af, maar scheen zelfs sterker te worden.

Terwijl ze boven aan de trap bleef staan, stak Molly haar hand uit, voorbij de beschutting van het dak. Het was een koele herfstnacht, maar de glimmende regen die tussen haar vingers door glipte, voelde onverwacht warm aan. Het fosforescerende water benadrukte de rimpeltjes rond haar vingerkootjes. Ze keek naar de palm van haar hand. De hoofdlijn, de hartlijn en de levenslijn glansden helderder dan de rest van haar hand en fonkelden plots van een mysterieuze betekenis, alsof zich ineens een tot dusver onbekende zigeunerafkomst in haar had geopenbaard, compleet met het vermogen de toekomst te voorspellen uit de lijnen in haar huid.

Toen ze haar hand terugtrok uit de neergutsende regen en eraan snoof, rook ze de lucht die ze aan de coyotes had toegeschreven zelfs nog sterker dan daarvoor. Hoewel het niet lekker genoeg rook om het een parfum te noemen, was het ook geen nare geur, met evenveel subtiele variatie als de lucht in een kruidenwinkel.

Het was een aroma dat ze nooit eerder had geroken. Desondanks ontdekte ze in de ingewikkelde samenstelling van deze unieke geur een vrij simpel ingrediënt dat haar tergend bekend voorkwam. Maar hoe hardnekkiger ze probeerde achter de identiteit van die stof te komen, des te meer ontglipte de naam haar.

Hoewel de neerslag rook naar een complexe melange van parfums en exotische oliën, voelde de regen toch aan als gewoon water. Ze wreef haar duim en haar wijsvinger over elkaar zonder iets bijzonders te voelen.

Langzaam maar zeker drong tot Molly door dat ze alleen maar op de veranda bleef staan in de hoop dat de coyotes terug zouden komen. Het feit dat ze midden tussen hen in had gestaan, als een lam tussen de leeuwen, en bevend had gewacht op een openbaring die ieder moment zou kunnen komen, was een ongelooflijke ervaring geweest die ze dolgraag nog een keer wilde meemaken.

Toen de coyotes niet terugkwamen, werd ze bekropen door een onuitsprekelijk gevoel van verlies. Tegelijkertijd kreeg ze weer dat idee dat ze in de gaten gehouden werd, waardoor eerder haar nekharen overeind waren gaan staan.

Soms leek het woud in haar ogen een groene kathedraal. De enorme stammen van de dennen waren de pilaren van een groot schip en de breed uitwaaierende takken vormden graatribben en gewelven hoog boven haar hoofd.

Maar op dit moment, nu de eerbiedige stilte van het woud plaats had gemaakt voor het geluid van de wolkbreuk, leken de donkere schaduwen tussen de bomen van een heel andere aard dan in eerdere nachten. De god van déze kathedraal was de heerser der duisternis.

Molly werd opnieuw ongerust en week achteruit op de veranda, weg van de trap. Ze wendde haar blik geen moment af van het omringende bos, half en half overtuigd dat er iets vanuit de dennen op haar af zou komen vliegen, iets wat blikkertandend en een en al boosheid zou zijn.

Toen ze weer binnen was, deed ze de deur dicht. Ze vergrendelde de dievenklauw en bleef nog even bevend staan. Ze was verbaasd en verontrust over haar emotionele reactie. Een soort instinct, eerder gevoelsmatig dan verstandelijk, gaf haar het gevoel dat ze van een volwassen vrouw weer veranderd was in een overspannen jong meisje – en dat beviel haar helemaal niet.

Omdat ze per se haar handen wilde wassen, liep ze haastig naar de keuken. Toen ze bij de openstaande deur kwam, zag ze dat het licht boven de kookplaat nog steeds aan was. Ze had het niet uitgedaan nadat ze haar beker melk had opgewarmd.

Ze bleef aarzelend op de drempel staan, omdat ze ineens het idee had dat er iemand in de keuken zou zijn. Iemand die door de achterdeur naar binnen was gekomen, terwijl zij werd afgeleid door de coyotes.

Weer zo'n emotionele reactie. Dwaas. Er was helemaal geen indringer die haar opwachtte.

Ze liep dwars door de keuken naar de achterdeur en probeerde die. Op slot. Veilig vergrendeld. Niemand had langs deze weg naar binnen kunnen komen.

Flikkerende, lichtgevende regengordijnen gaven de nacht een zilveren aanzien. Vanachter die met lovertjes bezette sluier zouden wel duizend ogen haar kunnen bespioneren.

Ze liet het geplooide rolgordijn voor het raam naast de ontbijttafel zakken. En ze trok ook het rolgordijn voor het raam boven het aanrecht naar beneden.

Nadat ze de kraan had opengedraaid en het water zo heet had laten worden dat ze het nog net kon verdragen, zeepte ze haar handen in met de vloeibare zeep uit de ingebouwde zeephouder. De zeep rook naar sinaasappels, een aangenaam schone geur.

Ze had geen coyote aangeraakt. Het duurde heel even voordat het tot haar doordrong waarom ze haar handen zo vastberaden stond te boenen. Toen besefte ze dat ze probeerde de regen weg te wassen. De vreemde aromatische regen had haar het gevoel gegeven dat ze... onrein was.

Ze bleef haar handen wassen tot ze rood en bijna verbrand waren. Daarna pompte ze opnieuw een scheut zeep in haar handen en begon ze voor de tweede keer te wassen.

Bij die melange van subtiele maar exotische parfums had zich een vaag bekende geur bevonden met een waas van ammoniak, die Molly niet meteen thuis had kunnen brengen. Hoewel ze de lucht inmiddels van haar handen had geboend, herinnerde ze zich ineens weer hoe die had geroken en nu was ze wel in staat om er een naam aan te geven: sperma.

Onder die kruidige verzameling exotische aroma's had de regen de vruchtbare geur van sperma gehad.

Dat leek zo onwaarschijnlijk, zo belachelijk freudiaans, dat ze zich afvroeg of ze misschien toch lag te dromen. Of op het randje balanceerde van een psychose.

Het onverklaarbare schijnsel, de naar sperma ruikende regen, de angstige coyotes: van haar bed tot het schuim onder de kraan had iedere stap die ze had gezet en alles wat haar was overkomen een hallucinatie geleken.

Ze draaide de kraan dicht, min of meer in de verwachting dat alles stil zou zijn als het water er niet langer uit gutste. Maar de oorverdovende herrie van de in dit seizoen zo ongebruikelijke regen bleef gewoon doorgaan – realiteit of de soundtrack van een wel erg hardnekkige nachtmerrie.

Ergens in het huis sneed een felle kreet door het monotone geroffel van de wolkbreuk. Boven. En nog een keer. Neil. Haar kalme, beheerste, onverstoorbare echtgenoot lag in het donker te schreeuwen.

Omdat ze al op haar achtste te veel ervaring had opgedaan met geweld, reageerde Molly onmiddellijk en griste de telefoon uit de houder die naast haar aan de wand hing. Ze had het alarmnummer al ingetoetst voordat ze besefte dat ze geen kiestoon had gehoord.

Uit de ingeschakelde telefoon kwam een auditief tapijt van griezelige, oscillerende, elektronische tonen. Lage, pulserende geluiden, hoge fluittonen en gekrijs. Ze verbrak de verbinding.

Ze hadden een pistool. Boven. In de la van een nachtkastje.

Neil schreeuwde opnieuw.

Molly wierp een blik op de gesloten deur en voelde opnieuw de neiging opkomen om samen met de coyotes het duister in te vluchten. Maar wat er ook met haar aan de hand was – of ze krankzinnig was geworden of zich als een dwaas hysterisch meisje aanstelde – laf was ze niet. Ze liep naar de messenla en trok het scherpste exemplaar uit de beschermhuls.

3

Molly had behoefte aan licht, veel helder stralend licht, maar ze liet de schakelaars met rust. Ze kende het huis beter dan de eerste de beste indringer, dus hier binnen was duisternis haar bondgenoot.

Van de keuken naar de hal en de trap kliefde de punt van het slagersmes door het donker, met haar in het kielzog.

Sommige treden kraakten een beetje, maar het geroffel van de wolkbreuk maskeerde dat geluid toen ze haastig naar boven liep.

Daar tekende het noodweer nog steeds lichtgevende sterrenstelsels op de dakramen. Vage schaduwen van die patronen kropen over de vloer van de overloop.

Haar hart kromp samen en bonsde hard tegen de ribbenkast eromheen.

Toen ze de deur opende en de donkere slaapkamer in liep, trilde en bokte het slagersmes als een wichelroede die een vijandige indringer probeerde te vinden, niet op zoek naar water maar naar kwaad bloed.

Het kwikzilverachtige licht van de regen dat met de willekeur van water door de kamer dwarrelde, reikte niet tot in alle hoeken. Schaduwen huiverden en hokten, en sommige daarvan zouden best meer dan schaduwen kunnen zijn.

Toch liet Molly het mes zakken. Nu ze zo dichtbij stond, besefte ze dat het gekreun en geschreeuw van haar man veroorzaakt werden door een worsteling met de denkbeeldige dreiging van een nachtmerrie.

Neils slaap was meestal niet alleen diep en vast, maar werd ook zelden verstoord door verhalen. Als hij iets in zijn dromen beleefde, waren dat meestal geruststellende dingen, soms zelfs grappig. Ze had hem wel eens in zijn slaap zien glimlachen. Eén keer was hij zelfs hardop in lachen uitgebarsten zonder wakker te worden.

Zoals bij alles wat er op deze vroege woensdagochtend gebeurde, bood het verleden geen houvast voor het heden. Neils droom verschilde kennelijk totaal van alles wat hem in de zeven jaar dat Molly haar bed met hem had gedeeld, was overkomen. Uit het gehijg van paniek en de angstkreten viel op te maken dat hij wanhopig door een slaapbos holde, achtervolgd door een of andere verschrikking die hem langzaam maar zeker inhaalde.

Molly deed de lamp op een van de nachtkastjes aan. Het plotselinge licht maakte haar man niet wakker. Zijn bruine haar was zo nat van het zweet dat het bijna zwart leek. Zijn van angst vertrokken gezicht glom.

Ze legde het mes op het nachtkastje en zei: 'Neil?'

Ook zijn zacht uitgesproken naam kon de ban van de slaap niet doorbreken. In plaats daarvan reageerde hij alsof hij de rauwe stem van de dood in zijn oor hoorde fluisteren. Terwijl zijn hoofd van links naar rechts wentelde en de spieren in zijn hals op gespannen kabels leken, klauwde hij met beide handen in het laken alsof het een strak doodskleed was waarin hij voortijdig was begraven. Zijn paniekerige ademhaling was snel en hijgend, alsof er weer een schreeuw in hem opwelde.

Molly legde haar hand op zijn schouder. 'Lieverd, je droomt.'

Met een gesmoorde kreet schoot hij overeind, greep haar pols en rukte haar hand van zijn schouder alsof ze met een dolk een moordaanslag op hem pleegde.

Ondanks het feit dat hij wakker was, zag hij kennelijk nog steeds de bedreiging uit zijn droom voor zich. Zijn ogen waren groot van angst en onder de mokerslagen van de schrik leek zijn gezicht nieuwe, scherpe contouren te hebben gekregen.

Met een van pijn vertrokken gezicht zei Molly: 'Hé, niet doen, ik ben het maar.'

Hij knipperde met zijn ogen, huiverde en liet haar los.

Terwijl ze een stapje achteruit deed en over de pols wreef die hij bijna had fijngeknepen vroeg ze: 'Is alles in orde met je?'

Neil smeet de dekens van zich af en ging op de rand van het bed zitten.

Hij had alleen een pyjamabroek aan. Hoewel hij niet echt groot was – een meter vijfenzeventig en slank – had hij krachtige schouders en gespierde armen. Molly vond het prettig om zijn armen, zijn schouders en zijn borst aan te raken. Hij voelde zo stevig en dus betrouwbaar aan. En zijn lichaam was een weerslag van zijn karakter. Ze kon altijd op hem rekenen. Soms raakte ze hem zomaar even aan, onschuldig maar opzettelijk – en dan volgde hartstocht even onvermijdelijk als donder op bliksem.

Hij was altijd een zelfbewuste maar rustige minnaar geweest, geduldig en haast verlegen. Omdat zij de meest ondernemende van de twee was, sleepte Molly hem meestal mee naar bed in plaats van andersom.

Na zeven jaar kon ze nog steeds verbaasd en verrukt zijn over die onbeschaamdheid. Er was nooit een andere man geweest bij wie ze zich zo had gedragen.

Zelfs in deze zenuwslopende nacht, met de glanzende regen die onophoudelijk het dak teisterde en met het verontrustende gedrag van de coyotes nog vers in haar geheugen, voelde Molly een bepaalde sensuele reactie op de aanblik van haar echtgenoot. Zijn verwarde haar. Zijn knappe gezicht met de nu al weer opkomende baardstoppeltjes. Zijn mond die aan een klein jongetje deed denken.

Hij veegde met zijn handen over zijn gezicht om de spinnenwebben van de slaap weg te poetsen. Toen hij naar haar opkeek, leken zijn ogen donkerder dan de normale, saffierblauwe tint. Duistere schaduwen dreven door het blauw, alsof een nachtmerrieachtige herinnering aan giftige spinnen nog steeds zijn blik vertroebelde.

'Is alles goed met je?' vroeg Molly nog een keer.

'Nee.' Hij klonk schor, alsof zijn stem gebarsten was van dorst en rauw van vermoeidheid na een wanhopige vlucht door het slaaplandschap. 'Lieve god, wat was dát?'

'Wat was wat?'

Hij stond op van het bed. Zijn lichaam was zo strak als een veer, al zijn spieren gespannen. Zijn droom was een met geweld omgedraaide sleutel geweest die hem nu nog het gevoel bezorgde dat hij een te strak opgewonden uurwerk was.

'Je had een nachtmerrie,' zei ze. 'Ik hoorde je in je slaap schreeuwen.'

'Geen nachtmerrie. Veel erger.' Hij draaide zich angstig en verbaasd om en keek rond in de kamer. 'Dat geluid.'

'Het regent,' zei ze en ze wees naar een van de ramen.

Neil schudde zijn hoofd. 'Nee. Het is niet alleen de regen. Er zit nog iets achter... erboven.'

Zijn gedrag maakte Molly nog nerveuzer. Het leek alsof hij half in trance was, niet in staat om zijn nachtmerrie volledig van zich af te zetten.

Hij huiverde. 'Er komt een berg omlaag.'

'Een berg?'

Met zijn hoofd achterover keek hij met onverholen angst naar het plafond en zijn stem, die aanvankelijk zo schor had geklonken, klonk ernstig en zo zacht dat ze hem gebiologeerd aanstaarde toen hij zei: 'Een enorme berg. Gigantisch. Een berg van een gesteente dat zwarter is dan ijzer komt langzaam naar beneden. Je probeert uit alle macht weg te rennen... maar je komt er niet onder vandaan. De schaduw die voor je op de grond valt, wordt snel groter... zo snel dat je er nooit aan kunt ontkomen.'

De zacht uitgesproken woorden, die desalniettemin zo scherp klonken dat het net was alsof ze met een plectrum van de snaren van een harp werden geplukt, gingen door merg en been.

Om de spanning te breken zei Molly: 'Oh, een Calimerodroom.'

Neil bleef strak naar het plafond staren. 'Het was niet zomaar een droom. Het is hier. Nu.' Hij hield zijn adem in en luisterde. En toen: 'Er zit iets achter de regen... iets wat naar beneden komt.'

'Neil. Je maakt me bang.'

Hij wendde zijn ogen af van het plafond, keek haar aan en zei: 'Ergens daarboven zit een verpletterend gewicht. Een druk die steeds groter wordt. Dat voel jij ook.'

Zelfs als de maan naar beneden was gekomen, zou ze nog moeite hebben gehad toe te geven dat de aantrekkingskracht ervan nieuwe krachtige getijden in haar bloed opwekte. Tot nu toe had ze de teugels van haar leven altijd strak in de hand gehouden en emoties kregen alleen op de bladzijden van haar boek de kans om op hol te slaan. Drama was gereserveerd voor verzinsels.

'Nee,' zei ze. 'Het was gewoon het geluid van de regen dat je in je slaap hoorde en vervolgens heeft je fantasie er iets raars van gemaakt. Een berg.'

'Jij voelt het ook,' hield hij vol en hij liep op zijn blote voeten naar een raam.

Het zwakke goudkleurige licht van de lamp op het nachtkastje was niet fel genoeg om te verhullen dat de zondvloed die het woud ranselde en de grond zilverkleurig maakte, iets glanzends had.

'Wat is dat in vredesnaam?' vroeg hij.

'Een zeldzaam mineraal bestanddeel, een soort luchtvervuiling,' antwoordde ze, terugvallend op de verklaringen die ze al eerder had bedacht en min of meer had verworpen.

Neil trok de grendel van een van de kleinere raampjes opzij en stak zijn hand uit naar de knop om het open te doen.

'Niet doen!' waarschuwde ze. Haar stem klonk dringender dan de bedoeling was.

Hij draaide zich half om en keek haar aan.

'Die regen ruikt raar,' zei ze. 'En hij voelt... onrein aan.'

Pas op dat moment viel zijn blik op haar kamerjas. 'Hoe lang ben je al op?'

'Ik kon niet slapen. Ik ben naar beneden gegaan om te schrijven. Maar...'

Hij keek opnieuw naar het plafond. 'Hé. Voelde jij dat ook?'

Misschien had ze inderdaad iets gevoeld. Of misschien was het haar verbeelding die bergen in de lucht bouwde.

Zijn blik gleed over het plafond. 'Het valt niet meer in onze richting.' Zijn stem daalde tot een gefluister. 'Het beweegt in oostelijke richting... Van het westen naar het oosten.'

Zijn kennelijk instinctieve gewaarwording ontging haar, maar ze veegde wel onwillekeurig haar rechterhand af aan haar jas – de hand die ze in de regen had gehouden en later zo heftig met sinaasappelzeep had staan afboenen.

'Zo groot als twee bergen, of drie... echt gigantisch,' fluisterde Neil. Hij sloeg een kruis – van zijn voorhoofd naar zijn borst en van zijn linker- naar zijn rechterschouder – en dat had ze hem in geen jaren zien doen.

Plotseling klonk er een enorm, diep, langzaam geronk dat overstemd werd door het kletterende geroffel van de regen. Ze voelde het meer dan dat ze het hoorde.

'... te ziften als tarwe...'

Die woorden van Neil, vreemd en tegelijkertijd zo onthutsend vertrouwd, zorgden ervoor dat ze haar aandacht weer van het plafond op hem richtte. 'Wat zei je?'

'Het is gigantisch.'

'Nee, daarna. Wat zei je nou over tarwe?'

Hij keek haar stomverbaasd aan, alsof de woorden hem ontsnapt waren zonder dat hij dat zelf in de gaten had gehad. 'Tarwe? Waar heb je het over?'

Omdat ze plotseling in haar ooghoeken iets zag flikkeren, werd Molly's aandacht getrokken door de wekker op haar nachtkastje. De verlichte felgroene cijfers bleven snel achter elkaar veranderen, alsof de tijd op hol was geslagen en ze hun best deden daarmee gelijke tred te houden.

'Neil.'

'Ik zie het.'

De nummers liepen niet in volgorde door naar de volgende ochtend en ook niet terug naar middernacht. In plaats daarvan leken ze op een stroom wiskundige berekeningen die met een noodsnelheid over een computerscherm voorbijschoten.

Molly keek op haar polshorloge, dat niet digitaal was. De kleine wijzer draaide met de klok mee en telde binnen een halve minuut een hele dag af, terwijl de grote wijzer nog sneller tegen de klok in draaide. Ze kreeg het gevoel dat ze op een rotsblok midden in de rivier van de tijd gestrand was, waar de toekomst net zo snel van haar wegstroomde als het verleden.

De mysterieuze bonzende geluiden – bijna niet waarneembaar voor het menselijk oor, maar ze gingen toch door merg en been – leken haar hart op te blazen.

De stemming en het moment waren uniek, ze had nog nooit zoiets meegemaakt, maar de sfeer was ontegenzeggelijk even vijandig als onvoorspelbaar.

Bij het voorval met de coyotes was het net geweest alsof Molly's instinct zich op een andere golflengte bevond dan haar verstand. Ze had naar het eerste geluisterd en zich roekeloos op de veranda gewaagd.

Nu waren instinct en gezond verstand weer in harmonie. Zowel haar intuïtie als kille logica vertelde haar dat zij en Neil in grote problemen zaten, ook al wisten ze nog niet precies wat er aan de hand was.

Ze zag aan zijn ogen dat hij dat ook besefte. In de jaren dat ze bij elkaar waren en beurtelings de rol van biechteling en van biechtvader voor elkaar hadden vervuld, waren ze op geestelijk en verstandelijk niveau zo naar elkaar toegegroeid dat woorden vaak overbodig waren.

Ze liep naar haar nachtkastje en pakte het 9mm-pistool uit de la. Ze zorgde er altijd voor dat het geladen was, maar toch haalde ze nu het magazijn eruit om te controleren of alle kogels er nog in zaten. De glans van koper. Tien kogels.

Nadat ze het magazijn weer op z'n plaats had geklikt, legde ze het wapen op haar toilettafel, naast haar borstel en de handspiegel, zodat ze er gemakkelijk bij kon.

Aan de andere kant van de kamer, tegenover de toilettafel, stond een verzameling van zes antieke muziekdoosjes, die ze van haar moeder had geërfd. Ineens kwam er spontaan een blikkerig geplink en geplonk uit: zes verschillende melodietjes, die samen een warrig tapijt van wanklanken vormden. Op het deksel van twee van de doosjes kwamen de door uurwerken aangedreven porseleinen figuurtjes in beweging. Op de een begonnen een man en een vrouw in Victoriaanse balkleding een wals te dansen. Op de ander draaide een draaimolenpaard om en om en om.

De kakofonie van snerpende noten pleegde een aanslag op haar zenuwen en leken als een operatiezaag door haar hoofd te snijden. Van het ene op het andere moment werden die vertrouwde spulletjes, die al vanaf haar vroegste jeugd een onderdeel van haar leven hadden gevormd, vreemd en verontrustend.

Neil bleef even naar het kleine danspaar en naar het ronddraaiende paard kijken, duidelijk uit zijn evenwicht gebracht. Maar hij deed geen poging om de muziekdozen uit te zetten. In plaats daarvan draaide hij zich weer om naar het raam, maar hij deed het niet open zoals hij een minuut geleden van plan was geweest. Hij schoof de grendel dicht die hij net open had getrokken.

4

Terwijl ze haastig een spijkerbroek en een trui aanschoten, vertelde Molly hem wat ze met de coyotes had beleefd.

Het sombere geroffel van de regen, het waanzinnige getinkel van de muziekdozen en het bijna subliminale gedreun van onbekende oorsprong vormden de melodieloze achtergrondmuziek waardoor het avontuur op de veranda veel gevaarlijker leek toen ze het vertelde dan het in werkelijkheid was geweest. Ze deed haar best – hoewel ze wist dat ze daar niet in slaagde – om Neil duidelijk te maken hoe wonderbaarlijk en ontzagwekkend dat voorval was geweest.

Terwijl ze op het krukje voor de toilettafel zat en haar best deed om de band met de natuur te beschrijven die ze had gevoeld toen ze daar tussen de coyotes stond, propte ze haar voeten in een stel waterdichte wandelschoenen. Haar handen trilden. Ze worstelde even met de veters, maar het lukte haar ten slotte toch om ze dicht te strikken.

Ze zat nog steeds te praten toen ze uit macht der gewoonte de haarborstel oppakte die naast het pistool lag. Hoewel ze best wist dat het geen zin had de hele rare toestand te ontkennen door zo gewoon mogelijk te doen, draaide ze zich toch om naar de spiegel om te zien hoe haar haar zat.

Haar eigen spiegelbeeld was volkomen normaal, maar de rest van wat ze in de spiegel zag, klopte helemáál niet. Achter haar lag niet de de gezellig verlichte slaapkamer, keurig opgeruimd met uitzondering van het verkreukelde beddengoed. In plaats daarvan zag ze alleen maar smeerboel en puinhopen.

Haar stem stokte midden in een zin en de borstel viel uit haar hand. Ze draaide zich met een ruk om op het krukje, om te zien of de kamer echt veranderd was. Maar die zag er precies zo uit als altijd.

In werkelijkheid deed alleen de wekker naast het bed raar. Een warboel van groene cijfertjes tolde nog steeds over het schermpje.

Maar de spiegel toonde vieze muren bedekt met mos of schimmels. Er stond nog maar één lamp, met een scheef en wegrottend kapje. Over het hoofdeinde van het kapotte bed kropen de takken van een klimplant die veel te sappig was om thuis te horen in dit Californische gebergte, grijsgroen en glanzend van het vocht, met bladeren die omlaaghingen als een kudde hijgende tongen.

Opnieuw kwam ze in de verleiding om te denken dat ze helemaal niet uit bed was gestapt en naar beneden was gegaan, maar dat ze in plaats daarvan tijdens al die rare gebeurtenissen gewoon had liggen slapen. En dat ze nog steeds sliep. De regen en al die vreemde dingen die het gevolg daarvan waren – van de coyotes tot en met deze spiegel – waren gemakkelijker te verklaren als ze gewoon in haar slaap aan haar verbeelding waren ontsproten.

Neil was automatisch naast haar komen staan en stak zijn hand uit om de spiegel van de toilettafel aan te raken, alsof hij verwachtte dat wat daarin te zien was niet gewoon een plat spiegelbeeld was, maar een driedimensionale werkelijkheid, een wereld áchter de spiegel.

In een onberedeneerde opwelling pakte Molly zijn hand vast. 'Nee.'

'Waarom niet?'

'Omdat...'

Ze had geen geloofwaardige reden om hem tegen te houden, alleen een bijgelovige angst voor wat er zou gebeuren als zijn vingertoppen het zilverkleurige glas van de spiegel zouden raken.

Hij legde zijn vrije hand tegen de spiegel, die solide bleek te zijn.

Ineens bewoog er iets in die ándere slaapkamer. Een schaduw bleek ineens toch geen schaduw te zijn, maar een kronkelende, donkere gestalte die zo snel door het beeld van de spiegel schoot en weer verdween, dat het net zo goed een man in een wijde jas of een man met vliezige vleugels had kunnen zijn... of helemaal geen man.

Hijgend van verbazing trok Neil zijn hand met een ruk terug, alsof hij ervan overtuigd was dat het wezen aan de andere kant wél de macht had om hem door de spiegel heen vast te pakken.

Tegelijkertijd sprong Molly met een ruk op van het krukje. Op de een of andere idiote manier wist ze zeker dat iets zich door de sluier van glas en kwikzilver heen geworsteld had. Maar er was geen ongewenst bezoek de slaapkamer binnengedrongen.

Ze keek net naar de wekker toen de zijdelings voorbijschietende cijfers met een schok stil bleven staan. De tijd was 2:44. Toen ze op haar polshorloge keek, zag ze dat de grote en kleine wijzer niet langer ronddraaiden. Haar klokje gaf dezelfde tijd aan als de wekker: zestien minuten voor drie.

De muziekdozen stopten. Het miniatuur draaimolenpaard kwam met een klikje uit volle galop tot stilstand en de dansende figuurtjes stokten midden in een wals.

Molly voelde zich plotseling bevrijd van het echte of gefantaseerde gewicht dat als een gigantisch zwaard van Damocles boven hun hoofd had gehangen. Het half hoorbare maar volkomen voelbare diepe, bonzende geluid dreunde niet langer door haar heen.

'De spiegel,' zei Neil.

Het beeld dat er nu in werd weerspiegeld was dat van de kamer waarin ze stonden. Geen puinhopen, geen beschimmelde wanden, geen klimplant.

Neil liet de spiegel met rust en keek naar het plafond. Daarna liep hij naar een van de ramen en tuurde naar buiten. Hij keek niet zozeer naar het omringende bos als naar de onzichtbare nachtelijke hemel, waaruit de regen nog steeds neergutste.

'Weg,' zei hij.

'Ik voelde ook iets,' gaf ze toe. 'Maar... wat dan?'

'Ik heb geen flauw idee.'

Hij was niet eerlijk tegen haar en zij niet tegen hem.

Ze waren opgegroeid in een samenleving die bezeten was van het verlangen naar intergalactisch contact, de grondslag van een nieuw geloof waarin God slechts een bijrol vervulde. Het merendeel van de mensen was vertrouwder met de doctrines van die pseudo-religie dan met de tekst van het onzevader. *Wij zijn niet alleen... Hou de lucht maar in de gaten... Daar ergens is het antwoord...* Ze waren bestookt door Spielberg, door Lucas en door Shyamalan. Minstens duizend films en tv-programma's en zeker tienduizend boeken hadden de wereld ervan overtuigd dat de nieuwe wijzen uit het oosten geleerden zouden zijn die in plaats van op kamelen naar Bethlehem in mobiele laboratoria met satellietschotels op het dak op weg zouden gaan naar een landingsterrein voor UFO's en dat het heil der mensheid afkomstig zou zijn van een andere planeet in plaats van uit het hemelrijk.

Molly kende de voortekens die door Hollywood en sciencefictionschrijvers waren voorspeld. En dat gold ook voor Neil. Deze septembernacht bevond zich midden in het gebied van de Close Encounters. En in een dergelijke omgeving kwamen wonderen alleen voort uit buitenaardse technologie. Maar ze had geen zin om dat besef onder woorden te brengen en Neil kennelijk ook niet. Net te doen alsof ze verbijsterd was, leek veiliger dan openhartigheid.

Misschien kwam hun terughoudendheid voort uit het feit dat Hollywood met betrekking tot dit onderwerp maar twee vertrouwde scenario's in de aanbieding had. Een waarin de buitenaardse wezens goedaardige goden waren en een waarin ze vol toorn en wrede oordelen zaten. Tot dusver hadden de recente gebeurtenissen geen enkele gelijkenis vertoond met gezellig en vrolijk familieamusement.

Neil wendde zijn ogen af van de door de regen versluierde lucht, keerde het raam de rug toe en zei: 'We zullen het vast niet nodig hebben... maar ik ga toch even het geweer ophalen.'

Molly dacht terug aan de kronkelende gestalte die ze vanuit haar ooghoeken als een duistere flits door de beschimmelde kamer in de spiegel had zien schieten. Ze pakte haar pistool op van de toilettafel en zei: 'Ik zal wat reservepatronen hiervoor gaan pakken.'

5

Het geweer lag op de keukentafel, samen met een doos patronen. Daarnaast lag het pistool, plus een reservemagazijn en een doosje 9mm-kogels.

Geplooide rolgordijnen in de keuken en de aangrenzende zitkamer sloten de nacht en de aanblik – maar niet het oorverdovende geluid – van de lichtgevende regen buiten.

Molly kon het gevoel niet van zich afzetten dat het omringende bos, dat altijd zo vriendelijk had geleken, nu onderdak bood aan onbekende en vijandige spionnen. Neil koesterde kennelijk dezelfde vrees, want hij had haar geholpen met het sluiten van de gordijnen.

Ze begrepen allebei intuïtief dat de mysterieuze krachten die in deze kletsnatte nacht aan het werk waren, niet beperkt bleven tot dit gebied in de bergen. Daarom staken ze tegelijk hun hand uit naar de afstandsbediening van de tv; Neil was haar net te vlug af.

Ze bleven voor het grote scherm staan kijken, veel te opgewonden om in een stoel te gaan zitten. De ontvangst was niet al te best. Sommige kanalen hadden zoveel last van storing, dat je door al die sneeuw nog net vage figuren kon onderscheiden. Gebarsten stemmen spraken verminkte woorden. Bij een van de nieuwszenders die vierentwintig uur in de lucht waren, was het geluid een stuk beter, net als het beeld dat alleen af en toe trilde en begon te lopen.

De jonge vrouw – Veronica nog wat – die het nieuws presenteerde, was even mooi als een beginnend filmsterretje. Ze had de hebzuchtige ogen en de valse glimlach van een mannequin. Ze wisselde ongeredigeerde teksten uit met een jongeman, Jack, die gemakkelijk een succesvol model voor Calvin Klein-ondergoed had kunnen zijn als hij niet toevallig naar de school voor journalistiek was gegaan en zich had gespecialiseerd in omroepwerk. Als hij lachte, een glimlach die om de haverklap opdook en weer even snel verdween, kwamen vierkante, witgebleekte koeientanden te voorschijn.

Oorlog, politiek, misdaad en zelfs het wel en wee van de koningen en koninginnen van Hollywood hadden bij alle persbureaus plaats moeten maken voor vreemde weersomstandigheden van ongekende aard en intensiteit. In de loop van de nacht had zich op de oceaan totaal onverwacht en met fantastische snelheid het grootste aaneengesloten regenfront gevormd dat ooit was waargenomen. Het noodweer had tegelijkertijd de westkust van zowel Zuid-, Midden- als Noord-Amerika bereikt.

Er waren rapporten ontvangen en bevestigd over een eigenaardig ruikende neerslag van tien, twaalf en zelfs vijftien centimeter per uur. Binnen een paar uur begonnen alle laaggelegen steden van Argentinië tot Alaska wateroverlast te krijgen.

Livesatellietbeelden uit zowel exotische als bekende steden, af en toe vervormd en korrelig, toonden drijvende auto's en vrachtwagens in straten die meer op kanalen leken. Gezinnen op de daken van hun half overstroomde huizen. Doorweekte hellingen die als modderrivieren naar beneden kwamen.

In alle beelden glinsterde de lichtgevende regen als een zilverdraad die heel subtiel door een wandtapijt was geweven, zodat Argentinië en Alaska en elk punt daartussenin onwerkelijk leken, badend in droomlicht.

Molly had nooit van rampennieuws gehouden. Ze vond het niet interessant en ze schepte er ook geen genoegen in om naar de ellende van andere mensen te kijken. Normaal gesproken zou ze de tv de rug toe hebben gekeerd, misselijk van medelijden.

Maar nu begreep ze instinctief dat haar eigen toekomst alles te maken had met het lot van de vreemdelingen op het scherm.

Nog niet zo lang geleden was het overal in Europa ontzettend hard gaan regenen. Net als in Azië. En in Afrika. Uit het droge Midden-Oosten en zelfs uit de dorre woestijngebieden in Saoedi-Arabië kwamen berichten over ongebruikelijk grote hoeveelheden regen. De beelden konden elk moment binnenkomen.

Er was niets bij het laatste nieuws wat iemand een glimlach kon ontlokken. Maar bij hun taak als commentator lieten Veronica en Jack zich desondanks leiden door de grondregel van de elektronische journalistiek: zorg dat je een band krijgt met de kijkers en maak jezelf bemind, zodat je een welkome gast in hun huis bent. Wees autoritair maar áárdig, waardig maar léúk.

Ze slaagden er geen beiden in de opwinding te onderdrukken over het feit dat ze eigenlijk de jongste bedienden waren die de vervelende nachtdienst op mochten knappen en nu toch in de uitzending zaten op een moment dat belangrijk nieuws bekend werd. Met de minuut liep hun toeschouwersaantal van hooguit honderdduizend kijkers die niet konden slapen, op tot misschien wel een miljoenenpubliek dat aan de buis gekluisterd zat. Je kon bijna horen hoe ze zaten te berekenen hoeveel voordeel hun carrières zouden hebben van dit meevallertje.

Hoewel de exacte omvang en de ernst van de huidige toestand onduidelijk bleven, werd hun gebrek aan samenhang gecompenseerd door de liveverslagen met hun dramatische inhoud. Zes uur eerder, voordat het regenfront de kust van de Amerikaanse continenten bereikte, had de bemanning van een onderzoeksschip van de Franse marine vierhonderdvijftig kilometer ten zuidwesten van Tahiti plotseling voor hun ogen een gigantische waterhoos zien ontstaan. Een cumulonimbus op ongeveer viereneenhalve kilometer aan stuurboordzijde van het schip bleek een wervelstorm te zijn die met verbijsterende snelheid groter werd tot de punt van de trechter, waarin het oceaanwater werd opgezogen, zeker zeshonderd meter breed was.

Een digitale video, opgenomen door een van de bemanningsleden en verzonden via de satellietverbinding van het schip, toonde een formatie met een ontzagwekkende omvang. Een wetenschappelijk medewerker aan boord van het onderzoeksschip schatte dat het tornado-achtige verschijnsel een doorsnede van viereneenhalve kilometer had, terwijl het hoogste punt van de verticale zuil in de wolken verdween.

'Goeie god nog aan toe,' fluisterde Neil.

In deze beelden vertoonde de zee noch de gigantische waterzuil die kolkend omhoogrees, de mysterieuze luminescentie. Desondanks moest de ongewoon hevige regen, die nu achter de met rolgordijnen bedekte ramen naar beneden kletterde, op de een of andere manier iets te maken hebben met die enorme waterhoos waarvan eerder ergens ver weg op de Stille Oceaan video-opnamen waren gemaakt. Hoewel het verband Molly ontging, zorgde het wereldwijde aspect van al die gebeurtenissen er wel voor dat haar ongerustheid groeide.

Op tv veroorzaakte de razende draaikolk in de Stille Oceaan slecht weer. De dag werd snel donkerder, alsof God een of andere hemelse knop wijd open had gezet. Enorme bliksemflitsen teisterden de oceaan. Als er op de video een voorwerp te zien was geweest waarmee de omvang van de trechter vergeleken kon worden, zou het verschijnsel niet alleen adembenemend maar ook angstaanjagend zijn geweest. Ze kon de angst van de cameraman bijna voelen toen de wervelstorm zich in de richting van zijn schip begon te verplaatsen. De kolkende en beukende zee leek te kronkelen van pijn als de bliksem zich in zijn grote donkere huid boorde. Het schip viel in een angstaanjagende diepte tussen twee golven alsof het in een afgrond dook. De kiel kliefde door de bodem van de diepte. Enorme watermassa's sloegen over de reling en kolkten over het dek. Toen de cameraman door de vloedgolf werd geraakt, werden zijn benen bijna onder hem vandaan geslagen. Hij slaagde erin overeind te blijven en wankelde het open dek af terwijl er een siddering door het schip leek te gaan voordat het werd opgetild door een gigantische golf.

De filmsterachtige verslaggeefster, Veronica, verscheen weer op het scherm met de mededeling dat er na het doorsturen van de net vertoonde video niets meer van het Franse schip was vernomen. Jack, haar medepresentator, vroeg zich bezorgd af hoe het met de bemanning zou zijn en concludeerde vervolgens met het verstand op nul dat hun ongetwijfeld niets was overkomen want 'die kerels aan boord van dat soort marineonderzoeksschepen weten op zee echt wel van wanten'. Met een starre glimlach waarop een buiksprekerspop jaloers zou zijn geweest, onthulde Veronica dat zij tijdens haar studieperiode een semester op een zeilschip had gezeten, in het kader van een cursus over het leven aan boord van een schip.

Molly kreeg de neiging om tegen het stel te gaan schreeuwen, alsof haar stem via een of ander elektronisch omweggetje New York City of Washington, of waar ze ook zaten, zou kunnen bereiken. Ze zou er heel wat voor over hebben als ze hen los zou kunnen rukken uit die zelfvoldane, journalistieke afstandelijkheid, die zogenaamde professionaliteit die volgens haar niets anders was dan verkapte verwaandheid en emotionele onverschilligheid.

Andere videobeelden waren opgenomen en doorgestuurd door het militaire personeel aan boord van de USS *Ronald Reagan,* een vliegdekschip dat zich momenteel vierhonderdvijftig kilometer ten westen van Japan bevond. Op deze band werd getoond hoe zich aan een aanvankelijk heldere hemel met verbijsterende snelheid een dicht wolkendek vormde. Vervolgens hadden zich op drie punten van het kompas en binnen het gezichtsveld van waarnemers aan boord van het vliegdekschip waterhozen gevormd. De diameters van hun trechters nam met razende snelheid toe, tot ze stuk voor stuk groter waren dan de enkele wervelstorm die door de Fransen op video was vastgelegd. Het commentaar bij de ongelooflijke beelden werd gegeven door een van de officieren van het vliegdekschip, die niet in staat was om het ontzag en de angst uit zijn stem te weren.

Opnieuw vertoonde de zee noch de draaiende trechters een spoor van het gefonkel dat zo typerend was voor de vallende regen.

Het was bijna niet te geloven, maar er waren ook meldingen van enorme waterhozen binnengekomen van schepen op de Atlantische Oceaan en de Middellandse Zee, al werden die niet ondersteund door beelden.

Veronica, die haar tekst kennelijk voorgeschoteld kreeg op een teleprompter, zei op een pedant maar nog steeds innemend toontje: 'Hoewel waterhozen lijken op ronddraaiende kokers vol water, bestaan ze in werkelijkheid uit nevel en sproeiwater. En ze zijn ook niet zo gevaarlijk als ze eruitzien.'

'Maar,' deed ook Jack een duit in het zakje, 'aan de hand van geavanceerde computeranalyses van Doppler-radarbeelden zijn technici aan boord van de *Ronald Reagan* tot de conclusie gekomen dat de waterhozen die zij hebben waargenomen niet voldoen aan de tot nu toe bekende vormen van dit verschijnsel. Deze zitten wél helemaal vol water en dr. Randolph Templeton, een meteoroloog van de National Weather Service, die zich een tijdje geleden bij ons in de studio heeft gevoegd, schat dat deze trechters stuk voor stuk met een capaciteit van ongeveer vierhonderdduizend liter per minuut water aan de zee onttrekken.'

'Meer,' zei Templeton toen hij in beeld kwam. 'Zeker twee keer zoveel.' Hij was verstandig genoeg om niet te glimlachen. In de ogen van de meteoroloog zag Molly de ingehouden vrees van iemand die wist waar hij het over had.

Omdat ze behoefte had aan contact legde ze haar hand op Neils schouder, maar zijn stevige lijf stelde haar niet zo gerust als meestal het geval was.

Met een gefronst voorhoofd vroeg Jack op plechtige toon aan

dr. Templeton of deze verschijnselen het gevolg waren van het broeikaseffect.

'De overgrote meerderheid van meteorologen gelooft niet dat er sprake is van een broeikaseffect,' antwoordde Templeton een tikje ongeduldig. 'In ieder geval niet iets wat geen natuurlijk of regelmatig terugkerend fenomeen is.'

Jack en Veronica waren kennelijk met stomheid geslagen door die opmerking, maar voordat een producer hun via hun oortjes weer een passende vraag kon influisteren, keken ze allebei tegelijkertijd op naar het plafond van de studio.

'Het begint hier in Washington net heel hard te regenen,' zei Veronica.

'Opvallend hard,' beaamde Jack. Maar kennelijk had de producer hem eindelijk weer iets toegefluisterd, want hij richtte zich weer tot de meteoroloog. 'Maar dr. Templeton, iedereen weet toch dat de broeikasgassen...'

'Wat iedereen weet, is pure kolder,' zei Templeton. 'En als we willen weten wat er precies aan de hand is, zullen we toch eerst een analyse moeten hebben die is gebaseerd op échte wetenschappelijke gegevens in plaats van...'

Neil drukte een paar keer op de afstandsbediening tot hij een van de drie grootste zendgemachtigden had gevonden die zich – weliswaar een beetje laat – als een bloeddorstige haai op het nieuws had gestort. De presentator was ouder dan het stel van de kabelzender, en beroemd. Hij glom van eigendunk terwijl hij iemand interviewde die gespecialiseerd was in het analyseren van satellietgegevens. Volgens de gegevens in de informatiebalk onder aan het scherm heette de deskundige dr. Sanford Nguyen. Hij werkte voor dezelfde overheidsdienst als dr. Randolph Templeton, die op hetzelfde moment op een ander kanaal met Jack en Veronica over het broeikaseffect zat te kibbelen.

De presentator kreeg ongetwijfeld vragen doorgespeeld via een onzichtbare producer en een eersteklas researchafdeling, maar ze rolden van zijn gouden tong alsof hij zelf een expert was op het gebied van satellietinformatiesystemen.

Dr. Nguyen kwam met de verontrustende onthulling dat drie uur voordat de abnormale waterhozen werden waargenomen alle waarnemingsapparatuur van de National Weather Service en andere federale instellingen in de ruimte was uitgevallen. Naar het scheen waren ook alle commerciële satellieten met het vermogen tot hogeresolutiefotografie buiten werking. Er waren dus geen op grote hoogte genomen fotografische, infrarode of radarbeelden van de waterhozen beschikbaar waaruit zou kunnen blijken waarom en hoe deze verschijnselen waren ontstaan.

'Hoe zit het dan met de militaire satellieten, waarmee raketten opgespoord worden?' vroeg Molly zich af. 'En de spionagesatellieten?'

'Die doen het ook niet meer,' voorspelde Neil.

Op het scherm vroeg de presentator aan dr. Nguyen of een bundeling van kosmische stralen of wellicht een ongebruikelijk hoge hoeveelheid zonnevlekken kortsluiting had kunnen veroorzaken in al die ogen in de lucht.

'Nee,' verzekerde dr. Nguyen hem. 'Dat kan de reden niet zijn. Bovendien is het gewoon te toevallig. Het noodweer waarvan wij nu getuige zijn, kan niet het gevolg zijn van kosmische straling, noch van magnetische impulsen en ik ben ervan overtuigd dat de oorzaak van die waterhozen en die regenbuien ook de oorzaak is waarom onze satellieten niet meer werken.'

De presentator plooide zijn gezicht in de meest plechtstatige uitdrukking die hij in voorraad had en vroeg: 'Dr. Nguyen, worden we nu dan eindelijk geconfronteerd met de vreselijke gevolgen van het broeikaseffect?'

Nguyen keek hem niet alleen minachtend aan, maar ook met een zekere verbazing, waarschijnlijk als gevolg van de vraag die hij zichzelf had gesteld en waar hij eveneens geen antwoord op kon geven: *Wat heb ik hier in vredesnaam te zoeken?*

'Waarom zouden alleen de observatiesatellieten buiten werking zijn?' vroeg Molly. Ze wees naar de tv. 'De communicatiesatellieten doen het kennelijk nog wel.'

'Waarschijnlijk hebben ze liever dat we hen niet kunnen zien,' antwoordde Neil. 'Maar ze willen wel dat we weten wat er allemaal mis is met het weer, omdat angst afstompt. Misschien willen ze er zo voor zorgen dat we van angst in elkaar krimpen en volgzaam worden.'

'Ze?'

Hij gaf geen antwoord.

Ze begreep precies wat hij bedoelde en dat wist hij heel goed. Toch hadden ze geen van beiden zin om precies te zeggen wat ze vermoedden, alsof het bij naam en toenaam noemen van de vijand een doodsangst in hen zou oproepen die niet meer te beteugelen zou zijn.

Neil legde de afstandsbediening neer, wendde zich af van de tv en liep vanuit de woonkamer naar de keuken ernaast. 'Ik ga koffie zetten.'

'Koffie?' vroeg ze een tikje ongelovig.

Het huiselijke karweitje scheen te betekenen dat hij gewoon weigerde te erkennen dat er iets aan de hand was, een reactie die niet paste bij de onwankelbare, altijd competente man met wie ze was getrouwd.

'We hebben geen volle nacht slaap achter de rug,' legde hij uit. 'Het kan best zijn dat we nog een hele tijd wakker en waakzaam zullen moeten blijven. Dan zal koffie van pas komen. En die kan ik beter gaan zetten nu we nog stroom hebben.'

Molly keek even naar de tv en naar de lampen. Het was niet bij haar opgekomen dat de elektriciteit uit zou kunnen vallen. Het vooruitzicht dat ze geen ander licht zouden hebben dan het enge schijnsel van de onreine regen bezorgde haar koude rillingen.

'Ik zal alle zaklantaarns vast bij elkaar zoeken,' zei ze. 'Plus alle reservebatterijen die we hebben.'

Overal in het huis zaten oplaadbare zaklantaarns in stopcontacten. Met behulp daarvan zouden ze nog iets kunnen zien als er als gevolg van een aardbeving duisternis heerste in door elkaar geschudde kamers met overhoop liggende meubels.

Hij draaide zich naar haar om, nog bleker dan hij een moment geleden was geweest. 'Nee, Molly. Vanaf nu verliezen we elkaar niet meer uit het oog. We halen die zaklantaarns straks samen wel op. Laten we nu maar eerst koffie gaan zetten. En een paar boterhammen maken.'

'Ik heb geen honger.'

'We gaan toch eten.'

'Maar Neil...'

'We weten niet wat ons te wachten staat. We weten niet wanneer we weer de kans zullen krijgen om te eten... in alle rust.'

Hij stak zijn hand naar haar uit. Hij was de mooiste en meest aantrekkelijke man die ze ooit had ontmoet. De eerste keer dat ze hem had gezien, meer dan zeven jaar geleden, had Neil vriendelijk glimlachend in een ingewikkeld patroon van veelkleurig licht gestaan. Zijn gezicht was zo volmaakt geweest en zijn ogen zo vriendelijk, dat ze hem heel even voor de heilige Johannes had aangezien.

Ze pakte zijn hand, bevend van angst en onuitsprekelijk dankbaar dat het toeval hen uit de wirwar van het menselijk ras had geplukt en dat de liefde hen samen had gebracht in het huwelijk.

Hij trok haar in zijn armen. Ze klemde zich aan hem vast. Met haar oor tegen zijn borst luisterde ze naar zijn hart. Zijn hartslag was duidelijk te horen, eerst nog wat versneld van angst, maar al gauw rustiger. Molly's hart kwam ook tot rust en paste zich bij het zijne aan.

Het smeltpunt van staal is hoog, maar het wordt nog hoger als het gelegeerd wordt met wolfraam. Kasjmier is een sterke stof, net als zijde, maar een combinatie van kasjmier en zijde is nog duurzamer en zal de drager meer warmte bieden dan een van beide stoffen alleen.

In haar eentje had ze al jong geleerd het gewicht te torsen

dat de wereld op haar schouders had gelegd. Zolang ze Neil had, kon ze niet alleen de verschrikkingen van deze wereld aan, maar ook alles wat welllicht van buiten de aarde op hen afkwam.

6

Hoewel de keuken en de woonkamer doortrokken waren van het volle aroma van vers gezette koffie, had Molly toch het idee dat ze de flauwe en zonderlinge geur van de regen kon ruiken die vanuit de kletsnatte nacht dwars door de wanden naar binnen drong.

Ze zat samen met Neil op de grond voor de tv boterhammen met kip en patat te eten, met het geweer in het pistool binnen handbereik. Aanvankelijk had ze helemaal geen trek gehad, maar toen ze één hapje had genomen merkte ze dat ze rammelde van de honger. Het eten had haar nog nooit zo goed gesmaakt als nu. De kip was veel malser, de mayonaise romiger, het tafelzuur frisser en de patat knapperiger dan ze ooit had geproefd. Alles smaakte net iets lekkerder. Misschien dat een ter dood veroordeelde gevangene bij zijn laatste maal voordat hij een dodelijke injectie zou krijgen, de smaak en de structuur van zijn voedsel even intens zou beleven.

Op televisie viel zilverblauwe sneeuw in de Franse Alpen, in de bergen van Colorado en in de straten van Moskou. Allemaal beelden die aan met glitters bestrooide kerstkaarten deden denken. De koepels en torentjes van het Kremlin hadden er nog nooit zo betoverend uitgezien. In elke glinsterende schaduw op die twinkelende boulevards en die sprankelende pleinen leken elfen, feeën en andere sprookjesfiguren schuil te gaan die ieder moment tevoorschijn konden komen om uitgelaten te gaan dansen en springen.

De etherische schoonheid van de blauwe glittersneeuw gaf je onwillekeurig het idee dat alles wat er gebeurde toch ook iets positiefs moest hebben.

Hoewel de dag nog niet eens was aangebroken waren er in Denver toch al kinderen op straat, die vrolijk sneeuwballen stonden te gooien nadat ze door het nieuwtje van een blauwe, lichtgevende sneeuwstorm naar buiten waren gelokt. Hun pret en hun muzikale gelach ontlokte een hoopvolle maar onzekere glimlach aan de verslaggever ter plekke. Hij zei: 'En er is nog iets opvallends aan dit ongewone verschijnsel: de sneeuw ruikt een beetje naar vanille.'

Molly vroeg zich af of het reukvermogen van de journalist wel voldoende ontwikkeld was om een heel wat minder aantrekkelijke, onderliggende geur te kunnen onderscheiden. Als die er was.

'Vanille met een sinaasappelluchtje,' vervolgde hij.

Misschien rook de regen hier in de San Bernardino Mountains nu ook wel anders dan toen Molly samen met de coyotes op de veranda had gestaan. Het zou best kunnen dat de nacht hier nu ook, net als in Colorado, de lekkere luchtjes van een suikergoedbakkerij in de aanbieding had.

De verslaggever draaide zich om, wenkte de cameraman dat hij zijn voorbeeld moest volgen en wees naar het winterse panorama: de besneeuwde straat, de dennentakken bedolven onder een wollige laag saffierblauwe vlokken, de warme gouden lichtjes van de huizen die gezellig verscholen lagen in het onwaarschijnlijke blauw.

'Het is onbeschrijflijk mooi,' zei hij. 'Het lijkt op een tafereeltje uit een van de boeken van dr. Seuss, een straat in Whoville, maar dan zonder de Grinch.'

De camera, die inmiddels honderdtachtig graden was gedraaid, stopte en zoemde in op een groep kinderen die ingepakt waren voor sneeuwpret. Een meisje van een jaar of zeven met handschoenen aan had een sneeuwbal in haar handen. In plaats van er iemand mee te bekogelen likte ze eraan, alsof het een van die malle, grote ijslolly's was die op kermissen en in amusementsparken verkocht werden. Ze grinnikte met blauw verkleurde lippen naar de camera. Een ouder jongetje volgde haar voorbeeld en nam een hap uit zijn sneeuwbal. De smaak scheen hem te bevallen.

Molly werd zo misselijk toen ze dat zag, dat ze haar boterham opzij zou hebben gelegd als ze die niet allang op had gehad. Ze herinnerde zich hoe onrein de regen had aangevoeld. Ze zou nooit met haar hoofd in haar nek hebben geprobeerd het regenwater in haar mond op te vangen. Kennelijk vond Neil de aanblik van de sneeuwetende kinderen even naar als Molly. Hij pakte de afstandsbediening op en ging zappend op zoek naar een andere nieuwsuitzending.

7

Omdat ze het beeld van de kinderen die de besmette sneeuw aten niet uit haar hoofd kon zetten, begon Molly te ijsberen en dronk veel te veel koffie.

Neil bleef op de grond zitten met de afstandsbediening. Terwijl hij langs de zenders zapte, bleek de ontvangst van steeds meer kanalen zo slecht te zijn dat je er niet meer naar kon kijken. En er waren inmiddels ook meer kanalen gewoon helemaal uit de lucht.

Twee keer stuitten ze op een signaal dat op het scherm zichtbaar werd als flikkerende figuren in felle kleuren. Maar hoewel ze deden denken aan de oogverblindende symmetrische patronen op de bodem van een kaleidoscoop, hadden deze figuren geen scherpe hoeken. Ze bestonden alleen uit kronkelende en gebogen lijnen in een kennelijk eindeloze variatie, hoewel er toch een zekere betekenis van uitging. De patronen gingen vergezeld van de aanzwellende en weer afnemende elektronische geluiden die Molly door de telefoon had gehoord: gekrijs gevolgd door lage, bonzende geluiden, die op hun beurt weer werden gevolgd door doordringende fluittonen…

Op de televisie wemelde het ineens van overheidsfunctionarissen die als ware gezagsdragers klonken, maar die op z'n minst ongerust en verward leken of zelfs ronduit bang. De minister van Binnenlandse Veiligheid, diverse ambtenaren van het federale bureau voor rampenhulp…

Ieder uur kwamen tientallen nieuwe meldingen van door het weer veroorzaakte problemen, allemaal als gevolg van de ongekend zware regenval, die inmiddels op veel plaatsen al werd geschat op achttien centimeter per uur. Beangstigend snel traden veel rivieren buiten hun oevers. Stuwmeren werden zo snel gevuld dat de sluizen de druk niet meer aankonden. Een paar uur nadat het was gaan regenen, was in Oregon al een dam doorgebroken waardoor een paar kleine stadjes waren weggespoeld.

Terwijl het bestaan van de hele wereld bedreigd scheen te worden, maakte Molly zich gek genoeg zorgen over het enige onroerende goed dat zij bezaten. 'Als er nou eens een modderlawine komt?'

'Ons kan niets gebeuren,' verzekerde Neil haar. 'De ondergrond van ons huis is vast gesteente.'

'Dat gevoel heb ik helemaal niet.'

'We zitten zo hoog… Zeker vijfhonderd meter boven het niveau van eventuele overstromingen.'

Vreemd genoeg had ze het gevoel dat ze op de een of andere manier zelfs het einde van de wereld zouden overleven als ze er maar zeker van konden zijn dat hun huis overeind zou blijven staan, alsof de residentie van de familie Sloan een zelfstandig mini-universum was.

Terwijl ze brood zaten te eten en toekeken hoe de hele wereld op tv in beroering kwam, had Neil de telefoon van de zitkamer, die normaal gesproken op een bijzettafeltje naast de bank stond, naast zich op de grond gezet. Met tussenpozen had hij geprobeerd zijn broer Paul in Hawaï te bereiken. Af en toe kreeg hij een kiestoon en dan hoorde hij Pauls mobiele telefoon op het verre Maui overgaan, maar er werd niet opgenomen. Maar de andere keren dat hij de handset oppakte, kreeg hij weer de elektronische geluiden waarmee de kleurige patronen op de tv gepaard gingen.

Bij zijn zevende of achtste poging kreeg hij verbinding. Paul nam de telefoon op. Neil kikkerde duidelijk op toen hij de stem van zijn broer hoorde. 'Paulie. Goddank. Ik was al bang dat je gek genoeg was om met dit weer toch de golven op te zoeken.'

Paul surfte. De oceaan was zijn tweede passie.

Molly pakte de afstandsbediening op en schakelde het geluid van de televisie uit.

'Wat?' zei Neil in de telefoon. Hij luisterde. 'Ja, met ons is alles goed. Nee, gewoon thuis. Het regent zo hard dat het erop begint te lijken dat we hout moeten gaan zoeken om een ark te bouwen.'

Molly knielde voor haar man neer, stak haar hand uit naar de telefoon en drukte op het knopje met de tekst SPEAKER.

Vanaf de noordkust van Maui zei Paul: '... veel tropische regenbuien meegemaakt, maar nog nooit zoals nu.'

'Volgens de tv zitten we inmiddels op achttien centimeter per uur.'

'Hier is het meer,' zei Paul. 'Veel meer. Het regent hier zo hard dat je staande zou kunnen verdrinken. Als je naar adem hapt, krijg je meer water dan lucht naar binnen. De regen... Het lijkt op een zware last die je op je knieën probeert te krijgen. We hebben ons verzameld in het gerechtsgebouw. Bijna vierhonderd mensen.'

'In het gerechtsgebouw?' Neil fronste verbaasd zijn voorhoofd. 'Niet in de kerk? Die ligt hoger.'

'Het gerechtsgebouw heeft minder en kleinere ramen,' legde

Paul uit. 'Het kan gemakkelijker versterkt en verdedigd worden.'

Verdedigd. Molly keek even naar het pistool en het geweer.

De geluidloze tv toonde spectaculaire beelden uit een of andere verre stad waar gebouwen in brand stonden ondanks de gigantische hoeveelheid bluswater die uit de hemel viel.

Via de telefoon zei Paul: 'Petrus I, hoofdstuk vier, vers zeven. Geeft het jou ook dat gevoel, broertje?'

'Wil je het echt weten? Ik heb het gevoel dat we midden in *Close Encounters* zitten,' bekende Neil, die eindelijk de gedachte onder woorden bracht die Molly en hij niet hardop hadden willen uitspreken. 'Maar wie zal zeggen waar het ten slotte op uit zal lopen?'

'Ik,' zei Paul. Zijn stem klonk vast en kalm. 'Ik zal zonder morren alle angst, pijn en verdriet accepteren die ons misschien te wachten staat.'

Molly herkende die hoogdravende woorden als een parafrase op Acceptatie van de Dood, een van de avondgebeden van de kerk.

'Zo zal het niet gaan, Paul,' zei ze. 'Er zit toch ook een... ik weet het niet... een positief aspect aan al deze gebeurtenissen.'

'Ik hou van die lieve stem van je, Molly,' zei Paul. 'Jij bent altijd in staat om achter de wolken de zon te zien schijnen.'

'Nou ja... het leven heeft me geleerd om optimistisch te zijn.'

'Je hebt gelijk. De dood is niet iets om bang voor te zijn, hè? Het is gewoon een nieuw begin.'

'Nee, dat bedoel ik niet.' Ze vertelde hem over de coyotes op de veranda. 'Ik heb midden tussen hen in gestaan. Ze waren ontzettend mak. Het was gewoon wonderbaarlijk, Paul, heel opbeurend.'

'Ik hou van je, Molly. Je bent voor Neil een godsgeschenk geweest. Je hebt hem gelukkig gemaakt en hem zijn ziel teruggegeven. Dat eerste jaar heb ik dingen gezegd die je diep hebben gekwetst ...'

'Helemaal niet,' protesteerde ze.

Neil pakte haar hand en kneep er even in.

Op de tv werd weer een andere stad getoond. Ditmaal geen gebouwen die in brand stonden, maar plunderaars die etalageruiten insloegen. De rondvliegende glasscherven glinsterden niet meer dan de sprankelende regendruppels.

'Dit is geen tijd voor leugentjes, lieve meid,' zei Paul tegen Molly. 'Zelfs niet voor leugentjes uit bestwil, om iemands gevoelens te sparen.'

Paul was aanvankelijk tegen hun huwelijk geweest. Maar in de loop der jaren had hij die mening bijgesteld en inmiddels stond hij er helemaal achter. Hij was goede vrienden geworden met Molly en tot op dit moment was zijn aanvankelijke tegenzin nooit ter sprake gekomen.

Ze lachte. 'Goed dan, vader Paul, ik geef het toe. Af en toe heb je me behoorlijk pissig gemaakt.'

Paul lachte zacht. 'Volgens mij denkt God er precies zo over. Hem heb ik al lang geleden om vergiffenis gevraagd... En nu vraag ik hetzelfde aan jou.'

Haar stem klonk gesmoord. Ze had het liefst de verbinding verbroken. De onvermijdelijke consequenties van dit gesprek bezorgden haar een gevoel van wanhoop. Ze namen afscheid van elkaar. 'Paulie... je bent net zo goed mijn broer. Je weet niet half... hoeveel waardering ik voor je heb.'

'O, maar dat weet ik heus wel, hoor. En luister eens, meid, je moeder zou trots zijn geweest op dat laatste boek van je.'

'Het is leuk en het loopt best lekker ,' zei ze. 'Alleen het onderwerp deugt niet.'

'Nee. Je moet eens ophouden met die zelfkritiek. Het straalde dezelfde wijsheid uit als het beste werk van Thalia.'

De tranen sprongen Molly in de ogen. 'Dit is geen tijd voor leugentjes... weet je nog wel, Paulie?'

'Die zijn ook niet over mijn lippen gekomen.'

Geluidloos rende een doorweekte menigte met een verwilderde blik in de ogen naar de tv-camera's toe en erlangs. Het leek alsof de mensen in doodsangst ergens voor wegvluchtten.

Via de telefoon zei Paul: 'Luister... ik moet ervandoor. Ik geloof niet dat we nog veel tijd hebben.'

'Wat is er daarginds dan aan de hand?' vroeg Neil bezorgd.

'Vlak voordat je belde, heb ik de mis opgedragen. Maar niet iedereen die hier bij elkaar is gekomen, is katholiek, dus die mensen hebben een ander soort troost nodig.'

Op het scherm werd de cameraman door de in paniek geraakte meute onder de voet gelopen. De lens zwaaide wild heen en weer, kwam met een klap op het wegdek terecht en toonde rennende voeten, die lichtgevende waterdruppels lieten opspatten uit met duistere juwelen bezaaide plassen.

Ondanks het feit dat de handsfreeknop was ingedrukt, hield Neil de handset nog steeds stijf vast, alsof hij alleen door de kracht van zijn vingers zijn broer aan de lijn kon houden. 'Paulie,' zei hij, 'wat bedoelde je toen je zei dat het gerechtsgebouw gemakkelijker verdedigd kan worden? Tegen wie?'

Geruis op de lijn maakte het antwoord uit Hawaï onverstaanbaar.

'Paulie? Dat konden we niet verstaan. Er was wat storing. Tegen wie moeten jullie je dan verdedigen?'

Hoewel hij inmiddels weer goed te horen was, klonk Paulie alsof hij op de bodem van een diepe put stond. 'Dit zijn voor het merendeel eenvoudige mensen, Neil. Het kan best zijn dat hun fantasie op hol geslagen is, of misschien zien ze wat ze verwachten te zien in plaats van de werkelijkheid. Ik heb er zelf niet een gezien.'

'Een wat?'

Geruis en gekraak.

'Paulie?'

Tussen de half weggevallen en verminkte woorden die uit de luidspreker kwamen, was er een dat klonk als *duivels*.

'Paulie,' zei Neil, 'als deze lijn wegvalt, bellen we je meteen terug. En als we jou niet kunnen bereiken, probeer ons dan te bellen. Heb je me verstaan, Paulie?'

Op tv renden de laatste, geluidloze voeten langs de gevallen videocamera over het kletsnatte wegdek van een stad die inmiddels met behulp van een ondertiteling een naam had gekregen: *Berlijn, Duitsland.*

Plotseling zwol de stem van Paul Sloan vanuit het verre Maui midden in een zin weer aan, alsof hij in de aangrenzende keuken stond: '... hoofdstuk twaalf, vers twaalf. Kun je je dat nog herinneren, Neil?'

'Sorry, Paul, maar ik heb de naam van het boek niet verstaan,' antwoordde Neil. 'Zeg het nog maar een keer.'

In Berlijn marcheerden legioenen lichtgevende regendruppels over de met plassen bedekte straten en het sproeiwater dat ze opwierpen was stralender dan diamantstof. Een voorgevoel dat er iets vreselijks zou gebeuren, hield Molly's aandacht gekluisterd aan de stomme tv-beelden. De actie was kennelijk voorbij nu de menigte naar andere oorden was gevlucht, maar ze ging ervan uit dat het begeleidend commentaar toch iets interessants te vertellen had. Anders zou de zender de uitzending uit Berlijn wel afgesloten hebben toen de camera op de grond terechtkwam en niet meteen weer opgepakt was. Ze had nog steeds de afstandsbediening in haar hand, maar ze schakelde het volume niet in, omdat ze bang was dat ze anders iets zou missen van wat haar zwager te vertellen had.

De telefoonstem van Paul viel in een diep gat, maar op het moment dat Neil het gesprek wilde afbreken werd de verbinding weer hersteld en konden ze Paul nog net horen zeggen: '"... en heeft groten toorn, wetende, dat hij een kleinen tijd heeft."'

Toen viel de lijn eindelijk weg zonder dat ze zelfs maar een klikje of geruis hoorden.

'Paulie? Paulie, hoor je me nog?' Neil drukte een paar keer achter elkaar op de telefoon, maar slaagde er niet in om weer een kiestoon te krijgen.

Op de tv kwam een mensenhoofd, misschien dat van de ongelukkige cameraman, geluidloos als een zeepbel het beeld binnenzeilen. Het was van voorhoofd tot kin in tweeën gekliefd en landde met de platte kant naar beneden op het wegdek. Eén dood oog, groot van angst, tuurde door de elektronische pijplijn van Berlijn naar Californië.

8

Tot nu toe had Molly nooit de behoefte gevoeld om een geladen pistool mee te nemen naar het toilet. Ze legde het op de gele tegeltjes naast de wastafel met de loop naar de spiegel. Ze putte geen troost uit de aanwezigheid van het wapen, het bezorgde haar buikkrampen.

Als het erop aankwam en gerechtigheid afhing van de beslissing die je nam, kon Molly zonder aarzelen de trekker overhalen. Dat had ze al een keer gedaan. Maar toch werd ze een beetje misselijk van het idee dat ze iemand zou moeten doodschieten. Ze was een schepper, geen slager.

Op haar porseleinen bidet dat met een hendel doorgetrokken werd, bad ze dat, wat er in de komende uren ook zou gebeuren, ze niet gedwongen zou worden zich tegen andere mensen te verdedigen. Ze wilde alleen vijanden die zo buitenaards waren dat ze, nadat ze doodgeschoten waren, geen enkele reden gaven voor twijfel of schuld.

Ze was naar het toilet naast de keuken gegaan, waar geen ramen in zaten. Achter de deur kon ze nog boven het geraas van de regen op het dak het gerammel en het gestommel van Neil horen, die bezig was twee koeltassen vol te laden met etenswaren om mee te nemen in hun terreinwagen.

Voor zijn beide carrières had hij in staat moeten zijn vooruit te denken. Tegenwoordig was hij meubelmaker. Hij wist hoe belangrijk het was een goed plan te hebben en de juiste afmetingen te weten voordat hij aan een klus begon.

Hij was bang dat ze honger zouden krijgen voordat ze weer zover waren dat ze terug naar huis konden. Of, nog erger, dat ze door omstandigheden niet in staat zouden zijn terug naar huis te gaan.

Als hij Columbus was, was Molly Diogenes. Hij was avontuurlijk aangelegd, zij had meer weg van een monnik. Vandaar dat ze het betreurde dat ze weg moesten. Zij zou er de voorkeur aan hebben gegeven de voordeur te barricaderen, de ramen dicht te timmeren, de slaap uit haar ogen te wrijven en te wachten tot de moeilijkheden voor de deur stonden. In de hoop dat dat nooit zou gebeuren. Maar ze wist dat het besluit van Neil iets te ondernemen verstandiger was. Wat de regen ook zou brengen of veroorzaken, ze zouden veel kwetsbaarder zijn als ze alleen waren dan in het gezelschap van hun buren.

Voordat ze haar handen waste, boog ze zich over de wastafel en ademde argwanend de stoom in die van het stromende water afsloeg. Maar ze kon geen spoor van de geur van de regen ontdekken. Voordat ze het zeepblokje oppakte, legde ze het pistool op de spoelbak van het toilet, zodat iets wat zich in de spiegel bevond er niet bij zou kunnen.

Molly vroeg zich af of ze het zelf wel zou weten als ze gek was geworden, nu dat soort idiote voorzorgsmaatregelen al binnen een paar uur na aanvang van die nieuwe realiteit een tweede natuur was geworden. Misschien was haar geestelijke gezondheid al verleden tijd. Misschien was ze inmiddels zo ver verwijderd van alle redelijkheid dat Neil nooit genoeg tassen met etenswaren kon inpakken om haar tijdens de terugreis in leven te houden.

Ze waste haar handen. Ze bleef het enige wat in de spiegel te zien was, niet vervuild of vervallen en begroeid met rare slingerplanten. En haar gezicht was ook niet van voorhoofd tot kin in tweeën gekliefd, maar nog steeds heel jong en met stralende ogen waarin de hoop zich niet liet onderdrukken.

De terreinwagen in de garage was geladen met koeltassen gevuld met etenswaren, een krat met flessen water en de meest elementaire EHBO-artikelen. Ze waren voorbereid op een reis in zwaar weer over moeilijke wegen.

Molly had ook de boeken van haar moeder en de vier die ze zelf had geschreven ingepakt, plus het manuscript waar ze momenteel aan werkte. Werelden konden vergaan, maar volgens haar gold dat niet voor het geschreven woord.

Terwijl ze moed verzamelden om te vertrekken, bleven zij en Neil nog even naast elkaar in de woonkamer naar de tv staan kijken. De chaos had kanaal voor kanaal verder toegeslagen. Meer dan de helft van de elektronische snelwegen was inmiddels verstopt door sneeuwbuien, geflikker, lichtflitsen, gebonk en vage silhouetten van mensen en onherkenbare voorwerpen. Nog een derde vertoonde de pulserende, kronkelende en felgekleurde kaleidoscopische patronen, die begeleid werden door het gezoem, gesis, geborrel, gejank, gekrijs, gefluit en getjilp dat ook de telefoon onbruikbaar maakte. Ze konden geen nieuwsuitzending vinden, geen zinvolle informatie.

Een handvol kanalen zond nog steeds duidelijke signalen uit: scherpe beelden en verrassend helder geluid. Het waren stuk voor stuk amusementsprogramma's. Ze bleven even staan kijken naar een oude aflevering van *Seinfeld*. Het publiek, echt of ingeblikt, bleef brullen van het lachen.

Neil zapte naar andere kanalen en kwam uit bij een spelprogramma. Je kon een kwartmiljoen dollar winnen en de kans op doorgaan voor een halfmiljoen als je de auteur van *Old Possum's Book of Practical Cats* kon noemen.

'T.S. Eliot,' zei Molly.

Ze had gelijk, maar ze had het vermoeden dat een kwartmiljoen dollar over een week wel eens minder waard zou kunnen zijn dan de krant van gisteren.

Op een ander kanaal nam Bogart aan de vooravond van een wereldoorlog in de zwart-witte Casablanca-nacht afscheid van Ingrid Bergman. Neil kende de dialoog uit zijn hoofd. Zijn lippen bewogen mee met die van de acteurs, hoewel hij geen geluid maakte.

Hij zapte verder. Hier werd Cary Grant, met sublieme komische timing, steeds zenuwachtiger van de onophoudelijke wartaal die Katharine Hepburn uitsloeg. En daar zat Jimmy Stewart sarcastische opmerkingen te maken tegen een onzichtbaar, een meter tachtig groot, konijn.

Aanvankelijk begreep Molly niet waarom Neil zo ingespannen en met zulke glanzende ogen naar die oude films stond te kijken. Luttele ogenblikken geleden was hij nog vast van plan geweest om zo snel mogelijk het gezelschap van hun buren op te zoeken. Maar al snel drong het tot haar door dat hij verwachtte nooit meer de kans te krijgen van die of andere oude films te genieten als de hele aarde in de macht zou zijn van een buitenaards volk dat zijn eigen nieuwe goden mee zou brengen. Daarna keek ze gretig toe hoe Gary Cooper door de stoffige straten van een straat in het Wilde Westen liep, terwijl de zon op het hoogste punt stond. Ze keek toe hoe Tom Hanks zich stuntelend door een leven sloeg, bekoord door de deugd van eenvoud. En ze keek toe hoe Maureen O'Hara helemaal ondersteboven raakte van John Wayne.

Ze betrapte zich er meer dan eens op dat ze met een steek in haar hart haar adem inhield. Wat ooit puur tijdverdrijf was geweest, leek nu onuitsprekelijk mooi en diepgaand.

Neil zapte van de oude films naar een eigentijds programma. Een van die van begin tot eind in elkaar gezette rariteitenkabinetten die ten onrechte het etiket 'reality tv' opgeplakt hadden gekregen. Programma's waarin wreedheid op een voetstuk werd gezet, onwetendheid de boventoon voerde en kijkers werden aangelokt door ze ontaarde dingen te beloven. Programma's die om onverklaarbare redenen populair bleven. Een vrouwelijke deelnemer zat een bord vol bleke, wriemelende slakken te eten.

Nu belandden ze bij een recentere film. Een mooie, lenige blondine die onmogelijke *martial-arts*-manoeuvres uitvoerde, met een zwaard stond te zwaaien, een serie tegenstanders onthoofdde, ze in de ogen stak en ze vol verrukking de buik openreet, knapper dan een barbiepop en even harteloos.

Plotseling leek de afstandsbediening niet langer een apparaat om naar believen langs de kanalen te zappen, maar een instrument dat was geprogrammeerd om gruweldaden te vinden. Kanaal na kanaal spoot, spatte en sproeide het bloed over het scherm. Een pornografische zender die alleen met een decoder te ontvangen was – die ze niet hadden en die ze dus eigenlijk helemaal niet konden krijgen – vulde het scherm met een niets onthullend beeld van een groepsverkrachting. Aan het slachtoffer te zien genoot ze intens van het brute geweld dat haar werd aangedaan. Komieken met schelle stemmen stonden smerige moppen te vertellen die een nog smeriger gelach ontlokten aan een balkend publiek.

Er was geen knap in elkaar gezette propaganda te bedenken die nog effectiever de pretenties van de mensheid voor schut had kunnen zetten dan deze ogenschijnlijk onwillekeurige selectie van wreed amusement.

Neil drukte op de powerknop van de afstandsbediening maar de tv ging niet uit. Hij probeerde het opnieuw, maar zonder succes. Onder controle van een of ander honend wezen werd het scherm in beslag genomen door elkaar snel opvolgende beelden vol gewelddadige seks en afschuwelijke moordpartijen. Er ontrolde zich een huiveringwekkende montage van de mens in zijn meest vernederende en primitieve staat.

'Dit is niet waar,' zei Neil met op elkaar geklemde kiezen. 'Zo zijn we niet. Zo zijn we niet alléén.'

De onzichtbare heerser van de radiogolven was een andere mening toegedaan en de beelden van primitieve lust en bloeddorstigheid bleven over het scherm schieten, een vloedgolf van cinematografisch rioolwater.

Molly herinnerde zich iets wat ze had gelezen over een van de concentratiekampen van de nazi's – Auschwitz, of Bergen-Belsen, of Dachau – waar de joodse gevangenen werden bestookt met propaganda waarin hun erfgoed werd afgeschilderd als een misvormde boom die werd begoten met leugens en zich voedde met de inspanningen van anderen. Een boom met takken verwrongen van hebzucht. Hun beulen wilden dat ze eerst deze valse geschiedenis van hun volk erkenden en vervolgens accepteerden dat executie hun terechte beloning was.

Zelfs de architecten van volkerenmoord, die hun hart al aan het kwaad hebben verpand en wier ziel al in het archief van de hel is opgeslagen, voelen de behoefte hun machtsmisbruik te rechtvaardigen. Zij wensen te geloven dat hun slachtoffers in hun voorlaatste ademtocht schuld bekennen en de rechtvaardigheid van massamoord inzien – en dat zou kunnen betekenen dat de beulen, ook al is het in hun onderbewustzijn, weten hoe diep ze zelf zijn gevallen.

Molly draaide het walgelijke spektakel op de tv de rug toe. Ze wierp een bezorgde blik op de met rolgordijnen bedekte ramen en op het plafond dat leek in te zakken onder een dakverpletterend gewicht van ranselende regen.

Ze besefte instinctief dat dodentreinen, of een equivalent daarvan, al naar rangeerterreinen werden geloodst. Lange ketens goederenwagons stonden te wachten om volgepakt te worden met een menselijke lading en weggesleurd te worden naar massagraven waar de stoffelijke resten van miljoenen omgeploegd zouden worden om uiteindelijk als mest te dienen voor uitgestrekte, malse weilanden ten behoeve van wezens die doof en blind waren voor alle schoonheid die door talloze mensengeneraties was voortgebracht.

Helemaal boven in het huis klonk een luide bons. Er rammelde iets. Meteen daarna werd het weer stil.

Misschien was er een afgebroken tak op het dak gevallen. Een losse steen van de schoorsteen, die door de regen van zijn plaats was gespoeld, kon over het houten dak zijn gerold.

Of een of andere onvoorstelbaar vreemde bezoeker was via de zolder naar binnen gekomen en verkende nu de ruimte onder die met spinnenwebben bedekte dakbalken, op zoek naar het luik en de opklapbare ladder die het wezen toegang zouden geven tot de eerste verdieping.

'Tijd om te vertrekken,' zei Neil.

deel twee

'Afval en leegte. Afval en leegte. En duisternis op het gelaat van de diepte.'
T.S. Eliot, Refreinen uit *'The Rock'*

9

Omdat ze zich deze ene keer niet druk maakten over de volgende elektriciteitsrekening lieten ze liever het licht aan dan de duisternis de kans te geven tijdens hun afwezigheid bezit te nemen van hun huis.

In de bijkeuken trokken ze haastig rubber laarzen en zwarte regenjassen aan. De zolen met de diepe inkepingen piepten op de tegelvloer.

In de garage achter de bijkeuken was het killer dan in het huis. De vochtige lucht rook naar nat hout en natte dekplaten, maar tot nog toe had de regen geen lek in het dak veroorzaakt.

De Ford Explorer stond ingeladen op hen te wachten. Hoewel ze zich wel wat zorgen hadden gemaakt over de hoogte van de maandelijkse aflossing, hadden ze toch kort geleden hun tien jaar oude Suburban ingeruild. Nu was Molly blij dat ze dit nieuwere en meer betrouwbare voertuig hadden.

Ze was al op weg naar de terreinwagen toen Neil haar aandacht vestigde op de werkbank. Bovenop hadden zich een stuk of veertig muizen verzameld. Omdat de knaagdieren geen geluid maakten en voor het merendeel doodstil bleven zitten, als kleine stenen beeldjes, had Molly de plaag niet meteen gezien.

Veld- en bosmuisjes, een mengeling van bruin en grijs, waren hun natuurlijke omgeving ontvlucht en hadden hun toevlucht gezocht in deze garage. Onder de werkbank zaten er minstens evenveel als erop. Andere groepen muizen zaten dicht op elkaar gepropt in de hoeken en langs de wanden. Op de deksels van de beide vuilnisbakken. Boven op een rij kasten. Het waren er meer dan honderd, misschien wel meer dan tweehonderd. Het merendeel stond op z'n achterpootjes, waakzaam, trillend, met bevende snorharen en roze neusjes snuffelend in de lucht.

Onder normale omstandigheden zouden de muizen zich meteen uit de voeten hebben gemaakt op het moment dat Molly en Neil binnenkwamen. Nu reageerden ze niet. Waar ze bang voor waren, bevond zich buiten in de regen.

Hoewel Molly altijd een beetje gegriezeld had van knaagdieren en verder was gegaan dan normaal in haar pogingen ze uit het huis te weren, deinsde ze niet terug bij de aanblik van deze schichtige indringers. Net als bij de coyotes begreep ze dat mensen en muizen in deze gevaarlijke nacht in gelijke mate bedreigd werden.

Toen zij en Neil in de Explorer waren gestapt en de portieren achter zich dicht hadden getrokken, vroeg Molly: 'Als zij instinctief naar binnen komen, is het dan wel verstandig van ons om weg te gaan?'

'Paul en zijn buren hebben zich verzameld in dat gerechtsgebouw op Maui, omdat dat door de bouw gemakkelijker te verdedigen is. Dat geldt niet voor ons huis, met al die ramen en die simpele sloten...'

'Misschien is er geen enkel gebouw tegen bestand.'

'Dat zou best kunnen,' beaamde hij.

Hij startte de SUV. De muizen reageerden niet op het geluid van de motor. Hun ogen kregen een rode en zilveren glans in het licht van de koplampen. Neil vergrendelde de deuren van de Explorer. Pas toen opende hij de garagedeur met behulp van de afstandsbediening. Molly besefte dat ze het huis niet afgesloten had. Maar sleutels en grendels leken weinig zekerheid meer te bieden.

Achter de Explorer rolde de garagedeur als een luik naar boven. In het onophoudelijke lied van de regen kon ze het geluid van de motor nauwelijks onderscheiden. Ze kreeg ineens de neiging om uit de auto te springen en terug te hollen naar het huis voordat de op de loer liggende nacht helemaal bezit had genomen van de garage. Wanhopig stelde ze zich een huiselijk tafereeltje voor. Ze zou hete thee maken, die ze in een mok zou schenken. Oolong, met die opvallende geur, afkomstig uit het

Wu-I gebergte in China. Ze zou de thee opdrinken in de gezellige zitkamer, met een paar boterkoekjes erbij. Gewikkeld in een lekkere, warme plaid. Met een liefdesroman vol eeuwige hartstocht en oneindig lijden. En als ze de laatste met tranen bevlekte bladzijde had omgeslagen, zou er een eind zijn gekomen aan de regen. Dan zou de ochtend inmiddels zijn aangebroken. De toekomst zou niet langer troosteloos en in nevelen gehuld zijn, maar zich ontvouwen in het schijnsel van een onzichtbaar licht dat te helder was voor mensenogen.

Maar ze deed het portier niet open om zich over te geven aan dat droombeeld van thee met koekjes en een voor de hand liggende gelukkige afloop. Dat durfde ze niet.

Neil trok de handrem los, zette de auto in z'n achteruit en reed de garage uit, het windloze noodweer in. De regen viel als een godsgericht naar beneden, met zoveel kracht dat de Explorer in al zijn voegen leek te trillen.

Niet uit zorg voor hun eigendom, maar meer uit consideratie voor de bange muizen drukte Molly op de afstandsbediening om de garagedeur te sluiten.

De aanvankelijk zwakke fluorescentie van de regen werd versterkt door fonkelende flitsen uit de weerschijn van de koplampen. De houten bekleding van het huis, die al tot een eigenaardige zilveren tint was verweerd, leek nu nog meer te glanzen in het lichtgevende vocht. Langs de dakranden zorgden overbelaste goten voor glimmende gordijnen, die grote gedeelten van het huis versluierden.

Neil keerde de Explorer en reed de heuvel op naar de provinciale tweebaansweg. De oplopende oprit was veranderd in een omlaagstromend beekje waarin nog meer lichtflitsen als grote zwermen imitatieslangen kronkelden.

Toen de SUV de top van de oprit had bereikt, keek Molly om en tuurde door de regen en de onwrikbare bomen naar beneden. Badend in het licht leek hun huis gastvrij... en voorgoed onbereikbaar.

Ze zouden het snelst in de stad zijn als ze de provinciale weg in zuidelijke richting afreden.

De tweebaans-asfaltweg was nog steeds begaanbaar, doordat hij over de richel rond het meer liep en de regen aan beide kanten naar beneden kon stromen. Hier en daar was het wegdek bedekt met een dikke, glibberige laag dode dennennaalden, die door de bui van de bomen waren gevallen, maar de SUV lag zo vast op de weg dat ze zonder problemen door konden rijden.

Zelfs in de hoogste stand konden de ruitenwissers de wolkbreuk niet aan. Hun uitzicht werd belemmerd door de neergutsende regen. Neil reed langzaam en voorzichtig verder.

Aan de oostkant liep het woud – waarvan grote stukken verbrand waren tijdens de bosbranden van het jaar ervoor – omlaag naar boomloze, maar met gras bedekte heuvels, die op hun beurt plaats moesten maken voor droger land en uiteindelijk voor de Mojave. In dat gebied stonden maar een paar huizen.

Aan de westkant van de richel stonden meer dan genoeg huizen, maar wel op grote afstand van elkaar. Hun naaste buren naar het zuiden waren Jose en Serena Sanchez. Ze hadden twee kinderen, Danny en Joey, en een hond die Semper Fidelis heette.

Neil sloeg rechts af bij hun brievenbus en bleef boven aan de oprit staan, met de koplampen op het huis onder hen gericht.

'Moeten we hen wakker maken?' vroeg hij zich af.

Behalve het gebrek aan licht was er nog iets anders aan het huis wat Molly dwarszat. Als het gezin Sanchez thuis was geweest, dan zouden ze door de ongekende hevigheid van de regen vast wel wakker zijn geworden. Gedreven door nieuwsgierigheid zouden ze ongetwijfeld uit bed zijn gekomen, de tv aan hebben gezet en op die manier ontdekt hebben wat er met de wereld aan de hand was.

Molly herkende de stem van de dood in de monotone dreun van de regen en die leek haar nu niet vanuit de hemel toe te spreken, maar vanuit het huis aan de voet van de oprit.

'Ze zijn weg,' zei ze.

'Waarheen?'

'Of dood.'

'Zij toch niet,' zei Neil hoopvol. 'Niet Jose en Serena… niet de jongens.'

Molly was alleen een mysticus in de zin dat ze schrijfster was, het hield niet in dat ze last had van visioenen of voorgevoelens. Maar toch sprak ze nu vanuit de zekerheid van een ongewenste intuïtie. 'Dood. Allemaal dood.'

Het huis werd wazig, weer helder zichtbaar, wazig en weer helder zichtbaar. Misschien bewoog er iets achter de onverlichte ramen, misschien ook niet. In haar verbeelding zag ze een kronkelende en gevleugelde gestalte, net als het mysterieuze ding waarvan ze achter de spiegel een glimp hadden opgevangen, die nu door de kamers van het huis van de familie Sanchez van lijk naar lijk fladderde, dartelend van een duister genot.

Op een bevend fluistertoontje, dat toch luid genoeg was om Neil boven het lied van de regen te bereiken, zei ze: 'Laten we maar weggaan. Nu. Meteen.'

10

Ten zuiden van het huis van het gezin Sanchez woonde de weduwnaar Harry Corrigan, alleen sinds afgelopen juni toen zijn geliefde Calista de dood had gevonden voor een betaalautomaat.

Het stenen huis, met een dubbel zadeldak, stond veel dichter bij de provinciale weg dan dat van Neil en Molly. De oprit was korter en minder steil dan die bij hun huis.

En dit waren de lichten die ze had gezien toen ze net was opgestaan en naar het raam was gelopen om te kijken hoe hard het regende. Ze hadden eruitgezien als de navigatielichten van een schip, ver weg op een verraderlijke en golvende zee. Ieder raam scheen verlicht te zijn, alsof Harry, op zoek naar de vrouw die hij had verloren, van kamer naar kamer was gelopen en iedere lamp had aangelaten, hetzij in de hoop dat ze terug zou keren of ter herinnering aan haar. Achter het glas waren geen dreigende of wegschietende schaduwen te zien. Als Harry hier was, moesten ze gezamenlijk iets ondernemen. Hij was een vriend op wie ze konden vertrouwen.

Onder aan de oprit was een parkeerplaats waar Neil de auto neerzette met de neus naar de weg. Hij deed de koplampen uit.

Toen Neil zijn hand uitstak naar het contactsleuteltje hield Molly hem tegen. 'Laat de motor maar lopen.'

Ze hoefden niet te overleggen of het gevaarlijk of wijs was om samen naar binnen te gaan. Of het nu wel of niet verstandig was, ze hadden al afgesproken dat ze elkaar niet meer uit het oog zouden verliezen.

Hun regenjassen waren voorzien van een capuchon. Nadat ze die hadden opgezet leken ze ineens op een stel middeleeuwse monniken.

Molly vond het vreselijk dat ze uit moest stappen. Ze kon zich nog maar al te goed herinneren hoe heftig ze haar hand had staan schrobben met naar sinaasappels ruikende zeep toen die nat was geworden van de regen... En dat ze desondanks toch het gevoel had gehouden dat ze onrein was.

Maar ze kon hier niet eeuwig blijven zitten, verlamd van angst of door een gebrek aan vertrouwen. Ze kon hier niet als een vormeloze gestalte, niet in staat om ook maar een vin te verroeren, gaan zitten wachten tot de wereld verging.

Het 9mm-pistool zat weggestopt in een van haar jaszakken. Ze hield het vast met haar rechterhand. Ze stapte uit de Explorer en sloot het portier rustig, hoewel het geluid van een klap in die roffelende regen niet ver zou hebben gedragen. Maar discretie leek raadzaam, zelfs in een zondvloed.

Door de enorme kracht van de hoosbui wankelde ze even, tot

ze haar voeten wijd uit elkaar had gezet en goed oplette dat ze haar evenwicht niet verloor.

De regen rook niet langer voornamelijk naar sperma. Ze kon er nog wel een vaag spoortje van ruiken, maar dat werd nu gemaskeerd door nieuwe en zoetere geuren, die herinnerden aan wierook, warm koper en citroenthee. Ze onderscheidde ook nog rokerige aroma's die ze nergens mee kon vergelijken.

Ze probeerde haar gezicht droog te houden, maar de regen drong toch door tot onder haar capuchon. De striemende druppels waren niet langer warm, zoals eerder het geval was geweest. Zonder na te denken likte ze haar lippen af. De smaak bleek niet zilt te zijn als aandenken van de zee, maar een beetje zoet en best lekker. Maar toen moest ze ineens aan de kinderen denken die de blauwe sneeuw opaten en ze kokhalsde en spuugde, waardoor ze nog meer regenwater binnenkreeg.

De goot langs de oprit was verstopt door afgevallen dennennaalden en dikke proppen bladeren van de wilde vijgenboom. Een plas water van een centimeter of vijftien diep kolkte rond hun voeten, opgefleurd door fijne zilverdraadjes van griezelig dansende lichtjes.

Neil had zijn regenjas opengeritst om het geweer onder zijn arm te stoppen. Met zijn linkerhand probeerde hij zijn jaspanden zo goed en zo kwaad als het ging bij elkaar te houden.

Via een glooiend flagstonepad liepen ze omhoog naar de trap aan de voorkant. Onder de beschutting van het verandadak gooide Molly haar capuchon af. Ze trok het pistool uit haar jaszak. Neil hield het geweer met twee handen vast.

De deur van Harry Corrigans huis stond op een kier. Een oranje plekje op de sponning van de deur gaf aan waar het verlichte knopje van de bel zat, maar onder deze omstandigheden leek het niet raadzaam om hun komst op de gebruikelijke manier aan te kondigen. Met de teen van zijn laars gaf Neil de deur een voorzichtig zetje. Toen de deur openzwaaide, bleven ze even wachten en bestudeerden de hal. Daarna gingen ze naar binnen.

Ze waren hier vaak te gast geweest voordat Calista in Redondo Beach was vermoord en daarna ook nog een paar keer. Toen de keuken vier jaar geleden was gerenoveerd, had Neil de nieuwe kastjes gemaakt. Maar nu kwam dit huis dat ze zo goed kenden hun vreemd voor. Alles was net iets anders dan Molly zich herinnerde, alles leek op de verkeerde plaats te staan.

Op de begane grond was aan alles te zien dat hier een eenvoudig leven werd geleid, met vaste gewoontes: comfortabele, veelgebruikte meubels, landschappen en zeegezichten aan de muur, hier een pijp die in een asbak was achtergelaten, daar een boek met een snoeppapiertje op de plek waar de lezer was gebleven, zorgzaam vertroetelde kamerplanten met glanzende bladeren, purperen pruimen die in een houten schaal op het aanrecht lagen te rijpen... Ze zagen geen enkel bewijs van geweld. Maar ook geen spoor van hun vriend en buurman.

Toen ze terug waren in de hal en onder aan de trap stonden, overwogen ze even om Harry te roepen. Maar om boven het hevige geroffel van de regen op het dak uit te komen, zouden ze hun stem moeten verheffen. En dan zou er wel eens iets of iemand anders in plaats van hun buurman kunnen opduiken en dat was een argument om hun mond te houden.

Neil liep als eerste de trap op. Molly liep zijdelings achter hem aan, met haar rug tegen de muur, zodat ze zowel naar boven als naar beneden kon kijken. Op de overloop was de massieve eiken deur van de grote slaapkamer uit de scharnieren gerukt. Hij lag bijna in tweeën gespleten op de overloop op de grond. Glimmende stukjes van het slot lagen verspreid over de vloerbedekking. De twee imposante scharnieren zaten nog steeds vast aan de sponningen, hoewel de platen – van staal, en een halve centimeter dik – helemaal verbogen waren door de angstaanjagende kracht waarmee de deur weggerukt was. De ogen aan weerskanten van de scharnieren waren ook helemaal verbogen, net als de stalen pin waarmee ze aan elkaar bevestigd werden. Als Harry zijn toevlucht had gezocht achter de op slot gedraaide slaapkamerdeur had die barrière het niet lang uitgehouden.

Zelfs een door steroïden opgepompte bodybuilder met spieren als Hercules had die deur zonder hulp van een lier en een takel niet uit de scharnieren kunnen rukken. Er was geen mens die dat met zijn blote handen voor elkaar had kunnen krijgen.

Omdat ze een slachting verwachtte, of een onmenselijke gruweldaad die elke verbeelding tartte, aarzelde Molly even voordat ze achter Neil aan de slaapkamer in liep. Maar toen ze over de drempel stapte, zag ze geen spoor van geweld.

De inloopkast stond open. Er zat niemand in. Toen Neil de gesloten deur tussen de slaapkamer en de aangrenzende badkamer open wilde doen, bleek die op slot te zitten. Hij keek Molly even aan. Ze knikte. Neil drukte zijn gezicht bijna tegen de badkamerdeur en vroeg: 'Harry? Ben je daar, Harry?'

Als hij antwoord had gekregen, was dat te zacht geweest om verstaanbaar te zijn.

'Harry, ik ben het, Neil Sloan. Ben je daarbinnen? Is alles in orde?'

Toen hij geen antwoord kreeg, deed hij een stap achteruit en gaf een harde trap tegen de deur. Er zat alleen maar een toiletslot op, geen grendel, en na drie trappen sprong het open.

Wat vreemd dat wel de zware slaapkamerdeur uit de scharnieren was gerukt en dat deze deur met rust was gelaten.

Neil stapte naar binnen, deinsde meteen weer achteruit en draaide zich om met een gezicht dat door een soort inwendige aardbeving van afschuw en walging helemaal vervormd leek. Hij probeerde Molly tegen te houden om te voorkomen dat zij hetzelfde zou zien als hij, maar ze liet zich niet wegduwen. Niets kon erger zijn dan bepaalde dingen die ze had gezien op die afschuwelijke dag toen ze pas acht was.

Zonder ogen en met een hoofd dat even leeg was als een uitgeholde pompoen zat Harry Corrigan op de vloer van de badkamer, onderuitgezakt tegen de zijkant van het bad. Hij had de loop van een jachtgeweer met een korte loop in zijn mond gestoken en de trekker overgehaald.

Misselijk maar niet echt geschrokken draaide Molly zich meteen weer om.

'Hij kon het verdriet niet meer aan,' zei Neil.

Heel even begreep ze niet wat hij bedoelde. Daarna besefte ze dat hij, ondanks alles wat hij inmiddels had gezien, in zekere zin nog steeds weigerde om de waarheid te erkennen.

'Harry heeft geen zelfmoord gepleegd vanwege Calista,' zei ze. 'Hij heeft zich in de badkamer opgesloten en zich een kogel door het hoofd gejaagd, omdat hij niet oog in oog wilde komen te staan met datgene wat de slaapkamerdeur uit de sponning heeft gerukt.'

Neils gezicht vertrok even toen ze geen blad voor haar mond nam en zijn gezicht, dat toch al lijkbleek was vanaf het moment dat hij de dode man had gezien, werd asgrauw.

'En toen ze de knal van het geweer hoorden,' vervolgde ze, 'wisten ze wat hij had gedaan... en verloren alle belangstelling voor hem.'

'Ze,' zei hij peinzend en keek naar het plafond alsof hij weer moest denken aan die enorme dalende massa die hij eerder die nacht had gevoeld. 'Maar waarom heeft hij het geweer dan niet tegen hén gebruikt?'

Omdat ze vermoedde dat het antwoord wel ergens anders in het huis te vinden was, gaf Molly geen antwoord en liep in plaats daarvan terug naar de overloop. De speurtocht over de rest van de eerste etage leverde niets interessants op, tot ze bij de achtertrap kwamen.

Het was een smalle trap, die uitkwam in een bijkeuken naast de keuken. Molly wist dat die bijkeuken ook toegang gaf tot de achtertuin. Kennelijk had Harry Corrigans eerste confrontatie met zijn ongewenste bezoekers daar plaatsgevonden. Hij was gewapend geweest met het jachtgeweer en had dat meer dan eens op deze trap gebruikt. Grove hagel had groeven en gaten in de muren achtergelaten en stukken hout en splinters uit de trap gehakt. Toen hij achteruit naar boven was gelopen en op de indringers had gevuurd, had hij geen enkel doelwit in die kleine ruimte kunnen missen, zeker niet als je rekening hield met het wijde bereik van het met hagel geladen jachtgeweer. Toch was er geen lijk op of onder aan de trap te zien. Geen bloed.

Neil, die naast Molly stond en even weinig zin had als zij om de smalle trap af te lopen, vroeg zich hardop af: 'Waar heeft hij op geschoten... spoken?'

Ze schudde haar hoofd. 'Het was geen spook dat die slaapkamerdeur uit de scharnieren heeft gerukt.'

'Maar wat kan anders ongeschonden dwars door geweervuur lopen?'

'Dat weet ik niet. En misschien wil ik daar ook niet achter komen.' Molly keerde zich af van de trap. 'Laten we maar gauw weggaan.'

Ze liepen via dezelfde weg die ze eerder hadden genomen terug naar de hoofdtrap en op hetzelfde moment dat ze om de deur liepen die op de overloop op de grond lag, flikkerde het licht en ging uit.

11

Omdat de overloop geen ramen had, was hier zelfs het buitenaardse schijnsel van de lichtgevende regen niet te zien. Hier heerste het absolute duister van gangen in dromen over de dood, van laatste rustplaatsen onder de grond.

Aangezien ze de juiste tactiek om de dag des oordeels te overleven nog niet onder de knie had, was Molly zo dom geweest om haar zaklantaarn in de Explorer te laten liggen.

In deze blinde ruimte klonk ineens een geruis dat niets te maken had met het onafgebroken gefluister van de regen, een geruis dat klonk als het openvouwen, het slaan en het weer dichtvouwen van vlezige vleugels zonder veren. Ze prentte zich in dat ze het geluid hoorde van Neil die iets in zijn regenjas zocht.

De plotselinge lichtstraal van zijn zaklantaarn bewees haar gelijk. Ze liet de adem ontsnappen die ze onwillekeurig had ingehouden.

De donkerte op de overloop leek niet op gewone duisternis, die onderhevig was aan natuurkundige wetten, maar op Zichtbare Duisternis, het beroete wezen van een tastbaar kwaad. Het licht sneed er een moot uit die minder onthulde dan haar lief was en als de straal bewoog, kwam het duister met gretige sprongen terug.

Ze liepen om de gevallen deur heen, maar ze hadden nauwelijks een paar stappen gezet toen iets wat zich in de omringende schaduwen ophield een zin citeerde van een van haar lievelingsdichters, T.S. Eliot.

'Ik denk dat we in de rattensteeg zitten...'

Het was een gefluister, geen schreeuw, maar op de een of andere manier waren de woorden duidelijk verstaanbaar boven het onophoudelijke getrommel van de regen en Molly herkende de stem van Harry Corrigan. Dode Harry, die zichzelf had aangedaan wat een schurk voor een buit van een luttele tweehonderd dollar met zijn vrouw had gedaan.

De straal van de zaklantaarn zwiepte, priemde en cirkelde naar links, naar rechts en naar achteren. Niemand.

Neil gaf de zaklantaarn aan Molly om twee handen vrij te hebben voor het geweer. Gewapend met de lantaarn en het pistool richtte ze beide voorwerpen op dezelfde plekken. Rechts van haar stond de deur van een logeerkamer half open. Links van haar stond de deur van een studeerkamer op een kier. En nog een deur: een flits van porselein in de badkamer erachter.

Harry, of het groteske ding dat Harry was geweest, of iets

wat net deed alsof het Harry was, kon in elk van die drie kamers verscholen zitten. Of in geen ervan.

En nu volgde de zin uit 'Het barre land' die in het gedicht direct op de al geciteerde tekst volgde:

'... *Waar de doden hun knoken verloren hebben.*'

Molly kon niet horen waar de stem vandaan kwam. De woorden slingerden zich als een serpentine om haar heen, alsof ze eerst van één kant kwamen en vervolgens van een andere.

Haar bonzende hart sloeg op hol en bonkte zo hard tegen haar ribben dat er wel vuur in haar bloed moest oplaaien, even onvermijdelijk als met ijzer beslagen hoeven vonken zouden laten opspatten van straatkeien.

Eerst werd de palm van haar rechterhand nat van het zweet, vervolgens gebeurde hetzelfde met de greep van het pistool.

Het koppige duister, het misselijkmakende duister, het ontoereikende licht, deuren aan weerszijden strakgespannen als de geveerde deksels van duveltjes-in-een-doosje en nog twaalf meter tot de trap.

Nu nog negen meter.

Zes meter.

Vlak bij de trap stapte een gestalte uit een deuropening of uit een muur of door een portaal tussen twee werelden... Ze wist het niet, maar was bereid alles te geloven.

Het trillende licht viel eerst op zijn schoenen en op de omslagen van zijn corduroy broek.

Harry die op de grond van zijn met bloed besmeurde badkamer in elkaar was gezakt had een flanellen overhemd en een corduroy broek aangehad. Corduroy in precies dezelfde kleur bruin.

Molly's knieën begonnen te knikken bij het vooruitzicht dat ze opnieuw dat uitgeholde pompoenhoofd te zien zou krijgen, met de lege oogkassen en de tanden die gebroken waren door de klap van het jachtgeweer.

Maar wat ze wilde zien en wat haar vastberaden hand haar

ook wilde laten zien, waren andere dingen. Ze liet het licht van de zaklantaarn over hem heen spelen: zijn knieën, de gesp van zijn riem, zijn flanellen overhemd, zijn grijze stoppelkin...

Gelukkig stapte Neil langs haar heen, vuurde een geweerschot af en spande het wapen opnieuw, toen de kermisattractie achteruitgesmeten werd en weer in de schaduwen verdween. 'Schiet op, Molly,' zei hij dringend. 'Naar buiten.'

De knal weerkaatste tegen de muren van de overloop en de echo van het schot weergalmde nog steeds door de kamers om hen heen en door de kamers beneden, alsof het huis een klok met verscheidene klepels was.

Het ongelooflijke was hier in de duisternis tussen haar en de trap en kon haar met één sprong bereiken: het druipende ding, de beul, magere Hein, de vreemdeling die vroeg of laat bij iedereen voor de deur staat en maar blijft kloppen zonder zich weg te laten sturen en die nu de onmogelijke vorm had aangenomen van dode Harry, de vriend die ze had verloren.

Ze rende achter de wild schokkende lichtstraal aan in de richting van het flikkerende licht, de richting van de bovenste gepolitoerde mahoniehouten stijl van de trapleuning die aangaf waar ze naar beneden kon en ze keek niet naar links, waar hun herrezen buurman achterover in de schaduwen was gevallen.

Hij was kennelijk weer opgestaan en had opnieuw aanstalten gemaakt om naar hen toe te komen, want Neil vuurde opnieuw. De lichtflits uit de loop joeg achter een stel schaduwen aan die als een vlucht vleermuizen over de overloop wiekten.

Molly kwam bij de trap die op weg naar beneden veel steiler leek dan toen ze naar boven was gelopen. Omdat ze de zaklantaarn in haar ene en het pistool in haar andere hand had, kon ze zich niet aan de leuning vasthouden en het was puur geluk dat ze haar evenwicht niet verloor. Ze holde halsoverkop met zwaaiende armen de treden af, die meer weg hadden van de beijzelde sporten van een ladder, en landde wankelend op haar beide voeten in de hal, met de opwaaiende regenjas als een tent om haar heen.

De voordeur stond open. Terwijl een derde geweerschot het huis op zijn grondvesten deed schudden, holde ze weg uit die droge ruimte om een twijfelachtige toevlucht te zoeken in de glanzende regen.

Ze had vergeten haar capuchon op te zetten. Het water stroomde over haar gezicht en haar haar en een straaltje liep via haar nek in haar kraag en over haar ruggengraat naar de spleet tussen haar billen, alsof het de keurende vinger was van een aanrander die misbruik maakte van een moment van kwetsbaarheid.

Ze plonsde over de ondergelopen parkeerplaats naar het linkerportier van de Explorer. Zachte, lome dingen botsten tegen haar laarzen.

In het licht van de zaklantaarn bleken het dode vogels te zijn – twintig, dertig, veertig, misschien wel meer – de snavels opengesperd in geluidloos gekrijs en met glazige ogen. Ze dobberden rond in de zilverkleurige plas alsof ze in de vlucht verdronken en uit de van water vergeven lucht waren gespoeld.

Neil kwam het huis uit rennen, in de richting van de stationair lopende SUV. Er kwam niets achter hem aan, in ieder geval niet meteen.

Terwijl ze achter het stuur van de Explorer ging zitten liet Molly de zaklantaarn in de bekerhouder van het middenconsole vallen, propte het pistool tussen haar benen en trok de handrem los.

De Remington rook nog steeds naar heet staal en verschoten kruit toen Neil instapte op hetzelfde moment dat Molly de auto in de versnelling zette. Ze reed al weg voordat hij zijn portier had dichtgetrokken.

Weg van de plas vol veren, omhoog over de oprit die geplaveid leek met de glinsterende zwart-met-zilveren schubben van slangen, naar de provinciale weg. Een ontsnapping uit de spookachtige omgeving waar zich een catastrofe had afgespeeld en regelrecht op weg naar de volgende.

12

In deze Niagara, op een wegdek dat even glad was als een bobsleebaan, was snelheid niets meer of minder dan gekkenwerk. Toch reed Molly in haar verlangen om zo snel mogelijk in de stad te komen veel te snel.

Hier en daar gaven zwakke en doorweekte takken de strijd op en kwamen op de weg terecht. Dikke regensluiers benamen haar het zicht op de weg en vaak zag ze obstakels pas als ze er vlakbij was.

Pure angst maakte een prima chauffeur van haar en een alert overlevingsinstinct scherpte haar inschattingsvermogen aan en zorgde ervoor dat ze steeds binnen een onderdeel van een seconde reageerde. Ze slalomde de Explorer langs allerlei afval, trok de auto steeds net op tijd uit een slip, hobbelde door gaten die het stuur in haar handen lieten bokken en trapte het gaspedaal in als de motor dreigde af te slaan omdat een ondergelopen stuk weg veel dieper onder water bleek te staan dan ze op het eerste gezicht had gedacht.

Toen ze een verweerde, klauwachtige tak van een naaldboom te laat zag om hem te vermijden, beten die gebroken dennenvingers zich vast in de bodem en krasten, schraapten en bonkten alsof een levend wezen vastbesloten was zich dwars door de vloer op hen te storten. De tak bleef aan de achteras hangen en klepperde nog vijfhonderd meter luidruchtig door tot het hout uiteindelijk versplinterde en van de auto viel.

Door deze ervaring wijs geworden, nam Molly gas terug. De vijfhonderd meter daarna bleef ze om de haverklap naar de benzinemeter kijken, bang dat de tank misschien doorboord was. Maar de wijzer bleef keurig aangeven dat de tank vrijwel vol was. En er gingen geen lampjes op het dashboard branden om aan te geven dat de oliedruk wegviel of dat ze remvloeistof of water verloren. Ze had geluk gehad.

Nu ze langzamer reed en niet meer zo geconcentreerd was op het stuur kon ze beter nadenken over de gruwelijke gebeurtenissen in het huis van Corrigan. Maar hoe ze ook piekerde, ze kon er geen touw aan vastknopen.

'Wat wás dat, verdomme, wat is daarginds gebeurd?' vroeg ze. Ze besefte dat ze klonk als een angstig meisje, maar ze was verbaasd noch beschaamd toen ze hoorde dat haar stem trilde.

'Ik kan er ook met mijn verstand niet bij,' erkende Neil.

'Harry was dood.'

'Ja.'

'Zijn hersens waren de hele badkamer rondgespat.'

'Dat is een herinnering die misschien niet eens door Alzheimer uitgewist kan worden.'

'Dus hoe kon hij dan weer rondlopen?'

'Dat kon hij ook niet.'

'En praten.'

'Ook niet.'

'Maar dat deed hij wel. Ik bedoel maar, Neil, wat heeft zoiets in godsnaam met Mars te maken?'

'Met Mars?'

'Of waar ze dan ook vandaan komen – van de andere kant van de melkweg, uit een ander zonnestelsel of uit een of andere uithoek van het heelal.'

'Ik weet het niet,' zei hij.

'Dit is heel anders dan die buitenaardse wezens in films.'

'Omdat dit geen film is.'

'Maar het lijkt ook niet op de werkelijkheid. De werkelijkheid is gebaseerd op logica.'

Neil had reservepatronen uit de zak van zijn regenjas gepakt en begon het geweer bij te laden. Hij liet de kogels niet vallen. Zijn handen waren vast.

Ze kon zich niet herinneren dat zijn handen ooit anders dan rustig en kalm waren geweest. Hetzelfde gold voor zijn brein en voor zijn hart. Rustige, kalme Neil.

'Waar is die logica dan nu?' vroeg Molly. 'Ik begrijp er niets van.'

Twee voorwerpen, allebei half zo groot als een ananas, vielen uit de lucht op de motorkap van de Explorer en stuiterden er weer af. Molly stond al op de rem voordat het tot haar doordrong dat het dennenappels waren. Ze leken sprekend op handgranaten toen ze tegen de voorruit botsten en met een boog in het duister verdwenen.

'Parasieten,' zei Neil.

Ze zette de Explorer stil, half op de weg, half op de met grint bedekte berm. 'Parasieten?'

'Het zouden parasieten kunnen zijn,' zei hij. 'Die wezens uit een uithoek van het heelal of van de achterkant van de maan of waar ze ook vandaan komen. Parasieten... Dat is toch een bekend gegeven in de sciencefiction, of niet soms?'

'O ja?'

'Intelligente parasieten, die in staat zijn om een gastlichaam binnen te dringen en het te besturen alsof het een marionet is.'

'Wat voor gastlichaam?'

'Dat kan van alles zijn, allerlei wezens. In dit geval het lijk van Harry.'

'Noem je dat logica?'

'Nee, gewoon een veronderstelling.'

'Maar hoe kan zo'n parasiet – en het kan me niet schelen of ze nog intelligenter zijn dan de hele academische wereld bij elkaar – hoe kan zo'n ding een gastlichaam besturen dat zichzelf een kogel door de kop heeft gejaagd?'

'Dat lijk heeft nog steeds een compleet skelet, spieren en een ongeschonden zenuwstelsel onder die hersenpan,' zei hij. 'Misschien kan de parasiet daarop inhaken en het gastlichaam manipuleren, hersenen of geen hersenen.'

Haar angst was voldoende afgenomen om een lichte verbazing te tonen. 'Je klinkt absoluut niet als een vent die door de jezuïeten is opgeleid.'

'O, jawel hoor. Die hechten veel waarde aan schranderheid, verbeeldingskracht en het openstaan voor allerlei denkbeelden.'

'En ze hebben kennelijk ook veel te veel oude afleveringen van *Star Trek* gezien. Die parasiet-theorie klinkt mij helemaal niet logisch in de oren.'

Neil zat even nadenkend naar het druipende, zilverkleurige bos te kijken dat in de verte in een zwart gat veranderde. Hij voelde zich duidelijk niet op zijn gemak toen hij de kletsnatte provinciale weg voor en achter hen bestudeerde.

'Laten we maar doorrijden,' zei hij. 'Volgens mij zijn we kwetsbaarder als we stil blijven staan.'

13

De onophoudelijke regen was alleen al door de abnormale omvang, de oorverdovende herrie en de angstaanjagende aanblik in staat rare psychologische reacties te veroorzaken. De monotonie van het verschijnsel en de verpletterende kracht ervan hadden het vermogen je gedeprimeerd en gedesoriënteerd te maken. Terwijl ze langzaam over de verregende richel hoog boven en ten westen van Black Lake reed, op weg naar de gelijknamige stad, was Molly Sloan wel in staat om zich daartegen te verzetten. Maar ze had het gevoel dat iets essentieels in haar langzaam maar zeker werd weggespoeld.

Hoop was het niet. Ze zou nooit de hoop verliezen. Hoop zat haar in haar botten, het was er een wezenlijk onderdeel van, net als calcium. Maar de doelbewustheid die karakteristiek was voor de manier waarop ze het leven benaderde, leek minder vast te zijn dan normaal en onder invloed van deze zondvloed drassig te worden, binnen de kortste keren uitgedund en ontdaan van de intensiteit die er kenmerkend voor was gewcest.

Ze wist niet waar ze naartoe ging, behalve dan naar de stad, of waarom, behalve dan om haar toevlucht te zoeken bij hun buren. Ze had haar leven altijd van tevoren gepland, niet alleen een maand of een jaar van tevoren, maar zeker tien jaar of meer. Ze had precies bepaald wat ze wilde en altijd haar best gedaan om dat ook te bereiken. Nu kon ze niet eens vooruitkijken tot de komende dageraad en zonder een duidelijk doel voor ogen, zonder plannen voor de lange termijn, voelde ze zich op drift.

Natuurlijk wilde ze overleven. Maar overleven alleen was nooit genoeg voor haar geweest en dat was het nu ook niet. Om gemotiveerd te zijn had ze een duidelijker doel en een groter belang nodig.

Bladzijden die samenvloeiden tot hoofdstukken, hoofdstukken die aangroeiden tot boeken. Het verhalen schilderende, betovering scheppende en waarheid verkondigende werk van een romanschrijver had een levensomvattend doel geleken. Haar moeder had haar geleerd dat talent een godsgeschenk is en dat een schrijfster ten opzichte van haar Schepper de heilige plicht heeft om dat talent vol energie en ijver te benutten, bij te schaven en aan te wenden om het landschap in de harten van haar lezers te verrijken.

In haar haast om etenswaren, wapens en andere noodzakelijke dingen in te pakken voor de gevaarlijke reis die hun mogelijk te wachten stond, was Molly vergeten haar laptop mee te nemen. Ze had altijd op een computer geschreven en ze wist niet of haar talent wel, of net zo gemakkelijk, uit de punt van een pen zou vloeien. Ze had trouwens helemaal geen pen of potlood bij zich. En ze had ook geen papier meegebracht, met uitzondering van de bladzijden van haar huidige, onafgemaakte manuscript.

Misschien dat een betekenisvol doel en ambitieuze plannen voorlopig buiten haar bereik zouden liggen, tot ze de huidige toestand beter zou begrijpen en zich aan de hand van meer harde feiten dan ze nu tot haar beschikking had een beter beeld zou kunnen vormen van de toekomst die hun te wachten stond. Maar om een beter begrip te krijgen, moesten er vragen beantwoord worden.

Hoewel ze maar met vijftien kilometer per uur door de troosteloze stortbui reed, bleef ze strak naar de weg kijken toen ze aan Neil vroeg: 'Waarom T.S. Eliot?'

'Wat bedoel je?'

'Wat Harry... dat ding dat ooit Harry was... wat dat tegen me zei. *"Ik denk dat we in de rattensteeg zitten. Waar de doden hun knoken verloren hebben."*'

'Eliot is toch een van je lievelingsdichters? Het zou best kunnen dat Harry dat wist.'

'Harry's lichaam was op de overloop toen hij dat tegen me zei, maar zijn hersenen waren in de badkamer, met kapotgeschoten herinneringen en al.'

Neil, die letterlijk als een bewaker met het geweer op schoot naast haar zat en argwanend in het donker tuurde, kwam niet met een verklaring over de brug en zelfs niet met een veronderstelling.

'Hoe kon die buitenaardse parasiet van jou de inhoud van Harry's brein aftappen als Harry geen brein meer hád?' drong Molly aan.

Ook hier lagen overal op de weg neergestorte vogels. Hoewel ze duidelijk dood waren, deed ze haar best om eromheen te rijden in plaats van erover.

Ze vroeg zich grimmig af hoe lang het zou duren tot ze mensenlijken in soortgelijke aantallen tegen zou komen.

'Een of ander sf-schrijver,' zei Neil ten slotte, 'ik geloof dat het Arthur C. Clarke was, kwam met de veronderstelling op de proppen dat een buitenaards ras, dat honderden of duizenden jaren verder ontwikkeld was dan wij, over technologische middelen zou beschikken die in onze ogen niet het resultaat zouden zijn van toegepaste wetenschap, maar bovennatuurlijk, pure magie.'

'In dit geval zwarte magie,' zei ze. 'Kwaadaardig. Wat voor nut zou het voor hen hebben een dode man te veranderen in een marionet... tenzij ze ons doodsbang willen maken?'

Voor hen dook in de lichtgevende regen een enkel licht op dat feller werd toen ze ernaartoe reden.

Molly remde nog meer af en liet de SUV langzaam verder rollen.

Uit de watermassa's dook op hun rijbaan een blauwe Infiniti op, met de neus in dezelfde richting waarin zij reden, maar de auto stond stil. De lichten brandden op volle sterkte. Drie van de vier portieren hingen open.

Molly stopte drie meter achter het voertuig. De motor liep, want er bleef een wolkje lichtgekleurde uitlaatgassen uit de uitlaat komen, dat door de striemende regenvlagen werd uitgewist voordat het veel langer kon worden. Vanaf de plek waar zij stonden, kon Molly geen bestuurder, geen passagiers zien.

'Rij maar verder,' moedigde Neil haar aan.

Ze zwenkte naar de andere rijbaan en reed langzaam om de Infiniti heen. Er zat niemand in, dood noch levend, die zover onderuitgezakt was dat hij of zij niet meer boven de raampjes uit kwam. De auto had de inzittenden ook niet in de steek gelaten, maar toch waren ze uitgestapt en hadden er de voorkeur aan gegeven te voet verder te gaan. Of ze waren in paniek gevlucht. Of meegenomen.

Op het wegdek voor de Infiniti lagen drie voorwerpen in het licht van de koplampen. Een honkbalknuppel. Een slagersmes. Een bijl met een lange steel.

'Misschien hadden ze geen vuurwapens,' zei Neil op hetzelfde moment dat die gedachte door Molly's hoofd schoot. 'En hebben ze zich moeten bewapenen met wat ze konden vinden.'

Tijdens de confrontatie die hier had plaatsgevonden, waren de inzittenden van de Infiniti kennelijk tot de ontdekking gekomen dat hun wapens nutteloos waren en hadden ze weggesmeten. Of misschien waren ze met geweld ontwapend door iets wat geen enkel ontzag had voor stokken en messen.

'Misschien komen we ze een eindje verder wel tegen,' opperde Neil.

Dat leek Molly heel onwaarschijnlijk. Die mensen waren voorgoed verdwenen. Waarheen, dat was onbekend. Met welke afschuwelijke bedoeling, daar kon ze niet eens naar raden.

14

Terwijl de koplampen van de verlaten Infiniti achter hen in de regen verdwenen, zette Neil de radio aan, misschien om meer verontrustende veronderstellingen over de verdwenen inzittenden van de auto te voorkomen. Het lot van die reizigers zou wel eens het lot kunnen zijn van iedereen die de regen had getrotseerd en in dat geval zou er geen zinnig argument meer zijn om door te rijden naar de stad.

Op alle golflengtes van FM en AM werden brokstukken ruis en elektronisch gekrijs afgewisseld door stiltes op plaatsen waar vroeger stemmen en muziek de ether hadden bevolkt. Op een paar frequenties ging de kakofonie gepaard met woorden, steeds met slechts enkele zinnen. In twee gevallen leken omroepers of woordvoerders van de overheid officiële adviezen voor te lezen. Daarin ontbraken concrete feiten en de rest bestond uit zinloze geruststellingen.

Een of andere vent van een station in Denver richtte zich

rechtstreeks tot zijn vrouw en zoon en uitte zijn liefde voor hen in simpele maar hartverscheurende bewoordingen. Het was duidelijk dat hij niet verwachtte hen ooit weer te zien.

Van ver weg kwam muziek door de turbulente ether van deze gedenkwaardige nacht: het klassieke en treurige liedje 'I'll Be Seeing You'.

Onder normale omstandigheden konden die schitterende, melancholieke tekst en die melodie vol verlangen Molly al een steek in het hart bezorgen. Onder deze buitengewone omstandigheden werd dit liedje over een verloren liefde een verrassend indringende metafoor voor het nog grotere verlies van een hele samenleving, een hele beschaving, voor het plotselinge einde van vrede, hoop en belofte.

In de loop van haar leven was de wereld steeds kleiner geworden, een proces dat nog was versneld door televisie, satellietverbindingen en het internet. Nu waren al die banden in luttele uren verbroken en was die samengebalde wereld weer uitgedijd tot het formaat van meer dan een eeuw geleden.

De man die in Denver tegen zijn vrouw en zoon had gesproken, had geklonken alsof de uitzending van een ander continent kwam. En nu ging dit liedje, dat vlak voor de Tweede Wereldoorlog was geschreven en waarin de onzekerheid uit die woelige tijden doorklonk, gepaard met een gevoel van afstand, alsof het niet alleen helemaal in het verre Europa werd uitgezonden, maar ook in het Europa uit een ander tijdperk. Alsof het niet alleen de halve wereld over was gereisd, maar daar ook meer dan een halve eeuw voor nodig had gehad.

De tranen sprongen Molly in de ogen. Elke noot van het liedje scherpte een gevoel van verlies aan dat zo pijnlijk werd, dat de emotie op messteken in haar borst leek. Toch had ze geen zin om Neil te vragen of hij de radio uit wilde zetten om op die manier de subtiele band te verbreken met een beschaving die in rap tempo op leek op te lossen in het bittere water van de bovennatuurlijke buien.

Omdat hij wist hoe ze op dat liedje reageerde of omdat hij precies hetzelfde gevoel had, drukte Neil op de knop die het volgende station zou opzoeken. Na een gepiep, een geruis en te veel frequenties waarop alleen een dreigende stilte klonk, kwam er een duidelijk verstaanbare stem uit de radio. Een discjockey, een presentator van een praatprogramma of een verslaggever... Wie of wat hij ook was, hij klonk boos en bang. Hij raakte niet uitgesproken over een radio-uitzending van de bemanning van het Internationale Ruimtestation, hoog boven de aarde, boodschappen die vroeg in de avond verzonden waren, op hetzelfde moment dat de gigantische waterhozen op de oceanen van deze planeet verschenen. 'Ik heb dit al tien keer eerder gedraaid en ik zal het nog tien keer, desnoods honderd keer draaien. Verrek, ik blijf het gewoon draaien tot de stroom uitvalt en we niet meer kunnen uitzenden of tot iets de deur intrapt en ons gewoon allemaal om zeep helpt. Luister hiernaar, Amerika, luister hier heel goed naar, *zodat jullie weten wie de vijand is.* Dit is geen gevolg van het broeikaseffect, van zonnevlekken of van kosmische stralen, het is geen onverklaarbare stuiptrekking van het klimaat op onze planeet. Dit is *de oorlog der werelden.*'

Er waren twee mogelijkheden: de berichten waren in gedeelten ontvangen of ze waren bewerkt ten behoeve van deze nieuwsuitzending. Aanvankelijk klonken ze verrast, opgewonden en zelfs verbaasd. Maar de toon veranderde al snel.

Eerst meldde een bemanningslid met een Russisch accent dat hun computer direct na het uitvallen van de buitenboordcamera's de succesvolle koppeling van een onbekend ruimtevaartuig aan het ruimtestation had gesignaleerd. Dat kwam als een verrassing, omdat op de radar geen naderende objecten te zien waren geweest, of het nu ruimteafval betrof of een bestuurde UFO.

De verbindingsofficier, Wong, had geen contact kunnen krijgen met de bezoekers. 'Weten we echt zeker dat iets zich aan ons heeft vastgekoppeld?'

'Heel zeker,' zei de Rus.

'Het kan geen fout van de computer zijn, een vals koppelingsrapport?'

'*Nyet.* Ik heb het trouwens zelf gevoeld, net als jij. Wij allemaal.'

Een ander bemanningslid, regelrecht uit Texas, verklaarde dat hij vanaf een patrijspoort met gedeeltelijk zicht op de koppelingsmodule geen visuele bevestiging van het bezoekende vaartuig kon geven. 'Mama heeft me geleerd dat ik niet mag vloeken, maar Jezus, van hieruit zou ik toch een stuk van dat stomme ding moeten kunnen zien?'

'Iedereen opgepast!' Dat was de Rus weer. 'Computer meldt: buitenste luik van de luchtsluis gaat open.'

Een andere Amerikaan, dit keer iemand met een Boston-accent, zei: 'Wie heeft daar verdomme toestemming voor gegeven?'

'Niemand,' zei de Rus. 'Ze hebben de controle over onze systemen overgenomen.'

'Wie zijn ze?'

'Misschien heeft Jamaica een ruimtevaartprogramma waar niemand iets van af weet,' zei de Texaan. Niemand lachte.

Molly reed inmiddels zo langzaam dat ze over de weg kroop, omdat het drama dat zich hoog boven de aarde afspeelde haar zo in beslag nam dat ze zich niet meer voldoende op de door de regen versluierde weg kon concentreren.

De Texaan, die kennelijk was weggegaan bij de patrijspoort die gedeeltelijk uitzicht op de koppelingsmodule bood en nu waarschijnlijk voor een monitorwand stond te kijken naar de diverse interne camera's, zei: 'Lapeer, zie ik jou daar voor de luchtsluis zitten?'

'Ja, dat ben ik, Willy,' antwoordde een vrouw met een Frans of misschien wel Belgisch accent. 'Ik zit hier met Arturo in de ontvangstruimte. De instrumenten geven een positieve druk in de luchtsluis aan. In feite is de spanning bijna helemaal op peil.'

'Kunt beter daar weggaan, Emily.' Dat was opnieuw de Rus.

'En jij ook, Arturo. Kom terug, houd beveiligde scheidingswanden tussen jullie en hen tot situatie duidelijk is.'

Emily Lapeer begon opgewonden te lachen hoewel ze ook een tikje nerveus klonk. 'Er is een nieuw tijdperk aangebroken, Ivan. We moeten al die oude angsten van ons afzetten.'

Een andere vrouwenstem, waarschijnlijk Duits, zei dringend: 'Hou op met dat idealistische geklets, Emily. Denk even na. Protocollen met betrekking tot inscheping horen universeel te zijn. Dit is te agressief. Het voelt vijandig aan.'

'Dat is een xenofobische uitleg,' protesteerde Lapeer.

De Duitse was het niet met haar eens. 'Het is gewoon gezond verstand.'

'Daar ben ik het mee eens, Lapeer,' zei de Texaan. 'Trek je terug en vergrendel alle luiken achter je. Maak als de bliksem dat je daar wegkomt.'

'Dit is een historische gebeurtenis,' zei Lapeer.

De Rus had opnieuw slecht nieuws. 'Alle camera's in luchtsluis net ook uitgevallen. Als bezoekers aan boord komen, niet te controleren hoe ze eruitzien.'

'We kunnen geluid in de luchtsluis horen,' rapporteerde Lapeer.

'Donders nog aan toe, Lapeer, de camera's in de luchtsluis liggen ook plat,' zei de Texaan. 'Dit stinkt als een open riool. We kunnen jullie ook niet meer zien.'

Verbijsterd en misschien zelfs geschrokken zei Lapeer iets in rad Frans en schakelde toen weer over op Engels: 'Er gebeurt hier iets wat onmogelijk is...'

Misschien was het Arturo, die zei: 'Wat voor de duivel...'

Lapeer zei: '... niet door het binnenste luik van de luchtsluis te openen, maar er gewoon... gewoon dwars doorhéén komen...'

'Wat zeg je nóú?'

'... materialiseert *rechtstreeks uit het staal...*'

De Rus zei: 'Computer geeft aan dat luik gesloten is.'

Plotseling door doodsangst overstelpt kon Emily Lapeer niets anders uitbrengen dan de dringende, bevende smeekbeden van een geschrokken kind: *'Sainte Marie, mère de Dieu, non, non, bénie Marie, sauvez-moi!'*

Daar beneden in de ontvangstruimte van het ruimtestation, aan de binnenzijde van de luchtsluis, begon Arturo te schreeuwen. Eerst in woordeloze afschuw... en vervolgens in pure doodsnood.

'Mère de Dieu, sauvez-moi ! Bénie Marie, non, non, NON...'

Van het ene op het andere moment maakte Emily Lapeers wanhopige gebed plaats voor geschreeuw dat even indringend klonk als dat van Arturo.

Hoewel het voor haar en Neil waarschijnlijk veiliger was om in beweging te blijven kon Molly niet verder rijden. Haar concentratievermogen was op slag verdwenen, niet door angst maar door medeleven. Ze remde, zette de auto stil en bleef trillend zitten. Neil sloeg meteen zijn armen om haar heen. Dankbaar dat ze niet alleen was, onuitsprekelijk dankbaar, pakte Molly zijn hand en hield die stijf vast.

Hoog boven de aarde schreeuwde de bemanning van het ruimtestation elkaar vanaf verschillende plaatsen toe via de open intercom. Soms werd er Engels gesproken en soms vielen ze terug op hun eigen taal, maar welke taal ze ook spraken, de vragen en de smeekbeden waren steeds dezelfde:

Wat is er aan de hand? Waar ben je? Kun je me verstaan? Ben je daar? Wat zijn het? Wat doen ze dan? Waarom, waar, hoe? Probeer ze buiten te houden! Blokkeer de deur! Nee! Help! Laat iemand me helpen! God, help me! God! Alsjeblieft, God, nee!

Daarna werd er alleen nog maar geschreeuwd.

Misschien omdat ze het geschreeuw uit de derde hand hoorden – nadat het vanuit de ruimte was uitgezonden, op tape of disc was opgenomen en nu door het radiostation herhaald werd – kon Molly het subtiele onderscheid horen tussen angst, doodsangst en ontzetting, een verschil dat ze niet zou hebben gehoord als ze zelf getuige was geweest van de slachting. De kreten waren eerst snerpend en doordringend, schril van ongeloof en ontkenning, en werden daarna heser en afschuwelijker, tot ze ten slotte rauw en slobberend klonken, het toppunt van ellende. Dit waren de gekwelde kreten en snikken van mannen en vrouwen die langzaam in stukken werden gescheurd, opengereten door een geduldig kwaad dat van elke seconde wilde genieten.

Nadat de indringers van het ene eind van het ruimtestation tot het andere in elk vertrek waren doorgedrongen en nadat elk ongelukkig lid van de bemanning niets anders meer kon uitbrengen dan het zielige gejank van dieren in de met uitwerpselen bezaaide hal van een slachthuis, werden de slachtoffers stil. Een voor een, tot alleen de stem van een enkele astronaut vanaf die hoogste troon van de menselijke technologie naar beneden schreeuwde. Zijn kreet sneed door luchtledigheid en stratosfeer, door de laatste mooie dag aan een kant van de planeet en door het begin van de langste nacht, door de naderende regen die op het moment van zijn lijden de aarde nog niet overspoelde, en zijn gejammer van pijn leek een waarschuwing voor de wereld, een klaroen, een avondklok die het laatste uur aankondigde. Zijn eenzame stem slaakte nog één laatste kreet.

In de stilte die volgde, trilde de gedachtenis aan doodsangst na. Terwijl ze zat te luisteren, had Molly al de grootste moeite gehad om adem te halen en nu hield ze haar adem helemaal in, met haar hoofd schuin zodat haar oor dichter bij de radio was.

Uit het dode ruimtestation klonk een nieuwe stem... Een diepe, fluwelen, vreemde stem met de betoverende kracht van een wezen dat was opgeroepen door het uitspreken van verboden toverformules binnen een door kaarsen omgeven pentagram dat met lamsbloed op de grond was getekend. Een wezen dat sprak in een taal die waarschijnlijk nooit eerder op aarde was gehoord.

'Nymaman si oygeel, si rifacul, si nod a bah, si natoss, reteh nav nelleis.'

Naast haar liefde voor woorden en haar passie voor poëzie

beschikte Molly ook over het vermogen om gedichten gemakkelijk te onthouden, precies zoals een wonderkind op de piano een liedje maar één keer hoeft te horen om het noot voor noot na te spelen. Die buitenaardse woorden hadden een ritme dat aan poëzie deed denken, en toen de onmenselijke stem op de radio dezelfde tekst nog een keer uitsprak, mompelde ze mee:

'*Nymaman si oygeel, si rifacul, si nod a bah, si natoss, reteh nav nelleis.*'

Hoewel ze geen flauw idee had wat ze betekenden, voelde ze instinctief arrogantie in die woorden: een vlijmscherpe arrogantie vervuld van triomf, bitterheid, de diepste haat en een woede die zelfs het duisterste mensenhart niet kon opbrengen, een woede die alle begrip te boven ging.

'*Nymaman si oygeel… si rifacul… si nod a bah… si natoss… reteh nav nelleis,*' zei Molly nog eens, hoewel ze dit keer alleen sprak.

Op de radio maakte de doodse stilte plaats voor de stem van de opgewonden radioverslaggever: '*De oorlog der werelden,* Amerika. Vecht terug, zo hard als je kunt. Als jullie vuurwapens hebben, gebruik die dan. Als jullie geen vuurwapens hebben, zorg dan dat je die te pakken krijgt. Als iemand van de overheid me kan horen, haal dan in godsnaam alle atoomwapens te voorschijn. Van overgave kan geen sprake zijn…'

Neil zette de radio uit.

Regen. Regen. Regen.

Dode astronauten hoog in de lucht, noodweer hier beneden.

Nog zes kilometer tot de stad… Als de stad nog bestond. En als dat niet het geval was, hoever zouden ze dan nog moeten rijden om metgezellen te vinden, hoever tot een plaats waar mensen bij elkaar waren gekomen om zich gezamenlijk te verzetten?

'God heb mededogen met ons,' zei Neil, want hij was door de jezuïeten opgeleid.

Molly, die de handrem lostrok en weer verder reed, bad niet

om genade, want haar geloof was bezoedeld met een primitief bijgeloof: ze was bang dat een pervers noodlot haar alles zou ontzeggen waar ze om vroeg en haar alleen zou geven wat ze niet wenste.

Toch had ze de hoop nog niet opgegeven, want dat zat niet in haar aard. Haar hart hield als een vuist een brokje hoop omklemd. En als het geen brokje was, dan was het minstens een kiezelsteentje. En als het geen kiezelsteentje was, dan toch zeker een zandkorrel. En een oester heeft maar één korreltje zand nodig om een parel te maken.

Regen. Regen. Regen.

15

Het tweede verlaten voertuig, een Lincoln Navigator, stond op de andere rijbaan, met de neus naar de Explorer, die in zuidelijke richting reed. De motor liep stationair, net als het geval was geweest bij de Infiniti, en geen van de banden was lek, waaruit ze opmaakten dat de SUV de bestuurder zeker niet in de steek had gelaten.

De koplampen waren uit, maar het ritmische geflits van de alarmlichten had een stroboscopisch effect, zodat de miljoenen regentongen sto-sto-stotterend naar beneden leken te komen.

Bij de Infiniti hadden drie van de vier portieren opengestaan, maar nu was het er slechts één. Het linkerachterportier liet de regen binnen en gunde hun een blik op de achterbank die verlicht werd door het plafondlampje van de Lincoln.

'Mijn god, Neil.'

Molly remde en stopte op hetzelfde moment dat Neil zei: 'Wat is er?'

Het smerige raampje in haar portier, de dichte regen en het

verblindende geknipper van de alarmlichten vormden een optelsom die gezichtsbedrog in de hand werkte, maar Molly wist wat ze had gezien en ze wist ook wat haar te doen stond.

'Daar zit een kind,' zei ze terwijl ze de versnelling van de Explorer in z'n vrij zette. 'Een baby.'

'Waar?'

'Op de achterbank van die Navigator,' zei ze, terwijl ze haar portier opensmeet.

'Molly, wacht even!'

Als de regen giftig was, dan had ze al zoveel binnengekregen bij hun vlucht uit Harry's huis, dat ze de hoop op een tegengif wel op kon geven. Een nieuwe dosis zou de schade die ze al had opgelopen niet veel erger maken.

Alsof de regen warmer was dan in werkelijkheid het geval was, zweette het verweerde asfalt olie uit, die het wegdek onder haar voeten glad maakte.

Molly gleed uit en viel bijna. Toen ze haar evenwicht had hervonden, kreeg ze ineens het gevoel dat ze door iets werd begluurd, een of ander naamloos ding dat zich verstopt had en dat, als ze was gevallen, glibberend uit het natte duister tevoorschijn zou zijn gekomen om haar met wrede kaken vast te grijpen. Dan zou het haar binnen de kortste keren van de weg hebben gesleept, over het hoogste punt van de richel en door de wirwar van bomen, onkruid en bramenstruiken omlaag in de doornige buik van de nacht.

Toen ze het openstaande portier van de Navigator bereikte, kwam ze tot de ontdekking dat het achtergelaten kind – geen baby, maar een klein meisje met blote voetjes in een roze driekwartbroek en een geel T-shirtje – een grote pop was, iets meer dan vijftig centimeter lang. De mollige, beweegbare armpjes waren uitgestoken in een soort smeekbede, of in de hoop op een omhelzing.

Molly keek op de voorbank en vervolgens in de bagageruimte achterin de SUV. Niemand. Het kind van wie de pop was, was met haar ouders verdwenen. Misschien wel om een schuilplaats te zoeken. En welke schuilplaats is zo duurzaam als de dood?

Molly probeerde die gedachte van zich af te zetten en liep door de regen naar de achterkant van de Navigator. Neil riep haar bezorgd iets toe. Ze draaide zich om en zag dat hij uit de Explorer was gestapt en haar met het geweer in beide handen dekking gaf. Hoewel ze hem niet goed kon verstaan, wist ze dat hij wilde dat ze weer achter het stuur zou gaan zitten om door te rijden naar de stad.

Ze schudde haar hoofd en liep om de Navigator heen naar de andere kant van de auto. Ze wilde er zeker van zijn dat het kind, de eigenares van de pop, niet op haar hurken achter het voertuig zat om zich te verstoppen voor het gevaar dat misschien over de weg zou aankomen of voor iets kwaadaardigs dat wellicht haar ouders had meegenomen.

Maar er bleek geen kind te zitten. Ook niet onder de SUV, toen Molly zich op haar knieën had laten vallen om die benarde ruimte af te speuren.

De berm van de weg was smal. De lichtgevende regen werd om de haverklap weerkaatst door stukjes afgebroken asfalt, kiezelsteentjes, de glimmende scherven van weggegooide flessen en de glanzende aluminium treksluitingen van ontelbare blikjes drank, een nietszeggend mozaïek op een wankele ondergrond van modder.

Toen Molly weer ging staan, had ze de indruk dat het bos, dat al vlak langs de weg had gestaan toen ze op haar knieën was gaan zitten, nog dichterbij was gekomen terwijl ze het de rug had toegekeerd. De doorweekte takken van de omhoogtorenende naaldbomen hingen als kletsnatte kleren omlaag – capes en mantels, soutanes en kazuifels.

Ongezien maar duidelijk voelbaar begluurden waakzame toeschouwers haar vanuit die in monnikspijen met kap gehulde dennenbomen, wezens die minder gewoon waren dan uilen en wasberen, en minder rein.

Geschrokken, maar met het instinctieve besef dat een vertoon van angst een aanval zou uitlokken, liep ze niet meteen terug. In plaats daarvan wreef ze haar bemodderde handen tegen elkaar en spoelde ze in de stortbui af, hoewel ze zich pas weer schoon zou voelen als ze de regen zelf van haar handen zou kunnen wassen.

Terwijl ze zichzelf inprentte dat de vijandige wezens, waarvan ze de aanwezigheid in het bos kon voelen, niets anders waren dan producten van haar verbeelding – ook al wist ze dat ze zichzelf voor de gek hield – liep ze op haar gemak terug naar de andere kant van de Navigator, met een nonchalance die puur gespeeld was.

Voordat ze terugkeerde naar de Explorer griste ze de pop van de achterbank van de Lincoln. Het slonzige blonde haar, de blauwe ogen en het lieve lachje deden haar denken aan een kind dat lang geleden in haar armen was gestorven. Ze heette Rebecca Rose. Een verlegen meisje dat nauwelijks merkbaar geslist had. Het laatste wat ze ijlend had gefluisterd, was een uitspraak geweest die nergens op leek te slaan: *'Molly... daar zit een hond. Zo mooi... kijk eens hoe hij glanst.'* Voor het eerst van haar leven, helemaal aan het eind ervan, was er geen spoor van slissen te horen geweest.

Omdat ze Rebecca niet had kunnen redden, had Molly deze vage gelijkenis van haar gered en toen Neil na haar in de Explorer was gestapt, gaf ze de pop aan hem, zodat hij erop kon passen.

'Misschien komen we het meisje en haar ouders op weg naar de stad tegen,' zei ze.

Neil nam niet de moeite om haar erop te wijzen dat de Navigator de andere kant op had gereden voordat de auto was achtergelaten. Hij wist dat ze dat net zo goed besefte als hij.

'Het zou leuk zijn als we haar de pop terug konden geven,' zei ze. 'Ik weet zeker dat ze die niet opzettelijk achtergelaten heeft.'

Haar verstand vertelde haar dat de oorlog der werelden, als die inderdaad was begonnen, kinderen niet zou sparen. Maar gevoelsmatig weigerde ze te erkennen dat onschuld, in welke mate ook, in een epidemie van volkerenmoord geen enkele garantie zou zijn voor immuniteit.

Lang geleden had Molly op een regenachtige middag een aantal kinderen gered en was niet in staat geweest ook andere te redden. Maar als dat korreltje hoop in haar hart de aanzet moest zijn voor een parel, moest ze er ook van overtuigd zijn dat er geen kind meer zou lijden zolang zij in de buurt was en dat degenen voor wie zij de zorg op zich had genomen geen enkel gevaar meer te duchten zouden hebben tot zij zelf de dood vond bij haar pogingen hen te beschermen.

Terwijl de Explorer in beweging kwam en ze hun tocht naar de stad vervolgden, zei Neil: 'Het is een prachtige pop. Ze zal wel blij zijn als ze die terugziet.'

Molly was dol op hem, omdat hij altijd precies begreep wat ze wilde horen. Hij wist wat haar bewoog, altijd en onder alle omstandigheden. Zelfs onder deze.

16

Ze hadden de verlaten Navigator nog niet zo ver achter zich gelaten, toen Molly pas besefte dat de regen inmiddels veel minder sterk rook dan sinds ze tussen de coyotes op de veranda had gestaan. De vage sperma-achtige lucht was helemaal verdwenen en de melange van andere geuren was nog maar een fractie van wat ze bij het huis van Corrigan hadden geroken.

Neil bevestide haar mening. 'Ja. En dat stralende is ook aan het afnemen.'

De behekste nacht leek nog steeds bol te staan van kerstversiersels, maar toch was de regen iets matter dan daarvoor, hoewel het water nog steeds met bakken uit de hemel viel.

Misschien had Molly moed moeten putten uit die veranderende omstandigheden, maar in plaats daarvan maakten ze haar ongerust. Het was duidelijk dat de eerste fase van deze vreemde oorlog ten einde liep. De tweede kon elk moment beginnen.

'Ik herinner me vaag,' zei Neil, 'dat die meneer Eliot van jou iets bekends over de dag des oordeels heeft geschreven.'

'Ja. Hij zei dat we voze mannen zijn geworden, holle, opgezette mannen met hoofden vol stro, zonder overtuiging of hogere doelstellingen... en voor voze mannen zal de wereld niet met een knal eindigen, maar met een zacht gejammer.'

Terwijl hij vooroverleunde in zijn stoel en met tot spleetjes geknepen ogen naar de verwaterde lucht keek, zei Neil: 'Ik weet niet hoe jij erover denkt, maar ik verwacht toch een knal.'

'Ik ook.'

Maar nog geen minuut later was de manier waarop er een eind aan de wereld zou komen, met welk geluid en met welke mate van geweld, iets waarover Molly zich minder druk maakte dan ze zich ooit had kunnen voorstellen. De aanblik van een wandelaar, die hen met stevige pas op de andere rijbaan tegemoet kwam lopen, leidde haar aandacht af van een planetaire catastrofe en deed haar denken aan de intiemere ramp die haar leven op haar achtste overhoop had gegooid en die van invloed was gebleven op elke dag die daarop was gevolgd.

Je kon hem eigenlijk geen voetganger noemen. Er liepen geen wandelpaden langs de provinciale weg, mensen werden op geen enkele manier aangemoedigd om de route over de richel te voet af te leggen. En hij liep trouwens met vastberaden pas, doelbewust als een echte enthousiasteling.

Molly dacht eerst dat hij een van die mensen was die ervan uitgingen dat, als ze maar vaak en ver genoeg liepen en nooit een ijsje aanraakten, ze het eeuwige leven zouden hebben – uiteraard zonder rekening te houden met de gevaren waarop zelfopoffering geen invloed had, zoals op hol geslagen vrachtwagens, neerstortende vliegtuigen en buitenaardse invasies.

Hij scheen zich niets aan te trekken van het weer, want hij droeg geen regenkleding. Zijn lichtgrijze broek en bijpassende overhemd, die vaag aan een uniform deden denken, waren doorweekt.

Hij moest zich ellendig hebben gevoeld, maar hij liep dapper door, in een tempo dat nauwelijks of niet beïnvloed werd door de natte kleren of andere ongemakken. Omdat Molly de Explorer vanwege het slechte zicht, uit voorzichtigheid en uit angst voor wat ze in de stad zouden aantreffen op zo'n lage snelheid hield dat ze bijna vooruitkropen, leek de wandelaar zelfs bijna even snel naar het noorden te lopen als de Explorer naar het zuiden reed.

Zijn donkere haar lag vastgeplakt op zijn schedel. Hij liep met gebogen hoofd, om in die verticale oceaan beter adem te kunnen halen. Toen de Explorer dichterbij kwam, keek de wandelaar op en richtte zijn blik op de andere kant van de tweebaansweg. Zelfs door het gordijn van regen waren zijn gelaatstrekken sterk en strak. Hij was zo knap dat Molly hem met een filmster zou hebben vergeleken als ze niet had geweten dat achter dat charmante gezicht een monsterlijk, corrupt en sluw brein schuilging. De wandelaar was Michael Render. Haar vader. De moordenaar.

Het was bijna twintig jaar geleden dat ze oog in oog met hem had gestaan. Ze wendde onmiddellijk haar gezicht af, niet zozeer omdat ze bang was dat hij haar zou herkennen, maar omdat ze zelfs op deze afstand de macht van zijn ogen vreesde, de magnetische blik, zijn overstelpende persoonlijkheid.

'Verdomme, wat krijgen we nou?' zei Neil geschrokken, terwijl hij zich omdraaide om door de achterruit te kijken terwijl Molly gas gaf. 'Hij hoort achter slot en grendel te zitten.'

Omdat haar man de wandelaar ook in één oogopslag herkende, kreeg Molly geen kans om haar toevlucht te zoeken in de hoop dat haar verbeelding met haar op de loop was gegaan en dat de wandelaar in feite een vreemde was die een vage gelijkenis met Render vertoonde.

Meestal was hij voor haar in gedachten niet haar vader, maar alleen Render, de achternaam die ze al jong had ingewisseld voor de meisjesnaam van haar moeder. De enkele keer dat ze van hem droomde, had hij geen naam, maar dan was onder zijn huid een doodshoofd zichtbaar, hadden zijn handen de vorm van een zeis en waren zijn tanden kapotte grafstenen.

'Zou hij...' begon ze bezorgd.

'Wat? Je herkend hebben?'

'Wat denk jij?'

'Ik zou het niet weten.'

'Wij herkenden hem wel.'

'Dankzij de koplampen. Jij was voor hem moeilijker te zien.'

'Is hij omgedraaid en komt hij nu achter ons aan?'

'Volgens mij staat hij daar nog steeds. Ik kan het niet goed zien. Hij is al bijna uit het zicht.'

'Shit.'

'Er is niets aan de hand.'

'Om de donder wel,' zei ze scherp. 'Je weet best waar hij naartoe ging.'

'Misschien.'

'Wat heeft hij hier anders te zoeken?' vroeg ze. 'Hij was op weg naar ons huis. Hij kwam voor mij.'

'Hij weet niet eens waar je woont.'

'Dan is hij daar op de een of andere manier achtergekomen.'

Ze huiverde toen ze besefte wat er gebeurd zou zijn als ze verkozen hadden om thuis te wachten tot de bui voorbij zou zijn, in de foute veronderstelling dat ze daar veilig zouden zijn.

'Ik kan hem niet meer zien,' zei Neil. 'Volgens mij... liep hij door naar het noorden, nog steeds dezelfde kant op.'

In de achteruitkijkspiegel kon Molly alleen de vallende regen zien en het opspattende water van de achterbanden.

Omdat hij zich, geholpen door een vakkundige en slimme advocaat, had beroepen op krankzinnigheid was Render erin geslaagd uit de gevangenis te blijven. Hij had de laatste twintig jaar in een reeks van psychiatrische inrichtingen doorgebracht. De eerste was een streng beveiligd instituut geweest, maar iedere keer dat hij werd overgeplaatst, kreeg hij meer bewegingsvrijheid en meer faciliteiten. Met behulp van therapie en medicijnen was hij langzaam maar zeker uit zijn geestelijke duisternis ontwaakt. Dat zeiden de psychiaters tenminste, hoewel hun rapporten met veel omhaal van woorden waren geschreven in een verwarrend jargon dat moest verbergen dat hun conclusies niets anders waren dan meningen die niet door feiten werden ondersteund. Ze beweerden dat hij inmiddels spijt had van wat hij had gedaan, waardoor hij in de door hen gehanteerde gedachtegang recht had op soepeler leefomstandigheden en frequentere behandelingen. Als hij nog een stapje verder ging en berouw zou tonen, bestond de kans dat hij als gerehabiliteerd werd beschouwd en onder bepaalde omstandigheden zelfs genezen zou kunnen worden verklaard.

Vorig jaar zomer was zijn zaak verplicht opnieuw voorgekomen. De psychiaters die hem moesten beoordelen, verschilden van mening over Renders geestestoestand. Een van hen adviseerde hem onder toezicht vrij te laten, maar de twee anderen waren daarop tegen en dus werd hij opnieuw voor twee jaar naar een psychiatrische inrichting gestuurd.

'Wat hebben die idioten gedaan?' vroeg Molly zich af en ze was zo geagiteerd dat ze te snel ging rijden. Ze verwachtte half en half dat Render ieder moment in de achteruitkijkspiegel zou opduiken, lenig achter haar aan rennend door het opspattende water, met een onmenselijk gevoel voor evenwicht en bovenmenselijke snelheid.

'Als ze hem vrijgelaten hebben,' zei ze, 'zijn die idiote klootzakken even gek als hij is.'

'We weten niet wat er zich in de wereld achter deze bergen

afspeelt,' bracht Neil haar in herinnering, 'behalve dat alles kennelijk op instorten staat. Het is niet altijd zo dat het laatste bemanningslid van een zinkend schip op zijn post blijft.'

'Ieder voor zich,' zei Molly. 'Zover zijn we nu dus gekomen... als dat al niet altijd het geval is geweest.'

Een laagje water met olie maakte het wegdek glad. Ze voelde de banden wegglibberen, maar ze kon de moed niet opbrengen af te remmen. De banden met hun diepe profiel beten zich echter vast in het asfalt, vonden houvast en de terreinwagen slipte niet.

'Die laatste inrichting waar ze hem naartoe gestuurd hebben,' zei Neil. 'Dat was niet bepaald een tent die je aan kille stenen cellen, stalen deuren en dwangbuizen doet denken, hè?'

Ze kon een bitter lachje niet inhouden. 'Elke kamer een eigen tv. Porno op aanvraag, vanwege de therapeutische waarde. Iedere dag uitgebreid theedrinken en croquet op het gazon aan de zuidkant. En bediening op de kamer voor degenen die, op straffe van diepe afkeuring, beloven dat ze de dienstmeisjes niet zullen aanranden en vermoorden.'

Het was een soort zwarte humor waaraan ze zich nog nooit had bezondigd en ze begreep instinctief dat het gevaarlijk kon zijn om je eraan over te geven.

'Als het personeel de benen heeft genomen,' zei Neil, 'en dat zullen ze ongetwijfeld hebben gedaan, dan zouden de gevangenen zich niet lang laten weerhouden door deuren met normale sloten en ramen met gewapend glas.'

'"We hebben het hier nooit over gevangenen,"' citeerde Molly een van de psychiaters. '"Wij praten over patiënten."'

'Maar die tent waar ze hem de laatste keer naartoe hebben gestuurd... Die ligt een heel eind noordelijker.'

'Bijna vierhonderd kilometer hiervandaan,' bevestigde ze.

'Maar de regen, die hele nachtmerrie... Zo lang geleden is dat nog niet begonnen.'

Toen Molly nadacht over de snelheid waarmee het normale

bestel kennelijk plaats had gemaakt voor chaos, kriebelde een spoortje angst door de duistere krochten van haar brein. Kon de menselijke beschaving overal ter wereld binnen een paar uur, in hooguit een kwart dag, al op instorten staan, even plotseling als de planeet zelf in beroering zou worden gebracht door een botsing met een asteroïde ter grootte van Texas? Als hun tot nog toe ongeziene tegenstander, afkomstig van de sterren, koninkrijken omver kon gooien die al honderden jaren bestonden en de loop van de geschiedenis in zo'n rap tempo kon veranderen zonder dat er sprake was van noemenswaardig verzet, dan was het niet moeilijk om te voorspellen – en niet te voorkomen – dat het hele menselijke ras, in krottenwijken en kastelen overal ter wereld, binnen vierentwintig uur zou worden weggevaagd.

Als de technologie van een bijzonder ontwikkeld, buitenaards ras tovenarij zou lijken voor een beschaving die duizend jaar achterliep, dan zouden de bezitters van die technologie een soort goden worden – maar dan goden met raadselachtige verlangens en vreemde behoeften, goden zonder mededogen, zonder genade, die geen verlossing of sacrament boden en die totaal ongevoelig waren voor gebeden.

Neil had het nog steeds over Render. 'Als hij uitgebroken is, had hij hier nooit zo snel kunnen zijn. Zelfs niet met een snelle auto en jouw adres in zijn achterzak. Niet in deze weersomstandigheden, met al die wegen die onderweg overstroomd of weggeslagen zijn.'

'Maar hij was er wel en hij liep,' zei Molly.

'Ja, hij was er wel.'

'Misschien is vannacht niets onmogelijk. We zijn door het gat in Wonderland terechtgekomen en het Witte Konijn dat ons de weg moet wijzen schittert door afwezigheid.'

'Als ik me goed herinner, was het Witte Konijn toch niet bepaald een betrouwbare gids.'

Een paar kilometer verderop bereikten ze de afslag naar Black Lake, zowel naar het meer als naar de stad. Molly verliet de hooggelegen weg, sloeg rechts af en reed omlaag in de steeds donker wordende regen, die nu bijna geen licht meer gaf, langs enorme bomen die als zwarte bolwerken omhoogtorenden. Op weg naar de hoop op metgezellen en het verontrustende gevoel dat er nog meer verschrikkingen wachtten.

deel drie

'Door de duistere kou en de lege eenzaamheid…'
T. S. Eliot, *East Coker*

17

Molly verwachtte dat de elektriciteitscentrale inmiddels wel uitgevallen was en dat de hele stad donker zou zijn. In plaats daarvan werd het licht van etalages en straatlantaarns nog versterkt door de regen, zodat Black Lake eruitzag alsof er een festival plaatsvond.

De stad had een inwonertal van nog geen tweeduizend mensen en was dan ook veel kleiner dan Arrowhead en Big Bear, de twee populairste bestemmingen in deze bergen. Omdat er geen skipistes in de buurt waren, was Black Lake geen wintersportcentrum, maar in de zomer overtrof het aantal kampeerders en watersporters de plaatselijke bevolking met twee tegen een.

Het meer werd gevoed door een welput en een paar beekjes, en nu dus ook door de zondvloed. In plaats van zich te vermengen met het water in het meer en erdoor verdund te worden, scheen de groeiende hoeveelheid regenwater als een laag olie op de oorspronkelijke inhoud van het meer te drijven. Een laag die inmiddels zo dik was dat er nog meer licht van af leek te stralen, alsof de maan ermiddenin was gevallen.

Omdat er veel meer water bij kwam dan de sluizen konden afvoeren, was het meer al buiten de oevers getreden. De jachthaven stond onder water, de boten lagen afgemeerd aan kikkers op ondergelopen steigers en de meertouwen stonden strakgespannen.

Zilveren vingers van water zochten geduldig een uitweg tussen de gebouwen langs de oever en verkenden het onbekende land, op zoek naar zwakke plekken. Als de regen niet afnam, zouden de huizen en de winkels in de laagste straat onder het wassende water verdwijnen. Molly twijfelde er geen moment aan dat de mensen van Black Lake de komende dag wel met grotere gevaren dan een overstroming geconfronteerd zouden worden.

Uit het feit dat de ramen van de meeste huizen helder verlicht waren, bleek duidelijk dat de burgers zich bewust waren van de dreiging die voor de deur stond en van de gedenkwaardige gebeurtenissen in de wereld achter deze bergen. Ze wisten dat de duisternis op komst was, in elke betekenis van het woord, en die wilden ze zo lang mogelijk op afstand houden.

De inwoners van Black Lake waren anders dan de voormalige bewoners van het vlakke land en de bezitters van vakantiehuizen die zich aangetrokken voelden tot de chiquere woonoorden in de bergen. De lokale bevolking bestond uit derde of vierde generatie hooglanders, die van bergen en wouden hielden en die de voorkeur gaven aan de betrekkelijke rust van de San Bernardino's, hoog boven de overbevolkte heuvels en het vlakke land in het westen.

De stad was niet groot genoeg om een eigen politiekorps te hebben. Vanwege een gebrek aan mankracht op het kantoor van de sheriff en een veel te groot werkgebied, duurde het gemiddeld tweeëndertig minuten voordat een oproep vanuit Black Lake beantwoord werd.

Als een of andere doorgetripte mislukkeling op zoek naar geld voor drugs of hunkerend naar gewelddadige seks in je huis inbrak, kon je in tweeëndertig minuten vijf keer vermoord worden. Vandaar dat de meeste mensen hier in staat waren zichzelf te verdedigen – en dat ook met groot enthousiasme deden.

Molly en Neil zagen nergens gezichten achter de ramen, maar ze wisten dat ze nauwkeurig in de gaten werden gehouden. Hoewel ze overal in Black Lake vrienden hadden, stonden ze geen van beiden te trappelen om bij iemand aan te kloppen, gedeeltelijk vanwege al die vuurwapens en hun bezorgde eigenaren. Bovendien waren ze een beetje huiverig weer zo'n bizarre toestand aan te treffen als in het huis van Corrigan.

In de onafgebroken stortregen zagen de gezellige huizen met hun verlichte vensters er vriendelijk en gastvrij uit. Maar ja, voor een ongelukkig insect heeft de venusvliegenvanger ook een aantrekkelijk uiterlijk en een verlokkelijke geur terwijl de tweelobbige bladeren met open kaken en tanden in de aanslag staan te wachten.

'Er zullen wel mensen thuis zijn gebleven,' zei Neil, 'maar niet allemaal. De meer ondernemende geesten zullen zich wel ergens verzameld hebben om ideeën te vergelijken en te bedenken hoe ze zich samen kunnen verdedigen.'

Molly vroeg niet hoe zelfs de meest geharde individualisten onder deze boerenkinkels uit de bergen – of zelfs een leger – zich in vredesnaam moesten verdedigen tegen een technologie die op wereldwijde schaal het weer als wapen kon gebruiken. Zolang die vraag niet gesteld werd, kon ze net doen alsof er een antwoord op bestond.

Black Lake had geen grote openbare gebouwen die in een crisis als deze als zenuwcentrum konden worden gebruikt. Drie gekozen raadslieden, die om de beurt als burgemeester functioneerden, vergaderden in een van de afgeschoten zitjes van Benson's Good Eats, een van de twee restaurants die de stad rijk was.

Er was ook geen schoolgebouw. De kinderen die niet thuis les kregen, gingen met de bus naar scholen in andere plaatsen.

Black Lake had twee kerken, een rooms-katholieke en een doopsgezinde. Toen Molly erlangs reed, maakten ze allebei een verlaten indruk.

Ten slotte vonden ze de ondernemende geesten in Main Street, in het kleine winkelcentrum dat hoog en droog boven het gestadig wassende meer lag. Ze hadden zich verzameld in de Tail of the Wolf Tavern.

Een stuk of tien voertuigen stonden voor het café geparkeerd, niet langs de stoeprand waar de riolering het water niet meer aankon, maar bijna midden op straat. Ze stonden allemaal met de achterkant naar het gebouw, in een halve cirkel, alsof het vluchtauto's waren die klaar stonden om er snel vandoor te gaan.

Onder de uitstekende rand van een dak die hen beschutte tegen de regen stonden twee mannen buiten voor het café op wacht.

Molly en Neil kenden hen allebei. Ken Halleck werkte in het postkantoor dat Black Lake en een paar kleinere berggemeentes bediende. Hij stond bekend om zijn glimlach die zijn rubberachtige gezicht van bakkebaard tot bakkebaard in tweeën kon splijten, maar die nu in geen velden of wegen te bekennen was.

'Molly, Neil,' zei hij ernstig. 'En wij maar denken dat het die mafkezen van de islam zouden zijn die ons een kopje kleiner zouden maken, hè?'

'We zijn nog niet verslagen,' zei Bobby Halleck, Kens zoon, met een luidere stem dan nodig was om boven de regen uit te komen. 'We hebben de mariniers, de Army Rangers, de Delta Force en de Navy Seals.'

Bobby was zeventien. Hij zat in de hoogste klas van de middelbare school en was een buitengewoon goede quarterback, een knul met een wonderbaarlijke hoeveelheid pit, waardoor je hem onwillekeurig vergeleek met een personage uit zo'n footballfilm uit de jaren dertig of veertig met Jack Oakie en Pat O'Brien. Hij leek niet te jong om op wacht te staan, maar hij had uiteraard geen ervaring en dat zou dan ook wel de reden zijn waarom zijn vader, die zelf gewapend was met een geweer, Bobby een hooivork had gegeven. Het leek een ontoereikend middel om buitenaardse stormtroepers af te schrikken, al was de kans dat de trekker per ongeluk overgehaald werd natuurlijk een stuk minder groot.

'De tv heeft het loodje gelegd, dus we horen er niks over,' zei Bobby, 'maar ik durf te wedden dat het Amerikaanse leger ze van katoen geeft.'

Ken keek zijn zoon aan met een blik waarin zoals altijd de genegenheid duidelijk te lezen stond. Alleen ging die nu gepaard met een droefheid die hij nooit onder woorden zou durven brengen, uit vrees dat het verdriet al snel uit zou groeien tot een opgekropte wanhoop, die de laatste uren of dagen van hun samenzijn zou beroven van elke kleine vreugde die ze misschien nog konden delen.

'De president zit ergens in een of andere berg verstopt,' zei Bobby. 'En ik durf te wedden dat we wel geheime atoomwapens in de ruimte hebben, dus die klootzakken zitten daarboven niet zo veilig in hun ruimteschepen als ze denken. Daar bent u het toch wel mee eens, meneer Sloan?'

'Ik zou nooit iets ten nadele van de mariniers durven zeggen,' zei Neil tegen de zoon, terwijl hij zijn hand troostend op de schouder van de vader legde.

'Wat gebeurt hier?' vroeg Molly aan Ken terwijl ze naar het café wees.

'De bedoeling is om ons gezamenlijk te verdedigen,' zei hij. 'Maar of het ook zo zal gaan… dat zou ik niet durven zeggen. De mensen denken er allemaal verschillend over.'

'Over in leven blijven of doodgaan?'

'Ik denk dat nog niet iedereen de toestand zo duister inziet.' Toen ze hem ongelovig aankeek, zei hij: 'Molly, je weet toch dat die lui hier altijd in deze stad gewoond hebben… Alleen zijn ze als mens niet hetzelfde gebleven als vroeger. Soms denk ik wel eens dat we beter af zouden zijn geweest als de tv vijftig jaar geleden het loodje had gelegd en het nooit meer zou hebben gedaan.'

De kille, grauwe buitenkant van het café zag er niet half zo gezellig uit als het binnen bleek te zijn: de versleten vloer was van mahoniehout, net als de gepolitoerde wanden en het plafond en er hingen foto's van vroegere inwoners uit de tijd – ongeveer een eeuw geleden – dat auto's de straat nog moesten delen met paarden. Het rook er naar een mengeling van al het verschaalde bier dat in de loop der jaren gemorst was, van vers bier zo van de tap, van uien, Spaanse pepers en kleverige nacho's, van vochtige wollen en katoenen kleren die door lichaamswarmte langzaam maar zeker opdroogden – en een zurige lucht waarvan ze het idee had dat het best eens de geur van gedeelde angst zou kunnen zijn.

Molly was ontzet toen ze zag dat er maar ongeveer zestig

mensen aanwezig waren, van wie zij er misschien twintig kende. Op een gemiddelde zaterdagavond zaten er op z'n minst twee keer zoveel in het café, dat in een noodgeval zoals nu zeker vier keer dat aantal mensen kon bevatten.

Er waren maar zes kinderen aanwezig en dat baarde Molly zorgen. Ze had verwacht dat gezinnen met kinderen zich als eerste zouden hebben gemeld om een gezamenlijke verdediging te organiseren.

Ze had de pop mee naar binnen genomen in de hoop dat het meisje uit de achtergelaten Navigator bij de mensen zou zijn die hier toevlucht hadden gezocht. Maar er was geen kind dat reageerde bij de aanblik van de pop, dus zette Molly haar maar op de bar. Er was nog steeds een kans dat de eigenares van de pop hier ook vanuit de regen op zou duiken. Je moest nooit de moed opgeven.

De zes kinderen zaten bij elkaar aan een lange tafel in de hoek, maar de volwassenen hadden zich duidelijk in vier groepen opgesplitst. Molly begreep meteen dat die verdeeldheid het gevolg was van vier verschillende opvattingen over de manier waarop de crisis aangepakt moest worden.

Ze werden begroet door de mensen die haar en Neil kenden en nadenkend en zelfs een tikje argwanend bestudeerd door de mensen bij wie dat niet het geval was, alsof ze niet meteen als buren en bondgenoten werden beschouwd, maar in de eerste plaats als buitenstaanders die pas hartelijk ontvangen konden worden als ze hun mening hadden laten horen en bekend was bij wie ze zich wensten aan te sluiten.

Maar waar Neil en zij vooral van opkeken, waren de honden. Ze was een keer in Frankrijk geweest, waar ze niet alleen honden in saaie arbeiderscafé's had gezien, maar ook in de chicste restaurants. De algemene opvattingen omtrent hygiëne in dit land zorgden er echter voor dat ze alleen op terrassen werden toegelaten en de meeste restauranthouders duldden ze zelfs niet in de open lucht.

Aanvankelijk telde ze vier, zes, acht honden, verspreid over de vier hoeken van het café. Zowel bastaards als rashonden, van middenslag tot grotere exemplaren, maar geen schoothondjes. Meer honden dan kinderen. De honden stonden vrijwel tegelijkertijd op en draaiden hun koppen naar hen toe: een paar grappige snuiten, een paar nobele, maar allemaal ernstig en waakzaam. Na een korte aarzeling deden ze iets vreemds.

18

Uit alle hoeken en gaten van het café kwamen de honden naar Molly toe. Niet met uitgelaten sprongen om aan te geven dat ze wilden spelen en ook niet met de staart tussen de poten en de argwanende houding waaruit blijkt dat ze iets onbekends ruiken waar ze een beetje zenuwachtig van worden.

Ze hadden hun oren gespitst en hun staarten zwiepten langzaam en weifelend door de lucht. Het was duidelijk dat ze uit nieuwsgierigheid naar haar toe kwamen, alsof ze iets was wat ze niet kenden – iets nieuws, maar niet verontrustend.

Ze had zich de eerste keer verteld. Er waren negen honden binnen, niet acht, en ze vonden haar allemaal bijzonder boeiend. Ze draaiden om haar heen en drukten zich tegen haar aan terwijl ze ijverig aan haar laarzen, haar spijkerbroek en haar regenjas snuffelden. Ze dacht heel even dat ze de coyotes roken. Maar toen besefte ze dat ze haar pyjama en kamerjas aan had gehad toen ze zich tussen de dieren op de veranda had gewaagd, niet de kleren die ze op dat moment droeg. Daar kwam nog bij dat de meeste gedomesticeerde honden geen enkele verwantschap voelden met hun wilde neven. Als ze de lucht van een coyote in de neus kregen – en zeker als ze er 's nachts een hoorden huilen – zetten ze meestal hun nekharen op en begonnen te grommen.

Toen ze haar handen naar hen uitstak, snuffelden ze eraan, likten haar vingers en begroetten haar met de genegenheid die de meeste honden gewoonlijk reserveren voor mensen die ze al veel langer kennen.

Russell Tewkes, de eigenaar van het café, zei vanachter de tapkast: 'Heb je soms worstjes is je zak zitten, Molly?'

De klank van zijn stem paste niet bij het grapje dat hij maakte. Hij klonk ronduit beschuldigend en daar begreep ze niets van.

Russell was zo rond als een bierton, met het kapsel en het vrolijke gezicht van een monnik die een slok te veel op heeft, wat hem tot het toonbeeld van de vriendelijke barkeeper van een buurtkroeg maakte. Verdrietige mensen konden altijd hun hart bij hem uitstorten en hij hoorde die verhalen aan met een medeleven waar geen moeder aan kon tippen. Hij was altijd opgewekt en af en toe kwam je bijna in de verleiding om hem een vrolijke Frans te noemen. Maar nu keek hij haar met argwanend samengeknepen ogen aan. Zijn mond was een grimmige streep. Hij wierp Molly een blik toe alsof ze een of andere uit de kluiten gewassen Hell's Angel was, met op beide handen het woordje 'haat' getatoeëerd.

Terwijl de honden snuffelend om haar heen bleven draaien, drong het tot Molly door dat Russell niet als enige wantrouwig reageerde. De rest van de aanwezigen, zelfs de mensen die ze goed kende en die haar net met naam en toenaam hadden begroet of hun hand hadden opgestoken, zat haar nu in plaats daarvan afwachtend met onverholen argwaan aan te kijken.

Plotseling begreep ze waarom. Ze kenden al die films over invasies van buitenaardse wezen net zo goed als zij en Neil en het belachelijke scenario dat momenteel door hun hoofd speelde, was zo'n ze-zijn-onder-ons-en-doen-net-alsof-ze-mensenzijn-verhaal in de trant van *Invasion of the Body Snatchers* of *The Thing*, de film van John Carpenter.

Het ongewone gedrag van de honden suggereerde dat er iets bijzonders met Molly was. Ook al stonden alle negen leden van haar harige aanhang enthousiast te kwispelen en haar handen te likken alsof ze bijzonder gecharmeerd van haar waren, toch vroegen de meeste en misschien wel alle mensen in het café zich ongetwijfeld af of het gedrag van die honden moest worden opgevat als een waarschuwing dat iets wat niet van deze aarde was, zich nu in vermomming bij hen had gevoegd.

Ze kon zich maar al te goed voorstellen hoe hun reactie zou zijn geweest als alle honden – of zelfs maar één vals exemplaar – haar grommend hadden begroet, met de nekharen overeind en de oren plat op de kop. Een dergelijk vertoon van vijandigheid zou maar op één manier geïnterpreteerd zijn en dan had Molly zich in dezelfde positie bevonden als een vrouw die in het zeventiende-eeuwse Salem van hekserij was beschuldigd.

Op zeker twee plaatsen in de grote gelagkamer stonden geweren en jachtgeweren tegen de muur, een heel arsenaal binnen handbereik. En het merendeel van deze aspirant-verdedigers van de planeet had ongetwijfeld een pistool bij zich, net als Molly zelf. En onder hen bevonden zich vast wel een paar die opgefokt door angst en gefrustreerd door hun machteloosheid gewoon opgelucht en zelfs blij zouden zijn als ze de kans kregen om op iets of iemand te schieten, wie of wat het ook was. En in deze koortsachtige poel van paranoia zou een schietpartij waarschijnlijk pas afgelopen zijn als iedere schutter zelf ook was neergeschoten.

Molly richtte haar aandacht op de plek achter in het café waar de kinderen bij elkaar zaten. Ze zagen er bang uit. Vanaf het eerste moment dat Molly hen zag, hadden ze een ontzettend kwetsbare indruk gemaakt en dat was nu helemaal het geval.

'Ga weg,' zei ze tegen de honden. 'Vort, ga weg.'

Hun reactie op haar bevel bleek al even eigenaardig als het

feit dat ze zich unaniem zo tot haar aangetrokken hadden gevoeld. Ze gehoorzaamden onmiddellijk, alsof ze alle negen persoonlijk door haar waren afgericht, en gingen terug naar de plek waar ze bij haar binnenkomst hadden gelegen. Dit opmerkelijke vertoon van gehoorzaamheid maakte de argwaan van de zestig mensen in het café alleen maar groter. Alleen het geroffel van de regen was nog hoorbaar, voor de rest was het stil in de gelagkamer. Ieder paar ogen volgde dezelfde weg: van Molly naar de weglopende honden en weer terug naar Molly.

Neil verbrak de spanning toen hij tegen Russell Tewkes zei: 'Dit is een verdomd rare nacht, met de ene rare toestand na de andere. Geef mij maar iets te drinken. Je bent toch wel open? Heb je ook borrelnootjes?'

Russell knipperde met zijn ogen en schudde zijn hoofd alsof de argwaan hem in trance had gebracht. 'Vanavond pak ik geen geld aan, alles is gratis. Wat zal het zijn?'

'Bedankt, Russ. Heb je een flesje Coors voor me?'

'Ik verkoop alleen tapbier en flesjes, niet die verdomde blikjes. Van aluminium krijg je Alzheimer.'

'Wat wil jij, Molly?' vroeg Neil.

Eigenlijk wilde ze niets, want ze wilde helder blijven om haar waarnemingsvermogen op peil te houden en goed na te kunnen denken. Als je wilde overleven moest je nuchter blijven. Maar toen ze Neil aankeek, wist ze dat hij vond dat ze iets moest drinken. Niet omdat ze daar behoefte aan had, maar omdat de meeste mensen in het café waarschijnlijk van mening zouden zijn dat ze onder deze omstandigheden echt een borrel nodig zou hebben – als ze tenminste een gewoon mens was net als zij. Als je wilde overleven moest je ook flexibel zijn.

'Doe mij maar een Corona,' zei ze.

Terwijl Molly mensen moest bestuderen en heel lang moest zitten broeden voordat ze enig inzicht in hun karakter kreeg, ongeveer op dezelfde manier waarop ze met behulp van scherpe analyses de personages in haar boeken gestalte gaf, ging Neil instinctief af op de eerste indruk die hij van iemand kreeg als hij aan die persoon werd voorgesteld. Zijn gevoelsmatige reacties waren minstens even betrouwbaar als haar intellectuele karakteranalyses.

Ze pakte de Corona aan en zette het flesje aan haar mond, zich scherp bewust van het feit dat alle aandacht op haar was gevestigd. Ze was van plan geweest om een klein slokje te nemen, maar ze verraste zichzelf door een derde van het flesje soldaat te maken. Toen ze het liet zakken, nam de spanning in het café voelbaar af. Geïnspireerd door Molly's dorst pakte de helft van de aanwezigen ook hun drankje op. Het merendeel van de geheelonthouders keek afkeurend of bezorgd – of allebei – toe.

Nu ze hun vertrouwen had gewonnen door met zo'n betekenisloos – om niet te zeggen ronduit belachelijk – gebaar te bewijzen dat ze echt een mens was, betwijfelde Molly of het menselijk ras zelfs in de meest afgelegen bunker achter de meest indrukwekkende verdedigingslinie wel zou kunnen overleven als de indringers werkelijk in staat zouden zijn om zich op overtuigende wijze als mens voor te doen.

Er waren zoveel mensen die moeite hadden om te erkennen dat er zoiets bestond als pure kwaadaardigheid. Ze hoopten dat het kwaad vanzelf weg zou gaan als ze maar positief bleven denken en dat ze in staat zouden zijn het tot berouw te bewegen met behulp van psychotherapie, of het door middel van mededogen aan banden te leggen. Als ze het onverzoenlijke kwaad in de harten van hun eigen soortgenoten niet eens konden herkennen en niet begrepen dat het blijvend van aard was, dan zat het er dik in dat ze ook niet het vermogen zouden hebben om dwars door de perfecte biologische vermomming te kijken van een buitenaards ras dat mimicry tot een kunst had verheven.

Verspreid door de gelagkamer bleven de honden haar in de gaten houden, een paar openlijk, de rest stiekem. Het feit dat ze naar haar bleven kijken schudde plotseling de sluimerende paranoia wakker die in elk menselijk brein een centrale plaats inneemt. Ze vroeg zich af of de honden haar zo enthousiast hadden begroet omdat ze blij waren dat ze weer een mens zagen, *aangezien de rest van de aanwezigen in het café, zelfs de kinderen, bedriegers waren, allemaal buitenaardse wezens die zich als vrienden en buren vermomd hadden.*

Nee. De honden had niet zo op Neil gereageerd als op haar, hoewel Neil zonder enige twijfel Neil was en niets anders. Waarom ze zoveel belangstelling voor Molly hadden, bleef een raadsel.

Hoewel ze nu ongeïnteresseerd leken, hielden ze haar nog steeds scherp in de gaten, met glanzende ogen vol adoratie. Alsof zij het middelpunt was van de veranderde wereld waarin verleden en toekomst samenvloeien, ver verheven boven alles wat sterfelijk was, het enige onderdeel van de schepping dat hun onverdeelde aandacht waard was.

19

Molly en Neil liepen rond door het café om te horen wat andere mensen hadden beleefd en meer informatie te verzamelen, zodat ze zich een beter beeld konden vormen van de toestand hier in de stad en in de wereld buiten Black Lake.

Iedereen in de Tail of the Wolf had de apocalyptische beelden op tv gezien. Misschien zouden ze wel de laatsten in de geschiedenis van de mens zijn die via het medium televisie getuige waren geweest van wereldschokkend nieuws.

Nadat alle tv-kanalen door elektronische sneeuwbuien of de raadselachtige, pulserende kleurpatronen in beslag waren genomen, hadden sommige mensen hun radio aangezet en flarden opgevangen van AM- of FM-uitzendingen uit plaatsen die dichtbij of op grote afstand lagen. Verslaggevers hadden melding gemaakt van angstaanjagende wezens in de straten die op verschillenden manieren beschreven werden – als monsters, buitenaardse wezens, demonen of gewoon als *dingen* – maar ze waren meestal zo ontzet dat ze niet precies konden beschrijven wat ze zagen of anders eindigde het verslag plotseling in kreten van doodsangst en pijn.

Molly dacht aan de man in Berlijn wiens hoofd in tweeën gekliefd op straat was gevallen en bij die herinnering liepen de koude rillingen haar over de rug.

Anderen in het café hadden op het internet naar informatie gezocht, maar daar hadden ze zo'n warboel van wilde geruchten en koortsachtige veronderstellingen aangetroffen dat ze eerder verward dan geïnformeerd waren. Daarna waren de telefoons uitgevallen – zowel de vaste als de mobiele diensten – net als de kabel, met als gevolg dat het hele internet als een door de wind verwaaide rookpluim in het niets was verdwenen.

Er waren diverse mensen in de Tail of the Wolf die soortgelijke vreemde ervaringen hadden gehad als Molly en Neil met klokken die zich raar gedroegen, mechanische voorwerpen – zoals de muziekdozen – die plotseling vanzelf gingen werken en onmogelijke spiegelbeelden. Keukenmessen die op batterijen werkten en ineens zoemend en ratelend in keukenladen lagen. Computers die zichzelf aanzetten waarna op de beeldschermen hiëroglyfen en lettertekens uit onbekende talen voorbijschoten. Uit cd-spelers waren exotische wanklanken gekomen die geen enkele gelijkenis vertoonden met de inhoud van de schijfjes die in de apparaten zaten.

Er waren ook verhalen over opmerkelijke ontmoetingen met dieren, die veel leken op Molly's ervaringen met de coyotes en de muizen in de garage. De hele dierenwereld scheen te begrijpen dat de huidige bedreiging buitenaards was en alle bekende en bestaande gevaren overtrof.

Daar kwam nog bij dat echt iederéén zich bewust was geweest van iets wat dreigend in de verregende nacht boven hun hoofd hing. Neil had het een 'berg die naar beneden komt' genoemd, een massa van een enorme omvang en een verpletterend gewicht die eerst omlaag was gekomen, toen bleef hangen en vervolgens in oostelijke richting was verdwenen.

Norman Ling, eigenaar van de enige supermarkt die de stad rijk was, vertelde dat zijn vrouw, Lee, hem wakker had gemaakt toen ze schreeuwde dat 'de maan naar beneden valt'.

'Ik zou bijna willen dat het de maan was geweest,' zei Lee nu met een ernst die naadloos aansloot bij de uitdrukking in haar donkere, bezorgde ogen. 'In dat geval zou alles nu voorbij zijn. Dan waren we allemaal dood en hadden we niets ergers meer te vrezen.'

Maar hoewel deze dwarsdoorsnede van de mensheid dezelfde ervaringen had gehad en daaruit ongeveer dezelfde conclusies had getrokken – dat hun ras niet langer het intelligentste ter wereld was en dat hun heerschappij over de aarde omvergeworpen was – waren ze er niet in geslaagd zich aaneen te sluiten om gezamenlijk een door iedereen aanvaarde manier te vinden om op de bedreiging te reageren. Vier opvattingen hadden de aanwezigen in het café in vier kampen verdeeld.

De kleinste groep werd gevormd door de dronkelappen en degenen die ijverig bezig waren zich te bezatten. Zij huldigden de opvatting dat de meest begeerlijke gemakken en verworvenheden van de menselijke beschaving al onherstelbaar verloren waren. Als ze de wereld toch niet konden redden, dan zouden ze het glas heffen ter herinnering aan al die glorie... In de hoop dat ze dan dankzij een overdosis whisky of wodka buiten westen zouden zijn als een of andere wrede dood onafwendbaar was.

De vredesapostelen waren groter in aantal dan de zatladders, zachtmoedige mensen die van zichzelf vonden dat ze voorzichtig en redelijk waren. Zij herinnerden zich films als *The Day the Earth Stood Still,* waarin goedwillende buitenaardse wezens die de mensen op aarde vrede en liefde willen schenken, opzettelijk verkeerd begrepen worden en ten slachtoffer vallen aan zinloos menselijk geweld. Deze groep beschouwde, met of zonder de hulp van sterke drank, de wereldcatastrofe die zich leek te ontvouwen, niet als een bewijs van kwalijke bedoelingen, maar als het tragische gevolg van slechte communicatie. Of misschien was het wel het resultaat van niet nader omschreven, star en typisch menselijk handelen. Deze voorzichtige, redelijke burgers waren ervan overtuigd – of deden net alsof – dat de huidige afschuwelijke gebeurtenissen mettertijd wel bevredigend verklaard en rechtgezet zouden worden door de welwillende afgezanten van een andere ster.

Maar onder deze omstandigheden vond Molly *The Day the Earth Stood Still* heel wat minder relevant dan een oude aflevering van *The Twilight Zone* met buitenaardse wezens die met een heilig boek onder de arm – waarvan de titel kennelijk *Recepten voor de mens* luidde – plechtig beloofden een einde te maken aan alle menselijke nood en lijden. Helaas ontdekten de schaapachtige aardbewoners te laat dat het heilige geschrift een kookboek was.

Dan waren er de weifelaars, die in aantal de dronkelappen en de vredesapostelen overtroffen en die niet konden besluiten of de huidige crisis het best met geweld kon worden opgelost of door pogingen vredesonderhandelingen op gang te brengen en het zingen van liedjes over liefde – of misschien wel door zoveel alcohol te nuttigen dat ze niet meer op hun benen konden staan. Ze beweerden dat ze meer moesten weten om tot een besluit te komen en ongetwijfeld zouden ze nog steeds geduldig op meer inlichtingen wachten als een vleeseter van Andromeda al bezig was hen met boter te bedruipen.

Molly was ontzet toen ze vrienden van hen onder de weifelaars aantrof. Ze zou meer respect voor hen hebben gehad als ze het pacifisme hadden omhelsd of hadden besloten zich een stuk in de kraag te drinken.

De vierde groep, met bijna evenveel aanhang als de weifelaars, waren de mensen die er de voorkeur aan gaven om de handschoen op te pakken en te vechten, ook al was de kans op succes nog zo klein. Onder hen waren evenveel vrouwen als mannen, jong en oud en van alle geloofsovertuigingen. Zij waren kwaad en bezield, hadden de meeste wapens meegebracht en trappelden van verlangen iets terug te doen. Ze trokken twee stoelen bij en begroetten Molly en Neil hartelijk, omdat ze uit het geweer en het pistool opmaakten dat zij waarschijnlijk dezelfde mening waren toegedaan. Deze enthousiaste groep had een stuk of zes tafels in de vorm van een U aan elkaar geschoven, zodat ze beter gezamenlijk konden speculeren over alle eventualiteiten en tegelijkertijd over de strategie en aanpak van elke mogelijkheid konden discussiëren.

Omdat ze vrijwel niets over de vijand wisten, kwamen al hun theorieën en plannen niet veel verder dan oeverloos geklets in de ruimte. Maar hun discussies gaven hun toch een doelbewust gevoel en dat gevoel was tot op zekere hoogte een effectief tegengif tegen angst. Hoewel ze waarschijnlijk doodsbang waren voor de komende confrontatie, ergerden ze zich ook groen en geel aan het feit dat de indringers zich nog niet hadden laten zien, althans niet in Black Lake. Ze waren weliswaar bereid om te vechten en als het niet anders kon te sneuvelen in de strijd, maar ze konden niet vechten tegen een onzichtbare tegenstander. Bij hen voelde Molly zich op haar gemak en ze was blij dat Neil en zij eindelijk kameraden hadden.

De onofficiële leider van deze de-vrijheid-of-de-doodgroepering scheen Tucker Madison te zijn, een voormalig marinier en inmiddels hulpsheriff bij het San Bernardino County Sheriff's Department. Met zijn rust, zijn kalme stem en zijn heldere, directe blik deed hij Molly aan Neil denken.

'Het enige wat me echt kopzorgen geeft,' zei Tucker, met veel gevoel voor understatement, 'is dat ze zich niet snel of helemaal niet zullen laten zien. Als ze in staat zijn om overal op de wereld het weer te regelen, waarom zouden ze dan riskeren om door ons beschoten te worden, ook al zijn onze wapens in hun ogen primitief?'

'Sommige van die goddeloze smeerlappen zijn anders wel in de steden opgedoken,' herinnerde een schele vrouw van boven de zestig met een door de zon verweerd gezicht Tucker aan de radioverslagen. 'Ze zullen uiteindelijk hier ook wel opduiken.'

'Maar niemand van ons heeft er echt een gezien,' zei Tucker. 'Die dingen waar ze het op de radio over hadden, kunnen ook verkenningstoestellen zijn, onbemande voertuigen of robots.'

Vince Hoyt, een geschiedenisleraar en trainer van het footballteam van de middelbare school in het district, had een krachtig en heerszuchtig gezicht dat onwillekeurig deed denken aan de antieke marmeren borstbeelden van de ijzervreters onder de Romeinse keizers. Zijn kaken leken sterk genoeg om walnoten te kraken en als hij sprak, klonk zijn gruizige stem alsof hij de doppen had opgegeten.

'De grote vraag is wat er zal gebeuren als het nog een week, twee weken of een maand op deze manier blijft regenen. Onze huizen zijn niet berekend op een dergelijke zondvloed. Bij mij thuis lekt het nu al, de schade is aanzienlijk en bij dit noodweer kun je niet veilig het dak op om alles te repareren. Misschien denken ze wel dat ze ons verzet kunnen verzuipen. Dat ze onze vechtlust weg kunnen spoelen.'

'Waarom wel regen en geen wind?' vroeg een jongeman met krullend blond haar, een gouden ringetje in zijn linkeroor en een rode tatoeage van pruilende vrouwenlippen op zijn keel. 'Tornado's en wervelstormen en zo.'

'Of bestuurde bliksemschichten,' opperde de vrouw met het door de zon verweerde gezicht. 'Is dat mogelijk? Zouden ze dat kunnen?'

Molly dacht aan de gigantische en kennelijk kunstmatig opgewekte waterhoos die vanuit de Stille Oceaan omhoog was gekolkt en honderdduizenden liters water per minuut uit de oceaan had opgezogen. Bestuurde bliksemschichten klonken niet zo vergezocht als gisteren het geval zou zijn geweest.

'Misschien zelfs wel aardbevingen,' zei Vince Hoyt. 'En voordat het zover is, moeten we een hoofdkwartier kiezen, waar we dan een voorraad wapens, voedsel, medicijnen, EHBO-artikelen en zo kunnen aanleggen...'

'In onze supermarkt liggen al voldoende etenswaren,' zei Norman Ling. 'Maar de winkel is in een van de lager gelegen straten. Als het zo blijft regenen, zal alles morgen rond deze tijd onder water staan.'

'En de winkel is met al die grote glazen ruiten trouwens ook geen gemakkelijk te verdedigen gebouw,' zei Tucker Madison vanuit zijn ervaring als marinier. 'En ik vind het heel vervelend om te zeggen, maar het zijn niet alleen buitenaardse wezens waar we ons zorgen over moeten maken. Nu alle verbindingen zijn verbroken brokkelt het burgerlijk gezag hier ook af. Misschien ligt het inmiddels al wel helemaal plat, want het is me niet gelukt om contact op te nemen met het kantoor van de sheriff in de hoofdstad van dit district. Dus geen politie. En misschien ook geen National Guard, geen commandopost die het gezag over kan nemen en contact kan onderhouden met het leger...'

'Chaos en anarchie,' fluisterde Lee Ling.

Tucker bleef opmerkelijk kalm terwijl hij de angstaanjagende gevolgen van de instorting van het maatschappelijk bestel besprak. 'Geloof me maar gerust,' zei hij. 'Er zijn massa's slechte mensen die van de wanorde zullen profiteren. En dan heb ik het niet alleen over buitenstaanders. We hebben hier in deze stad ook genoeg boeven en andere enge figuren, dieven, verkrachters en gewelddadige lui die anarchie als een soort paradijs zullen beschouwen. Ze zullen pakken wat ze hebben willen zonder zich van iemand iets aan te trekken, en hoe meer ze kunnen toegeven aan hun slechte neigingen, hoe slechter en gewelddadiger ze zullen worden. Als we daar niet op voorbereid zijn, zullen ze ons en onze gezinnen uitmoorden voordat we zelfs maar zo'n wezen uit het andere eind van het heelal onder ogen hebben gehad.'

Een sombere stilte daalde neer op de groep en Lee Ling zag eruit alsof ze opnieuw wenste dat de maan op aarde was gestort.

Molly dacht aan Render, de kindermoordenaar die zelf ook vader van een kind was, en die het laatst was gezien toen hij in noordelijke richting over de bergweg liep. Hij was vast niet het enige monster dat vanavond weer vrij was gekomen. Misschien had het personeel van gevangenissen en inrichtingen de deuren wel opengezet toen ze hun post verlieten, gewoon uit nonchalance of uit een misplaatst medelijden met de mensen die opgesloten zaten. Maar het zou ook best kunnen dat de gevangenen in de chaos de macht hadden gegrepen en zichzelf hadden bevrijd.

Het leek alsof ze zes weken te vroeg midden in een soort super-Halloween zaten en er was echt geen behoefte aan griezelige, uit pompoenen gesneden lantaarns of in katoenen lakens gehulde spoken, nu de nacht vergeven was van de slijmsporen van zoveel etterend kwaad.

'De bank,' stelde Neil voor.

Iedereen rond de tafel keek hem met knipperende ogen aan, alsof ze net als Molly door zijn opmerking uit een soort nachtmerrie ontwaakten.

'De bank,' zei Neil, 'is van op de plaats gegoten beton, bedekt met kalksteen en gebouwd in 1936 of '37 toen in deze staat voor het eerst moest worden voldaan aan wettelijke bouwvoorschriften voor gebouwen die bestand moesten zijn tegen aardbevingen.'

'En in die tijd bouwden ze nog voor de eeuwigheid,' zei Molly.

Tucker vond het een goed idee. 'Bij de bouw van de bank is vooral op veiligheid gelet. Een of twee ingangen. Niet te veel ramen, die bovendien nogal smal zijn.'

'En voorzien van tralies,' merkte Neil op.

Tucker knikte. 'En meer dan genoeg ruimte voor mensen en voorraden.'

'Ik heb nog nooit een wedstrijd gehad, waarbij ik het gevoel had dat verliezen onvermijdelijk was,' zei Vince Hoyt. 'Zelfs niet in als we in het vierde kwart waren en vier touchdowns achter stonden. En ik mag barsten als ik die mentaliteit nu inruil voor een minder strijdlustige houding. De bank heeft nog een pluspunt. De kluis. Wanden van gewapend beton en een dikke stalen deur. Daar kunnen we verdomd goed onze laatste toevlucht van maken. Als ze die deur willen afbreken om ons daar weg te halen, maken we er een schiettent van en nemen een hele stoot van die smeerlappen mee.'

20

Met de bestudeerde houding van een eerbiedwaardige landrot die probeert het dek van een stampend schip over te steken zonder zich belachelijk te maken, wandelde Derek Sawtelle van de verzamelde drankorgels naar Molly's stoel tussen de knokkers. Hij boog zich naar haar over. 'Lieve dame, je ziet er zelfs onder deze omstandigheden betoverend uit.'

'En jij kletst zelfs onder deze omstandigheden uit je nek,' zei ze vol genegenheid.

'Kan ik Neil en jou even spreken?' vroeg hij. 'Onder zes ogen?'

Hij was een beschaafd drankorgel. Hoe meer gin-tonics hij achteroversloeg, des te beleefder hij werd. Omdat ze al vijf jaar met Derek bevriend was, wist Molly dat hij vanavond niet naar de fles had gegrepen uit vrees voor het idee dat de hele samenleving ten dode was opgeschreven. Gecontroleerde dronkenschap was zijn manier van leven, zijn filosofie en zijn geloof.

Derek was al heel lang als professor in de literatuur verbonden aan de staatsuniversiteit in San Bernardino en had inmiddels bijna de leeftijd van vijfenzestig bereikt, waarop hij verplicht met pensioen zou gaan. Hij was een expert op het gebied van Amerikaanse auteurs uit de vorige eeuw.

Zijn schrijvende helden waren de zuipende zwaargewichten met een machotik, van Hemingway tot Norman Mailer. Zijn bewondering voor hen berustte gedeeltelijk op zijn literaire inzicht, maar had toch ook wel iets weg van de geheime liefde van een saai meisje voor de grote ster van het footballteam van de middelbare school.

Omdat hij niet atletisch was gebouwd en veel te aardig was om mensen in kroeggevechten op hun smoel te slaan, bij het bloedige spektakel van een stierengevecht juichend op de tribune te zitten of een vrouw in een torenflat aan haar enkels buiten het raam te laten bungelen, kon Derek zich alleen aan zijn helden spiegelen door het consumeren van grote hoeveelheden literatuur en alcohol. Twee dingen waar hij zich zijn leven lang mee had volgegoten.

Sommige professoren zouden prima acteurs zijn geweest, omdat zij van elke les een voorstelling maakten. Tot die groep behoorde Derek ook. Molly had op zijn verzoek een paar keer een lezing gehouden voor zijn studenten en had hem op zijn favoriete podium in actie gezien. Hij bleek niet alleen een onderhoudend maar ook een uitmuntend docent te zijn.

En nu de trommels van het laatste oordeel op het dak roffelden, zag Derek er nog steeds uit alsof hij zo meteen college moest geven of op weg was naar een faculteitsborrel. Het is best mogelijk dat academici in het midden van de twintigste eeuw helemaal geen voorkeur hadden gehad voor wollen pantalons en tweed jasjes, wollen vesten met schuine blokken, pochetten en zelfgestrikte vlinderdasjes, maar Derek had niet alleen bepaald welke rol hij in het leven wenste te spelen, hij had ook het bijpassende kostuum ontworpen en droeg dat met gezag.

Toen Molly van tafel opstond en samen met Neil achter Derek Sawtelle aan liep naar de achterkant van het café, zag ze dat ze opnieuw de onverdeelde aandacht had van alle negen honden. Drie ervan – een zwarte labrador, een golden retriever en een bastaard van onbestemde afkomst – dwaalden rond door de gelagkamer, snuffelden de vloer af en kwelden zichzelf met de luchtjes van hapjes die de laatste paar dagen op de grond waren gevallen en inmiddels ook weer waren opgeruimd. Hier een vleugje van de guacamole van gisteren, daar een druppeltje vet van een gevallen patatje. Voor het eerst sinds het was gaan regenen zag Molly dieren bezig met iets wat volkomen normaal en terecht leek. Maar hoewel het rondzwervende trio hun natte neuzen tegen de houten vloer gedrukt hield, rolden ze toch met hun ogen om haar stiekem vanonder hun wimpers na te kunnen kijken.

Aan het rustige eind van de bar, waar ze niet afgeluisterd konden worden, zei Derek: 'Ik wil niemand bang maken. Ik bedoel, niet banger dan ze al zijn. Maar ik weet wat er aan de hand is en het heeft geen zin om ons ertegen te verzetten.'

'Lieve Derek,' zei Molly, 'ik wil je niet beledigen, maar is er in jouw leven ooit iets geweest wat jij de moeite waard vond om je tegen te verzetten?'

Hij glimlachte. 'Het enige wat me te binnen schiet, was de walgelijke populariteit van die vreselijke cocktail die een Harvey Wallbanger werd genoemd. In de jaren zeventig werd dat brouwsel, die aanfluiting, je bij elk feestje aangeboden en daar heb ik me altijd heldhaftig tegen verzet.'

'Maar goed,' zei Neil, 'we weten allemaal wat er aan de hand is. In ieder geval in grote lijnen.'

Gin scheen voor Derek een soort oraal in te nemen oogdruppels te zijn, want zijn ogen waren glashelder, niet bloeddoorlopen, en zijn blik was vast. 'Voordat ik verderga, moet ik eerst opbiechten dat ik een gênant zwak heb waarvan jullie niets af weten. In de loop der jaren heb ik, veilig binnen de muren van mijn eigen huis, een grote hoeveelheid sciencefiction gelezen.'

Als hij dacht dat zijn geheim een zonde was die met vertoon van berouw opgebiecht moest worden, was hij misschien toch beschonkener dan Molly had gedacht.

'Er zitten dingen bij die heel goed zijn,' zei ze.

Derek lachte stralend. 'Ja, dat is zo. Ik kan niet ontkennen dat het een schuldig genoegen is. Er is natuurlijk niets bij dat aan Hemingway of Faulkner kan tippen, maar er zijn bibliotheken volgeschreven met dingen die een stuk beter zijn dan Gore Vidal of James Jones.'

'En inmiddels is sciencefiction werkelijkheid geworden,' merkte Neil op. 'Maar wat heeft dat te maken met de vraag hoe we morgen moeten overleven?'

'In een aantal van die sf-romans,' zei Derek, 'ben ik op het fenomeen terravorming gestuit. Weten jullie wat dat is?'

Aan de hand van de letterlijke betekenis van het woord zei Molly: 'Het maken van een aarde, oftewel het bouwen van iets wat op de planeet aarde lijkt.'

'Ja, precies,' zei Derek met het enthousiasme van een *Star Trek*-fan die een prachtige wending in de plot van een van zijn favoriete afleveringen beschrijft. 'Het betekent dat het milieu van een onherbergzame planeet wordt aangepast aan aardse levensvormen. In theorie zouden er bijvoorbeeld enorme machines gebouwd kunnen worden, atmosfeerprocessoren, om de samengestelde moleculen van de lucht die wij kunnen ademen gewoon uit de bodem en de rotsen van Mars te halen en zo een vrijwel zuurstofloze omgeving te veranderen in een wereld waarin de mensheid en onze flora en fauna goed zouden gedijen. In dat soort sf-verhalen kost de terravorming van een planeet tientallen jaren of zelfs eeuwen.'

Molly begreep meteen wat hij bedoelde. 'Wat jij bedoelt, is dat ze het weer niet als wapen gebruiken.'

'Niet in de eerste plaats,' zei Derek. 'Dit is niet de oorlog der werelden. Zoiets imposants is het niet. Voor deze wezens, waar ze ook vandaan komen, zijn wij even onbetekenend als muggen.'

'Je voert geen oorlog tegen muggen,' zei Neil.

'Precies. Je legt gewoon het moeras droog, waardoor je ze berooft van de omgeving waarin zij floreren, en bouwt je nieuwe huis op land waar dat soort vervelende insecten zich niet meer in leven kan houden. Zij doen gewoon het tegenovergestelde van terravorming, door het milieu op aarde te veranderen in iets wat meer op hun eigen leefomgeving lijkt. Het vernietigen van onze beschaving is voor hen een onbelangrijke bijkomstigheid van kolonisatie.'

Molly, die ervan overtuigd was dat leven een betekenisvol en doelbewust geschenk was, kon niet geloven dat de pure wreedheid en de gigantische verschrikking die Derek had beschreven, onderdeel uitmaakte van de schepping zoals zij die kende. 'Nee. Nee, dat is onmogelijk.'

'Qua wetenschap en technologie zijn ze ons honderden en misschien wel duizenden jaren voor,' zei Derek. 'Het gaat ons begrip letterlijk te boven. Misschien hebben zij geen tientallen jaren nodig om onze wereld aan te passen, maar een jaar, een maand of een week.'

Als dat echt waar was, dan was de mens inderdaad ten prooi gevallen aan iets wat nog erger was dan oorlog, dan werd hun zelfs de status van vijand ontzegd. Dan werden ze als kakkerlakken beschouwd, als minder dan kakkerlakken, als een vervelende schimmel die met behulp van een of ander schoonmaakmiddel weggespoeld moest worden.

Toen Molly het benauwd kreeg en nauwelijks adem kon halen, toen haar hart begon te bonzen van angst, hield ze zichzelf voor dat haar reactie op die theorie van Derek helemaal niet betekende dat ze geloofde dat hij de waarheid had gesproken. Ze dacht helemaal niet dat de wereld op zo'n arrogante wijze en met zoveel minachting voor de gevolgen van de mens werd afgepakt. Dat wéigerde ze gewoon te geloven.

Omdat hij kennelijk instinctief haar natuurlijke weerstand tegen zijn theorie begreep, zei Derek: 'Ik kan het bewijzen.'

'Bewijzen?' zei Neil minachtend. 'Hoe zou je dat in vredesnaam kunnen bewijzen?'

'Nou ja, als het geen sluitend bewijs is, dan is het in ieder geval verdomd overtuigend bewijsmateriaal,' hield Derek vol. 'Ga maar mee, dan kunnen jullie het zelf zien.'

Hij draaide zich om naar de achterkant van het café, maar keek hen toen weer aan voordat hij een stap had verzet.

'Molly, Neil... Ik heb jullie dit alleen maar uit bezorgdheid verteld. Ik wilde jullie absoluut niet bang maken.'

'Daar kom je te laat mee,' zei Molly.

'Jullie zijn vrienden van me,' vervolgde Derek. 'Ik wil niet dat jullie je laatste uren of dagen verspillen aan zinloos verzet tegen een onvermijdelijk lot.'

'Wij hebben een eigen wil. We bepalen zelf ons lot, ook al staat dat in de sterren geschreven,' zei Neil, want dat was hem geleerd en daar geloofde hij nog steeds in.

Derek schudde zijn hoofd. 'Probeer nou maar zoveel mogelijk plezier te maken. Ga met elkaar naar bed. Roof alles wat jullie lekker vinden uit de winkel van Norman Ling voordat de hele zaak onder water staat. Drink net zoveel gin tot je lekker wazig bent. Als anderen met een klap aan hun eind willen komen, laat ze dan. Zolang jullie maar genieten van alle genoegens die nog tot jullie beschikking staan, voordat we allemaal weggespoeld worden in die lange, volmaakt duistere en alcoholvrije nacht.'

Hij keerde hun opnieuw de rug toe en liep naar achteren. Terwijl Molly hem nakeek en zich aarzelend afvroeg of ze hem zou volgen, zag ze Derek Sawtelle plotseling in een heel ander daglicht. Hij was nog steeds een vriend, maar daarnaast was hij nu ook ineens de belichaming van een vreselijke verleiding: de verleiding om te wanhopen. Ze wilde niet zien wat hij hen wilde tonen. Maar als ze weigerde te gaan kijken, zou ze daarmee stilzwijgend toegeven dat ze bang was dat zijn bewijsmateriaal overtuigend zou zijn en op die manier zou een weigering de eerste stap zijn op een andere weg richting wanhoop.

Alleen door naar zijn bewijsmateriaal te gaan kijken, kon ze controleren of haar vertrouwen groot genoeg was en zou ze de kans hebben om zich vast te blijven klampen aan een gevoel van hoop.

Haar blik kruiste die van Neil. Hij begreep haar dilemma en deelde het.

Derek bleef staan onder de toog die toegang gaf tot een kleine hal en de openbare toiletten en keek om. 'Het bewijs,' bezwoer hij.

Molly keek even naar de drie loom ronddrentelende honden en ze wenden meteen hun blik af en deden net alsof ze helemaal in de ban waren van de geschiedenis van het voedsel dat op de smerige houten vloer had gelegen.

Derek liep onder de toog door en verdween in de hal. Na een korte aarzeling liepen Molly en Neil achter hem aan.

21

Toen Derek zich ervan had overtuigd dat het mannentoilet niet in gebruik was, zette hij een vuilnisbak tegen de deur om te voorkomen dat die dicht zou vallen en wenkte dat Molly en Neil binnen moesten komen.

Er hing een sterke dennenlucht, die verspreid werd door de wc-blokken in de twee urinoirs. Onder die opdringerige geur hing de hardnekkige lucht van verschaalde urine.

Het vertrek had drie binnendeuren. Twee ervan gaven toegang tot wc-hokjes, de andere bleek een kast met schoonmaakmiddelen te zijn.

'Ik had net mijn handen gewassen,' zei Derek, 'en toen drong het tot me door dat er geen papieren handdoekjes meer in de houder zaten. Ik deed de deur van de kast open om te zien of daar misschien een voorraad lag...'

Toen ze de deur opendeed, ging er automatisch een lamp aan, die weer uit zou gaan als de kast werd dichtgedaan. In de kast stonden metalen rekken vol voorraden. Een bezem. Een dweil aan een steel en een vloerwisser met een spons. Een emmer op wieltjes.

'Het lek viel me meteen op,' zei Derek.

De plafondplaten achter in de kast waren doorweekt. Er had zich een gat gevormd en de regen was door de open metalen schappen gedrupt, waardoor de voorraden die er stonden langzaam maar zeker kletsnat waren geworden.

Toen Derek de emmer, de bezem en de vloerwissers weg had gehaald, bleek de kast groot genoeg te zijn om er met z'n drieën in te staan. Molly wierp één blik op Dereks bewijs dat op de grond lag en stapte achteruit, waardoor ze tegen Neil botste. Ze dacht eerst dat het een slang was.

'Het is waarschijnlijk een zwam,' zei Derek. 'Of zoiets, tenminste. We hebben geen beter woord om het te omschrijven.'

Bij nader inzien drong het tot haar door dat er een kolonie van een soort paddestoelen of zwammen voor haar op de grond lag, dik en rond en op zo'n manier samengeklonterd dat ze aan een opgerolde slang deden denken.

'Toen ik het voor het eerst zag, was het ongeveer zo groot als een rond brood,' zei Derek. 'Dat is nog maar net een uur geleden en het is nu al anderhalf keer zo groot.'

De zwammenkolonie was zwart, glimmend zwart als met olie ingewreven rubber, en met knalgele, amoebevormige vlekken met een oranje randje. Dat ze het aanvankelijk voor een slang had gehouden was niet zo vreemd, want het zag er giftig en kwaadaardig uit.

'De regen is geen wapen,' zei Derek, terwijl hij naast de

zwammen op zijn hurken ging zitten. 'Het is een hulpmiddel om een radicale milieuverandering door te voeren.'

Terwijl ze gebukt achter hem stond en over zijn schouder tuurde, zei Molly: 'Ik geloof dat ik niet precies begrijp wat je bedoelt.'

'Het water is uit de oceaan opgezogen en heeft ergens een bewerking ondergaan. Waar weet ik niet, misschien in luchtschepen van een voor ons onvoorstelbare omvang. Het zout moet eruit zijn gehaald, want de regen smaakt niet zilt. En er zijn zaden aan toegevoegd.'

'Zaden?' zei Neil.

'Miljarden kleine zaadjes,' zei Derek. 'Microscopische zaadjes en sporen, plus de voedingsstoffen die ze nodig hebben en de heilzame bacteriën die ze in leven houden – en daar wordt de wereld mee overspoeld, ieder continent, elke berg en elke vallei. En het komt in alle rivieren, meren en zeeën terecht.'

Bijna fluisterend, met een stem die gesmoord was van angstig ontzag, zei Neil: 'Het totale scala van vegetatie uit een andere wereld.'

'Bomen en algen,' speculeerde Derek, 'varens en bloemen, grassen en granen, zwammen en mossoorten, kruiden, klimplanten en onkruid – allemaal soorten die de mens nog nooit heeft aanschouwd en die nu onherroepelijk in onze bodem en onze oceanen zijn uitgezaaid.'

Glanzend zwart met gele vlekken. Glimmend. Vruchtbaar. Oneindig vreemd. Was dit ongezonde ding inderdaad voortgekomen uit een spoortje dat na veel voorbereidingen doelbewust door de duistere kou en de lege troosteloosheid van het heelal was getransporteerd? Molly werd langzaam maar zeker bekropen door een kil gevoel dat ze nog nooit had gehad. Het waren geen rillingen in de buurt van haar ruggengraat of haar nek, en het gleed ook niet door haar heen als een verdwaalde zucht van de eeuwigheid, maar het was iets blijvends. Het leek alsof de kou uit haar botten kwam, voortgebracht door het rood-met-gele beenmerg, en zich vandaaruit verspreidde naar elke cel in al haar ledematen.

'Als deze buitenaardse planten agressief zijn,' zei Derek, 'en naar aanleiding van dit griezelige voorbeeld vermoed ik dat ze ontzettend opdringerig zullen zijn, dan zal het niet lang duren voordat ze de hele inheemse flora van de aarde overwoekerd hebben. Misschien voeden ze zich er zelfs mee.'

'Onze mooie wereld,' mompelde Molly, terwijl het kille gevoel dat door haar heen kroop gezelschap kreeg van een schril verdriet, een gevoel van verlies waar ze niet eens over na durfde te denken.

'Die zal totaal verdwijnen,' zei Derek. 'Alles waar we van houden, van rozen tot eiken, olmen en naaldbomen... Weggevaagd.'

Zwart en geel lagen de dikke zwammen om elkaar heen gekruld, buisvormige paddestoelen, die samen een slang zonder ogen vormden. Glad en glimmend van een laagje olie dat ze zelf voortbrachten. Weelderig. Snelgroeiend en meedogenloos.

'Als er een wonder zou gebeuren,' ging Derek verder, 'en een paar van ons zouden de eerste fase van de buitenaardse bezetting overleven, en als we dan in staat zouden zijn ergens stiekem in primitieve gemeenschappen te blijven wonen, op geheime plekjes waar de meedogenloze nieuwe heersers over de aarde ons niet konden vinden, hoe lang zou het dan duren tot we niets eetbaars meer hadden?'

'Het staat niet bij voorbaat vast dat de groente, het fruit en het graan van een andere wereld voor ons giftig zijn,' zei Neil.

'Niet bij voorbaat alles,' beaamde Derek. 'Maar sommige planten zeker wel.'

'En als ze niet giftig zouden zijn, zouden we ze dan wel lekker vinden?' vroeg Molly zich af.

'Bitter,' gokte Derek. 'Of ondraaglijk zuur, of zo scherp dat we er ziek van zouden worden. En zelfs als we ze smakelijk vonden, zouden ze dan genoeg voedingsstoffen bevatten? En zouden die voedingsstoffen dan van een moleculaire samenstelling zijn die onze spijsvertering kan afbreken en verwerken? Of zouden we onze magen vullen met voedsel en desondanks toch doodgaan van honger?'

Derek Sawtelles beschaafde stem die van nature al vrij galmend was en voorzien van een dramatisch timbre dat door tientallen jaren voor de klas en op het podium van een collegezaal nog eens extra aangedikt was, had Molly bijna in trance gebracht. Ze huiverde even om het troosteloze gevoel dat zijn grimmige woorden hadden opgeroepen van zich af te schudden.

'Verdomme,' zei hij. 'Nu heb ik mezelf weer nuchter gepraat en het bevalt me niets aan deze kant van de alcoholroes. Veel te beangstigend.'

In een wanhopige poging om Dereks visie van hun toekomst te weerleggen zei Molly: 'We gaan ervan uit dat dit ding, deze zwam, afkomstig is uit een andere wereld, maar dat weten we helemaal niet zeker. Ik geef toe dat ik nog nooit zoiets heb gezien... Maar wat zegt dat nou? Er zijn massa's exotische zwammen die ik nog nooit heb gezien en sommige daarvan zien er waarschijnlijk nog vreemder uit dan dit.'

'Ik zal je nog iets anders laten zien,' zei Derek. 'Iets wat veel verontrustender – en helaas ook veel ontnuchterender – is dan wat je tot nu toe hebt gezien.'

22

Op één knie in de schoonmaakkast, terwijl Molly inmiddels op haar hurken naast hem zat en Neil achter hem stond, haalde Derek een zakmes uit de zak van zijn tweed colbert. De met een vlinderdasje getooide academicus was eigenlijk de laatste van wie

Molly had verwacht dat hij iets dergelijks in zijn zak zou hebben. Maar toen drong het tot haar door dat het slimme instrument ook een kurkentrekker en een flesopener bevatte.

In dit geval gebruikte Derek geen van beide, maar koos het scherpgepunte mes. Hij aarzelde even met de punt van het mes boven een van de op elkaar gepakte zwammen. Zijn hand trilde. En dat was net zomin het gevolg van dronkenschap als van ontwenningsverschijnselen.

'Toen ik dit eerder deed,' zei hij, 'was ik aangenaam beneveld en vervuld van de dwaze nieuwsgierigheid die van alcoholisme zo'n avontuur maakt. Nu ben ik nuchter en ik weet wat ik zal vinden... En ik ben verstomd dat ik hier de eerste keer de moed voor heb kunnen opbrengen.'

Nadat hij zichzelf had vermand, stak hij het lemmet in de buisvormige hoed van de grootste zwam. De hele kolonie, niet alleen het doorboorde exemplaar, trilde als gelatine. Uit het gat ontsnapte met een duidelijk hoorbaar gesis een lichtgekleurd wolkje gas, wat erop scheen te duiden dat het paddestoelachtige gewas vanbinnen onder druk had gestaan. Het stinkende gas rook naar een mengeling van rotte eieren, braaksel en ontbindend vlees.

Molly kokhalsde en Derek zei: 'Ik had je moeten waarschuwen. Maar het vervliegt snel.'

Hij sneed de zwam verder open, zodat de binnenkant bloot kwam te liggen. De hoed was niet compact en vlezig, zoals bij een normale paddestoel, maar een holle ruimte. Een sierlijk bouwwerk van vlezige stutten ondersteunde het dakvlies dat Derek had opengesneden. Midden in die ruimte lag een vochtige massa, zo groot als een kippenei. In eerste instantie moest Molly aan darmen denken, want dit zag eruit als een miniatuur van dat menselijke orgaan, maar dan grijs en gevlekt, alsof het aangetast was door een of andere infectie of kanker.

Toen zag ze dat de kronkels en lussen langzaam bewogen en loom over en om elkaar heen gleden. Een knoedel copulerende regenwormen was een betere vergelijking. Zonder het stinkende gas en met het gat in het zwartgele membraan bleven die wormachtige dingen nog drie of vier seconden sensueel door elkaar kronkelen, maar vervolgens lieten ze elkaar abrupt los en gingen overal in de ruimte rechtop staan. Ze werden een soort tastende tentakels, die aan iets onder in de holte vastzaten en veel sneller waren dan de wormen. Ze leken even snel en trillend als spinnenpoten terwijl ze zenuwachtig de randen van de snee in het dak van hun ruimte aftastten.

Molly verstrakte en deinsde achteruit, ervan overtuigd dat de walgelijke bewoner van de zwam uit zijn hol zou springen en in de vrije ruimte sneller zou blijken te zijn dan een kakkerlak.

'Er gebeurt niets,' verzekerde Derek haar.

'Die zwam bevat iets levends, het is een soort schelpdier,' zei Neil.

'Nee, dat denk ik niet.' Derek veegde het lemmet van zijn mes af aan zijn pochet. 'Je kunt proberen het met iets van deze aarde te vergelijken, maar dat is er eigenlijk niet. Voor zover ik heb begrepen, is dit kronkelige griezelgedoe een onderdeel van de zwam zelf.'

Het zenuwachtige gefriemel van de tentakeltjes hield op. Ze bleven snel bewegen, maar nu op een meer geordende manier. Molly begreep instinctief dat ze een of andere taak vervulden, hoewel ze niet meteen snapte wat de bedoeling was.

'Die snelle bewegingen,' zei Neil, 'en het vermogen om naar believen te spannen en te ontspannen en aanhangsels te bewegen... Dat zijn allemaal dingen die op dierlijk leven duiden, niet op planten.'

Molly was het met hem eens. 'Er moet sprake zijn van spierweefsel en dat hebben planten niet.'

Terwijl hij zijn besmeurde pochet liet vallen, zei Derek: 'Op de planeet waar dit vandaan komt, is er misschien niet zo'n duidelijke scheiding tussen de planten- en de dierenwereld als bij ons op aarde.'

Aan beide zijden van de scheur in het dak waren de tentakels begonnen met het herstellen van de schade.

'Ik zou beter moeten kijken dan ik eigenlijk wil,' zei Derek, 'en misschien wel een microscoop nodig hebben om te zien hoe ze dat gat precies dichtmaken. Het lijkt alsof de tentakels een of ander bindmiddel afscheiden...'

Molly zag dat er een rozeachtige gelei uit de toppen van een paar van die vlijtige aanhangsels kwam.

'... maar volgens mij zie ik ook microvezeltjes... Het lijkt wel alsof dat verdomde ding zichzelf dichtnaait, op dezelfde manier waarop een chirurg een wond hecht.' Hij haalde zijn schouders op. 'Al onze kennis brengt ons nader tot onze onwetendheid.'

Ondanks haar afschuw en angst bleef Molly geboeid toekijken. Ze kon haar ogen niet afhouden van de zichzelf herstellende zwam – als dat de juiste benaming ervoor was.

'Probeer je eens een wereld voor te stellen,' zei Derek, 'boordevol met de meest griezelige planten die allemaal vanbuiten onbeweeglijk zijn, maar die vanbinnen stiekem krioelen van leven.'

Molly begreep dat in de verre wereld waar het gewas vandaan was gekomen deze zwam even onopvallend zou zijn als een paardebloem in een aardse wei. Haar verstand stond haar niet toe er een morele waarde aan toe te kennen, evenmin als ze in alle redelijkheid kon beweren dat een wortel bepaalde bewuste bedoelingen had.

Maar als ze alleen afging op wat zich voor haar ogen afspeelde, kreeg ze toch het gevoel dat dit ding uiterst kwaadaardig was. Puur intuïtief wíst ze gewoon dat er kwaad in school, dat het op een vreemde manier droomde van geweld, zoals een spin misschien droomde over het leegzuigen van een insect dat vroeg of laat in haar net verstrikt zou raken, hoewel dit ding zich op allerlei wreedheden verheugde op een manier die bij een spin onmogelijk was en met een woestheid die de natuur ontsteeg. Ergens heel diep vanbinnen, op een bewustzijnsniveau dat nog onder haar intuïtie verstopt zat en waar het hart en niet het verstand de scepter zwaaide, iets wat je misschien geloof zou kunnen noemen, twijfelde ze er geen moment aan dat deze levensvorm, of het nu een zwam was, een plant, een dier of iets ertussenin, niet alleen giftig was, maar ook kwaadaardig.

Terwijl het weerzinwekkende ding zich van binnenuit dichtnaaide en de kronkelende grijze tentakels verdwenen onder de glimmende zwart-met-geel gestippelde huid, kreeg ze het gevoel dat het niet thuishoorde in een universum dat was geschapen door de God van het licht, maar dat het onderdeel uitmaakte van een ander universum dan het onze, waar de goddelijke impuls duister en vol bedrog was geweest en de goddelijke intentie onvoorstelbaar wreed.

Terwijl hij het lemmet van zijn mes weer op de plaats duwde en het mes in zijn zak stak, keek Derek Molly aan. 'Denk je nog steeds dat dit gewoon een exotische paddestoel is, die je toevallig nog nooit eerder hebt gezien?'

'Nee,' erkende ze.

23

Nadat Molly en Derek uit de schoonmaakkast waren gestapt wierp Neil nog een laatste blik op de zwam voordat het licht uitging. Terwijl hij de deur dichttrok, zei hij: 'Als we nu op onderzoek zouden gaan in Black Lake, zouden we die dingen overal in de stad aantreffen, hè?'

'Die en God mag weten wat nog meer,' antwoordde Derek. 'Terravorming in sneltreinvaart. De groeicyclus is begonnen. In straten en parken, in tuinen en stegen, op speelplaatsen van scholen, buiten in de bossen, op de bodem van het meer... O, je kunt het niet zo gek bedenken of we zullen er een nieuwe wereld zien groeien, een botanisch wonderland van dingen die we nog nooit hebben gezien en waarvan we zullen wensen dat we ze nooit onder ogen hadden gekregen.'

Plotseling drong er iets met verpletterende kracht tot Molly door. 'De lucht.'

'Ik vroeg me al af wanneer je daaraan zou denken,' zei Derek.

Bomen, grassoorten, de uitgestrekte drijvende algenvelden in de zee: de hele flora van de aarde filtert koolstof uit de atmosfeer. Als bijproduct van die fotosynthese scheiden al die planten zuurstof af. Vitale zuurstof van levensbelang.

Welke methode zou die buitenaardse vegetatie gebruiken in plaats van fotosynthese? Zou die een ander gas dan zuurstof produceren? Het lag voor de hand om te veronderstellen dat het huidige proces omgedraaid zou worden en dat zuurstof opgenomen en koolstof afgestoten zou worden.

'Hoeveel dagen zou het duren voordat we merken dat we een zuurstofgebrek beginnen te krijgen?' vroeg Derek zich af. 'Als we er al iets van merken. Per slot van rekening is een van de gevolgen van zuurstofgebrek dat we gaan ijlen. Hoeveel weken zou het duren voordat we als een stel vissen op het strand kronkelend liggen te stikken?'

Dat soort vragen gingen het verstand te boven en ze maakten haar zo bedrukt dat Molly het gevoel kreeg dat ze een vooruitziende blik had gehad toen haar eerder die avond door het hoofd schoot dat Derek Sawtelle de belichaming was van de dodelijke verleiding om te wanhopen.

De doordringende dennengeur van de wc-blokken en de subtielere, maar weerzinwekkende lucht van verschaalde urine bezorgden Molly een brandend gevoel in haar neus en keel. Ze probeerde minder diep te ademen om die nare geuren te vermijden. Toen dat niet hielp en ze tot de ontdekking kwam dat ze onbewust ineens dieper en sneller was gaan ademhalen, drong het tot haar door dat ze in paniek dreigde te raken en ze deed haar best om dat te voorkomen.

'Misschien moeten we maar hopen dat we heel snel stikken,' zei Derek. 'Voordat de beesten uit die andere wereld op ons los worden gelaten.'

'Als we het nieuws mogen geloven, zijn ze al in de steden,' hielp Neil hem herinneren.

Derek schudde zijn hoofd. 'Met "beesten" bedoel ik niet de indringers zelf, maar alle dieren uit hun wereld, de dieren die over hun velden en in hun bossen zwerven, de roofdieren, de slangen en de insecten. Ik heb het vermoeden dat een paar daarvan gevaarlijker en angstaanjagender zullen zijn dan alles waarmee die arme sf-schrijvers in hun griezeligste verhalen op de proppen zijn gekomen.'

Neils stem droop van sarcasme toen hij zei: 'Goh, Derek, ik heb nooit beseft dat jij zo'n bron van positieve ideeën was.'

'Het is geen pessimisme. Het is gewoon de waarheid,' zei Derek. 'Een overdosis waarheid is nooit raadzaam.' Hij liep voor hen uit naar de hal voor de toiletten. 'En daarom nodig ik jullie uit om aan mijn tafel te komen zitten. Sluit je aan bij de drinkers, de zuipschuiten, en maak het beste van de tijd die ons nog rest. Giet maar een paar glazen verdoving naar binnen. We zijn niet zo vrolijk als anders, er wordt vanavond niet veel gelachen, maar gedeelde melancholie kan troost bieden en zelfs prettig zijn. In plaats van angst, verdriet en boosheid bieden wij jullie een grote, warme, deinende zee vol melancholie.'

Toen Derek probeerde Molly's arm te pakken en haar mee te nemen naar de gelagkamer van het café, weerde ze hem af. 'Ik moet naar de wc.'

'Je zult het me wel niet kwalijk nemen dat ik niet op je wacht,' zei Derek. 'Ik heb nog maar zo weinig gin in mijn lijf dat ik bang ben dat dit ouwe karkas hortend en stotend tot stilstand zal komen als ik niet snel een glas Gordon's in mijn inwendige versnellingsbak giet.'

'Ik zou niet graag willen dat je door mijn schuld een vastloper krijgt,' zei ze met een zuinig glimlachje. 'Ga maar vast vooruit.'

Ze keken toe hoe de professor terugliep op zoek naar vergetelheid en toen ze alleen in het halletje stonden, zei Neil: 'Je ziet er gewoon... grauw uit.'

'Ik vóél me ook grauw. Lieve God, zou het echt zo erg zijn als hij doet voorkomen?'

Neil moest het antwoord schuldig blijven. Of misschien gaf hij er de voorkeur aan om het enige eerlijke antwoord voor zich te houden.

'Ik probeerde niet alleen om van hem af te komen,' zei Molly. 'Ik moet echt nodig. Wacht hier maar op me. Blijf in de buurt.'

Toen ze het damestoilet in liep, scheen er niemand anders te zijn. De deuren van alle drie wc's stonden op een kier, ze waren niet helemaal dicht en op de grendel.

Het geluid van de regen klonk hier harder, niet alleen als een onophoudelijk geroffel op het dak, maar als een intiemer gegorgel, geplens en gespetter.

In het dubbele schuifraam zaten ruiten van matglas. Het onderste raam was omhooggeschoven om de nachtlucht binnen te laten.

Een ballet van regendruppels danste op de vensterbank, drupte van de rand en vormde een ondiepe plas op de vloer. Het water weerspiegelde de lamp aan het plafond, maar leek niet zelf lichtgevend te zijn. Het scheen ook geen bepaalde geur te hebben, zodat het erop begon te lijken dat de bui in een nieuwe fase was gekomen. Maar omdat ze meteen moest denken aan wat een lek in de schoonmaakkast in het herentoilet had voortgebracht, liep Molly direct naar het raam om het dicht te doen.

Terwijl ze haar hand uitstak om het raam naar beneden te trekken schrok ze op, omdat ze ervan overtuigd was dat er in het donker vlak achter het raam iets op de loer lag. Iets wat ze door de dubbele matglazen ruiten niet kon zien, een vijandig wezen dat haar zou vastgrijpen en haar de natte nacht in zou slepen, of haar met vlijmscherpe klauwen van haar kruis tot haar borst open zou rijten en haar ter plekke van haar ingewanden zou ontdoen.

Het gevoel van angst was zo fel en gedetailleerd dat het op een visioen leek, waarvoor ze achteruitsprong. Ze struikelde en viel bijna voordat ze haar evenwicht hervond en zichzelf op de vingers tikte, omdat ze zich door Derek had laten verlagen tot de toestand van een bang kind. Ze liep opnieuw naar het raam toe, toen achter haar een bekende stem klonk, een stem die ze in jaren niet had gehoord maar die ze onmiddellijk herkende: 'Krijg ik een kusje van je, lieve schat?'

Ze draaide zich om en kwam tot de ontdekking dat Michael Render, de moordenaar van vijf kinderen en zelf ook vader van een kind, op hooguit een armlengte afstand van haar stond.

24

In zijn doorweekte grijze katoenen broek met bijpassend overhemd zag Render er niet verregend maar verkwikt uit, alsof deze opzettelijk veroorzaakte wolkbreuk waaraan allerlei dingen waren toegevoegd om de groei van buitenaardse planten te stimuleren, ook voor hem voedzaam was geweest.

Twintig jaar opsluiting in plezierige omstandigheden hadden hem kennelijk goed gedaan. Bevrijd van de zorg te moeten werken voor zijn brood en met meer vrije tijd dan verwende koningskinderen was hij er met hulp van de aan de instelling verbonden diëtist en een uitstekend geoutilleerde fitnessruimte in geslaagd om slank te blijven en meer spierweefsel te kweken. Hij had geen rimpels rond zijn ogen en mond en kon op zijn vijftigste nog gemakkelijk doorgaan voor een man die nog veertig moest worden.

Tevreden over het effect dat zijn plotselinge verschijning op Molly had gehad, glimlachte hij en zei: 'Als het om hartverscheurende emoties gaat, is er eigenlijk niets wat vergeleken kan worden met de hereniging van vader en kind.'

Molly hervond haar stem en was opgelucht toen ze merkte dat die niet beefde en dat er niet aan te horen was dat haar hart zo tekeerging dat de botten in haar knieën tegen elkaar rammelden. 'Wat spook jij hier uit?'

'Waar zou ik anders moeten zijn dan bij mijn enig overgebleven familielid?'

'Ik ben niet bang voor je.'

'Ik ook niet voor jou, lieve schat.'

Het 9mm-pistool zat nog steeds in de zak van haar regenjas. Ze stak haar rechterhand in de zak, pakte de kolf vast en haakte haar wijsvinger om de trekker.

'Ga je me nu weer neerschieten?' vroeg hij, opnieuw een tikje geamuseerd.

Render was nog even knap als hij altijd was geweest en er was een tijd dat hij ook ongelooflijk charmant was, in ieder geval zo innemend dat haar moeder, die zelfs als jonge vrouw al een scherpe kijk op mensen had gehad, door hem was verleid en zich had laten overhalen met hem te trouwen.

Thalia werd al gauw geconfronteerd met de gevolgen van haar naïviteit. Ze had Renders bezitterigheid voor liefde aangezien en was tot de ontdekking gekomen dat wat een bewonderenswaardig mannelijk verlangen leek om te koesteren en te beschermen in werkelijkheid een haast duivelse behoefte was om zijn wil door te drijven.

Nat van de regen, met de druppels op zijn gezicht, stond Michael Render hier in eigen persoon voor haar, en hij genoot er kennelijk van. Maar er was ook iets aan hem veranderd, een verandering die Molly verontrustte, ook al was het niet meer dan een gevoel dat ze niet onder woorden kon brengen. Zijn verleidelijke grijze ogen glansden zo dat ze bijna even lichtgevend leken als de regen aanvankelijk was geweest, alsof de bui hem tot aan de rand had gevuld en nu onder zijn schedel was samengebundeld.

'Ik heb niets meer met vuurwapens,' verzekerde hij haar. 'Ze zijn effectief, maar zo ontzettend onpersoonlijk. Ergens tussen de gedachte en de werkelijkheid verdwijnt de opwinding en een moord met een pistool ebt te snel weg uit het geheugen. Na een jaar of twee bezorgt de herinnering eraan je niet eens meer een erectie.'

Toen Molly twee jaar was, had haar moeder genoeg van Renders intimidaties, zijn onberedeneerbare jaloezie, zijn uit zelfmedelijden geboren woedeaanvallen, zijn dreigementen en uiteindelijk zijn gewelddadigheid. Ze had gekozen voor vrijheid in armoede en niets uit haar huwelijk meegenomen, behalve haar meest persoonlijke bezittingen en haar dochter.

'En ik zal je eens iets vertellen, lieve Molly. Als een viriele man veroordeeld is tot een eenzaam verblijf in een gesloten psychiatrische inrichting, òok al is dat een van de progressievere instellingen met alle comfort van dien, kan hij geen bevrediging vinden bij vrouwen en om dan aan zijn gerief te komen heeft hij alle erotische herinneringen die hem ter beschikking staan echt hárd nodig.'

Tijdens en na de echtscheiding had Render eerst pogingen ondernomen om alleen de voogdij over zijn kind te krijgen en later gedeelde voogdij. Toen de molens van de wet langzaam genoeg bleken te malen om zijn snel opgebrande geduld te tarten en toen hij door diverse rechters op de vingers was getikt voor de manier waarop hij zich in hun rechtzaal gedroeg, probeerde hij zijn gelijk te krijgen in rechtstreekse confrontaties met Thalia, vaak in openbare gelegenheden waar hij haar rood van woede bedreigingen toeschreeuwde. En dat resulteerde weer in beperkende maatregelen die zijn kansen op gedeelde voogdij ongunstig beïnvloedden. Toen hij zich niet aan de hem opgelegde beperkingen hield, draaide hij voor dertig dagen de gevangenis in en verloor zelfs het recht om zijn kind onder toezicht te bezoeken.

'Na een jaar eenzame opsluiting,' zei hij nu, 'was ik al bijna vergeten hoe je moeder voelde – de smaak van haar mond, het gewicht van haar borsten. Ik had goedkope hoeren gehad die ik me beter herinnerde.' Een glimlach gepaard met schokschouderen. 'Je moeder was een saaie porseleinen trut.'

'Hou je bek.' Molly had de kracht niet om hard te praten, het bleef bij gefluister. Zoals altijd wenste Render de boventoon te voeren en tot haar ergernis was Molly niet in staat tegenwicht te bieden. Het leek alsof twintig jaar als sneeuw voor de zon waren verdwenen en ze op slag weer een kind was. *'Hou je bek.'*

'Na twee jaar kon de herinnering aan jouw speelkameraadjes die een kogel in hun kop of in hun pens hadden gekregen me ook niet meer helpen. Een kogel is gewoon veel te onpersoonlijk. Een kogel is geen mes en een mes is anders dan blote handen. Ik heb ontdekt dat wurgen het scherpst in de herinnering blijft. Dat is veel intiemer dan alleen maar een trekker overhalen. Als ik daaraan denk, krijg ik nu al een stijve.'

Molly trok het pistool uit de zak van haar regenjas.

'Aha,' zei hij kennelijk tevredengesteld. Het leek alsof hij alleen maar naar het café was gekomen om haar te bespotten en tot deze confrontatie te dwingen. 'Ik heb een hele reis door slecht weer gemaakt om jou een paar vragen te stellen... nadat ik jou eerst een verhaaltje heb verteld waardoor je wat meer begrip zult krijgen voor je lieve oude vader.'

De toestand werd steeds surrealistischer. Claustrofobisch. Verlammend. Symbolisch.

Ze stond ingeklemd tussen het verleden en de toekomst, die haar allebei in de houdgreep leken te hebben. Met als gevolg dat ze naar adem snakte, dat ze geen vin meer kon verroeren en dat haar stem in haar keel stokte.

'Ik heb twintig jaar achter slot en grendel gezeten. Innerlijke duisternis, ontberingen. Je bent op z'n minst verplicht om even naar me te luisteren. Eén verhaaltje, dan ben ik weer weg.'

Twintig jaar geleden, nadat hij er zelf voor had gezorgd dat hij alle hoop op juridische zeggenschap over Molly kon opgeven, had Michael Render als laatste redmiddel naar het instrument gegrepen dat hij nu kennelijk zo onbevredigend vond: het pistool. Hij was naar de basisschool waar ze op zat gegaan om haar uit de klas te halen. Nadat hij had gevraagd of hij zijn dochter even mocht spreken en het hoofd van de school de smoes waarmee hij aankwam ongeloofwaardig vond, besefte Render dat hij zich verdacht had gedragen. Hij trok een pistool en schoot het schoolhoofd dood.

'Nadat ik vijf jaar was behandeld,' zei hij nu tegen haar, 'werd ik naar een inrichting gestuurd waar de veiligheidsmaatregelen minder streng waren. Daar hadden ze grote, schitterende tuinen. De patiënten die zich het best gedroegen en bij hun therapie de meeste vooruitgang toonden, patiënten van wie werd aangenomen dat ze op weg naar berouw op z'n minst een punt hadden bereikt waarop ze spijt van hun daad hadden, werden aangemoedigd, als ze dat wilden, in een van de tuinen te gaan werken.'

Nadat hij het schoolhoofd had doodgeschoten was Render op zoek gegaan naar het lokaal van Molly's vijfde groep. Onderweg had hij een van de andere leerkrachten vermoord en twee andere verwond. Hij vond het klaslokaal waar hij haar onderwijzeres, mevrouw Pasternak, zwaar verwondde en hij zou Molly hebben ontvoerd als de politie niet op dat moment was gearriveerd.

'In de tuinen droegen we een elektronische enkelband, die een alarm in het kantoor van de veiligheidsdienst zou laten afgaan als we verder weggingen dan was toegestaan. Ik heb niet geprobeerd te ontsnappen. Per slot van rekening was er een hoog hek, met daarachter een wereld die mijn gezicht maar al te goed kende. Ik werd een vrij goede tuinman, gespecialiseerd in rozen.'

Toen de politie op het toneel verscheen, had hij Molly en tweeëntwintig andere kinderen gegijzeld. Hij was geen domme man – hij had zelfs twee universitaire studies met succes afgesloten – en wist dus heel goed dat hij, na twee mensen te hebben gedood en drie te hebben verwond, nooit zou kunnen eisen dat ze hem ongestraft lieten vertrekken. Maar inmiddels was de woede die altijd in hem sudderde en die in feite zijn karakter bepaalde, ontaard in felle razernij. Hij had besloten dat, als hij het gezag over zijn dochter waarvoor hij zo lang had gestreden niet zou krijgen, hij andere ouders ook het genoegen van het gezelschap van hun kinderen zou ontnemen.

'Op een dag, toen ik alleen aan het werk was in de rozentuin, stond er ineens tot mijn stomme verbazing een negenjarig jongetje met een weggooicamera voor mijn neus.'

Render had vijf van de tweeëntwintig kinderen doodgeschoten voordat Molly hem neerschoot. Hij had twee pistolen en reservemagazijnen bij zich gehad. Nadat hij beide wapens opnieuw had geladen, reageerde hij zo ziedend op iets wat hij buiten uit een megafoon van de politie had gehoord, dat hij een van de wapens op de tafel van de onderwijzeres liet liggen en zich omdraaide.

Nu, twintig jaar later, luisterde ze gebiologeerd naar zijn stem die een spoor vertoonde van iets wat veel kwalijker was dan zijn gebruikelijke woede: 'Het joch was door zijn vriendjes uitgedaagd om te bewijzen hoe moedig hij was. Hij had in een hoek van het hek, ver weg van de gebouwen waarin de eigenlijke psychiatrische inrichting gevestigd was, een gat gemaakt en was door de tuinen geslopen in de hoop een foto te kunnen maken van een van de beruchtste patiënten als bewijs van zijn lef.'

Hoewel ze pas acht jaar was geweest en niets van vuurwapens af wist, had Molly het tweede pistool van de tafel van de onderwijzeres gepakt. Terwijl ze het met twee handen vasthield, had ze drie kogels afgevuurd. Wankelend op haar benen en ontzettend geschrokken van de terugslag was ze er toch in geslaagd Render twee keer te raken, eerst in zijn rug en daarna in zijn rechterdijbeen. Gelukkig raakte ze niemand met de derde kogel, die in een muur terechtkwam.

'Toevallig was ik de beruchte patiënt die de jongen tegen het lijf liep,' zei Render. 'Hij was een beetje zenuwachtig, maar ik slaagde erin hem gerust te stellen, trok smoelen voor de camera en liet hem daar tussen de rozen acht foto's van me maken.'

Nadat Render met twee kogels in zijn lijf in het klaslokaal op de grond was gevallen, maakten de zeventien kinderen die het overleefd hadden, zich uit de voeten. Direct daarna was een ploeg van de ME binnengekomen, die Molly huilend had aangetroffen naast haar zwaargewonde onderwijzeres, die de rest van haar leven in een rolstoel zou moeten zitten.

'Na onze korte fotosessie had het joch zijn argwaan laten varen. Ik sloeg hem hard in zijn gezicht, gaf hem nog een klap en heb hem ten slotte daar tussen de rozen gewurgd. De ervaring zou me nog veel meer hebben bevredigend als hij een jong meisje was geweest, maar je moet een gegeven paard niet in de bek kijken.'

Later op die bloedige dag, twintig jaar voor hun huidige ontmoeting, had Molly zich afgevraagd hoe ze hem met drie schoten twee keer had kunnen verwonden, hoewel ze nooit eerder een pistool in handen had gehad, had staan trillen van angst en door de enorme terugslag bijna drie keer ondersteboven was gegooid. Dat ze in staat was geweest hem een halt toe te roepen, leek een regelrecht wonder.

'Vlak bij die rozentuin was een oud waterreservoir, een enorme ondergrondse tank met een stenen muurtje eromheen. Ze hadden vroeger een ingewikkeld systeem gehad om regenwater op te vangen dat via leidingen naar het waterreservoir stroomde om tijdens de droge maanden voor het onderhoud van de tuinen gebruikt te worden.'

Molly had aan haar moeder verteld dat er die vreselijke dag een of andere goede geest over haar had gewaakt, een engel die niets tegen Render kon beginnen maar die haar wel kon helpen en haar de kracht had gegeven te doen wat ze moest doen.

'Het reservoir was al zestig jaar buiten gebruik. Ze hadden het alleen laten zitten omdat de kosten om het weg te laten halen veel te hoog waren.'

Thalia had de jonge Molly verzekerd dat zij – en zij alleen – de eer verdiende voor haar moed en voor wat ze had gedaan. Engelen, had Thalia gezegd, verrichten geen wonderen met pistolen.

'Met behulp van mijn tuingereedschap wrikte ik het deksel van het reservoir en gooide de jongen in het gat. Binnenin was het heel donker en het stonk ontzettend. Onderin stond een klein laagje water. Hij landde met een plons, begeleid door het gepiep van een stel angstige ratten.'

Ondanks de goedbedoelde opmerking van haar moeder was Molly er destijds van overtuigd geweest dat er die dag in het schoollokaal een beschermengel over haar had gewaakt en dat geloofde ze nog steeds.

Maar nu had ze dat gevoel helemaal niet en ze was onuitsprekelijk dankbaar voor het pistool in haar hand.

'Ik heb dat weggooifototoestelletje onder een rozenstruik begraven. Het was de Kardinaal Mindszenty, een roos die zijn naam dankt aan de schitterende, scharlakenrode kleur.'

Render begon te drentelen. Niet in haar richting – met het risico dat hij neergeschoten zou worden – maar om haar heen, langzaam weg bij de wc's en in de richting van de wastafels.

'De politie ging uiteraard op zoek naar het joch, maar het duurde een hele tijd voordat ze hem vonden. De ratten hadden hun werk gedaan. En het kwam helemaal goed uit dat de bodem van het reservoir al jaren daarvoor kapot was gegaan. Hij was terechtgekomen in een natuurlijke graftombe van kalksteen onder het reservoir. De jongens van de technische recherche konden niet veel met hem beginnen, gezien de toestand waarin ze hem aantroffen.'

Render drentelde langs de eerste wastafel en vervolgens langs de tweede. Molly draaide zich om en bleef hem onder schot houden.

'De verdenking viel op een andere patiënt. Hij heette Edison Craine. Een mollig mannetje dat altijd zweette. Tien jaar eerder had hij een jong knulletje verkracht en vervolgens gewurgd – voorzover bekend de enige keer dat hij zich aan geweld bezondigd had.'

Langzaam maar zeker begon het toilet voor Molly steeds onwerkelijker te worden, terwijl Render tegelijkertijd steeds levendiger werd en haar leek te hypnotiseren als een heen en weer wiegende cobra.

'Crain had tien jaar lang een onberispelijk leven geleid. Hij was een modelpatiënt geweest en er werd aangenomen dat hij bijna genezen was en over een jaar of zo in aanmerking zou komen voor beperkte invrijheidsstelling, onder medisch toezicht. Maar het arme gestoorde kereltje werd kennelijk nog steeds verteerd door schuld over de jongen die hij om zeep had gebracht en hij zal niet veel vertrouwen hebben gehad in zijn eigen geestelijke gezondheid. Want toen de verdenking op hem viel, ging hij door de knieën en bekende dat hij het joch met de camera had vermoord.'

Inmiddels stond Render, nadat hij een halve cirkel had beschreven door het vertrek, voor het raam, met zijn rug ernaartoe en zijn voeten in het plasje regenwater.

'Crain werd overgeplaatst naar een streng beveiligde inrichting en ik... tja, voor mij had het geen enkele consequentie. Dat was vijftien jaar geleden, maar als ik 's nachts alleen in bed lig, tussen het verlangen en de kramp, en terugdenk aan het moment waarop ik dat joch wurgde, voel ik nog steeds dezelfde opwinding als de eerste keer toen ik het bij wijze van stimulans deed.'

Molly had al gemerkt dat er iets aan hem veranderd was, maar wat precies had ze niet onder woorden kunnen brengen. Nu wist ze het ineens. Van Renders karakteristieke woede was niets te merken. Zijn verhitte temperament was afgekoeld. Nieuw was een bepaalde zelfgenoegzaamheid die bijna verwaand aandeed. En de geconcentreerde blik van een roofdier. Het duistere amusement in zijn stem. Een glimp van valse vrolijkheid in zijn ogen. Twintig jaar onder de hoede van psychiaters hadden ervoor gezorgd dat zijn rauwe woede was gerijpt tot sociopathische minachting en psychotisch plezier, dat de kolkende wijn van razernij was veranderd in een veel geraffineerder, volgroeid venijn.

'En nu mijn vragen,' zei hij. Weer die glimlach, die bijna gemaakt aandeed. 'Is je moeder nog steeds dood?'

Molly snapte niet met welke bedoeling Render hiernaartoe was gekomen. Als hij haar kwaad had willen doen, had hij haar van achteren neer kunnen slaan in plaats van haar op zijn aanwezigheid attent te maken.

'Is er nog iemand die de boeken van die domme trut leest?'

Irrealiteit en surrealiteit holden in een kringetje achter elkaar aan. Waarom zou hij die lange reis hebben gemaakt, alleen maar om haar het verhaal van die gewurgde jongen te vertellen, terwijl hij heel goed wist dat Molly geen grotere hekel aan hem kon krijgen dan ze al had? Of om haar moeder te kleineren, hoewel hij wist dat ze zijn gemene en beledigende opmerkingen toch minachtend van zich af zou zetten?

'Zijn er nog boeken van haar in roulatie? Ze schreef al even slecht als ze neukte.'

Het leek alsof hij Molly zo probeerde te tarten dat ze hem neer zou schieten, maar dat sloeg nergens op. Uit zijn mateloze arrogantie en zijn wrede inborst kon alleen maar worden opgemaakt dat hij niet in staat was tot gevoelens van verdriet en schuld. Hij verlustigde zich in moord, niet in zelfmoord.

'Zijn jóúw boeken nog steeds te koop, lieve schat? Maar maakt het na vannacht nog wel uit dat je iets geschreven hebt? Of dat je zelfs maar hebt bestaan? Je bent een mislukte schrijfster, een onvruchtbare vrouw, een hol vat. Duister, duister, duister... ze verdwijnen allen in het duister. Jij ook. En al gauw. Heb je wel eens overwogen om dat pistool op jezelf te richten om alle verschrikkingen die voor de deur staan te ontlopen?'

Ze begreep instinctief dat hij op het punt stond om door het open raam naar buiten te glippen. 'Probeer niet om ervandoor te gaan,' waarschuwde ze.

Hij trok zijn wenkbrauwen op. 'Hoezo... dacht je soms dat je de psychiatrische inrichting kunt bellen en dat die dan meteen een stel witte jassen stuurt met een dwangbuis? De hekken staan open, lieve schat. Besef je niet wat er is gebeurd? De hekken staan open. Er is geen gezag meer. Het is ieder voor zich en iedereen is een beest.'

Toen hij zich naar het raam bukte, werd de vreemde betovering die hij had veroorzaakt verbroken door zijn duidelijke voornemen om te vertrekken.

Ze deed een stap in zijn richting. 'Nee. Verdomme, blijf staan.'

Weer die grijns: honend, gretig en gespeend van humor. 'Je kent het verhaal van de zondvloed, de ark, de dieren die twee aan twee aan boord kwamen... al dat gelul uit het Oude Testament. Maar weet je ook waaróm? Waarom er een eind aan de wereld moest komen, de reden voor dat oordeel, de wateroverlast en het nieuwe begin dat erop volgde?'

'Ga weg bij dat raam.'

'Het is heel toepasselijk, lieve schat. Je hebt één keer op de juiste manier gehandeld, maar nu zit je hoofd vol met alles wat je in twintig jaar hebt geleerd en dat betekent twijfels, dubbelzinnigheid en verwarring. Nu sta je voor de keus om mij in mijn rug te schieten – opnieuw – of om de loop van dat pistool in je mond te steken en jezelf een kogel door de kop te schieten.'

Op hetzelfde moment dat Render zijn hoofd boog, onder het

opgeschoven raam door kroop en over de vensterbank wipte, schreeuwde Molly: *'Neil!'*

De buitendeur van het toilet vloog met een klap open en Neil stormde al naar binnen voor Molly bij het raam was. 'Wat is er aan de hand?'

Terwijl ze gebukt voor het raam stond, met een hand op de natte vensterbank en het pistool schietklaar in haar andere hand, zei ze: 'We kunnen hem niet gewoon laten gaan.'

'Wie? Waarheen?'

Ze leunde naar buiten, met haar hoofd in de regen, en keek eerst naar links in de steeg en vervolgens naar rechts: duisternis, regen, het vermoeden dat vlakbij in stiekeme schaduwen monsterlijke dingen groeiden, en geen spoor meer van Render.

deel vier

'Dat lijk dat je vorig jaar in je tuin hebt geplant,
Krijgt het al scheuten? Zal het dit jaar bloeien?'
T.S. Eliot, *Het barre land*

25

Toen ze bij terugkomst in de gelagkamer ontdekte dat er sterke koffie was, bestelde ze een mok. Als iets haar zou helpen om wakker te worden uit de droom, als ze tenminste droomde, zou het die hete, zwarte, sterke en geurende drank zijn.

Derek, aan tafel bij de andere drankorgels, zwaaide naar haar. Ze negeerde hem.

Neil nam ook een kop koffie en probeerde een antwoord te vinden voor een paar van de dingen die ze niet begreep, hoewel hij ook niets zinnigs wist te zeggen op de vragen die haar het meest kwelden en dus het meest dringend waren.

'Goed, hij heeft ons dus herkend toen we hem op de bergweg passeerden,' zei ze. 'Maar hoe heeft hij ons hier gevonden?'

'De Explorer staat voor de deur. Die heeft hij herkend.'

'Als hij niet hiernaartoe is gekomen om mij te vermoorden, waarom dan wél?'

'Zoals jij het vertelde, klonk het alsof hij... je wilde uitdagen.'

'Wat moest ik dan doen? Hem vermoorden? Waar slaat dat op?'

'Ik weet het niet,' erkende Neil.

'Hij noemde me een onvruchtbare vrouw. Hoe kon hij dat weten?'

'Hij kan er best achter zijn gekomen dat we geen kinderen hebben.'

'Maar hoe kon hij weten dat we al zeven jaar lang zo ontzettend ons best doen en dat... ik gewoon geen kinderen kán krijgen?'

'Dat kon hij niet weten.'

'Maar hij wist het wel.'

'Hij gokte gewoon,' zei Neil.

'Nee. Hij wist het. Hij wist het echt. Hij raakte me precies op de meest gevoelige plek. De wrede klootzak noemde me een "hol vat".'

Het leek alsof ze niet goed kon nadenken, misschien doordat ze te weinig slaap had gehad of doordat er vannacht gewoon te veel gebeurd was om het allemaal te kunnen verwerken. De koffie had haar hoofd nog niet helder gemaakt en misschien zou een hele pot nog niet genoeg zijn om haar denkproces weer op gang te brengen.

'Het is raar, maar... nu ben ik blij dat we geen kinderen hebben,' zei Neil. 'Ik zou het niet aankunnen als ik hen niet tegen al dit soort dingen kon beschermen.'

Zijn linkerhand lag op de bar. Ze legde haar rechterhand erop. Hij had zulke sterke handen, maar hij had ze zijn leven lang alleen voor zachtaardige doeleinden gebruikt.

'Hij citeerde T.S. Eliot,' zei ze, terwijl ze eindelijk het onderwerp aansneed dat ze het meest raadselachtig en verontrustend vond.

'Hebben we het nu weer over wat er bij Harry Corrigan gebeurde?'

'Nee. Ik heb het over Render. Hij zei "tussen de gedachte en de werkelijkheid" en later "tussen het verlangen en de kramp". Ze zaten verstopt tussen de rest van zijn geraaskal, maar het zijn zinnen uit "De voze mannen".'

'Hij kan best weten dat Eliot een van je lievelingsdichters is.'

'Hoe dan?'

Neil zat even na te denken maar moest het antwoord schuldig blijven.

'Vlak voordat hij verdween, zei hij: "Duister, duister, duister – ze verdwijnen allen in het duister," en dat is ook weer iets van Eliot. Eerst het ding dat vroeger Harry Corrigan was... en nu Render.'

Ze besefte instinctief dat er een ongrijpbare gedachte door haar hoofd speelde. Een idee dat, als ze het maar te pakken kon krijgen en open kon breken, een verbijsterende onthulling zou blijken te bevatten.

'Die rondstrompelende, door het hoofd geschoten Harry Corrigan was niet echt Harry,' zei ze. 'Vandaar dat ik me nu afvraag... was mijn vader daar in het toilet wel echt mijn vader?'

'Wat bedoel je?'

'Of misschien was hij wel echt Render... maar niet alléén Render.'

'Ik probeer je te volgen, maar ik snap er steeds minder van.'

'Ik weet zelf ook niet wat ik bedoel. Of misschien weet ik het wel in mijn onderbewustzijn, maar daar kan ik het niet uit naar boven krijgen... Ik heb op het ogenblik gewoon het gevoel dat mijn nekharen overeind staan.'

Te weinig slaap, te weinig koffie, te veel angst. Over elkaar vallende sluiers van vermoeidheid en verwarring die de waarheid voor haar verborgen, als ze ook inderdaad in de buurt van de waarheid begon te komen.

Hulpsheriff Tucker Madison, de belangrijkste strateeg van degenen die vastbesloten waren zich te verzetten tegen de overname van hun stad en hun wereld, kwam bij Molly en Neil aan de bar staan.

'Een paar van ons blijven hier voor het geval er nog nieuwe rekruten opduiken,' vertelde hij hun. 'Maar het merendeel vormt groepen die met een speciale opdracht naar buiten gaan. Eén ploeg gaat de bank inspecteren om te kijken hoe we die nog beter kunnen versterken. Een andere moet met vrachtauto's naar de supermarkt om er alle etenswaren weg te halen voordat de zaak onder water komt te staan. En een derde gaat meer wapens halen uit Powers' Gun Shop. Doen jullie mee?'

Molly dacht aan de zwarte zwam met de gele stippen, die kronkelend van walgelijk inwendig leven snel groter werd in de schoonmaakkast, de voorbode van een nieuwe wereld, een veranderde wereld, en zelfs als er geen andere keus zo verstandig was als het versterken van de bank om zich daarin te verschansen, leek het toch allemaal moeite voor niets.

'We doen mee,' verzekerde Neil Tucker. 'Maar er is nog... iets wat we eerst moeten oplossen.'

Molly keek even naar de andere kant van de gelagkamer, naar Derek Sawtelle en zijn groep medevluchters uit de werkelijkheid. Zoals ze al had gevreesd voordat ze getuige was geweest van zijn macabere onthulling, was hij ook werkelijk een handlanger van de wanhoop geweest.

'We zien jullie straks wel bij de bank,' zei Molly tegen Tucker.

Iets was alleen nutteloos als je het als zodanig beschouwde. Ze had zelf haar lot in handen. Met een beetje hoop was alles mogelijk. Dat was wat ze altijd had geloofd. Maar tot vannacht had ze die filosofie altijd automatisch gehanteerd en ze had het nooit nodig gevonden zichzelf eraan te herinneren of argumenten te zoeken om erin te blijven geloven.

Derek was niet de enige handlanger van de wanhoop die ze de afgelopen paar uur tegen was gekomen. De eerste was het wezen geweest, wat het ook mocht zijn, dat het lijk van Harry Corrigan in bezit had genomen.

De derde was Render geweest. Wat zou hij voor reden hebben gehad voor zijn bizarre gedrag, als het niet bedoeld was om haar geschrokken, bang en vol wanhoop achter te laten?

Opnieuw kreeg ze het gevoel dat de oplossing binnen handbereik lag, dat volledig begrip wachtte achter de volgende bocht van het kronkelende pad van logische gevolgtrekkingen.

Neil schrok op en zette zijn mok met zo'n harde klap op de bar dat de koffie over de rand plensde. 'Daar komt het weer aan.'

Heel even wist Molly niet wat hij bedoelde, maar toen voelde ze de zware, ritmische drukgolven die niet gepaard gingen met geluid, die geen zichtbare uitwerking hadden op het interieur van het café, maar die ontegenzeggelijk door haar heen dreunden, die in haar botten bonsden, een golfslag in haar bloed, in haar vlees, alsof de spookgetijden van een al lang dode zee het oergeheugen in haar cellen prikkelden en herinneringen opriepen aan een leven voordat er sprake was van land.

Eerder die nacht, in hun eigen huis, was ze zich helemaal niet bewust geweest van dit fenomeen tot Neil erover begon. En zelfs nadat hij haar er attent op had gemaakt was het gevoel nog geen fractie geweest van wat het nu was. Misschien had dit gebons iets te maken met magnetische pulseringen die werden voortgebracht door gigantische machines van onvoorstelbare grootte, gebaseerd op een technologie die voor haar even onbegrijpelijk was als een verbrandingsmotor zou zijn geweest voor de in tenten levende inheemse stammen die duizend jaar voor de geboorte van Christus over de stedenloze vlakten van Amerika hadden gezworven.

Ze keek op haar horloge. De grote wijzer was hard op weg naar volgend jaar, terwijl de kleine wijzer misschien wel zestig keer sneller terugkeerde naar vorig jaar. Het leek alsof ze de tijd van zijn macht wilden beroven en degenen die een uurwerk droegen, aanmaanden om stil te staan bij dit moment en te beseffen dat meer niet voor hen was weggelegd.

Overal in het café had een tastbare angst de mensen op de been gebracht. Zij stonden ook op hun horloge te kijken, als ze dat tenminste hadden, of hielden de ogen gevestigd op de klok die achter in de gelagkamer hing.

Het mysterieuze gebons ging gepaard met de indruk dat een gigantische massa zich door de regen verplaatste: Neils dalende berg, Lee Lings vallende maan.

'Het komt vanuit het noorden hiernaartoe,' zei Neil.

Hij voelde nog steeds de nuances van dit fenomeen beter aan dan Molly.

Er waren meer mensen die instinctief merkten dat er iets aankwam. Onder de dronkelappen, de vredesapostelen, de weifelaars en de knokkers – die nog geen van allen waren vertrokken voor hun diverse missies ten bate van het verzet – waren diverse personen die ook met het gezicht naar het noorden omhoog stonden te kijken naar het plafond aan die kant van de gelagkamer. Alle gesprekken waren verstomd. Er klonk geen gerinkel van glazen.

De meeste honden zaten ook omhoog te kijken, maar een paar bleven toch over de vloer snuffelen, omdat hun instinct voor gevaar het moest afleggen tegen hun fascinatie voor de geur van oude bier- en voedselresten.

'Groter dan ik aanvankelijk dacht,' fluisterde Neil. 'Veel groter dan een berg, dan drie bergen. En laag. Heel laag. Misschien hooguit… een meter of drie boven de toppen van de hoogste bomen.'

'De dood,' hoorde Molly haar eigen stem tot haar verbazing zeggen, maar ze begreep, bij de gratie van een gave die verderging dan instinct, dat het woord dat ze had uitgesproken niet toereikend was en dat de reiziger in de regen niet alleen ongelooflijker maar ook minder mysterieus was dan ze tot nog toe voor mogelijk had gehouden.

Ergens voor in het café begon een kind te huilen. Haar gesnik klonk gesmoord en verdrietig, maar zo ritmisch dat het een onechte en vreemde indruk maakte.

26

Hoewel het onzichtbare raadsel dat boven hun hoofden zijn zegetocht door de duistere zee van de nacht voortzette ieders aandacht wist te vangen op een manier die Molly nooit voor mogelijk had gehouden, begon het gehuil van het kind zo angstig te worden dat niet alleen zij maar ook andere mensen hun blik afwendden van het plafond om te zien waar al dat verdriet vandaan kwam.

Bij nader inzien bleek het toch geen kind dat huilde, maar de pop die Molly van de achterbank van de Lincoln Navigator had gegrist die verlaten op de bergweg had gestaan. De pop lag nog steeds op haar buik op de plek waar ze haar had neergelegd. Het gezicht was naar de gelagkamer gericht en de ogen waren dicht. Het open mondje bracht het gejammer en gesnik voort dat samen met andere geluiden en woordjes op de chip was gezet die de pop haar stem gaf.

Molly moest meteen denken aan de muziekdozen in hun slaapkamer. De walsende porseleinen poppetjes. Het kermispaard dat maar rond bleef draaien. In gedachten zag ze ook het schokkende lijk voor zich dat Harry Corrigan was geweest. De dode Harry die met gebroken tanden Eliot had geciteerd, uit een kapotgeschoten mond waar geen verhemelte meer in zat.

Ineens drong tot haar door dat het lijk-als-marionet eigenlijk net zo goed een gevolg was van de kracht die ook de figuurtjes op de muziekdozen in beweging had gezet en die de pop aan het huilen bracht. Voor de onbekende heersers van deze nacht waren de doden speelgoed, net als de levenden.

Net toen Molly haar aandacht weer op het plafond wilde vestigen, begon eerst een van de honden zacht te grommen en vervolgens nog een. Ze zaten naar de pop te kijken. De van plastic en rubber vervaardigde baby had wel beweegbare armpjes en beentjes, maar er zaten geen batterijen in – en toch bewoog ze. Ze rolde op haar zij. En tilde haar hoofd van de bar.

Alle aanwezigen hadden vannacht al meer dan eens dingen gezien die ze voor onmogelijk hielden. Inmiddels lieten ze zich niet meer zo gemakkelijk verrassen en ze stonden aanvankelijk eerder nieuwsgierig naar deze nieuwe ontwikkeling te kijken dan bang of verbijsterd. Als de twee honden niet diep in hun keel waren blijven grommen en hun tanden niet hadden laten zien, zou een aantal mensen in het café hun blik hebben afgewend, omdat ze zich minder zorgen maakten over dit vreemde verschijnsel dan over het onbekende gevaarte dat boven Black Lake door de golven van de nacht kliefde.

Toen hield de pop op met huilen en richtte zich op, tot ze met haar benen over de rand van de bar zat, met de armen langs de zij. De ogen gingen open. Het hoofd draaide zich om. Dit opgespoten en machinaal gemaakte, in elkaar gelijmde, gestikte en beschilderde schepseltje in haar roze kniebroekje en haar gele T-shirtje was uiteraard blind, maar toch bewogen de ogen van links naar rechts en weer terug en keken de mensen aan die zich in het café verzameld hadden alsof ze hen duidelijk kon zien.

Met een kinderlijk stemmetje zei ze: 'Honger. Eten.'

Het vereiste niet veel logica om tot de conclusie te komen dat die twee woordjes ongetwijfeld deel uitmaakten van het vocabulaire op de geluids-chip in de pop. Maar toen ze begon te spreken, deinsden de toeschouwers die er het dichtstbij stonden achteruit. Molly ging iets dichter bij Neil staan.

'Honger. Eten,' herhaalde de pop.

De mondhoeken waren voorzien van scharnieren. Als de pop praatte, bewogen de lippen, waardoor een roze tongetje zichtbaar werd. Terwijl ze rond bleef kijken door het café, draaide het schepseltje een deel van haar repertoire af: 'Ik hou van je... kindje wil slapen... gaan jullie mee... welterusten... ik heb pijn in mijn buikje... kindje doet plasje... natte luier... mammie moet blijven... kindje wordt groot en sterk... ik zal zoet zijn, mammie... ik heb honger... kindje wil pudding... mmm, lekker, alles op...'

De pop zweeg. Met het hoofd achterover keek ze naar het plafond, alsof ze de mastodont die door de natte nacht voorbijkwam, kon voelen. Het was zelfs zo dat de houding van de pop – de manier waarop ze haar hoofd scheef hield en licht vooroverzat, de angstaanjagende concentratie in haar glazen ogen – Molly het gevoel gaf dat ze zich niet alleen bewust was van het gevaarte boven haar hoofd, maar er ook mee *communiceerde*.

De pop liet haar hoofd zakken, keek weer naar de mensen in het café en zei: 'Sterk… sterk… sterk.' Vervolgens liet ze de laatste letter weg: 'Ster… ster… ster.'

Iemand zei: 'Laat dat verdomde ding ophouden,' en iemand anders antwoordde: 'Wacht, laten we nog even kijken.'

'Blijven… blijven… blijven,' zei de pop en kortte het woordje daarna in tot de laatste lettergreep: 'Ven… ven… ven.' Het bleef even stil. Daarna de beide woordjes aan elkaar: 'Sterven… sterven… sterven.'

Toen ze om zich heen keek, zag Molly gezichten die even bleek waren als het hare moest zijn. Lee Ling, die stond toe te kijken met haar vuist tegen haar mond gedrukt, beet op haar knokkels. Haar man, Norman, hield zijn geweer vast alsof hij wenste dat hij er gebruik van kon maken.

Dankzij de beweegbare schouder- en elleboogewrichten had de pop haar arm misschien kunnen buigen zoals ze nu deed. Maar in de gegoten rubber handjes zaten geen scharnieren en die hadden nooit de zelfverwondingen kunnen uitvoeren die volgden. Terwijl ze haar vingers tussen haar gescharnierde lippen stak, pakte de pop haar roze vinyl tongetje vast en rukte het uit haar mond.

'Sterven doet pijn.'

De linkerhand ging omhoog, klauwde naar het linkeroog, wurmde het halfronde oog uit de kas en liet het op de bar vallen, waar het blauw en star over het mahoniehouten blad stuiterde en het laatste restje energie opgebruikte door heel even blind rond te tollen.

'Al jullie kindjes,' zei de pop op een hortende manier die werd veroorzaakt door het combineren van woordjes uit diverse zinnetjes op de geluids-chip die niet bij elkaar hoorden, 'al jullie kindjes gaan sterven.'

27

'Al jullie kindjes gaan sterven.'

Toen het dreigement herhaald werd, keek Molly naar de kinderen die zich achter in de gelagkamer verzameld hadden. Ze waren allemaal opgestaan en rekten hun nek uit. Ze wenste dat ze niet hoefden te luisteren naar deze psychologische oorlogsvoering, als dat tenminste de bedoeling was van de poppenspeler achter deze bizarre voorstelling.

De pop met het ene oog zat met een vinger van haar rechterhand in de lege oogkast te wroeten als een zwemmer die water uit zijn oor probeert te krijgen. Als er vochtige, grijze wormachtige dingen zenuwachtig wriemelend uit de leeggestoken oogkas te voorschijn waren gesprongen, zou Molly niet verbaasd hebben opgekeken.

'Al jullie kindjes gaan sterven.'

De betekenis van die vijf woorden, die kennelijk voorspelden dat de mens uit zou sterven, drukte even zwaar op haar als de enorme opeenhoping van het zwevende mysterie boven Black Lake dat met het ritmische gedreun van motoren of van een hart haar longen samenperste en haar geestkracht onderdrukte.

De rechterhand van de pop ging naar de rechteroogkas en rukte de tweede oogbal los. Hoewel ze vanaf de dag dat ze was gemaakt niet had kunnen zien, had ze zichzelf nu dubbel blind gemaakt.

'Al jullie kindjes, jullie kindjes, jullie kindjes zullen sterven.'

Terwijl hij zijn opgekropte woede uitte in een verstikte kreet, stapte Norman Lee naar de bar toe en hief zijn geweer op.

'Norman, in vredesnaam, hier niet schieten!' waarschuwde Russell Tewkes, de eigenaar van het café.

Toen het oog uit de rubber hand viel, scheen de toverkracht die het voorwerp behekst had af te nemen of zelfs helemaal te verdwijnen. De pop zakte in elkaar, viel achterover op de bar en bleef stil liggen, met de lege ogen gericht op het plafond, de nacht en de goden van de regen.

Bleek van angst en met een harde, boze trek op zijn gezicht veegde Tewkes met zijn holle hand het uitgerukte vinyl tongetje en de twee glazen ogen van de bar in een prullenbak. Op het moment dat de caféhouder zijn hand uitstak op de pop te pakken schreeuwde iemand: 'Russ, achter je!'

Dat zijn zenuwen tot het uiterste gespannen waren, bleek toen Tewkes zich omdraaide met een razendsnelle beweging die de ogenschijnlijke loomheid van zijn met een bierbuik getooide lichaam logenstrafte, en zijn vuisten balde alsof hij zich op de klassieke manier van een kroeggevecht tegen een plotseling opduikend gevaar wilde verdedigen.

Aanvankelijk zag Molly niet waarom hij gewaarschuwd was. Toen riep Tewkes uit: 'Dat zal mij niet gebeuren. Om de donder niet.'

Langs de lange achterwand van de bar was een spiegel aangebracht. Tewkes staarde naar zijn spiegelbeeld waarin de linkerzijde van zijn gezicht verpletterd was.

Ondanks zijn opmerking en half overtuigd van wat zijn spiegel aantoonde, voelde Tewkes met een hand aan zijn gezicht om zich ervan te overtuigen dat hem echt nog niets vreselijks was overkomen. In de spiegel zag zijn hand er verdraaid en verminkt uit.

Er waren meer mensen in het café die naar adem snakten of een schrille kreet van afschuw slaakten toen ze beseften dat Tewkes niet de enige was wiens spiegelbeeld leek te voorspellen welk gruwelijk lot hem wachtte. In de spiegel zagen ze hun vrienden en hun buren en zochten ze naar hun eigen gezicht… En in alle gevallen kregen ze een lijk te zien dat het slachtoffer was geworden van buitensporig geweld.

Van het gezicht van Tucker Madison was de onderkaak weggerukt. De boventanden van de hulpsheriff hapten in de lucht. In de spiegel was de bovenkant van de schedel van het Romeinse-keizerhoofd van Vince Hoyt verdwenen en het spookbeeld van Vince wees vanuit de spiegel naar de echte Vince met een arm die onder de elleboog in blootliggende botten eindigde. Daar stond een verschrompelde, verbrande massa die ooit een man was geweest, nog steeds rokend en met een grijns die geen humor of dreiging inhield, maar gewoon werd veroorzaakt door het feit dat zijn tanden even duidelijk zichtbaar waren als op een gebitsfoto, omdat zijn lippen waren weggeschroeid.

Molly wist dat ze niet op zoek moest gaan naar haar eigen gezicht in deze gruwelijke muurschildering. Als het een blik was op een onvermijdelijk lot, zou het alleen maar vertwijfeling teweegbrengen. Als het bedrog was, zou het beeld van haar door de dood aangevreten gezicht en lichaam toch in haar herinnering blijven sudderen, waardoor haar wilskracht afgezwakt zou worden en haar overlevingsinstinct een gevoelige klap zou krijgen. Maar waarschijnlijk is morbide nieuwsgierigheid onderdeel van het menselijk genoom. Tegen beter weten in keek ze toch.

In het waarschuwende beeld van de spiegel, in dat andere café vol staande lijken, bestond Molly Sloan niet. Op de plaats waar zij had moeten staan, was een leegte. En achter die leegte stond het aan flarden gerukte en walgelijke spiegelbeeld van de man die aan déze kant van de spiegel achter haar stond.

Toen ze eerder die nacht in de spiegel van de toilettafel in haar slaapkamer een glimp had opgevangen van hoe die kamer er in de toekomst uit zou zien, overwoekerd door klimplanten, schimmels en zwammen, had ze wel haar eigen spiegelbeeld gezien. Maar daar had ze gewoon geleken zoals ze in werkelijkheid was, geen lijk of op een of andere manier verminkt.

Nu zocht ze angstig naar het spiegelbeeld van Neil. Toen ze tot de ontdekking kwam dat er voor hem evenmin plaats was in het lijkenpanorama achter de bar wist ze eigenlijk niet of ze opgelucht moest zijn door het feit dat zij ontbraken, of dat ze ervan uit moest gaan dat hun een nog veel erger lot wachtte dan onthoofd, uit elkaar gereten of verminkt te worden zoals de anderen.

Ze keek hem even aan zoals hij daar in levenden lijve naast haar stond. Hun blikken kruisten elkaar en ze wist dat hij ook had gezien dat zij in het spiegelbeeld ontbraken en dat hij, net als zij, niet snapte wat dat te betekenen had.

Het licht ging uit. Het werd pikdonker. Dit keer zou de stroomstoring ongetwijfeld permanent zijn. Acht, tien en uiteindelijk misschien wel twintig van de hier verzamelde inwoners hadden erop gerekend dat dit zou gebeuren en knipten hun zaklantaarns aan. Sabels van licht doorkliefden het duister. Veel van de lichtbundels werden op de spiegel gericht, waarschijnlijk een bewijs van de collectieve angst dat de groteske wezens van de andere kant van de spiegel in het donker deze wereld waren binnengestapt. De verblindende weerschijn maakte het onmogelijk om te zien wat de spiegel nu weergaf.

Iemand gooide een bierflesje. De lange spiegel ging aan diggelen en de scherven vielen in een waterval van gevaarlijk klinkende noten op de grond. Hoewel de spiegel zijn eigendom was en hij plotseling tussen een hoop gevaarlijk scherpe glasscherven stond, protesteerde Russell Tewkes niet.

In de heen en weer zwaaiende en elkaar kruisende lichtbundels die weerkaatst werden in de vallende zilveren stukken glas viel Molly iets op wat opnieuw rillingen van angst aan haar gespannen zenuwen ontlokte.

De van haar ogen en tong beroofde pop had een ogenblik geleden nog achterover op de bar gelegen. In de korte tijd dat Molly geen hand voor ogen had kunnen zien, was ze verdwenen.

28

Omdat er rekening was gehouden met een stroomstoring, waren zowel op de tafeltjes als op een paar plekken op de bar groepjes kaarsen gezet. Lucifers vlamden op, kaarsenpitten werden aangestoken en de zaklantaarns gingen uit toen een warm gouden licht over bleke en donkere gezichten begon te spelen, de mahoniehouten wanden liet glanzen en dansende stralenkransjes op het plafond tekende.

Met de welkome terugkeer van het licht schoot Molly plotseling iets te binnen en ze bleef even stokstijf staan om erover na te denken. Neil zei iets tegen haar, maar ze was met haar gedachten meer bij het recente verleden dan bij het heden en zat weer op haar hurken in de schoonmaakkast toe te kijken hoe de zwam zelf de scheur in het bovenste vlies repareerde. En te luisteren naar Derek Sawtelle…

Ze zocht tussen de nerveuze aanwezigen naar de professor. Toen Neil haar bij haar schouder pakte en even voorzichtig schudde om haar aandacht te trekken, zei ze: 'Wat gebeurt er verdorie? Waar gaat het nou precies om, als het al ergens om gaat?'

Ze zag Derek aan de andere kant van de gelagkamer zitten. Hij keek haar strak aan en glimlachte alsof hij wist wat er door haar hoofd ging. Daarna wendde hij zich af en zei iets tegen een van zijn metgezellen.

'Ga mee,' zei ze tegen Neil en ze liep voor hem uit naar Derek toe.

Op een paar uitzonderingen na waren alle aanwezigen in het café op de been en drentelden te geschrokken om te gaan zitten rond om ervaringen uit te wisselen en elkaar gerust te stellen.

Er waren ook meer honden op de been, die met hun neus tegen de grond kringetjes draaiden. Misschien werden ze nog steeds opgewonden van de opeenstapeling van oude voedsel- en drankvlekken op de vloer, maar Molly vroeg zich af of ze niet op zoek zouden zijn naar de verdwenen pop.

Toen ze bij de plek kwam waar Derek zat, schonk hij net een scheut gin uit een fles in een glas met halfgesmolten ijsblokjes en een paar schijfjes citroen. Hij draaide zich naar haar om alsof hij ogen in zijn achterhoofd had waarmee hij haar in de gaten had gehouden.

'Molly, Neil, beste vrienden, ik neem aan dat jullie er dankzij die Grand-Guignolvoorstelling inmiddels van overtuigd zijn dat Bacchus en Dionysus als enige goden de moeite van het aanbidden waard zijn. Laat ons bidden dat Russell genoeg kratten in voorraad heeft om ons zwaar beneveld door de laatste scène van de laatste akte te loodsen.'

'Hou op met dat gelul, Derek,' zei ze. 'Je bent niet zo dronken als je ons wil doen geloven. En als dat wel zo is, ben je nog genoeg bij de pinken om je rol in dit alles te vervullen.'

'Mijn rol?' Hij keek om zich heen en deed net alsof hij verbijsterd was. 'Staan er dan camera's te draaien?'

'Je weet best wat ik bedoel.'

'Nee, ik vrees van niet. En ik betwijfel ten zeerste of je zelf wel weet waar je het over hebt.'

Hij had midden in de roos geschoten. Ze wist niet wat zich hier precies afspeelde, maar ze was ervan overtuigd dat het veel complexer was dan ze had gedacht en ze rook bedrog.

Ze zei: 'Toen we in die schoonmaakkast zaten te kijken hoe dat verdomde ding zelf die scheur repareerde... op dat moment drong het niet tot me door, maar je trakteerde me op een citaat van Eliot.'

Er gleed een schaduw door zijn ogen, een schaduw en een glinstering, als de roodgloeiende schubben van iets wat in modderig water vlak onder de oppervlakte zwom. De vluchtige uitdrukking, wat het ook was en wat het ook betekende, was niet iets wat je in de ogen van een vriend zou zien.

'Eliot wie?' vroeg hij.

'Hou op met die geintjes. T.S. Eliot.'

'Ik heb nooit veel opgehad met die ouwe T.S. Zoals je weet, geef ik de voorkeur aan romanschrijvers, met name de macho-types. T.S. is naar mijn smaak te veel gentleman, in zijn hele oeuvre is geen tyranniek zinnetje te vinden.'

'Je zei tegen me: "Al onze kennis brengt ons nader tot onze onwetendheid".'

'Heb ik dat echt gezegd?' vroeg hij. De spot die niet in zijn stem doorklonk, spatte uit zijn ogen.

'Het was geen logisch vervolg op wat je daarvoor zei,' herinnerde ze zich, 'maar ik dacht dat die onsamenhangendheid het gevolg was van drank en ik herkende het citaat ook niet meteen.'

'Het hoeft niet per se een citaat te zijn, beste meid. Misschien ben ik af en toe wel in staat om zelf een wijze opmerking te maken.'

Zo gemakkelijk liet ze hem er niet onderuit komen. 'De volgende regel van Eliot is: "Al onze onwetendheid brengt ons nader tot de dood".'

'Nou, dat is in deze omstandigheden in ieder geval toepasselijk.'

'Harry Corrigan, mijn vader, jij... jullie kwamen alle drie met citaten van Eliot. Wat voor verband bestaat er tussen jullie? Wat gebeurt hier precies?'

Dereks verwaande spottende grijns leek sprekend op die van Render. 'Neil, die aantrekkelijke vrouw van jou schijnt zich aangesloten te hebben bij de gekken die altijd beducht zijn voor samenzweringen... die lui met hun zwarte helikopters.'

'Maar je hebt het echt gezegd,' bevestigde Neil. 'Dat herinner ik me ook.'

'Ik zou maar uitkijken, Neil. Paranoia kan besmettelijk zijn. Het lijkt me verstandiger om een fles gin te pakken en jezelf te laten vollopen.'

'Als je denkt dat iemand je te grazen wil nemen en iemand wíl je ook echt te grazen nemen, is dat geen paranoia,' zei Molly. 'Dat is de werkelijkheid.'

Wijzend op het plafond in de richting van het gevaarte dat ze konden waarnemen zonder het te zien, konden voelen zonder het te horen, zei Derek: 'Dát is de werkelijkheid, Molly, wat ons daar allemaal boven het hoofd hangt. We gaan allemaal dood, een hele wereld gaat dood en er is geen ontkomen aan, er valt niets meer te beslissen behalve het uur waarop de laatsten van ons voor de bijl gaan.'

Ze bespeurde geen angst bij Derek Sawtelle, geen wanhoop en zelfs niet de zoete melancholie die hij had aangeprezen als de ideale manier om diepere emoties te ontlopen. In plaats daarvan zag ze triomf in zijn plotseling koortsige ogen en in de opgekrulde mondhoeken van zijn raadselachtige glimlach. Het sloeg nergens op, maar het was even duidelijk als onmiskenbaar.

'Lieve Molly, hou nou op met dat wanhopige gegrabbel naar de betekenis van belachelijke samenzweringstheorieën en grijp elke kans aan om nog wat genoegen te beleven. De drank is gratis.'

Geërgerd en verward over een heleboel dingen, maar niet over Dereks nauwelijks verholen vijandigheid en leugens draaide Molly hem de rug toe. Maar na een paar passen door de ronddrentelende meute besefte ze ineens dat ze niet wist waar ze naartoe moest of wat ze nu moest doen. Ze scheen geen andere keus te hebben dan te wachten op het einde en zich in de armen van de dood te storten als die zich meldde.

29

Neil pakte haar arm en nam haar mee naar een leeg zitje tegen de noordelijke muur van het café.

Ze weigerde te gaan zitten. 'We hebben bijna geen tijd meer.'

'Ik kan de klok ook horen tikken.'

'We moeten iets doen, zorgen dat we klaar zijn.'

'Goed. Maar wat dan? En hoe?'

'De bank is waarschijnlijk toch het beste idee,' zei ze. 'Laten we zorgen dat het gebouw beveiligd wordt. En ons daar dan verschansen. Zodat we in ieder geval strijdend ten onder gaan.'

'Dan gaan we daar nu naartoe, samen met de anderen.'

'Maar daar gaat het juist om. De anderen. Die waren allemaal dood... in de spiegel. Komen ze dan allemaal in de bank om het leven? Is dat de plek waar ze... zo uit elkaar gereten worden?'

Ze schudde haar hoofd en keek rond in het café. Ze kon de nauwelijks onderdrukte paniek zien van mensen die nog maar een paar minuten geleden over strategie hadden zitten praten, over tactiek en over de kans op overleven. Nu geloofden ze de spiegel. Ze verwachtten dat ze op een afschuwelijke manier om het leven zouden komen, en al heel gauw.

'Ik ben bang,' zei ze. 'Tot nu toe heb ik het allemaal vrij goed kunnen verwerken... maar nu begin ik er toch moeite mee te krijgen.'

Neil sloeg zijn armen om haar heen. Hij wist altijd wanneer hij zijn mond moest houden.

Molly leunde bevend tegen hem aan. Ze luisterde naar zijn hart. Kalme Neil. Toen haar hartslag zich langzaam maar zeker begon aan te passen aan het rustiger kloppen van zijn hart, trok hij haar mee naar het zitje en ging op de bank tegenover haar zitten. Op deze tafel stonden geen kaarsen en ze was blij dat ze in de schaduw zat. Ze wilde niet dat iemand anders dan

Neil zou zien dat ze huilde. Ze was er juist zo trots op dat ze zo taai en veerkrachtig was. Misschien maakte dat soort trots niets meer uit, maar hoewel ze niet kon zeggen waarom, dacht ze toch dat het nu juist belangrijker was dan ooit.

'Voordat we kunnen gaan piekeren over wat ons te doen staat, moeten we ons misschien eerst maar eens afvragen wat we nu zeker weten,' zei Neil.

'Dat wordt steeds minder.'

Ironisch herhaalde hij het citaat van Eliot: 'Al onze kennis brengt ons nader tot onze onwetendheid.'

Onder de zittingen van de banken in het zitje was een open ruimte. Molly schoof haar voeten achteruit... en dacht aan de vermiste pop. In de korte periode van duisternis tussen het uitvallen van de stroom en het aansteken van de kaarsen, had de pop best naar dit zitje kunnen kruipen om zich onder de bank te verstoppen. Zonder ogen, maar alziend. Een mond zonder tong, gevuld met de ademloze stilte van een loerend roofdier.

Ze verzette zich tegen de neiging om haastig het zitje uit te lopen en met een zaklantaarn onder de banken te kijken. Als ze dat zou doen, zou ze toegeven aan een ontzettend kinderachtige angst en daarna zou het haar veel meer moeite kosten om de echte en veel serieuzere verschrikkingen die haar ongetwijfeld te wachten stonden, het hoofd te bieden.

Het was maar een pop. En als ze een klein handje tegen haar enkel voelde, zou dat alleen maar een poppenhandje zijn. En ook al waren de krachten die het in beweging brachten nog zo demonisch, het bleef een poppenhandje.

Ze veegde haar natte wangen af. 'Pakken ze ons echt onze wereld af?'

'Alle tekens wijzen daarop.'

'Of is het alleen maar de manier waarop wij die tekens interpreteren?'

'Ik zou niet weten wat we er anders van moeten maken.'

'Ik ook niet. Dat ding in die schoonmaakkast...' Ze huiverde.

Ze kon nog steeds de vliegende kolos boven haar hoofd voelen en als ze zich nu op het plafond concentreerde, kon ze ook de beweging voelen van het vaartuig dat zich in zuidelijke richting door de regen verplaatste. Het was net alsof ze er steeds gevoeliger voor werd.

'Maar terravorming in sneltreinvaart is Dereks theorie,' zei ze. 'En ik vertrouw hem niet.'

'Wat is er met Derek aan de hand?' vroeg Neil. 'Waarom gedroeg hij zich zo tegenover jou?'

'Ik zou het niet weten.'

'Je hebt gezegd dat Render misschien niet alléén Render was.'

'En ik weet ook nog steeds niet wat ik daar precies mee bedoel.'

'Is Derek wel Derek maar niet alléén Derek?'

'Eén ding staat vast: er is iets mis met hem.'

Terwijl hij met zijn hand over zijn nek wreef, zei hij: 'Ik ben weer terug bij het thema van de films over buitenaardse parasieten.'

'Maar waarom hebben ze zich dan niet bij ons allemaal naar binnen gewurmd? Waarom hebben ze ons niet allemaal onder controle?'

'Misschien is het binnenkort wel zover.'

Ze schudde haar hoofd. 'Het leven is geen sciencefiction.'

'Onderzeeboten, atoomwapens, televisie, computers, satellietcommunicatie, orgaantransplantaties... Die dingen waren ook allemaal sciencefiction voordat ze werkelijkheid werden. En het belangrijkste SF-thema dat er bestaat, is contact met buitenaardse wezens.'

'Maar als je de macht hebt een hele wereld te veranderen, waarom dan die psychologische oorlogsvoering? Ze zouden ons als mieren kunnen vertrappen, wat ze ook echt schijnen te doen. Niet hier, maar in de grote steden.'

'Heb je het nu over die pop en de spiegel?'

'En over Harry Corrigan en dat rare gedoe met T.S. Eliot. Als ze ons hele milieu door dat van hen kunnen vervangen en de menselijke beschaving binnen dagen of weken grondiger van de aardbodem kunnen vagen dan een nucleaire oorlog op zeven continenten voor elkaar zou kunnen krijgen, zouden ze niet de moeite nemen om onze hersens op die manier op hol te laten slaan.'

Bij de herinnering aan de manier waarop de pop naar het plafond had gestaard vlak voordat ze zichzelf had verminkt, keek Molly ook weer omhoog en vroeg zich af of haar toegenomen gevoeligheid voor het door de regen zeilende gevaarte betekende dat het invloed kreeg op haar brein. Misschien zou zij, als ze uiteindelijk geen eigen wil meer had, hetzelfde doen als de pop en zich de ogen uit het hoofd steken.

'We zijn nog niet dood, omdat ze ons nog ergens voor nodig hebben,' besefte ze plotseling.

'Waarvoor?'

'Ik kan me wel een paar dingen voorstellen...'

'Ik ook,' zei hij.

'En niet één daarvan is leuk.'

'Herinner je je de film *The Matrix* nog?'

'Vergeet die films nu maar. Dat is precies wat we van hen moeten denken en ze proberen ons dat ook te láten denken. Maar dit lijkt niet op wat er in al die films gebeurt.'

Ze keek naar Vince Hoyt, die geanimeerd zat te praten met een man die ze niet kende. Zonder het te willen moest ze denken aan een beeld uit de spiegel: de trainer die zijn schedeldak miste.

'Misschien hebben ze ons niet allemaal nodig,' zei ze. 'Maar een aantal van ons zeker. Wij zijn uitgekozen, niet om dood te gaan maar om gemanipuleerd te worden. Dat gedoe met die pop en de spiegel achter de bar... Iedereen heeft het gezien, maar misschien was het alleen voor jou en mij bedoeld.'

'Misschien zelfs wel alleen voor jou,' zei hij. 'Derek kwam naar jou toe. Render kwam naar jou toe. Harry Corrigan kwam naar jou toe. Ze lieten mij allemaal met rust.'

Molly verzette zich tegen het idee dat er misschien een radicaal verschil was tussen het lot dat hem te wachten stond en dat van haar, en dat hun wegen daarom op een gegeven moment gescheiden zouden worden. 'Wat weet ik niet, maar het moet toch íéts betekenen dat wij als enigen niet in die spiegel te zien waren.'

'Niet als enigen,' corrigeerde hij. 'De kinderen ontbraken ook.'

De zes kinderen stonden nu dicht bij elkaar in de buurt van het zitje waar ze aanvankelijk hadden gezeten. Als ze eerder op de avond nog iets van een avontuurlijke geest hadden vertoond, had die inmiddels volledig plaats moeten maken voor angst. Ze zagen eruit alsof ze bij de minste of geringste aanleiding op de vlucht zouden slaan.

Puur instinctief en met een natuurlijke doelbewustheid waren de honden naar de plek gedwaald waar ze het meest nodig waren. Terwijl zes dieren nog steeds door de gelagkamer cirkelden, waren drie stuks – een golden retriever, een Duitse herder en een zwart met bruin gevlekte bastaard met de bouw van een boxer maar met de harige kop van een Schotse terrier – bij de kinderen gaan staan om hun bezorgde hartjes gerust te stellen, zoals honden altijd hebben gedaan, en ongetwijfeld ook om hun jonge baasjes tegen elk mogelijk gevaar te verdedigen.

Terwijl ze naar de kinderen en de honden zat te kijken, had Molly weer het gevoel dat de oplossing voor het grijpen lag, vlak achter het ontgonnen veld van bewuste gedachten. Het was een vormeloos iets wat door het lommerrijke woud van het onderbewustzijn dwaalde, iets wat zowel opwindend als verontrustend was.

'Was er behalve de kinderen nog iemand die niet in de spiegel te zien was?' vroeg ze aan Neil.

'Ik zou het niet weten. Het ging allemaal zo snel dat ik geen tijd genoeg had om koppen te tellen. Misschien nog een paar anderen. Maar het kan net zo goed dat alleen wij met ons achten ontbraken: jij en ik en de kinderen.'

Het geluidloze gebons in botten, bloed en andere lichaamssappen, gebons dat overeenstemde met het ritme van de magnetische motoren die de kolos boven hun hoofd aandreven, begon af te nemen. Ze voelde instinctief dat het enorme gewicht en de kwaadaardige schaduw van hen weggleden terwijl het grote vaartuig zich in zuidelijke richting bewoog, en om te voorkomen dat ze vertwijfeld zou raken, dacht ze liever niet aan de horden onmenselijke wezens die het aan boord zou hebben en de wrede, onweerstaanbare macht die het vertegenwoordigde.

Overal in het café begonnen de kaarsen helderder te branden, alsof er een krachtveld was geweest dat hun licht op dezelfde manier beïnvloedde als de aantrekkingskracht van de maan in alle zeeën ter wereld eb en vloed regelde. Molly's brein scheen plotseling ook weer sneller en beter te werken. Nu stond haar ineens weer iets voor de geest, terwijl ze daarvoor niets anders dan nevels van verwarring had gezien. Om stapje voor stapje in de buurt van een oplossing te komen vroeg ze aan Neil: 'Wat is Render, mijn vader?'

'Wat bedoel je?'

'Kun je hem in één woord omschrijven?'

'*Psychopaat,*' zei Neil.

'Dat is een afgeleide van de waarheid.'

'*Moordenaar,*' zei hij.

'Kun je dat nader specificeren?'

'Moordenaar... van kinderen.'

Terwijl Neil dat zei, kwam een van de honden naar hun tafel toe – de Duitse herder die bij de groep kinderen had gestaan. Het dier keek Molly strak aan.

Ze ging rechtop zitten op de bank toen haar directe toekomst, die daarvoor vol duisternis en mysterie had geleken, haar duidelijker voor de geest kwam te staan. 'Ja... Render is een kindermoordenaar. En wat ben ik?'

'Voor mij ben je alles,' zei hij. 'Voor de rest van de wereld... een schrijfster.'

'Ik hou van je,' zei ze. 'En van alles wat we samen hebben gehad. Beter kon het niet. Maar als dit de laatste nacht van de wereld is, als ik niet genoeg tijd van leven heb om te bepalen wat ik ben, dan zijn het de beste en de slechtste dingen die ik ooit heb gedaan die voorgoed uitmaken wat ik ben.'

Neil fronste terwijl hij een halve stap achter haar aan haar redenering volgde. 'De beste... Je hebt de levens van die schoolkinderen gered.'

'Hij vermoordt kinderen... En ik heb er ooit... een paar gered.'

De Duitse herder trok haar aandacht met een bezorgd gepiep. Ze had gedacht dat de hond alleen maar naar hun zitje was gekomen om dat gedeelte van de vloer te besnuffelen en te bedelen om voedsel als ze dat zouden hebben. Maar de blik van het dier was ongewoon strak, zelfs meer dan strak: vreemd, onweerstaanbaar. Ze zat even te piekeren over hoe de honden *en masse* hadden gereageerd toen zij het café was binnengekomen. Het was net alsof ze haar vanaf die tijd constant stiekem in de gaten hadden gehouden.

'Neil, we hebben eigenlijk alleen maar aan onszelf gedacht, aan hoe we in leven zouden kunnen blijven. En eigenlijk kunnen we niets anders doen dan een schuilplaats zoeken, ons verschansen en afwachten.'

Hij begreep wat ze bedoelde. 'Maar zo heb jij nooit geleefd – passief en maar afwachten wat er komen gaat.'

'En jij ook niet. Vannacht, in deze chaos, zijn er ook kinderen die niet de beschutting en de bescherming krijgen die ze nodig hebben, die ze verdienen.' Ze was opgelucht dat ze eindelijk een doel had, dat ze plotseling het gevoel had dat ze iets nuttigs kon doen.

'Maar als wij hen nu niet kunnen redden?' vroeg Neil zich af.

Met gespitste oren en een scheve kop keek de hond Neil aan.

'Misschien kan niemand nog iemand anders redden,' vervolgde Neil, 'niet als de hele wereld verloren is.'

De hond piepte precies zo tegen hem als hij tegen Molly had gedaan. Geïntrigeerd door de houding en het gedrag van de herder vroeg ze zich af of er misschien iets bijzonders aan de hand was, maar toen liep de hond weg, glipte tussen de mensen door en was al snel verdwenen.

'Als wij hen niet kunnen redden,' zei ze, 'dan moeten we proberen hen zoveel mogelijk te behoeden voor verdriet en angst. We moeten ons best doen alles wat er komen gaat voor hen op te vangen.'

Hij keek even naar de zes kinderen.

'Ik heb het niet over hen,' zei Molly. 'Hun ouders zijn hier en deze groep is groot genoeg om hen alle bescherming te bieden die onder deze omstandigheden mogelijk is. Maar hoeveel kinderen zijn er nog in de stad? Ik heb het niet over tieners, maar over jongere kinderen, die nog klein en kwetsbaar zijn. Honderd? Tweehonderd?'

'Dat zou best kunnen. Misschien zelfs nog meer.'

'Hoeveel van hen hebben ouders die hier op dezelfde manier op reageren als Derek en zijn maatjes? Die naar de fles grijpen of naar nog ergere dingen en die zich er niets van aantrekken dat hun kinderen bang en weerloos zijn?'

'Maar de meeste mensen in de stad kennen we niet eens,' zei Neil. 'Er staan hier – hoeveel? – misschien vier- of zelfs vijfhonderd huizen en we weten niet welke gezinnen kinderen hebben. Het zou uren duren, misschien zelfs wel een hele dag – als wij met ons tweeën alle deuren langs zouden moeten. Zoveel tijd hebben we niet meer.'

'Goed. Dan kunnen we misschien een paar van deze mensen zover krijgen dat ze ons helpen,' zei Molly.

Neil keek bedenkelijk. 'Die hebben allemaal hun eigen plannen.'

De Duitse herder dook weer op en liep tussen de tafeltjes en de ronddrentelende inwoners van Black Lake door. De hond had een rode roos in zijn bek, die hij naar Molly bracht. Ze kon zich niet voorstellen waar hij in het café een roos had gevonden. Het was haar niet opgevallen dat er ergens bloemen stonden. De hond wilde kennelijk dat ze de roos aanpakte.

'Je hebt een aanbidder,' zei Neil.

Uiteraard moest ze aan haar vader denken, die dat jongetje in de rozentuin had vermoord. Zijn stem glibberde als een slang door haar geheugen in kronkelende strengen van woorden: *Ik heb dat weggooifototoestelletje onder een rozenstruik begraven. Het was de Kardinaal Mindszenty, een roos die zijn naam dankt aan de schitterende, scharlakenrode kleur.*

Omdat ze aanvankelijk het gevoel had dat er verband bestond tussen Render en de hond aarzelde Molly om de roos aan te pakken. Daarna keek ze de herder in de ogen en zag wat er te lezen staat in de ogen van elke hond die niet door een wrede baas is afgericht: vertrouwen, kracht zonder arrogantie, een verlangen om genegenheid te geven en te krijgen... En een eerlijkheid die zo puur is dat bedrog, zelfs al zou dat worden overwogen, niet uitvoerbaar is.

De herder kwispelde. Molly pakte het steeltje van de roos met twee vingers vast en het dier opende zijn bek om de geurende bloem af te staan. Terwijl ze de bloem aanpakte, zag Molly dat hij zich aan een van de doornen had geprikt, want er zat een druppeltje bloed op zijn tong.

Ze moest meteen weer aan Render denken. Niet aan hoe hij vannacht was opgedoken, maar aan de maniakale manier waarop hij twintig jaar geleden in het lokaal van die derde klas tekeer was gegaan. En niet alleen of zelfs maar in de eerste plaats aan Michael Render, maar ook aan een van zijn slachtoffers, een meisje dat Rebecca Rose heette, met slonzig blond haar en blauwe ogen, en dat die middag in Molly's armen was gestorven.

Rebecca Rose. Een verlegen meisje dat een beetje sliste. De

laatste woorden die ze ijlend had gefluisterd, kennelijk een zinsbegoocheling die nergens op sloeg: *Molly... daar zit een hond. Zo mooi... kijk eens hoe hij glanst.*

Nu zat de herder Molly aan te kijken. Met ogen vol mysteries die even groot waren als andere in deze gedenkwaardige nacht vol raadsels, puzzels en dingen waar je met je verstand niet bij kon. Zijn bloed kleefde aan een van de doornen. De roos van vergetelheid die de hond haar had gebracht werd de Rose uit haar herinnering, die al zo jong uit het leven was weggeplukt.

Met een scheve kop scheen de herder te vragen of Molly Sloan – de verstandige Molly, die zo'n sterke drijfveer had, die zich meer met de toekomst dan het heden bezighield, die zich altijd aan haar zorgvuldig opgestelde plannen hield en altijd voorzichtig was, behalve in wat ze schreef, die elke vorm van dramatiek in haar leven probeerde te vermijden maar er op papier kwistig mee omsprong – begrip had voor de bedoelingen van een sfinx die haar een bloem had gebracht, die rebus op vier poten die zo verschrikkelijk graag wilde dat zijn bedoelingen goed begrepen werden.

De roos trilde in haar hand en een los bloemblaadje viel als een druppel bloed op het tafelblad. En de hond wachtte. En de hond keek toe. En de hond glimlachte. Het was een moment in deze nacht vol duistere vraagtekens en bijzondere gebeurtenissen dat niet minder belangrijk was dan alles wat zich hiervoor had afgespeeld, alleen van een andere orde.

Haar hart bonsde. Haar gedachten vlogen ook sneller door haar hoofd, misschien om uiteindelijk bij een adembenemende onthulling uit te komen, maar aanvankelijk nog door de doodlopende steegjes van zinloze veronderstellingen. Ze legde de roos neer. Ze stak haar hand uit naar de hond. Hij likte haar vingers.

'Wat is er?' vroeg Neil, want hij kende haar zo goed dat hij bijna haar gedachten kon lezen.

In haar gedachten liep ze door het water van een heldere plas en stapte aan wal met een inzicht dat bijna helderziend van aard was: 'De hond zal ons bij de kinderen brengen die hulp nodig hebben.'

Neil keek naar de hond, die zijn heldere ogen op hem richtte alsof iedereen de bedoeling daarin even gemakkelijk kon lezen als Molly had gedaan.

'Vraag me niet hoe hij weet wat we moeten doen,' zei Molly. 'Maar hij weet het echt. Ik begrijp niet hoe hij ze wil vinden, maar het zal hem lukken. Met behulp van zijn neus, met behulp van zijn instinct, of met behulp van een nog grotere gave.'

Neil staarde naar de hond. En hij keek Molly met grote ogen aan.

'Ik weet dat het krankzinnig klinkt,' zei ze.

Hij wierp een blik op de lange lijst waaruit de barspiegel, vol levende doden, in scherven op de grond was gevallen.

'Dan houden we het op de hond,' zei hij. 'Wat hebben we per slot van rekening te verliezen?'

30

De herder, die volgens de penning aan zijn halsband Virgil heette, was jong en goed verzorgd, met heldere ogen, aanhankelijk en gretig om aan het karwei te beginnen. Onder het nummer van de penning waren de naam en het adres van zijn eigenaar gegraveerd: James Weck uit Pine Street.

Een paar vragen aan de mensen in het café maakten al snel duidelijk dat Weck niet aanwezig was. Virgil had vannacht kennelijk losgelopen en was op eigen houtje hiernaartoe gekomen.

Russell Tewkes, die grote slokken nam uit een fikse pul bier omdat hij verkozen had zich aan te sluiten bij zijn beste klanten, de zuiplappen, stak de draak met iedereen die zich opmaakte om het gebouw van de bank te bevoorraden en te versterken. Toen het tot hem doordrong dat Molly en Neil ook aanstalten maakten om weg te gaan, zei hij: 'Willen jullie de waarheid niet onder ogen zien? Je kunt je toch nergens verstoppen.'

'We gaan ons ook niet verstoppen,' verzekerde Molly hem. In de greep van een plotselinge vlaag van paranoia besloot ze hem niet te vertellen wat ze van plan waren.

'Als ze hier in de bergen aankomen, die buitenaardse wezens,' zei Tewkes, 'dan zullen ze jullie als een stel vissen de buik openrijten en jullie stuiptrekkend op straat achterlaten.'

Minder verontrust door de voorspelling van de cafébouder dan door zijn gedrag nam Molly noch Neil de moeite hem antwoord te geven. Tewkes had zijn opmerking niet als een waarschuwing verpakt, maar op een nare, tartende toon gesproken. Het leek er bijna op dat hij hoopte dat ze dit afschuwelijke lot zouden ondergaan, dat het idee van Neil en Molly met opengereten buik en stuiptrekkend van pijn hem op een perverse manier genoegen deed. Zijn vrolijke monniksgezicht vertoonde geen spoor van humor meer, het leek nu meer op de kop van een boze mensaap, want het had een primitief trekje gekregen, geniepig en op een domme manier berekenend. Het was vlekkerig en rood van nauwelijks onderdrukte emotie. Aan de voorkant stond zijn Broeder Tuck-kapsel recht overeind in slonzige pieken, alsof hij razend van woede tevergeefs had geprobeerd zich de haren uit het hoofd te trekken.

Terwijl ze zich afwendden, kwam Tewkes wankelend op zijn benen nog een stap dichterbij, morste bier uit zijn pul en zei: 'Als jullie naar buiten gaan, zou ik maar oppassen voor jullie edele delen. De roodogige aasdieren kruipen rond.'

Opnieuw Eliot uit deze meest onwaarschijnlijke bron van poëtische citaten: *De roodogige aasdieren kruipen rond*...

'Alweer,' zei Neil, want hoewel hij niet zo goed op de hoogte was van het werk van de dichter als Molly, besefte hij wel hoe inconsequent het was dat die tekst uit de mond van deze man kwam.

Toen Molly Tewkes weer aankeek, las ze in zijn samengeknepen rode gezicht en in zijn koortsige ogen – veel feller dan mogelijk leek in het licht van de kaarsen – spot, minachting en haat. De aderen in zijn slapen waren gezwollen en klopten. Zijn neusvleugels waren opengesperd. Zijn op elkaar geklemde kaken bewogen heen en weer, alsof hij van woede stond te knarsetanden. Ze kon niet begrijpen hoe bij deze aanvankelijk zo aardige caféhouder binnen een uur zoveel bittere emotie kon zijn gezaaid en opgeweld. Of om precies te zijn: waarom die vijandigheid met zoveel felheid op haar werd gericht, terwijl ze Russell Tewkes nauwelijks kende en nooit iets had gedaan om hem boos te maken of zelfs maar te ergeren.

Tewkes tilde zijn pul op, nam een slok bier, hield het even in zijn mond en spuugde het toen voor haar voeten op de vloer.

Neil maakte aanstalten om naar Tewkes toe te gaan, maar Molly hield hem tegen door hem even aan te raken. Virgil gromde, maar ze kon hem kalmeren door alleen zijn naam te fluisteren.

Als Russell Tewkes in een bepaald opzicht nog steeds de man was die hij vroeger was geweest, dan stond wel vast dat hij nu ook iets anders was. Parasiet, gevlekte zwam of een ander soort besmetting, het had zich van zijn hersens en zijn hart meester gemaakt.

De sfeer in het café was omgeslagen. Ze kon de verandering niet ruiken of proeven, zoals ze in de lucht zwevende roetdeeltjes zou kunnen proeven, en ze kon er ook niets van zien, maar ze kon het wel voelen: een hardnekkige prikkelbaarheid. Er hing ook een duistere sluier over de gelagkamer, die niets te maken had met de stroomstoring en die niet door kaarslicht verdreven kon worden, al werden er nog zoveel kaarsen neergezet. De duisternis was verwant aan de zwarte materie van het heelal, die natuurkundigen niet kunnen zien maar waarvan ze het bestaan kennen dankzij de onheilspellende zwaartekracht ervan.

Ze wilde hier weg. Zo snel mogelijk. Vijf van de kinderen hoorden bij de groep van hulpsheriff Tucker Madison, de strijders die van plan waren de bank te veranderen in een fort. Die zouden over een paar ogenblikken vertrekken. Het zesde, een meisje van negen, was bij haar ouders tussen de weifelaars gaan staan. Ze draaide nerveus een streng van haar glanzende blonde haar tussen haar duim en wijsvinger en in haar prachtige saffierblauwe ogen stond nog steeds de angst te lezen voor al die verminkte spoken die ze in de spiegel had gezien. Ze zei dat ze Cassie heette. Ze probeerde te glimlachen toen Molly haar een complimentje maakte over haar haar, maar dat mislukte.

Cassies ouders, met name haar moeder, reageerden boos op Molly's opmerking dat het niet veilig was in het café en dat ze beter met de anderen mee konden gaan naar de bank.

'Hoe kun jij dat, verdomme, nou weten?' vroeg de moeder op hoge toon. 'Jij weet niet meer dan wij. We blijven hier tot we meer te weten komen, tot we meer inlichtingen hebben. Het is hier droog en we hebben kaarsen. Er is ons hier niets overkomen. Tot we weten hoe het ervoor staat, heeft het geen zin te vertrekken. Het is zelfs waanzin te vertrekken.'

'Ga dan zelf maar kijken hoe het ervoor staat,' raadde Molly haar aan. 'Loop naar de schoonmaakkast in het herentoilet. Ga maar eens kijken wat daar groeit.'

'Waar heb je het over?' Ondanks die vraag had de vrouw geen zin te doen wat ze zei. Het was duidelijk dat Cassies moeder bang was dat Molly inderdaad over informatie beschikte die haar zou dwingen een verstandige keuze te maken. 'Ik ga helemaal niet naar het herentoilet. Wat is er met jou aan de hand? Laat ons met rust!'

Molly had Cassie het liefst opgepakt om haar te dwingen met hen mee te gaan, maar dat zou tot geweld en uitstel leiden en het meisje ongetwijfeld nog banger maken.

Toen Russell Tewkes naar hen toe kwam stommelen om zich in de ruzie te mengen, zei Neil: 'Molly, laten we nu maar gaan.'

Van de acht honden die behalve Virgil in het café waren, stonden er vijf op het punt samen met de strijders te vertrekken. De andere drie gingen rond Cassie staan. Twee bastaards en een golden retriever. Molly keek in die drie paar ernstige ogen en voelde een geheimzinnige band met de dieren. Ze merkte dat ze met hen kon communiceren op een manier die ver uitsteeg boven alles wat ze met woorden had kunnen zeggen. Ze wist dat ze het meisje zouden bewaken en als het moest hun leven zouden geven om haar te beschermen.

Precies zoals Render niet alleen Render scheen te zijn maar ook iemand anders, zoals Derek en Tewkes zichzelf leken maar zich gedroegen alsof ze een volkomen nieuwe persoon waren, zo leken de honden op het eerste gezicht gewoon honden te zijn, maar waren ze veel meer. In tegenstelling tot de moordenaar, de professor en de caféhouder waren de honden echter geen handlangers van de wanhoop, maar juist het tegendeel.

Met een groeiende verwondering die de angst uit haar hart leek te kunnen verdrijven, raakte Molly alle dieren even aan en streek ze over hun kop. Stuk voor stuk drukten ze hun neus in haar hand.

'Jullie zijn lief,' zei ze tegen hen. 'En dapper.'

'Wat is hier aan de hand?' informeerde Russell Tewker, die zich in een wolk van bier en zweet bij hen voegde.

'We gaan ervandoor,' zei Molly en draaide hem de rug toe.

Ze was samen met Neil bijna bij de deur, toen de regen zo plotseling ophield dat het leek alsof iemand een kraan had dichtgedraaid.

31

Vergoten sluiers van water liepen van de straten en drupten uit de goten. Nieuwe sluiers, maar nu ondoorzichtig, belemmerden het gezicht en werkten zinsbegoochelend. De stad ging bijna schuil in de mist. Dikke gestolde nevels gleden van de hoogste bergtoppen als zachte lawines omlaag en rezen ook op uit het gezwollen meer onder hen.

Heel even hield Molly haar adem in uit vrees dat de wolken giftig zouden zijn. Maar toen ademde ze en bleef in leven.

Langs de straat vormden huizen en andere gebouwen meetkundige figuren die eerder gesuggereerd dan echt leken. De gekalligrafeerde bomen, bladverliezend en groenblijvend, vol krullen en zwierige penstreken, werden voortdurend uitgegomd om vervolgens weer half onthuld te worden door de loom wegebbende mist.

Op Molly had de plotselinge stilte na het lange tromgeroffel van de regen dezelfde dramatische uitwerking als een ratelende donderslag. Terwijl ze samen met Virgil het café uit liep, op de voet gevolgd door Neil, was het net alsof ze ineens doof was geworden, een indruk die nog werd versterkt door het omfloersende effect van de mist.

Wat haar vooral verbaasde, meer dan het ophouden van de regen, meer dan de smurrie of de stilte, was het feit dat de dag was aangebroken. Een blik op haar horloge – dat prima werkte als het geen last had van de drukkende invloed van de mysterieuze kolos – bevestigde dat het inderdaad tijd was voor de dageraad.

Het licht dat op hen neerviel was donkerpaars en leek meer op een afnemende schemering dan op een steeds lichter wordende zonsopgang. De gloed verleende de mist een purperen glans met dunne gouden aderen. In normale tijden zou dit koninklijke kleurenpalet een majestueus begin van de dag zijn geweest. Maar onder de huidige omstandigheden voorspelden het vreemde licht en de allesomhullende mist chaos en geweld.

De mist rook niet. De regen had geen geur achtergelaten. Fase een van de overname van de aarde was afgesloten. Een nieuwe en ongetwijfeld nog angstaanjagender fase was begonnen. Na ieder einde komt een nieuw begin – en misschien zou dit begin voor haar en Neil het einde van alle sterfelijke dingen betekenen. De doodsteek.

Het zicht veranderde voortdurend. Zelfs als ze stilstond, kon ze het ene moment tweeënhalve meter voor zich uit kijken en het volgende moment vijf meter. Echter nooit meer dan tien en af en toe kon ze nog maar net haar eigen handen zien.

De mensen kwamen het café uit stromen, hoewel een groot aantal achterbleef met hun smeermiddelen en illusies. Stuk voor stuk veranderden ze na een paar passen in een spookgestalte met de gesmoorde stem van een mummie in zijn windsels.

In deze loom kolkende, voortdurend veranderende, purperen duisternis leek een zaklantaarn goed van pas te komen. Maar toen Neil de zijne probeerde, werd de lichtstraal op een vreemde manier door de smurrie gebroken, waardoor er niets te zien was en alles nog verwarrender werd.

Terwijl hij de lantaarn weer uitdeed en in zijn zak stopte, zei hij: 'Het is trouwens toch verstandiger om mijn beide handen vrij te houden voor het geweer.'

Molly had haar pistool getrokken toen ze de deur van het café uit kwam, maar ze voelde zich niet beter bewapend dan een oermens met een blaaspijp die door een of andere rare kronkel in de tijd op een modern slagveld terecht was gekomen en het op moest nemen tegen tanks en met lasers uitgeruste raketten.

Een samengeraapt groepje verzetsstrijders ging op weg naar de bank, te voet en in een straffe formatie. Een andere groep stapte in een Chevy Suburban en een Ford pick-up en reed naar het lager gelegen deel van de stad, naar de supermarkt van Norman Ling. Hoewel ze met een slakkengangetje reden, werden ze al snel opgeslokt door de mist, en na één keer slikken was ook het licht van hun koplampen verdwenen. Het geronk van de motoren werd snel zachter en veranderde naarmate de afstand groter werd in een schor gereutel, alsof ver beneden in het purperen duister beesten uit het Jura-tijdperk grommend door moerassen dwaalden.

Ze was een beetje bang dat de hond voor hen uit zou hollen en in de op aarde neergedaalde wolken zou verdwijnen, maar ze had goede hoop dat hij naar haar zou luisteren als ze hem riep.

'Goed, Virgil,' zei ze. 'Laten we maar aan het werk gaan.'

De hond wist kennelijk wat ze bedoelde en hij liep voor hen uit in een tempo dat ze gemakkelijk bij konden houden.

Ze liepen midden op straat, nog steeds met hun regenjassen aan voor het geval het weer zou gaan regenen, maar ze hadden hun capuchons niet meer op.

Ze hadden nog niet ver gelopen, toen een eenzame stem vanuit de mist riep: 'Help! Kan iemand me helpen?'

De hond bleef met gespitste oren staan. Molly tuurde door het duister om te zien waar de kreet vandaan kwam.

'Waar zit hij?' vroeg Neil.

'Ik weet het niet.'

Toen hoorden ze het gesmeek opnieuw, dit keer met een ondertoon van angst: 'Alsjeblieft. Laat iemand alsjeblieft komen. O God, help me alsjeblieft.'

Ze herkende de stem. Ken Halleck, de man van het postkantoor met de bakkebaarden en de brede glimlach.

Ken en zijn zeventienjarige zoon, Bobby, hadden gewapend met een geweer en een hooivork voor het café op wacht gestaan. Toen ze daar weggingen, was het niet tot Molly doorgedrongen dat Ken en Bobby verdwenen waren. Haar aandacht was volledig in beslag genomen door het ophouden van de regen, het aanbreken van dag en de purperen mist.

'Ik hoor iemand,' zei Halleck met een stem die huiverde van

pijn en angst. 'Laat me hier alsjeblieft niet in mijn eentje lijden. Ik ben zo bang.'

Virgil had ontdekt waar Halleck was en liep een paar passen in die richting voordat hij weer bleef staan. Hij liet zijn kop zakken, zette zijn nekharen overeind en gromde zacht, meer om zijn metgezellen te waarschuwen dan als waarschuwing voor een of ander gevaar dat hij in de sombere smurrie voor hen had ontdekt. Molly aarzelde, maar toen Halleck opnieuw begon te schreeuwen, dit keer met een rauwe stem die nog zieliger klonk dan daarvoor, kon ze hem niet negeren, zelfs niet als hij misschien – zoals ze uit de reactie van de hond konden opmaken – het lokaas in een of andere valstrik was.

'Voorzichtig,' fluisterde Neil, terwijl ze samen, zij aan zij, de lijkkleurige mist in liepen en de argwanende hond achter zich lieten.

Ze kregen een akelig voorgevoel toen de weerzinwekkende, ongezonde dampen hen insloten en stolden, tot ze zo dik waren dat het leek alsof ze zelfs het kloppen van haar hart in haar eigen oren leken te dempen. Maar na een paar stappen begonnen ze op te trekken, alsof een stapel gordijnen een voor een werden opengetrokken.

Door de langzaam verdwijnende nevels zag Molly een voorwerp op straat liggen dat donker afstak tegen het zwarte asfalt. Toen ze nog een stap had genomen drong het tot haar door dat ze naar het afgehakte hoofd van Ken Halleck keek. De ogen in het lichaamsloze hoofd gingen open, vervuld van onmogelijk leven en onuitsprekelijke ellende. De lippen bewogen, de mond spleet open en de woorden rolden eruit: 'Weten jullie waar Bobby is, Bobby, mijn zoon?'

32

Er is waarschijnlijk niets in het universum wat zo elastisch is als de fantasie van de mens, want die kan voldoende uitgerekt worden om ruimte te bieden aan de oneindige hoop en de miljoenen dromen die in eeuwen van eindeloze strijd de moderne beschaving hebben opgebouwd, om de eindeloze twijfels te bevatten die elke menselijke onderneming belemmeren en om onderdak te verlenen aan het hele uitgebreide gezelschap van boemannen dat elk mensenhart schrik aanjaagt. Toch hadden ze in deze gedenkwaardige uren dingen ontdekt en gezien die Molly's verbeeldingskracht te boven gingen en waarmee haar logische verstand had geworsteld en waarvan het had verloren. Tot de meest verbijsterende voorvallen behoorde dit afgehakte, maar kennelijk nog steeds levende hoofd, hoewel het was voorafgegaan door het hersenloze, wandelende lijk van Harry Corrigan en de pop die zichzelf verminkt had. Heel even werd ze gebiologeerd door Ken Hallecks ogen. Pathetisch. Ziekmakend. Demonisch.

De buitenaardse wezens hadden een of andere kwaadaardige energie op de aarde losgelaten die geen onderscheid maakte tussen plantaardig en dierlijk, organisch en anorganisch, levend of dood. Die kracht gedijde even goed in levende en dode mensen als in dingen die nooit hadden geleefd.

Inmiddels begon Kens stem te trillen van angst en verdriet: 'Waar is mijn Bobby? Wat hebben ze met hem gedaan? Ik wil mijn jongen zien.'

Het verstand stond niet alleen stil maar verzette zich en het verzette zich niet alleen maar, het vluchtte in ontkenning, in een wanhopige poging om deze gruwelijke aanblik als onmogelijk af te doen, ook al namen de zintuigen het zo duidelijk waar.

Je kon je voorstellen dat je zou overleven in een omgeving die aangepast was aan het milieu van een wereld uit de verste uithoeken van het sterrenstelsel, getooid met vreemde kwaadaardige planten en bevolkt door een duivelsgebroed van weerzinwekkende en gevaarlijke dieren. Je zou kunnen hopen dat je ergens op een afgelegen plek een gastvrij hoekje zou kunnen vinden, waar je schuchter als een muis de rest van je dagen zou kunnen doorbrengen met eenvoudig voedsel en simpele genoegens. Maar Molly kon zich niet voorstellen dat ze zou *willen* overleven in een krankzinnige wereld waarin lijken rondwandelden, afgehakte hoofden een gesprek begonnen, poppen dreigementen uitten en ontmoetingen – of nog erger – met iedere gruwel uit de rekbare menselijke fantasie tot de mogelijkheden behoorden. In een dergelijke wereld zou je geen moment van rust kennen en geen enkele kans hebben gelukkig te worden.

Op dit moment had ze kunnen besluiten de hoop op overleven op te geven, maar dan had ze nog slechts twee dingen kunnen doen: wachten tot een of ander eng wezen haar vond en aan stukken scheurde... of zelfmoord plegen. Beide opties vielen echter onder het hoofdje zelfvernietiging en haar filosofie noch haar geloof stond zelfmoord toe.

Daar kwam nog bij dat ze op zoek moesten naar de kinderen. Wat er zou gebeuren nadat ze hen onder haar ontoereikende vleugels had verzameld, was iets waar ze niet over na wenste te denken.

'Ik hou van mijn jongen, van mijn Bobby,' zei het hoofd van Halleck. 'Waar is mijn Bobby?'

Neil hief het geweer op, maar Molly hield hem met een tikje op zijn arm tegen.

'Dat is Ken niet,' zei ze. 'Je hoeft hem niet uit zijn lijden te verlossen. Ken is allang dood.'

'Ik wilde dat verdomde ding alleen tot zwijgen brengen,' zei hij boos. 'Het gewoon de mond snoeren.'

'Dat lukt je toch niet. Je kunt er een kogel doorheen jagen, maar het blijft praten. En dat zou het alleen maar erger maken.'

Bovendien was ze ervan overtuigd dat ze hun munitie moesten sparen. Hoewel een paar schoten hagel uit een jachtgeweer het ding dat Harry Corrigan in zijn huis had belaagd niet tegen had kunnen houden, zouden ze in de komende uren misschien op tegenstanders stuiten die wel gevoelig waren voor een goed gericht schot hagel.

Toen ze terugliepen, konden ze Virgil in de smurrie niet meteen vinden. Hij blafte zacht, kwam naar hen toe en bracht hen weer op de juiste weg.

Voordat ze tien stappen hadden gezet, tartte een metalig gerinkel en gebonk het dempingsvermogen van de mist. Ze liepen voorzichtig in de richting van het lawaai. Dit keer onthulde de optrekkkende mist een man die in het spookachtige licht van deze vreemde dageraad op zijn knieën op straat zat, vlak bij de stoeprand. Hij lag met zijn rug naar hen toe voorovergebogen bij een put geknield en probeerde het zware metalen rooster van de steunpunten in het wegdek te tillen.

Hoewel het niet meer regende, bleven de goten nog steeds vollopen. Het smerige water, opgedikt door een lading bladeren en afval, stroomde over zijn handen.

Een zacht gegrom van Virgil maande hen opnieuw tot voorzichtigheid. Molly en Neil bleven zonder iets te zeggen staan en wachtten tot de man zich bewust zou worden van hun aanwezigheid.

Zijn gebochelde gestalte, zijn intense concentratie en de vreemde taak die hij op zich had genomen wekten bij Molly stuk voor stuk herinneringen op aan nare sprookjes over akelige trollen die er een onzalige eetlust op nahielden.

Met het harde geschraap van metaal over asfalt kwam het rooster omhoog. De trol schoof het opzij.

Hij tilde zijn hoofd op, maar hij had geen hoofd. Hij keek over zijn schouder naar Molly en Neil, maar ook als hij wist dat ze achter hem stonden, kon hij hen niet zien, want hij was de Nemesis van Ichabod Crane, maar dan zonder paard.

Het boem-boem-boem van Molly's hart kon net zo goed de vuist van waanzin zijn die op de deur van haar brein klopte.

In deze onnatuurlijk paarsgetinte mist waaronder de ochtend en de hemel schuilgingen en waarin de wetten van de natuur binnen enkele ogenblikken opgelost waren om plaats te maken voor andere, verwachtte Molly half en half dat de dageraad niet gevolgd zou worden door de dag. Het was best mogelijk dat de zonsondergang onmiddellijk na de zonsopgang zou komen, zonder het tussenliggende en hoopgevende licht, en dat de nacht daarna eindeloos zou zijn, zonder maan en sterren, en vervuld van de stiekeme geluiden van een duizendvoudige naderbij kruipende dood.

Molly en Neil konden allebei de neiging om het hoofdloze gedrocht neer te schieten slechts met moeite onderdrukken, maar als het mes dat als guillotine had gefunctioneerd het ding er niet van had kunnen overtuigen dat het dood was, dan zou een 9mm-kogel door het hart het ook niet zover krijgen dat het omviel om de laatste adem uit te blazen.

Het onthoofde lichaam van Ken Halleck – in bezit genomen door een parasiet die als poppenspeler optrad of door een buitenaardse kracht die qua effect pure hekserij had kunnen zijn – liet zich door de geopende put in het riool zakken. Het verdween uit het zicht en landde met een plons. Heel even bleef het stil, met uitzondering van het gegorgel van de goten en het water dat van de kletsnatte bomen drupte. Daarna hoorde Molly het geplons en het holle gebonk van het hoofdloze mirakel dat om een onbegrijpelijke reden door het diepe water onder de straten van Black Lake ploeterde. Misschien was het op zoek naar een richel in het riool waarop het boven het snelstromende water kon gaan liggen om zijn vlees als voedingsbodem aan te bieden aan een kolonie zwammen of een andere levensvorm, met doeleinden die nog onheilspellender waren.

deel vijf

'Wij zijn geboren bij de doden:
Kijk, ze komen terug en brengen ons mee.'
T.S. Eliot, *Little Gidding*

33

Zonder te kwispelen, zakelijk en zo snel als de mist het toeliet, bracht Virgil hen bij een woonhuis op La Cresta Avenue, in tegenstelling tot de naam niet vlak bij de top van een berg en ook geen avenue, maar een straat met een dubbele rijbaan, halverwege tussen het meer en de bergweg en ogenschijnlijk niet veel anders dan de rest van de straten in de stad.

Het huis, dat twee verdiepingen telde en gebouwd was in de Craftsman-stijl, zag er gezellig en gastvrij uit, ondanks het feit dat de harde regen alle blaadjes van de trompetklimmers die langs de pergola's omhoogklommen had gerukt en bloembedden vol cyclamen in ruïnes vol verpulverde roodpaarse bloemblaadjes had veranderd.

Terwijl ze over mooie flagstones naar de veranda aan de voorkant liepen, stapte Neil plotseling van het pad, sopte drie passen over het doorweekte gazon en zei: 'Kijk hier eens naar.'

Het was een Italiaanse pijnboom die zijn belangstelling had gewekt, alleen niet zozeer de boom zelf, maar wat zich op de gegroefde stam had vastgezet. Molly kneep haar ogen samen in het beurse licht en zag stukken zwartachtig mos doorspekt met groen dat zich als een soort korst op de stam had vastgezet. Ze had wel eens korstmos gezien dat hierop leek, al had geen enkele aardse vorm van korstmos dit soort lichtgevende delen. Elke smaragdgroene vlek straalde zacht en het schijnsel pulseerde in een ritme waarvan ze vermoedde dat het was afgestemd op het lange, langzame gebons van de motoren die het vliegende gevaarte aandreven dat nog niet zo lang geleden boven hun hoofden gepasseerd was.

Elke plek mos groeide rondom met zichtbare snelheid in alle richtingen aan, het was net alsof ze naar een superversnelde film zat te kijken. In de minuut dat Neil en zij het korstmos bestudeerden, nam het bijna een centimeter in omvang toe. In dit tempo zouden de stam en alle takken binnen een paar uur met deze schubbige korsten bedekt zijn.

Korstmossen waren zelf complexe samenlevingsvormen van schimmels en algen. Meestal gedijden ze goed zonder de boom waarop ze groeiden, schade te berokkenen. Maar in dit geval had Molly het vermoeden dat de Italiaanse pijnboom de korstvorming niet zou overleven. De boom zou doodgaan en omvallen, uitgehold door een vorm van rot die even buitenaards was als het organisme dat bezig was de stam in bezit te nemen. Of hij zou geannexeerd worden, gemuteerd en veranderd in het genetische beeld van een plant die in een andere wereld thuishoorde.

De lichtgevende, smaragdgroene hartslag die overal in het zwartachtige mos te zien was, had de glans van edelstenen. In andere omstandigheden zou de boom de indruk hebben gewekt dat hij was ingelegd met een schat aan kostbare juwelen, glinsterend en betoverend. Maar in feite had de pijnboom niets feeërieks. Integendeel zelfs: in weerwil van het glinsterende effect en ondanks het feit dat de overwoekering met korstmos nog maar net was begonnen, leek de boom volkomen verkankerd en vergeven van kwaadaardige gezwellen.

Virgil was niet meegelopen naar de pijnboom, maar was waakzaam en gespannen op het flagstonepad blijven staan. Molly deelde de argwaan van de hond. Ze raakte het korstmos niet aan, uit angst dat het naar haar vingertop zou overslaan en net zo goed op mensenhuid zou blijken te gedijen als op de stam van de boom.

Aan de andere kant van het pad stond een soortgelijke pijnboom en van deze afstand kon ze zelfs in dit vage licht zien dat het lichtgevende mos daar ook op floreerde.

Virgil liep voor hen uit de verandatrap naar de voordeur op. Binnen was geen spoor te zien van kaarsen, olielampen of een andere vorm van noodverlichting. De ramen waren donker, met uitzondering van de vage weerschijn van de purperen gloed, die door de loom deinende nevels drong.

Als ze zonder te kloppen naar binnen gingen, vroegen ze erom neergeschoten te worden. Daar stond tegenover dat als de kinderen binnen al op een of andere manier bedreigd werden – door Michael Render of door iets wat zelfs minder menselijk was – zouden Molly en Neil het gevaar misschien nog vergroten door hun komst aan te kondigen.

Hun dilemma werd gedeeltelijk opgelost toen er een klikje klonk en het voordeurslot opensprong. Automatisch deinsden ze achteruit en stapten opzij, om niet meteen een doelwit te vormen. Virgil bleef gewoon staan.

De deur zwaaide met een snelle beweging naar binnen open. Hoewel de kleine hal alleen verlicht werd door het binnenvallende en door de mist gefilterde zonlicht, kon Molly zien dat de ruimte verlaten was, alsof een geest hen welkom heette. De gang achter de hal was nog steeds even donker als een slangenkuil.

Molly haalde haar zaklantaarn te voorschijn, zodat Neil zijn beide handen vrij kon houden voor het geweer.

De dappere Virgil liep brutaal voor het licht uit naar binnen. Vanaf de veranda richtte Molly de zaklantaarn op de gang achter de hal. Een smalle gangtafel met twee vazen. Helemaal achterin een deur. Ze zag geen direct gevaar.

Hoewel alle honden zich vannacht bijzonder vreemd hadden gedragen en met name Virgil hen had verbaasd door met de roos aan te komen en kennelijk precies te begrijpen wat Molly te doen stond, moest je toch wel veel lef hebben en de hond volkomen vertrouwen om onuitgenodigd en onaangekondigd het huis van vreemde mensen binnen te gaan. Beide dingen kon ze even niet opbrengen en Neil aarzelde ook. Als reactie op hun tegenzin draaide Virgil zijn kop om en keek hen met een goudglanzende blik aan. Molly had het idee dat dierenogen in het donker meestal niet zo straalden, maar dat het iets was wat alleen deze nacht kon gebeuren. Het was geen gewoon licht dat werd weerkaatst en ook geen bioluminescentie, maar iets wonderbaarlijks: nimbussen in oogkassen die duidden op iets wat heilig was verklaard.

Bijna alsof ze betoverd, behekst en gehypnotiseerd was door de gouden blik van de hond, liet Molly haar aarzeling varen. Haar mond was droog van twijfel, maar ze maakte speeksel aan en spuugde. Daarna stapte ze over de drempel en liep het huis binnen.

Neil volgde haar op de voet en toen ze alle twee in de hal stonden, viel de voordeur geluidloos achter hen dicht. Het maakte hen nog bezorgder dan wanneer de deur met een klap was dichtgeslagen. Ze hadden geen tochtvlaag gevoeld. De angst die Molly al voelde, leek op eigen kracht te groeien, maar ze ging niet terug om de deur weer open te trekken. Ze wist dat het wilde dat ze zou vluchten… wat dat 'het' ook mocht zijn. Als ze wegging, zou ze zélf bepalen wanneer en zich het moment niet laten opdringen.

Virgil snuffelde aan gesloten deuren en bij de open togen links en rechts van de gang. De hond toonde geen argwaan bij de garderobekast. Desondanks deed Molly de deur open en Neil controleerde de jassen die erin hingen met de kolf van zijn geweer.

Hoewel Virgil ook geen belangstelling had voor de studeerkamer, waar de gordijnen gesloten waren en absolute duisternis heerste, liet Molly het licht van haar zaklantaarn door het vertrek spelen. Schaduwen rekten zich uit en krompen in, maar het waren alleen de schaduwen van meubels, die dankzij het rondtastende licht in beweging konden komen.

Bij de toog naar de woonkamer piepte de herder even, ten teken dat hij bezorgd was. Het amethistkleurige licht dat zo kenmerkend was voor deze duistere ochtend, drukte zich tegen de in kleine ruitjes verdeelde ramen, maar Molly wist wat de hond zorgen baarde, want zij hoorde het ook: een fluisterend geluid, ritselend en zacht.

De straal van de zaklantaarn flikkerde en weerkaatste in het glas van portretlijstjes. In porseleinen lampen. In een vaas, een kristallen schaal en een spiegel boven de open haard. In een zwart tv-scherm. Neil volgde de straal met het jachtgeweer, maar hij zag niets om op te schieten.

Het geritsel werd luider en scheen van alle kanten te komen. Met gespitste oren en een hangende staart draaide de hond om zijn as.

'De muren,' zei Neil en toen Molly de zaklantaarn op hem richtte, zag ze dat hij zijn oor tegen het pleisterwerk had gedrukt.

Ze stonden aan weerszijden in de toog en ze liep naar de muur aan haar kant. Ze boog zich er langzaam naartoe. Toen ze beter luisterde, bleek het geluid eigenlijk geen geritsel te zijn maar een ritmisch gefladder alsof een vlucht vogels of een zwerm vliegende insecten zenuwachtig met hun vleugels tegen de achterkant van de betengelde wand sloegen.

34

Nu hoorden ze in de muren van de gang, en bij nader inzien ook in de muren van de eetkamer en misschien zelfs in het plafond, talloze gevederde of vliezige vleugels tegen de wanden die hen gevangen hielden en tegen elkaar sloegen. Molly richtte de zaklantaarn op de verwarmingsroosters hoog in de muren, maar daar fladderde niets wat door de gaatjes naar buiten probeerde te komen. De onbekende zwerm was nog niet vanuit de muren in de centrale verwarming doorgedrongen. Dit was geen huis meer, maar een broedmachine, een nest voor iets wat veel walgelijker en in ieder geval gevaarlijker was dan spinnen of kakkerlakken. Ze zou niet graag in dit huis willen zijn als de opgewonden legioenen een uitweg vonden uit hun gevangenis van hout en pleisterwerk.

De stoere Virgil, die wel was geschrokken van de bewoonde wanden maar er niet over piekerde om ervandoor te gaan, liep voor Molly en Neil uit naar het eind van de gang. Een gesloten deur werd door een onzichtbare hand geopend, net als het geval was geweest met de voordeur. Erachter bevond zich een keuken, die nauwelijks werd verlicht door de purperen ochtend. Zelfs nog voorzichtiger dan ze bij het binnengaan van het huis was geweest, volgde Molly de hond met haar pistool en haar zaklantaarn toen hij over de drempel stapte, maar ze rende met Neil in haar kielzog meteen achter hem aan toen ze de angstige kreten van kinderen hoorde.

Een jongetje dat misschien negen of tien jaar was, stond naast de keukentafel. Hij was geschrokken van Virgil en stond met een bezem in zijn handen klaar om uit te halen. Dat was het enige wapen dat hij had om de strijd aan te gaan met wat er ook uit de wanden te voorschijn zou zwermen – insecten, vleermuizen of wezens van het andere eind van het sterrenstelsel.

Op de tafel zat een meisje van een jaar of zes met haar benen onder zich getrokken, alsof ze bang was dat de wriemelende massa's plotseling uit de kieren tussen de planken tevoorschijn zouden komen en over de vloer zouden stromen. De enige plek waar ze zich wat veiliger voelde, was vijfenzeventig centimeter hoog.

'Wie zijn jullie?' informeerde de jongen. Hij probeerde dapper te klinken, maar hij kon niet voorkomen dat zijn stem trilde.

'Ik ben Molly. Dit is Neil. Wij...'

'*Wat* zijn jullie?' wilde hij weten, want hij had al die films ook gezien en was bang voor parasieten of wezens die andersmans lichaam in beslag konden nemen.

'Wij zijn precies wat we lijken te zijn,' zei Neil. 'We wonen ten noorden van de stad, langs de bergweg.'

'We wisten dat jullie in moeilijkheden waren,' zei Molly. 'We zijn hiernaartoe gekomen om jullie te helpen.'

'Hoe dan?' vroeg de jongen argwanend. 'Hoe konden jullie dat weten?'

'De hond,' zei ze. 'Hij heeft ons hier gebracht.'

'We wisten dat er kinderen alleen en in moeilijkheden zouden zijn. Virgil zoekt ze voor ons op,' legde Neil uit. 'Waarom weten we niet. We weten ook niet hoe hij het doet.'

Misschien werd de jongen gerustgesteld door de onomwonden manier waarop ze zijn vragen beantwoordden. Maar het zou ook best kunnen dat hij alleen maar overtuigd werd door het gedrag van Virgil: de vriendelijke manier waarop de herder zijn behaarde kop scheef hield, zijn hijgende tong en zijn kwispelende staart.

Toen de jongen zijn bezem liet zakken en een minder defensieve houding aannam, vroeg Molly: 'Hoe heet je?'

'Johnny. Dit is Abby. Ze is mijn zusje. Ik wil niet dat haar iets naars overkomt.'

'Er zal jullie geen van beiden iets naars overkomen,' verzekerde Molly hem en ze wenste dat ze er zelf ook van overtuigd was dat ze zich samen met Neil aan die belofte zou kunnen houden.

Abby's ogen waren stralend blauw, net als die van Johnny, en ze stonden minstens even gejaagd als die van haar broer.

Om te verbergen wat er misschien in haar eigen ogen stond te lezen, glimlachte Molly gedwongen, maar ze besefte meteen dat het een akelig lachje moest zijn en trok haar gezicht weer strak.

'Waar zijn jullie ouders?' vroeg Neil.

'Die ouwe had de hoogte,' zei Johnny met een van afkeer vertrokken gezicht. 'Tequila en pillen, het gewone liedje. Voordat de tv uitviel, had hij al tijdens het nieuws in zijn broek gepiest zonder er iets van te merken. Hij begon allerlei rare dingen te roepen over dat hij een fort zou gaan bouwen en ging naar de garage om gereedschap, spijkers en weet ik wat nog meer te pakken.'

'We hebben gehoord wat er met hem is gebeurd,' zei Abby zacht. 'We hoorden hem schreeuwen.' Ze keek angstig rond door de keuken en richtte haar blik op het plafond. 'Die dingen in de muren kregen hem te pakken.'

Alsof de wemelende meutes achter het pleisterwerk het meisje hadden verstaan, begonnen ze nog furieuzer door elkaar te fladderen. Entomologisch. Polymorf. Pandemonisch.

'Nee.' Johnny was het niet met haar eens. 'Iets anders moet hem te pakken hebben genomen, iets wat veel groter is dan wat er in de muren zit.'

'Hij bleef maar schreeuwen.' Abby's ogen werden groot toen ze eraan terugdacht en ze sloeg haar armen over elkaar, alsof die broze ledematen als pantser dienst konden doen.

'Wat hem te pakken kreeg,' zei Johnny, 'krijste en gromde als een poema, maar het was geen poema. We konden het heel goed horen. De deur tussen hier en de garage stond open.'

De deur was op dit moment dicht.

'Daarna slaakte het een gil zoals ik nog nooit heb gehoord,' vervolgde Johnny, 'en het maakte zo'n geluid... alsof het lachte... en toen net... alsof het zat te eten.'

De jongen huiverde bij de herinnering en het meisje zei: 'Ze zullen ons levend opeten.'

Molly legde de zaklantaarn op het aanrecht, maar hield het pistool in haar hand toen ze naar Abby toeliep, haar naar de rand van de tafel trok en een arm om haar heen sloeg. 'We nemen jullie mee, lieverd.'

'Waar is jullie moeder?' vroeg Neil.

'Die is twee jaar geleden bij ons weggegaan,' legde de jongen uit.

Zijn stem werd nog rauwer dan daarvoor, alsof het feit dat zijn moeder hem in de steek had gelaten twee jaar later nog steeds een grotere schok voor hem was dan alle buitenaardse gruwelen die ze hier de laatste paar uur hadden meegemaakt.

Johnny beet hard op zijn onderlip om zijn emotie in toom te

houden en zei toen tegen Molly: 'Abby en ik hebben al een paar keer geprobeerd om weg te komen. Maar de deuren gaan niet open.'

'Voor ons wel,' stelde Neil hem gerust.

De jongen schudde zijn hoofd en zei: 'Misschien om binnen te komen. Maar om naar buiten te gaan?'

Hij griste een pannetje van de kookplaat en gooide het hard tegen een van de keukenramen. Het belandde met een klap en luid gerinkel van metaal tegen het glas, maar het stuiterde terug zonder dat de ruit was gebroken.

'Er is iets raars aan de hand met dit huis,' zei de jongen. 'Het verandert. Het is net... alsof het leeft.'

35

Terwijl ze vanuit de keuken door de gang naar de hal bij de voordeur liepen, werden ze begeleid door een aanzwellend refrein van zenuwachtig gefladder in de muren, een geritsel en een gerommel dat steeds haastiger klonk, alsof de zwerm besefte dat hun malse prooi op het punt stond te ontsnappen.

'Ze praten,' vertrouwde Abby Molly toe terwijl ze zo snel mogelijk achter Virgil aan liepen.

'Wie, lieverd?'

'De muren. Dat is echt waar, hè Johnny? Ze praten toch?'

'Af en toe kun je stemmen horen,' beaamde de jongen terwijl ze bij de garderobekast bleven staan.

De kinderen hadden alleen warm gevoerde nylon jacks om aan te trekken voor het geval het weer zou gaan regenen. Terwijl Abby en haar broer zich in hun jassen hesen, vroeg Molly: 'Jullie bedoelen toch niet... Engelssprekende stemmen?'

‘Af en toe wel,’ bevestigde Johnny. ‘Maar soms ook in een andere taal. Welke weet ik niet.’

Overal in het huis begonnen de vloeren, de wanden en de plafonds zacht te kraken. Het hele bouwwerk klonk als een schip op het water dat te maken krijgt met de hoge golven die zwaar weer aankondigen. Virgil blafte, hoewel hij dat tot nog toe niet had gedaan. Een korte blaf, alsof hij wilde zeggen: *Kom op, we gaan weg!* Het krakende huis begon prompt nog harder te kraken, met een groeiend aantal klachten van de vloeren, de plafonds, de deurlijsten, de sponningen van de ramen, en de muren. Het gerammel van de afvoerpijpen ging door merg en been. De hete adem van de centrale verwarming hijgde en steunde. Ineens kreunde het huis als een vermoeide oude mammoet die uit een eeuwenlange slaap ontwaakt.

Toen Neil de voordeur open wilde doen, leek die op slot te zitten.

‘Ik wíst het,’ zei de jongen, en het meisje klampte zich wanhopig aan Molly vast.

Omringd door gekraak en gepiep, gerammel en gesteun begon Molly onwillekeurig het idee te krijgen dat het huis zich als een stel kaken om hen heen zou sluiten om hun lichamen te vermalen tussen de kapotte balken vol splinters, die als tanden dienden, om hen eerst op zijn uit vloeren bestaande tong te proeven en vervolgens tegen een verhemelte van plafonds te drukken en ten slotte hun fijngekauwde overblijfselen door zou slikken naar een kelder, waar de ritselende legioenen zich op hen zouden storten om vlees in vloeistof te veranderen en botten in meel.

Neil deed een stap achteruit. ‘Allemaal achteruit,’ beval hij en hij tilde zijn geweer op met de bedoeling het recalcitrante slot aan diggelen te schieten. Virgil stapte in de vuurlijn en krabde met zijn voorpoot aan de deur… die meteen naar binnen openzwaaide.

Molly bleef niet staan om zich af te vragen of Neil, die altijd zo evenwichtig was als een vastgesjord schip, misschien toch een beetje ondersteboven was geweest en de knop de verkeerde kant op had gedraaid zodat hij met een niet afgesloten deur had staan worstelen, of dat de hond over geheime krachten beschikte die alles overtroffen wat ze tot nu toe hadden gezien. Ze drukte Abby tegen zich aan en liep in het kielzog van Virgil en Johnny het huis uit, de veranda over, het trapje af en het flagstonepad op. Toen ze zich omdraaide, zag ze tot haar opluchting dat Neil haastig achter hen aan kwam en dat hij dus niet gevangen zat in een tot leven gewekt bouwwerk.

Het huis zag er niet anders uit dan toen ze het voor het eerst zagen. Craftsman, geen Cthulhu. Molly verwachtte eigenlijk dat ze het huis in de stilte van de purperen mist zou horen kraken en steunen, halverwege een voorstelling waarop het zichzelf verslindende Huis van Usher jaloers zou zijn geweest, maar die verwachting kwam niet uit – en dat was in deze bizarre nacht niet de eerste keer – want het stond daar zo stil en zo bedrieglijk vredig, dat het net zomin een aanleiding voor ingewikkeld taalgebruik leek te zijn als een statig landhuis in een spookverhaal van Henry James.

De voordeur viel langzaam dicht, alsof er een goed geoliede dranger op zat. Ze vermoedde echter dat er een minder mechanische kracht – bewust en met wrede bedoelingen – achter stak.

Het korstmos op de Italiaanse pijnbomen dat doorspekt was met die smaragdgroen gloeiende plekjes mocht er dan uitzien als een soort kankergezwellen die zich snel uitzaaiden over de takken, maar het leek nu een goedaardige en haast aantrekkelijk feestelijke vorm van buitenaardse vegetatie vergeleken bij de onbekende helse wezens die in de muren van het huis groeiden of werden uitgebroed.

Aangenomen dat de opkomende zon niet in haar tocht langs de hemel was gestuit, moest de mist boven hun hoofd dikker zijn geworden, ook al waren de nevels op straathoogte wat opgetrokken, want het amethistkleurige licht had inmiddels de donkerpaarse kleur van pruimen. De belofte van een morgenstond had alweer plaatsgemaakt voor een dreigend landschap vol schaduwen, dat meer deed denken aan een schemering ergens op de Balkan dan aan een Californische dageraad.

'Waar gaan we nu heen?' vroeg Johnny.

Molly wierp een blik op Virgil, die haar vol verwachting aankeek. 'Waar de hond ons naartoe brengt.'

De herder draaide zich meteen om en draafde over het flagstonepad naar de straat. Het viertal liep achter Virgil aan door een mist die bijna was opgetrokken en zo dun was geworden dat ze nu, zelfs in deze quasi-schemering, ongeveer twee straten ver konden kijken. Molly's aanvankelijke gevoel dat de mist boven hun hoofd juist veel dikker was geworden, hoewel het zicht op straathoogte inmiddels wat beter was, bleek juist te zijn toen ze even rustig om zich heen kon kijken.

In feite was de afscheiding tussen de nevel vlak boven de grond en de erwtensoep boven hun hoofd zo abrupt dat het leek alsof er op een hoogte van viereneenhalve meter boven Black Lake een plafond was gebouwd. Alles boven die lijn – zoals de hoogste etages en de daken van huizen met meer dan twee verdiepingen en de toppen van bepaalde bomen – werden door de loodkleurige smurrie volkomen aan het zicht onttrokken.

Ze voelde zich bedrukt, omdat de bewolking zo ondoordringbaar was en zo dicht bij de grond. De vadsige, samengeklonterde mist liet maar een klein deel van het lichtspectrum door, met als resultaat deze pruimkleurige duisternis die ook nog de beklemmende last van claustrofobie aan een toch al bezwaard gemoed toevoegde. En er was nog iets wat haar met betrekking tot de laaghangende bewolking dwarszat, maar ze wist niet meteen wat haar zorgen baarde. Ze hadden echter nauwelijks een halve straat achter Virgil aan gelopen, toen de oorzaak van dit gevoel zich al aandiende: dingen konden zich half zichtbaar of zelfs onzichtbaar door die trieste troep verplaatsen.

In het westen dook een licht op in de wolken boven hun hoofd. Het werd versluierd door de nevel die ook de bron ervan verborgen hield, maar de heldere vlek kwam over de belegerde stad naar hen toe. Naarmate het dichterbij kwam, was de vorm beter te zien: een schijf of misschien een bol. In het hart van de omringende corona brandde het fellere licht van het voorwerp zelf, waardoor ze de omvang kon schatten. Ze had het idee dat het ongeveer even groot was als een terreinwagen, hoewel ze de afmetingen niet precies vast kon stellen zonder te weten op welke hoogte het vaartuig vloog.

Ze twijfelde er niet aan dat het een vaartuig zou blijken te zijn. Het was een aanblik die ze, alweer, uit films kende, plus uit tientallen jaren van nieuwsberichten over UFO's.

Het voorwerp bewoog zich geruisloos voort. Geen geronk van motoren. Geen gezoef van lucht die verplaatst werd. Er was niets te merken van het gebons dat door het grotere schip werd uitgestraald en dat door merg en been was gegaan. Als het naar het zuiden trekkende gevaarte dat nog niet zo lang geleden voorbij was gekomen het moederschip – of een van vele moederschepen – was, dan was de UFO die ze nu aan zag komen waarschijnlijk afkomstig van dat grotere vaartuig. Dit zou wel eens een verkenningstoestel kunnen zijn, een bommenwerper of iets soortgelijks, of misschien een troepentransportschip. Of niets van dat alles. Deze oorlog vertoonde weinig of geen gelijkenis met een van de vele conflicten uit de geschiedenis van de mens en het gebruikelijke arsenaal aan oorlogstuig was niet van toepassing op deze gebeurtenissen.

Toen de UFO dichterbij kwam, verminderde het toestel vaart. Het leek zich voort te bewegen met het niet door zwaartekracht belemmerde gemak van een heteluchtballon. Het stopte recht boven hun hoofd en bleef geluidloos hangen boven de plek waar hun kleine groep op straat stond.

Molly voelde een golf van ontzetting in haar hart opwellen. *Leer ons ons om dingen te bekommeren of ons er niet om te bekom-*

meren. Leer ons niets te doen: nu citeerde ze zelf Eliot om in de cadans en het ritme van de woorden troost en geruststelling te vinden. Toen Abby angstig tegen haar aankroop, liet Molly zich op een knie zakken om op dezelfde hoogte te zijn als het meisje, haar tegen zich aan te trekken en haar te helpen de moed te vinden alles wat er zou gebeuren te doorstaan.

36

Onder het zwevende mysterie, onder het gouden maar verderfelijke licht en de kwaadaardige invloed die het uitstraalde, stonden ze alle vier naar boven te kijken, bang maar niet in staat hun ogen af te wenden. Bij de eerste aanblik van het naderende licht had Molly even overwogen met de kinderen te vluchten en zich ergens te verstoppen, maar ze had al vlug beseft dat de piloot van het toestel hen snel zou vinden als hij dat wilde. Ze kon er immers blindelings van uitgaan dat deze buitenaardse wezens voorwerpen op de grond konden traceren met behulp van infrarood licht, aan de hand van lichaamswarmte of door het volgen van een geluidsspoor, plus nog andere middelen waar de menselijke wetenschap of technologie geen notie van had.

Ze had het gevoel dat ze begluurd werd en meer dan dat: tot in details bestudeerd, fysiek en mentaal geanalyseerd, grondig doorgelicht op allerlei onbekende manieren. Toen tot haar door begon te dringen hoe ver deze analyse ging, nam haar angst toe en ze werd bovendien bekropen door een gevoel van schaamte – zo erg dat haar wangen ervan gloeiden. Ze had het gevoel dat ze spiernaakt voor een stel vreemden stond. Toen ze zichzelf de akte van berouw hoorde prevelen, besefte ze dat ze instinctief verwachtte dat ze hier op straat zou sterven, nu meteen of over een minuut.

De krachtige lichten van het zwevende vaartuig noch de uitwerking van het geruisloze aandrijfmechanisme hadden enige invloed op de nevel eronder. Het was eerder zo dat de mist dikker werd en hielp de omtrek en de bijzonderheden van de machine te verbergen. Ze verwachtte een verzengde vuurstraal die haar zou veranderen in een hoopje brandend vet in een kokende poel van asfalt. Of misschien werd ze tot atomen verpulverd. Aan de andere kant maakte het vooruitzicht dat het toestel op straat zou landen en ze aan boord zou worden gebracht, waar ze tegenover hun onmenselijke meesters zou komen te staan en onderworpen zou worden aan god mag weten wat voor experimenten en vernederingen, het idee om tot atomen verpulverd te worden bijna aantrekkelijk.

In plaats daarvan daarvan zeilde het lichtgevende voorwerp van hen weg en meerderde snel vaart. Binnen een paar seconden was er in de laaghangende bewolking zelfs geen glimpje meer te zien van de gouden gloed. De dikke mist werd weer purperkleurig en in de straat hing, net als eerder, een pseudoschemering.

Nadat ze Abby bijna te heftig had geknuffeld, stond Molly trillend op. Neil had een van zijn handen geruststellend op Johnny's schouder gelegd. Hij keek haar strak aan en knipperde niet eens met zijn ogen. Hun gezamenlijke gevoel van opluchting was bijna tastbaar, maar ze deden geen van beiden hun mond open over de recente gebeurtenis, alsof het vaartuig bij het eerste woord dat erover gezegd werd, onmiddellijk terug zou komen.

Tijdens de confrontatie had ze niet op de hond gelet. Als hij bang was geweest, was hij daar net zo snel overheen gekomen als het toestel de aftocht had geblazen. Hij stond waakzaam en kennelijk onaangedaan klaar om de zoektocht naar de kinderen te hervatten. Molly was blij dat ze achter hem aan kon lopen en dankbaar dat ze een doel had dat belangrijk en moeilijk genoeg was om te voorkomen dat ze te zwaar ging piekeren over de vijandige nieuwe wereld die ze in de komende dagen het hoofd zouden moeten bieden. Maar toen Virgil weer voor hen uit door de straat liep, viel het Molly toch op dat er al een groot aantal bomen aangetast was door het lichtgevende korstmos: Italiaanse pijnbomen, dennen en notenbomen getooid met gele herfstbladeren. De transformatie van de aarde bleef in rap tempo doorgaan. Ze zag ook andere notenbomen en Amerikaanse populieren met slierten grijs baardmos dat totaal onbekend was in Black Lake. Sommige van die slierten waren even dun en draderig als de mist, maar er waren ook dikke bundels, die een rottende en zieke indruk maakten. Twee enorme bomen waren omgevallen, maar dat leek niet het gevolg te zijn van agressieve buitenaardse plantensoorten. Ze hadden in grond gestaan die door de hardnekkige regen zo doorweekt was geraakt dat hun gewicht te groot was geworden om overeind te blijven staan. Eén boom was op de straat gevallen en blokkeerde de doorgang, de andere was op een huis terechtgekomen, dat aanzienlijke schade had opgelopen.

Zonder af te dwalen of stil te staan om de grond te besnuffelen of de lucht op te snuiven bleef Virgil in noordelijke richting doorlopen tot de volgende zijstraat, waar hij rechts afsloeg en omhoogdraafde naar Chestnut Lane. Molly verwachtte dat hij hen bij een ander huis zou brengen waarvan de muren besmet waren. Misschien zouden de fladderende zwermen dit keer uit hun nest ontsnappen en op zoek gaan naar het voedsel dat ze nodig hadden. Maar in plaats daarvan nam de herder hen mee naar de hoek van Chestnut Lane en Hill Street, naar de kerk van St.-Perpetua, waarvan de toren en het dak in het wolkendek verdwenen.

Het gebouw was opgetrokken uit stenen die uit de omliggende bergen waren gewonnen. De dubbele eiken deuren bevonden zich in een mooi portiek van kalksteen, dat als fundering diende van een rond, gebrandschilderd raam met een vijfbladerige omlijsting. In de noord- en zuidmuren van de kerk zaten ook gebrandschilderde ramen. Door twee daarvan, die in de buurt van het altaar zaten, was een constant maar licht flakkerend schijnsel te zien, dat lang niet sterk genoeg was om het mozaïek van donker glas te veranderen in felgekleurde afbeeldingen van heiligen en wonderen, maar waaruit wel kon worden opgemaakt dat iemand zijn of haar toevlucht had gezocht in het gebouw.

Toen Molly en Neil eerder die nacht even snel door de stad waren gereden op zoek naar inwoners die van plan waren zich gezamenlijk te verzetten, waren ze voordat ze bij het café aankwamen ook langs St.-Perpetua gereden. Toen had de kerk een verlaten indruk gemaakt.

Virgil liep niet naar de hoofdingang van de kerk. Hij liep naar de openstaande poort in het smeedijzeren hek dat om de aangrenzende begraafplaats stond. Daar vertoonde de hond de eerste tekens van opwinding: gespitste oren, ingehouden adem en de staart tussen de poten. Zijn achterpoten trilden van romp tot voetzolen. Toch liep de herder na een korte aarzeling door het hek en wandelde tussen de grafstenen door. Molly, Neil en de kinderen volgden met tegenzin.

Twee oude eiken die op de grootste hoogte stonden waar ze nog konden groeien en die hoger op de berg waarschijnlijk niet levensvatbaar waren geweest, overschaduwden het achterste gedeelte van de begraafplaats. Hun massieve bladerkronen waren voor het grootste deel omfloerst door mist, en de paden tussen de graven onder hun takken verdwenen onder een netwerk van inktzwarte schaduwen op een veld van purperkleurig licht. Maar de open stukken dichter bij het hek waren in de aanhoudende schemering, die zo volkomen in strijd was met het tijdstip van de dag, voldoende verlicht om te zien dat sommige grafstenen het doelwit waren geweest van een stel nijvere vandalen. Eenvoudige granieten rechthoeken, gebeeldhouwde engelen en diverse soorten christelijke kruisen waren omvergegooid en kapotgeslagen. Er waren ook graven geopend. Niet allemaal. Een stuk of tien, vijftien van de vele honderden.

Kleine Abby pakte Molly's hand en hield die stijf vast.

Op een paar grasvelden lagen hopen modder, opgegraven aarde. Overal in de modder lagen deksels van allerlei soorten grafkisten: versplinterd hout en verbogen metaal. De open graven stonden bijna tot de rand vol modderwater, waarin gescheurde stukken dreven van de satijnen voering van de kisten. Een bevlekt en met kant omzoomd kussen waarop ooit het hoofd van een lijk had gerust. Een zwarte schoen. Flarden van verrotte kleding. Een paar kleine botjes, schoon en wit, voornamelijk teen- en vingerkootjes en voetbeentjes...

De hond had hen hier gebracht om hun dit te laten zien. Molly had geen flauw idee waarom. Of misschien wist ze best wat de betekenis was van deze schandalige toestand, maar kon ze de moed niet opbrengen om de logische gevolgtrekking te maken.

37

In het portaal van de kerk bevond zich slechts één raam: de gebrandschilderde, veelbladige roos boven de dubbele voordeur. Als het pruimkleurige licht door het rood-met-gouden glas viel, ging dat ten koste van het illuminatievermogen. Het was een duistere plek, voorzien van een mahoniehouten lambrisering. De zoete geur van wierook en de ranzige stank van schimmel hing in de lucht. De hond niesde twee keer en snoof om zijn neus vrij te maken.

De straal van Molly's zaklantaarn vond in een van de hoeken een kolonie zwammen, niet zwart met geel, maar zuiver wit. In dit geval was het een combinatie van twee vormen die kennelijk lukraak door elkaar groeiden. Grote trossen ronde, blaasachtige dingen van diverse grootte, die zo opgezwollen waren dat het net leek alsof ze boordevol vloeistof zaten, glinsterend van het melkachtige slijm dat ze afgescheiden hadden. Dingen die eruitzagen als zakken van een zachte stof, die niet helemaal vol lucht zaten, zwollen langzaam op om vervolgens in te klappen en opnieuw op te zwellen, alsof het longen waren. De kolonie was ongeveer een meter twintig breed, negentig centimeter diep en een meter tachtig hoog. Enorm. Kwaadaardig. *Bewust.*

Hoe Molly wist dat het ding zich bewust was van zijn omgeving, kon ze niet zeggen en misschien was ze ook wel meer afgegaan op haar verbeelding dan op haar verstand of haar instinct. Maar toch was ze ervan overtuigd dat in ieder geval de witte blaasjes wemelden van kwaadaardig leven met waarnemingsvermogen. Ze wenste dat Abby en Johnny buiten hadden kunnen wachten. Maar ze mochten de kinderen niet alleen laten en zij was net zomin als Neil bereid concessies te doen aan hun besluit voortdurend bij elkaar te blijven.

Virgil krabde met zijn poot aan de deur tussen het portaal en het schip en dat gebeurde zo heftig dat hij leek aan te geven dat ze niet veel tijd hadden om te doen wat ze moesten doen.

Toen Molly de deur openduwde, zag ze vanuit haar ooghoeken een witmarmeren wijwaterbakje, maar haar aandacht werd voornamelijk in beslag genomen door een grote hoeveelheid kaarsen die vlak bij elkaar voor in de kerk stonden, helemaal rechts van het priesterkoor. Uit macht der gewoonte stak ze twee vingers in het marmeren bakje. In plaats van koel water dat haar een vredig gevoel moest geven, raakte ze iets vochtigs aan, een sponsachtig en walgelijk voorwerp. Terwijl ze haar vingers snel terugtrok en het licht van de zaklantaarn op het bakje richtte, zag ze een afgehakte mensenhand in het water liggen. Met de handpalm naar boven. De vingers stonden omhoog als de poten van een dode krab.

Een kreet stokte in haar keel en kwam ten slotte als een mengeling van gekreun en gehijg over haar lippen. Een voorwerp dat zo vertrouwd was als een hand, in zo'n onverwachte en aanstootgevende omgeving, leek het toppunt van onsmakelijkheid, eerder schokkend dan griezelig, maar toch griezelig genoeg.

Om te voorkomen dat de kinderen het ook zouden zien, wendde Molly de zaklantaarn meteen af van het wijwaterbakje en richtte de straal op het middenpad van het overschaduwde schip. De manier waarop het licht over de houten vloer danste, verraadde haar geestestoestand.

'Blijf uit de buurt van dat bakje en kijk er maar niet naar,' waarschuwde ze hen en ze hoopte dat het slechte licht hun de aanblik zou besparen die inmiddels in haar geheugen gegrift stond.

Hoewel de herinnering nog vers was, wist Molly niet meer precies hoe de hand er had uitgezien. Ze had het gevoel dat er iets onthullends aan dat afgehakte lichaamsdeel was geweest, maar wat precies was haar ontschoten.

Ze ging niet terug om nog een keer te kijken. Haar aandacht werd opgeëist door het schip voor haar, want er zaten drie kinderen en twee mannen in het licht van de vele kaarsen in de zuidwestelijke hoek, vlak voor het hoogaltaar. Van een afstandje maakte het groepje van vijf personen een angstige en verdedigende indruk. Aan hun gespannen en passieve houding te zien, hadden ze geen vuurwapens en ze hadden kennelijk geen soortgelijk groepje als het hunne verwacht maar stormtroepen van een andere planeet. Het drong plotseling tot Molly door dat zij samen met Neil en hun twee beschermelingen vanuit het perspectief van het vijftal tussen de kaarsen in het donker stond, waardoor hun ware natuur niet te onderscheiden was. Vandaar dat ze iets vriendelijks riep en zichzelf en haar man voorstelde terwijl ze het middenpad af liep. De vijf bleven zwijgend en doodstil zitten, stijf van de spanning. Misschien hadden ze de afgelopen nacht dingen meegemaakt waardoor ze voorbereid waren op bedrog. Hun reactie zou afhangen van wat ze met hun eigen ogen zouden kunnen zien.

Ondanks het grote aantal konden de kaarsen de duisternis niet verdrijven uit het gedeelte van de kerk waar de banken stonden. En het vage purperen daglicht dat door de gebrandschilderde ramen naar binnen viel, hielp ook al niet om de diepe schaduwen te verjagen. Terwijl ze achter Virgil aan door het gangpad liep, hoorde Molly een zachte stem iets prevelen wat op het onzevader leek, terwijl een tweede stem nog zachter kennelijk weesgegroetjes zat te bidden. Ze besefte dat er nog meer mensen hun toevlucht hadden gezocht in St.-Perpetua om zich in deze crisis tot God te wenden. Eigenlijk had ze ook verwacht dat veel meer mensen uit de stad dat zouden doen. Deze gelovigen zaten alleen of met hun tweeën verspreid door de kerk in de banken, nederige gestalten in het duister. Ze stoorde hen niet in hun gebeden en meditaties door haar zaklantaarn op hen te richten, maar liet hen met rust bij hun geloofsbetuigenis en boetedoening.

Toen ze bij het dwarsschip kwam, het open gedeelte tussen de eerste rij banken en de omheining van het priesterkoor, voelde ze een trilling onder haar voeten die gepaard ging met gekraak en gekreun alsof de eiken planken onder spanning stonden. Ze liet het licht van haar lantaarn over de goed in de was gezette vloer dwalen. Een paar planken die een beetje bol stonden, suggereerden dat er van beneden af druk op werd gezet. Virgil snuffelde er in het voorbijgaan aan en liep met een grote boog om de vervormde planken heen. Onder de kerk bevond zich een gewelf. Daar, tussen de voorraden en de weggeborgen kerstversieringen, tussen de verwarmingsketel en de boiler, had wellicht een of ander beest zonder christelijke doeleinden zijn toevlucht gezocht.

Alle votiefkaarsen in hun rode houdertjes waren aangestoken. Andere, uit een doos met reserve-exemplaren, waren op het koorhek rond het priesterkoor gezet en om de voet van een levensgroot beeld van de Heilige Maagd dat nog net in het koor stond. In het robijnrode, gouden en flakkerende lichtschijnsel zag Molly dat de drie kinderen allemaal sproeten en groene ogen hadden, plus bepaalde gelaatstrekken waaruit op te maken was dat ze familie van elkaar waren. Het gezicht van de jongste – een meisje van hooguit vijf jaar met kastanjebruin haar – glinsterde van stille tranen die over haar wangen bleven biggelen. Abby pakte meteen haar hand en ging naast haar staan, misschien omdat ze elkaar kenden of omdat ze gewoon begreep dat ze het jongere meisje een beetje moed zou kunnen geven. De andere kinderen waren jongens, een identieke tweeling van acht à negen jaar. In plaats van de roodbruine tint van hun zusje hadden zij donker, bijna zwart haar. Ze zagen er weliswaar bang uit, maar ze maakten allebei ook een gespannen indruk, met die rusteloze en gezond rebelse energie die in jongens af en toe het beste naar boven haalt. Ze wilden iets dóén, iets ondernemen, hoewel ze best begrepen dat ze eigenlijk niet in staat waren om iets aan hun huidige vervelende toestand te veranderen.

De twee mannen die bij de kinderen waren, leken geen van beiden familie van hen te zijn. De eerste was een lange, magere vent met een opvallende adamsappel en een puntneus. Terwijl hij bijna tot bloedens toe op zijn onderlip stond te bijten, hipten zijn ogen als nerveuze kippen van Molly via Neil naar de kinderen, vervolgens naar de gelovigen in de banken en toen naar het donkere altaar. De ander was kleiner en zwaarder en stond vol angst letterlijk zijn mollige handen te wringen. Zijn houding was opvallend verontschuldigend. 'Het spijt me. Het spijt me echt ontzettend, maar we hadden geen keus.'

'Wat spijt je?' vroeg Neil.

'We hebben geen vuurwapens,' zei de dikke man. 'We hoopten dat jullie die zouden hebben… en dat is ook zo. Maar nu vraag ik me af… Zouden vuurwapens ook maar enig verschil maken?'

'Ik ben niet zo goed in raadseltjes,' zei Neil.

'We hadden jullie kunnen waarschuwen om weg te blijven, maar wat was er dan met ons gebeurd? Dus hebben we jullie in de val laten lopen. Het spijt me echt ontzettend.'

Er ging opnieuw een trilling door de vloer. De rood glazen kaarsenhoudertjes rinkelden tegen het metalen rek waar ze in stonden. De vlammen wakkerden om de lonten en laaiden op als felle tongetjes in een geluidloze schreeuw.

38

Wat er ook voor rusteloos wezen in het gewelf onder de kerk rondwaarde, de zware man leek net als zijn lange metgezel toch minder geïnteresseerd in de dreiging onder zijn voeten dan in het donkere priesterkoor achter hem en de gelovigen in de banken voor hen. Zijn nerveuze blik gleed van de ene opeenhoping van schaduwen naar de andere.

'Kunnen jullie ons hier weghalen?' vroeg de lange man, alsof hij vergeten was waar de deuren zaten.

Achter zich hoorde Molly beweging op diverse plaatsen in de kerk. Het leek alsof de mensen in de banken allemaal waren opgestaan om gehoor te geven aan de uitnodiging ter communie te gaan. Terwijl ze zich omdraaide, moest ze ineens weer denken aan de hand in het wijwaterbakje. Omdat ze zo geschrokken was van die walgelijke aanraking, had ze niet gelet op een belangrijk detail, dat haar nu ineens wel duidelijk voor de geest stond. Het griezelige afgehakte lichaamsdeel was niet van een man geweest die het in de huidige strijd had verloren, want het was opgezet en verkleurd geweest en half vergaan. De hand behoorde toe aan een man die al een tijdje dood en begraven was geweest. Doordat hij vakkundig gebalsemd was door een begrafenisondernemer, had het ontbindingsproces wat langer geduurd, maar hij was niet ongeschonden uit het graf gekomen.

Om de beurt rustte de straal van haar zaklantaarn nu op de tien figuren die in de banken stonden, die pseudo-gelovigen, die zielloze, door de wormen aangevreten griezels in hun rottende begrafenispakken en -jurken. Blind achter hun dichtgenaaide oogleden. Doof voor de waarheid, onbereikbaar voor hoop. Alleen in lichamelijke zin uit de dood herrezen... en misschien zelfs wel bij wijze van spot. Spot. Parodie. Ontwijding, profaniteit.

Hier was opnieuw die buitenaardse kracht die geen verschil maakte tussen levenden en doden en zelfs niet tussen organisch en anorganisch. Het begon erop te lijken dat de aarde overgenomen en getransformeerd werd door buitenaardse schepsels die niet afkomstig waren uit een andere spiraal van de Melkweg of uit een ander sterrenstelsel, maar door wezens uit een ander *universum,* waar alle natuurwetten radicaal verschilden van de wetten die hier golden. De werkelijkheid van de mens, gebaseerd op de wetten van Einstein, was in aanvaring gekomen met de volkomen tegengestelde werkelijkheid van de onteigenaars van de mensheid en daarin verstrikt geraakt. In dit Einstein-knooppunt leek alles mogelijk, want een slechtere nieuwe wereld kon er niet bestaan.

Door overeind te komen hadden de doden ontbindingsgassen vrijgemaakt. Wat aanvankelijk de stank van de witte zwammen had geleken, werd nu steeds sterker en gemakkelijker te herkennen. Aangezien zijn reukvermogen minstens tienduizend keer sterker en verfijnder was dan dat van een mens, moest Virgil hebben geweten wat er in die door schaduwen omfloerste banken had gezeten, maar hij had geen alarm geslagen toen hij hen erlangs loodste. Nu stond hij tussen de vijf kinderen in. Zijn vastbeslotenheid hen te redden overtrof ruimschoots het meest bijzondere gedrag van honden dat Molly ooit had meegemaakt en daardoor schoot haar weer te binnen dat de hond op een bepaalde manier, die haar verstand te boven ging, veel meer was dan hij scheen te zijn.

De hechtingen die de begrafenisondernemer had aangebracht, waren niet in alle gevallen blijven zitten en een van de nachtmerrieachtige gemeenteleden had zijn beide ogen open. Maar in de straal van de zaklantaarn waren geen door staar of ontbinding aangetaste ogen te zien. In plaats daarvan puilde de inhoud van de schedel uit de oogkassen: de inmiddels bekende zwarte zwammen met de gele stippen.

De angst leek op een bloedzuiger die zich te goed deed aan Molly's hoop. Maar terwijl haar hart opnieuw begon te bonzen, putte ze weliswaar geen troost maar toch moed uit het feit dat deze voormalige grafbewoners haar minder vrees inboezemden dan haar ontmoeting met Render in het café.

Bij een ander kadaver, met veel botten en weinig vlees, zat een flinke dot van de zwart-met-gele zwammen tussen de open ribben opgesloten. Een andere kolonie had zich als een slang van schouder tot pols om de rechterarm gewikkeld.

De vloer van de kerk trilde opnieuw, met planken die kraakten en steunden alsof iets daar beneden hongerig wakker was geworden en zich nu opmaakte om zich vol te vreten. Drie kaarsen vielen van het koorhek om het priesterkoor. Eén doofde vanzelf en Neil trapte de beide andere uit. De doden kwamen in beweging. Ze schuifelden niet, ze grauwden of sisten niet, ze sloegen niet in razernij om zich heen, kortom, ze vertoonden niet het gedrag zoals dat in films altijd te zien is. Ze liepen naar de gangpaden om alle openbare uitgangen van de kerk te blokkeren, langzaam maar op een vreemde, statige manier.

Om terug te gaan naar het portaal en via de hoofdingang naar buiten te vluchten, zou Molly het op z'n minst moeten opnemen tegen drie van die imitatie-Lazarussen en dat wilde of kon ze niet opbrengen. Zeker niet nu ze aan de kinderen moest denken, maar misschien ook niet als ze alleen was geweest. Niet met een pistool en niet met een vlammenwerper.

Neil die begreep wat er door het hoofd van zijn vrouw speelde, kwam met een alternatief: 'Er is nog een andere weg naar buiten. Via de ruimte van het koor door de achterdeur naar de tuin van de pastorie.'

'Dat gaat ook niet,' zei de lange man met een stem waar de sombere overtuiging vanaf droop.

Als om zijn woorden te bevestigen klonk er op het priesterkoor achter de balustrade een gerammel uit de duisternis buiten bereik van het kaarslicht. Hoewel ze eigenlijk geen zin had om haar zaklantaarn af te wenden van de tien kadavers in het schip, richtte Molly de lichtstraal toch op de plek waar het geluid vandaan kwam. Er stond een priester bij het hoogaltaar. Nee. Geen priester. De stoffelijke resten van een priester. Pater Dan Sullivan, die deze parochie bijna dertig jaar had bediend, was in augustus van het jaar ervoor overleden. Nu was hij teruggekeerd naar het altaar, alsof de dagelijkse rituelen van zijn leven in de cellen van zijn gebalsemde lichaam waren gecodeerd en hem verplichtten zijn werk te doen.

Vanuit deze hoek kon Molly alleen zijn profiel zien, maar ze wist wie hij moest zijn. Hij droeg het zwarte pak met de witte boord waarin hij dertien maanden geleden begraven was. Zijn witte haar – dat ooit rood was geweest – was vies en vol rotzooi, en zijn priesterpak zat onder de modder.

Vlak nadat het licht op hem gericht werd, klauwde de dode priester met twee handen naar het antependium, de geborduurde doek dat de voorkant van het altaar bedekt, en gaf er een woeste ruk aan. Het tabernakel viel met een klap op de grond en de hostieschaaltjes en de kelken schoten alle kanten op. Ze zouden langs dit spook moeten om bij de sacristie te komen. Maar één zo'n tegenstander was minder afschrikwekkend dan tien stuks.

De vloer begon nog heftiger dan daarvoor te trillen en de trillingen verplaatsten zich door de pilaren omhoog naar het plafond, waardoor de gedoofde kroonluchters door de lucht begonnen te zwiepen aan kettingen die schakel voor schakel kraakten en kletterden. De overgebleven kaarsen vielen nu ook van de balustrade, rolden onder de banken waar de vlammen over de in de was gezette vloer lekten en al oplaaiden toen zij zich omdraaiden.

Neil knipte zijn zaklantaarn aan en overhandigde die aan de gezette man. 'Ik loop voorop en jij loopt vlak achter me aan, iets naar rechts om me bij te lichten.'

Virgil sprong over de lage balustrade en de vijf kinderen scharrelden haastig achter hem aan.

In het schip kwamen de lugubere gemeenteleden op hun gemak dichterbij, alsof ze in de toekomst konden kijken en wisten dat hun kwaadaardige bedoelingen toch wel uit zouden komen, of ze zich nu haastten of niet.

39

Langs het rek met de votiefkaarsen in hun rode houdertjes en over het lage communiehek naar het koor volgde Molly in het voetspoor van de lange man, die achter de kinderen en de hond aan liep, die op hun beurt weer in het kielzog volgden van de dikke man met de zaklantaarn en Neil.

De voorste zaklantaarn zwiepte voortdurend van links naar rechts en van rechts naar links om de weg voor hen te verlichten zoals Neil had opgedragen. Molly gebruikte haar lantaarn om hardnekkige schaduwen uit verdachte hoekjes te verdrijven en verwachtte eigenlijk dat ze ieder moment een of ander gedrocht tevoorschijn zou halen.

Tussen hen en het altaar bevond zich de ruimte voor het zangkoor. Door de trillingen die de kerk op zijn grondvesten had doen trillen, stonden de stoelen op de verschillende niveaus schots en scheef door elkaar.

Via een licht omhooglopend pad liepen ze langs de afgeschutte ruimte en kwamen boven het koor en het stille orgel uit. De deur van de sacristie bevond zich ten zuiden van het altaar, drie meter achter het punt waarop het glooiende pad weer vlak werd. Terwijl ze omzichtig maar toch een tikje gehaast naar boven liepen, probeerde het gruwelding dat pater Dan was geweest hen de weg af te snijden. In het licht van Molly's zaklantaarn was het gezicht van de dode priester duidelijk te zien. Opgezwollen. Lijkkleurig. In de mondhoeken was de huid als de schil van een overrijpe pruim opengebarsten. Het linkeroog was dichtgenaaid, het rechter was opengegaan en sliertjes van de gebroken hechtdraad bungelden aan het bovenste ooglid. Het starre, melkachtige rechteroog weerkaatste het licht met een zilveren glans.

Omdat dit alweer een handlanger van de wanhoop was, waarvan de aanblik elk sprankje hoop moest doven waardoor de moed haar in de schoenen zou zakken, wilde Molly eigenlijk het liefst haar ogen afwenden, maar dat lukte haar niet. Ontzetting en ziekelijke fascinatie hielden haar in de ban – plus het gevoel dat begrip binnen handbereik lag, precies zoals ze dat vlak na haar ontmoeting met Render in het café had gehad. Hier was de dood die ongedaan was gemaakt en leven dat geen leven was. Hier was de waanzinnige nieuwe wereldorde opgelegd door prinsen van een of andere verre planeet, wonderen van een duistere opzet die stuitend, fascinerend, misselijkmakend en adembenemend waren.

Plotseling barstte het gezicht van de priester open, alsof zijn gelaatstrekken en de gezichtsbeenderen eronder niets anders waren dan een fragiele façade – of zelfs nog minder, een illusie. Wat zich erin had genesteld stulpte eruit, terwijl de buitenkant gelijktijdig opzij klapte en naar beneden zakte, zodat onder de dikke bos verward wit haar een grote hoop vuurrode tentakels zichtbaar werd, getooid met wat kennelijk vijftien tot twintig centimeter lange hoorns of angels waren. Het geheel kronkelde door elkaar en ging gelijktijdig rechtop staan. Het ding zag er demonisch genoeg uit om als bewaker op te treden van de tiende kring van de hel, als Dante er meer dan negen had kunnen vinden.

Stuiterende echo's van het geweerschot zaten elkaar achterna langs de graatribben van het koepeldak en deden de heiligen en de engelen in de gebrandschilderde ramen trillen. In de borst getroffen tuimelde het geïnfecteerde kadaver achterover en sloeg tegen de vloer. Het schopte tegen een van de kelken, die met veel lawaai wegrolde en raakte verward in de plooien van het antependium. Maar kennelijk liet het ding dat bezit had genomen van het lijk zich niet door een schot hagel ontmoedigen. Het probeerde zich wild te ontdoen van het altaarkleed en weer op te staan.

De kille harmonie tussen Molly's gekromde hand en de kolf van het pistool schonk haar met de minuut minder troost. Dit door nachtmerries gekwelde kadaver zou zich er waarschijnlijk ook niets van aantrekken als je het van korte afstand trakteerde op een heel magazijn 9mm-kogels met een holle punt, ook al zou elk schot raak zijn. Want het zat er dik in dat de nachtmerrie een veerkrachtige levensvorm was, die meer weghad van een plant dan van een dier.

De groep zette zich weer in beweging, begeleid door de heen en weer zwaaiende lichtbundels uit de zaklantaarns en rondzwalkende schaduwen. Maar ze waren nog maar twee passen verder toen de vloer nog harder begon te schudden dan tot nog toe het geval was geweest. De splinters vlogen in het rond en de planken barstten open. Molly struikelde en viel bijna. Tussen Neil, die voorop liep, en de man achter hem schoten kapotte planken omhoog in een rafelig boeket van eikenhout. Een walm rees vanuit het gewelf omhoog en met die stank verscheen een ding dat ze in het zwalkende licht van de zaklantaarns nog niet eens half te zien kregen. *Insect* was het woord dat Molly door het hoofd schoot.

Vluchtige waarnemingen in slecht licht. Geleedpotig. Gigantisch. Een glanzend schild. Voelhoorns. Gemeen scherpe, gezaagde tanden. Gepantserd onderlijf. Scharen. Een aantal veelvlakkige ogen, onuitsprekelijk vreemd en vaag lichtgevend. Plotseling ging de bek wijd open en onthulde een slokdarm waar een haai jaloers op zou zijn geweest. Krijsend werd de dikke man van de kerkvloer geplukt en het gewelf in gesleurd.

De verschijning was in een flits opgedoken en even snel weer verdwenen. Door de omhooggekomen planken, het getrappel van de dikke man en hun eigen paniekreacties waren de vijf kinderen tegen elkaar gebotst, waarbij er drie op de grond terecht waren gekomen en één – het sproetige meisje met het kastanjebruine haar – in het gat was gevallen. Ze had zich vast kunnen grijpen aan een van de gebroken planken en bungelde nu aan twee handen boven het gat.

Uit de duisternis onder het meisje klonken de gekwelde kreten van de verdwenen man die om genade en de dood smeekte, want hij werd niet meteen omgebracht en leeggezogen, maar werd het slachtoffer van een langdurig sterfproces waarover je maar beter niet kon nadenken.

40

Het mysterie van het kwaad is te duister om opgehelderd te worden door het licht der redelijkheid en hetzelfde gold voor het gewelf onder de kerk. Dat was weliswaar niet meer dan tweeënhalve meter diep, maar Molly zag alleen een diep hol dat haar het gevoel gaf dat ze in het sterreloze zwarte gat keek dat zich achter de uiterste grens van het universum bevond.

De dikke man had zijn zaklantaarn laten vallen voordat hij meegesleurd werd naar het gewelf. De lantaarn was tegen de muur gerold en het licht scheen nu in de richting van de sacristie zonder veel te onthullen. Molly durfde haar lantaarn niet op het gat te richten uit vrees dat het wezen dat eruit op was gedoken – of een heel stel andere – dan opgewonden zou worden. In plaats daarvan drukte ze de lange man het apparaat in de handen en gaf hem opdracht het hele priesterkoor af te zoeken, zodat Neil alles wat ook maar enigszins dreigend leek met een geweerschot uit kon schakelen, ook al was dat slechts tijdelijk. Ze liet zich naast de rand van het gat in de eiken vloer op haar knieën vallen en pakte de armen van het bungelende meisje vast. De afschuwelijke kreten die van beneden opstegen, moedigden het meisje niet aan om zich over te geven. Ze was verstard van schrik en wilde de kapotte plank waaraan ze zich vastklampte niet loslaten.

'Laat maar los, dan trek ik je eruit,' zei Molly. 'Ik til je gewoon op.'

De ogen van het meisje, met dunne streepjes en vlekjes in drie tinten groen – appelgroen, jadegroen en grijsgroen – keken haar smekend aan. Ze wilde geholpen worden, maar het vertrouwen ontbrak.

Op zoek naar een manier om het verstijfde kind weer bij haar positieven te brengen, zei Molly: 'Hoe heet je, schatje?'

Van beneden klonken de huiveringwekkende, ellendige en stotterende geluiden van de verdwenen man, een gebons, een geslobber en op de achtergrond een kil gefluister alsof duizend stemmen lieten weten ook honger te hebben.

Het meisje begon te snikken van angst. Haar beide broertjes, de tweeling, bogen zich over het gat en Molly waarschuwde hen dat ze achteruit moesten gaan. Maar een van hen vroeg zijn zusje dringend toe te geven: 'Bethany, ze wil je helpen. Laat haar dan.'

Het ding dat de sterfelijke jas van de priester droeg, was kennelijk weer opgestaan, want het geweer knalde. Door de elkaar overlappende echo's die van het plafond en de gebrandschilderde ramen weerkaatsten, riep Neil tegen Molly: *'Schiet op!'*

'Bethany,' smeekte ze, 'laat die plank los.'

Uit het feit dat ze alweer een knal van het geweer hoorden, zo snel na het eerste schot, maakte ze op dat het lijk van de priester niet het enige was wat hen bedreigde. Molly had het meisje inmiddels zover dat ze haar aankeek en ze wendde haar ogen niet af om te zien welk gevaar hen belaagde, maar zei met alle hartstocht die ze op kon brengen: 'Vertrouw me nou, Bethany. Ik ben bereid voor je te sterven. Als je valt, kom ik achter je aan. *Vertrouw me nou maar.*'

Een geel schijnsel laaide achter Molly op, het dansende licht van gretige vlammen. De weggerolde kaarsen waren kennelijk in de buurt van brandbaar materiaal terechtgekomen.

'Vertrouw me!'

De blik van het meisje gleed naar iets wat rechts van Molly stond en ze hield op met huilen.

De hond. De brave Virgil was brutaal naar de versplinterde rand van het gat gelopen. Onder hen stierf de laatste kreet van de dikke man kreunend weg en daarna werd het stil. Terwijl ze Bethany vasthield en langs haar heen keek, zag Molly niets anders dan zwarte schaduwen beneden in het gewelf bewegen, rusteloos duister in verschillende tinten en structuren. De vele fluisterende stemmen zouden net zo goed boze, dringende woorden kunnen zijn als geluiden zonder betekenis. Heel even leek Bethany direct contact te hebben met de hond. Toen zei ze tegen Molly: 'Help me,' en de panische uitdrukking verdween uit haar ogen.

Terwijl ze het meisje bij haar bovenarmen vasthield, ging Molly staan en tilde haar op alsof ze met een stel gewichten stoeide. Het meisje liet de plank los, schopte alsof er iets aan haar voeten plukte en kwam vanuit het gat weer op de vloer van het pad terecht.

De weerschijn van de vlammen speelde nu over de muren,

tekende felgekleurde kronkels op de ramen en liet gladde houten oppervlakten glanzen. Molly snoof de geur van rook op en zag die in vettige kringen rond haar benen golven.

Terwijl ze Bethany en haar broertjes aanspoorde zich langs het gat in de vloer in veiligheid te brengen keek Molly even om en zag echte vlammen, niet de weerschijn ervan, die door het het schip wapperden als de vlaggen van een oorlogszuchtig land. Een van de lijken deed het poortje in het communiehek open en liep in kleren die in lichterlaaie stonden en met brandende haren vastberaden verder.

Molly draaide de wandelende kaars de rug toe en volgde de lange man, die achter Bethany en haar broers aan om het gat heen liep, op weg naar Neil, Abby en Johnny en de sacristie.

Dit keer leek het getril op een serie aardschokken. De vloer sprong omhoog, viel terug en schudde. De lange man wankelde en viel bijna in het gat, maar wist molenwiekend zijn evenwicht te bewaren tot…

… dat familielid van oorwurmen, die broer van duizendpoten, die zuster van wespen, het beest dat misschien wel de god van álle insecten was, het gewelf uit kwam denderen, het onderlichaam van de man doorboorde met een angel zo lang als de lans van een ridder en hem krijsend meesleurde in het gat.

Molly voelde plotseling een verzengende hitte in haar rug. In gedachten zag ze de gloeiende hand van het brandende lijk naar haar haren tasten. Ze zette het op een lopen.

41

Het gekrijs van de lange man beneden in het donker, het geknetter van hout dat in vlammen opging, een gesis waarvan de oorsprong niet duidelijk was, de opgewonden kreten van de bange kinderen en Neil die iets stond te schreeuwen wat door de mokerslagen van Molly's hart in nietszeggende flarden geluid veranderde... Hij deed een stap naar voren en richtte zijn geweer op haar. Ze kromp in elkaar, liet zich languit in de laaghangende rook vallen en hij schoot over haar heen.

Hoewel ze haar adem had ingehouden, kreeg ze toch iets van de vettige rook binnen en ze krabbelde kokhalzend en spugend weer overeind.

De dode parochieleden in hun verfomfaaide grafkleding naderden als vogelverschrikkers die door hekserij in beweging waren gezet, niet tussen de rijen schoven op een korenveld door, maar tussen de rijen banken van een veld waar alleen zielen werden geoogst. Een aantal stond in brand en leek op wandelende vlammenwerpers.

De vloer kreunde, de muren trilden en een gebrandschilderd raam spleet langs een van de loden naden open.

Virgil blafte, alsof hij wilde zeggen: *Hoog tijd om weg te gaan.* Molly was het roerend met hem eens. Het geweer knalde opnieuw. Johnny had de zaklantaarn van de dikke man opgepakt en gaf die terug aan Molly. Vol opgekropte energie en puur instinctief negeerde ze de knop en trapte de deur van de sacristie open met de zaklantaarn in haar linker- en het pistool in haar rechterhand.

Hoewel achter haar de vlammen als verblindend felle vleugels rondwiekten, werd het licht van het vuur vlak achter de drempel door de duisternis opgeslokt. Ze duwde de weer dichtvallende deur met haar schouder open en stapte roekeloos de kamer in. Ze verjoeg de schaduwen met de straal van haar zaklantaarn en maakte zich op om alles neer te schieten wat door licht alleen niet afgeschrikt werd. De kerk trilde op zijn grondvesten, kastdeuren vlogen open en ze schoot twee kogels door een stel soutanes en kazuifels om er zeker van te zijn dat het alleen maar kledingstukken waren die daar aan de stang hingen.

Virgil liep langs haar heen zonder zich iets van het schieten aan te trekken en rende naar de buitendeur. Hol en spookachtig gekreun en quasi-elektronisch gejank dat in de verte deed denken aan de stemmen van walvissen, kwamen uit het binnenste van de kerk alsof die honderden meters diep was. Dit keer trilde de vloer niet alleen, maar zákte ook.

Toen ze zich omdraaide en de kinderen riep, zag Molly dat ze alle vijf achter haar aan liepen. Een stukje verder stond Neil in de deuropening met het gezicht naar het interieur van de kerk, klaar om hun aftocht te dekken.

De vloer was week geworden en trilde als een vlies bij iedere stap die ze nam. Ze gooide de buitendeur open en de hond stoof de kerk uit. Op haar hoede voor vijandige troepen – bekend, onbekend en onvoorstelbaar – liep ze voor de kinderen uit naar de tuin van de pastorie, waar het purperen licht met het voortschrijden van de dag niet helderder was geworden. Het plafond van mist hing nog steeds laag en was zo dik dat de zon niet te zien was.

Afgezien van hun kleine gezelschap was er geen teken van leven te bekennen, aards of buitenaards. Black Lake lag verstomd en omwikkeld in de verstikkende mist als een gebalsemde farao op de eeuwigheid te wachten.

Toen Neil vanuit de sacristie de tuin in liep, scheen er in de kerk een storm op te steken. Na een harde donderslag, even fel als de hevigste klap die ooit na een bliksemschicht de hemel aan flarden had gereten, leek het hele gebouw te schudden. Losse stukken metselkalk vielen kletterend uit de stenen muren. Door de openstaande deur van de sacristie vlogen stofwolken en allerlei papieren naar buiten. De vloer moest ingestort zijn. De ziedende brand leek plotseling even af te nemen, maar laaide toen weer hoger en feller op dan daarvoor, met vlammen die uitbundig over de heilige voorstellingen van de kleurrijke ramen speelden.

Maar zelfs die herrie lokte geen inwoners naar buiten. Die zaten allemaal met honkbalknuppels en vuurwapens weggedoken in hun huizen of hadden hun toevlucht ergens anders gezocht. Of ze waren dood. Of nog erger: levende landerijen voor buitenaardse zwammen of levende eierschalen voor de entomologische wonderen van een andere planeet.

42

Het drama van de brandende kerk vormde een lichtend schouwspel in het sombere beeld om hen heen, maar Molly had haar buik vol van spektakel. Ze vertrouwde erop dat de ingestorte vloer en de ziedende vlammen het verderfelijke wezen in het gewelf hadden uitgeroeid en de behekste kadavers tot hoopjes as en verschroeide botten hadden gereduceerd, dus draaide ze zich om en dreef de kinderen door de tuin in de richting van de straat. Neil, die er ontdaan maar nog steeds grimmig en vastberaden uitzag, sloot zich bij hen aan. 'Waar gaan we nu heen?'

'Als Virgil nog meer plaatsen heeft waar hij ons naartoe wil brengen, zullen we hem volgen,' zei ze. 'Maar eerst gaan we terug naar het café.'

'Waarom?'

Molly dacht aan Cassie, het negenjarige meisje met de saffierblauwe ogen, de dochter van een stel weifelaars, die ze daar achter hadden gelaten. Ze herinnerde zich bovendien hoe de negen honden vlijtig de hele vloer van het café van voor naar achter afgesnuffeld hadden. Ze was ervan uitgegaan dat ze zich hadden vermaakt met de heerlijke luchtjes van gemorste etenswaren en drankjes. Maar nu had ze daar een ander idee over.

'Als dat café een kelder heeft, dan zit er iets in, daar kun je donder op zeggen. We moeten die mensen daar weghalen voor het te laat is.'

Ze waren nog maar een meter of vijf van de straat verwijderd, toen iets wat uit een door LSD veroorzaakte hallucinatie ontsnapt leek te zijn in het purperen schemerlicht bewoog en rechts van hen over het gazon van de pastorie naar hen toe kwam. Ze bleven staan, maar gingen er niet meteen vandoor.

Een kolonie witte zwammen, kleiner maar verder identiek aan wat ze in het portaal van St.-Perpetua hadden gezien, was aan de wandel: ronde, blaasachtige bouwsels van diverse afmetingen, glinsterend van een melkachtige afscheiding, en zachte, dooraderde zakken die voortdurend opzwollen, gedeeltelijk leegliepen en dan weer opzwollen, alsof het wezen binnenstebuiten was gekeerd zodat alle inwendige organen te zien waren. Het bewoog zich voort op acht korte poten die Molly aan een insect deden denken, al waren ze wel dik en stevig.

De kinderen kwamen vlak bij Molly staan. Ze ontdekte dat hun vertrouwen haar weer de moed gaf om de kracht uit te stralen die zij uit haar aanwezigheid putten. Neil viste een paar patronen uit de zak van zijn jas, zorgde dat er één in de kamer van het geweer kwam te zitten en laadde nog drie andere in het ronde magazijn.

Het ding, asymmetrisch, ongeveer twee keer zo groot als Virgil en laag bij de grond, liep met een matig gangetje verder. Hoewel het er niet uitzag alsof het een grote snelheid kon ontwikkelen en geen visuele middelen scheen te hebben om zich een weg te zoeken, hield Molly er rekening mee dat het in geval van nood met behulp van een ander – maar even betrouwbaar – zintuig dan gezichtsvermogen veel rapper zou kunnen zijn.

Als ze weldoorvoed en tevreden waren, leken krokodillen ook traag en onappetijtelijk. Maar als ze hongerig of geprikkeld waren, konden ze harder lopen dan de meeste honden en zeker harder dan een mens. Als deze veel te tastbare spookverschijning niets anders was dan een zwam of een wat geavanceerdere plantensoort, dan zou het waarschijnlijk niet zo'n gevaarlijk roofdier zijn als de opgepotte vleeseter in *Little Shop Of Hor-*

rors. Maar daar stond tegenover dat onschuldige planten geen poten kregen om aan de wandel te gaan.

Achter hen sprongen de ramen van de kerk door de hitte. Een regen van felgekleurde glasscherven kwam omlaag en vormde donkere mozaïeken op het natte grasveld. Als stuiptrekkend maanlicht in een droom vol waanzin speelde het oranje licht van de vlammen over het doorweekte gazon en over de walgelijke bolle zwammen, die met hun glibberige gezwellen obsceen aandeden.

Ze herinnerde zich dat ze, bij de eerste aanblik van het grotere exemplaar in het portaal, zeker had geweten dat het kwaadaardig was, zo niet kwaadwillend. En *bewust.*

Dronken of niet, Derek Sawtelle had de vinger op de zere plek gelegd toen hij zei dat op de planeet waar deze indringers vandaan kwamen de scheidslijn tussen de planten- en de dierenwereld misschien niet zo duidelijk was als op aarde. En dus zouden roofdieren ook niet altijd gemakkelijk te herkennen zijn.

Het wezen week niet af van zijn oorspronkelijke koers. Het kwam niet hun kant op, maar marcheerde kalm verder naar het zuiden. Het kruiste hun pad en bleef doorlopen. Toen het van hen wegliep, maakte het een geluid dat zo onverwacht en zo verontrustend was dat Molly het gevoel kreeg dat haar verstand met haar op de loop ging. Dit ding, dit bleke gedrocht, produceerde iets wat gewoon veel te veel leek op een vrouw die overmand door verdriet zacht zit te huilen, zacht maar onmiskenbaar ellendig. Heel even weigerde ze te erkennen waar het geweeklaag vandaan kwam en keek om zich heen, op zoek naar het menselijke wezen dat bij die stem paste. Maar ze zag niemand.

Het achtpotige monster was inderdaad de huilebalk, hoewel het geluid dat hij produceerde waarschijnlijk natuurlijk was en geen kwestie van na-aperij. De gelijkenis moest puur toeval zijn. En het als verdriet of ellende te interpreteren, zou ongetwijfeld een vergissing zijn. De kreet van een fuut, die op een zomeravond over een kalm meer weerklinkt, kan in mensenoren heel eenzaam aandoen, ook al geeft de fuut op die manier uiting aan een totaal andere gemoedsgesteldheid.

Desondanks was het ronduit verontrustend om te horen dat zo'n vreemd en afstotelijk wezen zulke zielige, menselijke geluiden voortbracht.

Het ding zweeg, maar een moment later kwam er van tussen of achter de huizen aan de overkant van de straat een vaag jammerend antwoord. Ergens in de purperen ochtend was een soortgelijk wezen op pad en het monster dat de kreet had geslaakt, bleeft staan, alsof het ernaar luisterde. Een tweede reactie, al even vaag, kwam uit een andere richting, maar dit keer klonk het gejengel dieper en meer als een huilende man dan als een huilende vrouw. Toen ook die twee stemmen in de verte zwegen, ging het gedrocht weer verder in dezelfde richting.

Onwaarschijnlijk. Onwerkelijk. Maar waar.

'Kijk,' zei Neil terwijl hij naar het noorden wees.

Een nieuwe lichtgevende bol, identiek aan het exemplaar dat op La Cresta Avenue boven hun hoofd had gezweefd, dook op uit de dikke laag mist en vloog zonder geluid te maken van noordoost naar zuidwest over de stad.

'En daar.'

Een tweede stralend vaartuig dook in het westen op en verplaatste zich via een slingerende koers in oostelijke richting. Achter het allesverhullende wolkendek werkten de heersers over het luchtruim aan de verovering van de planeet.

deel zes

'Maar achter mij in een kille winddruk hoor ik
de knoken rammelen en grinniken van oor tot oor.'
T.S. Eliot, *Het barre land*

43

Onderweg van St.-Perpetua naar de Tail of the Wolf Tavern bleven Johnny en Abby vlak bij Neil, terwijl Virgil achter hen liep om op te letten dat ze niet van achteren of van opzij zouden worden aangevallen. De hond scheen te begrijpen dat het momenteel belangrijker was dat hij hen bewaakte dan dat hij de leiding op zich nam.

Molly, die vooraan liep met de tweeling en hun zusje, kreeg te horen dat de jongens Eric en Elric Crudup waren en dat ze komende nieuwjaarsdag hun tiende verjaardag zouden vieren. Ze waren vernoemd naar vikinghelden, hoewel hun beide ouders absoluut geen Scandinavische voorouders hadden.

'Onze mam en pa hielden van aquavit en Elephant-bier,' zei Eric. 'Dat dronken ze als een kopstoot.'

'Aquavit en Elephant-bier komen allebei uit Scandinavië,' legde Elric uit.

Hun zuster, die er met haar lichtere lokken veel Scandinavischer uitzag dan de jongens met hun donkere haar, werd Bethany genoemd, hoewel dat eigenlijk haar tweede naam was. Haar eerste naam was Grendel. Haar vader en moeder hadden haar die naam gegeven, omdat ze wisten dat het een Scandinavische naam was. Het meisje was al bijna vier geweest toen haar ouders ontdekten dat Grendel de naam was van het monster dat door Beowulf was verslagen. Hun kennis van de Scandinavische mythologie en de Engelse literatuur was niet zo groot geweest als hun waardering voor de lekkerste alcoholische versnaperingen uit Scandinavië.

De beide mannen die in de kerk hun leven hadden verloren, waren geen familie van de kinderen Crudup geweest. De dikke man hadden ze wel gekend, maar niet goed. Het was meneer Fosburke, de onderwijzer van groep acht van de lagere school waar ze op zaten. De lange man was een vreemde geweest.

Eric, Elric en Bethany waren ervan overtuigd dat hun ouders nog leefden, hoewel zij – evenals hun grootmoeder van moederskant, die bij hen woonde – in de nacht 'door het plafond waren gegaan' en de kinderen aan hun lot hadden overgelaten. Later, toen de stroom werd afgesloten, waren de drie kinderen te bang geweest om thuis te blijven. Ze waren door de regen naar de kerk gevlucht die twee straten verderop lag. En daar had het kwaad hen gevonden.

... door het plafond gegaan...

Onder de deken van paarse mist, in het vage lijkkleurige licht van de verscholen zon waarin de trollen en gevaren van een andere planeet ongehinderd in onbekende aantallen en vormen konden ronddwalen, moest Molly beducht blijven voor alles wat een dodelijke bedreiging zou kunnen zijn in plaats van een gewone schaduw. Terwijl ze haastig verder liepen, kon ze zich niet voldoende op het gesprek concentreren om er precies achter te komen wat Eric, Elric en Bethany bedoelden met 'door het plafond gegaan'.

De kinderen draafden met haar mee, maar ze trappelden van verlangen om te vertellen wat ze hadden gezien.

'Ze zweefden gewoon omhoog uit de woonkamer,' zei de zesjarige Bethany, die zich met opvallende veerkracht had hersteld van de traumatische gebeurtenis waarbij ze als een soort lokaas boven het gewelf had gebungeld waarin het griezelige insectachtige gedrocht zich had verschanst.

'Ze leken net gewichtsloze astronauten,' zei Elric.

'We zijn achter ze aan naar boven gehold,' zei Eric.

'En in de slaapkamer van onze ouders vonden we ze terug, maar ze bleven gewoon omhoog gaan,' zei Elric.

'Ik werd er bang van,' zei Bethany.

'Dat waren we allemaal,' zei de tweeling als uit één mond.

'Oma niet. Zij was niet bang.'

'Ze was gewoon gek geworden,' verklaarde Eric.

'Helemaal niet,' protesteerde Bethany beledigd.

'Hartstikke volkomen knetter,' hield Eric vol. 'Ze lachte. Ik heb het zelf gehoord.'

Uit een tuin of een steegje in de buurt klonk het gejammer van een vrouw. Het zou best een verdrietige moeder of een wanhopige weduwe kunnen zijn, maar daar durfde Molly geen vergif op in te nemen. Onder normale omstandigheden was ze zeker meteen poolshoogte gaan nemen om te zien of ze iemand hulp of troost zou kunnen bieden. Nu wilde ze alleen maar aan de kinderen denken. Dat angstige en verdrietige gejammer was bedoeld als lokkertje en haar medelijden zou beloond worden met een klap, spottend gelach of een opengereten buik.

Toen ze aan Cassie dacht, die in het café was achtergebleven onder de hoede van dronkelappen en dromers, ging ze nog sneller lopen en de Crudup-kinderen volgden haar voorbeeld.

'Maar goed, of oma nou gek werd of niet, dat was pas later,' zei Elric. 'Eerst holden we naar boven en zagen hen door de vloer omhoogkomen vanuit de woonkamer.'

'En ze zweefden ook gewoon door het plafond van de slaapkamer,' zei Eric.

'Ze probeerden ons vast te pakken,' zei Bethany. 'Alsof ze door ons dan zwaar genoeg zouden worden, maar wij waren bang en ze konden ons toch niet vasthouden.'

'Ze hebben nooit iets vast kunnen houden en ons ook niet.' Eric klonk alsof hij zich boos maakte over dingen die gebeurd waren voordat het beleg van de aarde was begonnen.

'Toen het later weer gebeurde,' kon Elric zich herinneren, 'probeerde ik oma bij haar voet te pakken.'

'En ik hield Elric vast, omdat ik bang was dat hij anders samen met haar omhoog zou gaan,' zei Bethany.

Molly reageerde verbijsterd op het verhaal dat in elke andere nacht geklonken zou hebben als het verslag van een nachtmerrie of een hallucinatie en waar ze dan waarschijnlijk schouderophalend op zou hebben gereageerd. 'Wat bedoelen jullie met dóór het plafond?' vroeg ze.

'Er dwars doorheen,' zei Eric. 'Alsof het plafond niet echt was, alleen maar een gedróómd plafond.'

'Het was net als bij een goochelaar die zijn assistente in een kist stopt en haar dan doormidden zaagt,' zei Elric. 'De zaag gaat dwars door haar benen, maar ze mankeert niets en de zaag is niet eens verbogen.'

'We dachten dat wij ook omhoog zouden zweven, net als zij,' wist Bethany nog. 'Maar dat was niet zo.'

'We hebben de trap naar de zolder omlaag getrokken en daar zaten ze te schreeuwen,' zei Eric.

'Oma niet,' verbeterde Bethany hem.

'Nee. Die begon pas later gek te worden.'

'Nietes.'

'Welles.'

'Nou ja,' ging Elric verder, 'ze schreeuwden en probeerden zich aan van alles vast te houden, zoals aan de dakbalken.'

'En ze schreeuwden tegen Elric en mij,' zei Eric. '"Doe dan iets, verdomde kleine klootzakken."'

'Ze zeiden van alles,' zei Bethany. 'Dingen die nog veel erger waren dan "klootzakken". Maar wij hebben elkaar al máánden geleden beloofd dat we nooit zo zouden gaan praten als zij.'

'We hadden best iets willen doen,' zei Eric. 'Maar we kónden gewoon niets doen en zij konden zich niet langer vasthouden, dus gingen ze dwars door het dak.'

Ze sloegen af naar een straat waar de helft van de bomen getooid was met grijze mosslierten, alsof ze zich ergens in de moerassen van Louisiana bevonden of in het van opium vergeven brein van Poe. De knoestige stammen waren bedekt met lichtgevend korstmos en vervormd door gezwellen die Molly nog niet eerder had gezien: ringwormachtige vormen zo groot als vuilnisbakdeksels, dik en woekerend onder de schors.

'We konden niet op het dak komen,' zei Elric tegen Molly. 'Dus konden we ook niet zien wat er daarna gebeurde.'

'Maar we konden ze buiten wel horen,' zei Bethany ernstig.

'Ze krijsten het uit,' zei Eric, 'daar boven het huis in de regen.'

'We waren bang.'

'Echt bang.'

'En al vrij snel daarna verdwenen hun stemmen in de regen,' zei Eric.

'Ze waren omhooggestraald,' legde Bethany uit.

'Naar het moederschip,' zei de tweeling in koor, onder invloed van de niet aflatende stroom van techno-fantasieën waaraan ze door hun ouders en grootouders voortdurend waren blootgesteld.

'Naar het moederschip. Dat denken wij tenminste,' beaamde hun zusje. 'Dus ze komen vast weer terug. Mensen die omhooggestraald worden, worden vanzelf ook weer teruggestraald, alleen soms op een andere plek.'

Zelfs als ze midden op straat bleven lopen, moesten ze toch onder de wijd uitgespreide takken van de besmette bomen door. Molly was bijna omgedraaid, maar nog even en dan zouden ze bij het café zijn.

In de windstilte kreeg Molly het idee dat ze boven haar hoofd heimelijke geluiden hoorde. Terwijl ze met samengeknepen ogen omhoogkeek door het netwerk van takken, die op viereneenhalve meter hoogte in de paarse mist verdwenen, kon ze niet veel zien, want als de takken geen bladeren hadden of bedekt waren met mos, zaten er zowel bladeren als mos aan.

De kinderen, die het ook eng vonden, begonnen weer te babbelen, alsof ze zich door dit spookachtige woud heen wilden kletsen.

'Toen we achter oma aan de zolder op gingen,' zei Elric tegen Molly, 'zat daar iets, hoewel we het niet meteen zagen.'

'Maar we roken het wel meteen,' zei Eric.

'Het rook naar rotte eieren en afgebrande lucifers,' zei Bethany.

'Het rook naar stront,' zei Elric onomwonden.

'Naar poep,' corrigeerde Bethany, die duidelijk bezwaar had tegen zijn vulgaire taalgebruik. 'Naar rotte eieren, afgebrande lucifers en poep.'

Door de gaten in het houten netwerk boven hun hoofd ving Molly een glimp op van iets wat zich in het purperen tegenlicht van de fluorescerende mist snel en soepel bewoog. Ze kon er te weinig van zien om het formaat en de vorm van het ding te onderscheiden dat hen van tak naar tak volgde.

'We zagen het ding pas toen oma ook door het dak was gegaan,' zei Elric.

'En toen konden we het eigenlijk ook niet echt zien,' herinnerde Bethany zich.

'De stroom was nog niet afgesloten,' zei Eric. 'Dus het licht op zolder brandde.'

'Maar als je recht naar dat ding keek, kon je het nog niet precies zien,' wist Elric nog, 'alleen maar een soort vorm.'

'En het zag er telkens opnieuw ánders uit,' zei Bethany.

'Je kon het 't best zien als je uit je ooghoeken keek,' zei Eric. 'Het zat tussen ons en het zolderluik en het kwam naar ons toe.'

'Toen waren we echt ontzéttend bang,' zei Bethany.

'Ik scheet in mijn broek,' zei Elric, maar hij verontschuldigde zich onmiddellijk tegenover zijn zusje, ook al ging dat misschien niet van ganser harte. 'Sorry, Grendel.'

'Stomkop,' zei het meisje.

'Suffe Mien.'

'Sukkelaar,' repliceerde ze.

Naarmate ze langer onder de overkoepelende takken door liepen, zag Molly steeds vaker iets boven haar hoofd bewegen, hoewel het heimelijk bleef. Ze vermoedde dat ze niet slechts door één maar door een heel stel verdekt opgestelde wezens begeleid werden. Toen ze omkeek naar Neil, Abby, Johnny en Virgil, zag ze dat zij de verborgen reizigers in de bomen ook opgemerkt hadden. Neil hield het geweer quasi-nonchalant met beide handen vast en onder het lopen wees de loop naar boven, klaar om naar links of rechts te zwaaien en bij de eerste de beste aanval een schot in de takken af te vuren. Deze schat van een man had tweeëndertig jaar lang alleen maar onschuldige dingen gedaan – student, schaapherder en schrijnwerker – maar vannacht had hij binnen de kortste keren bewezen dat hij een moedige bewaker was.

'Dat ding bij ons op zolder,' zei Elric, 'had ons misschien wel te pakken gekregen als zij het niet weggejaagd had.'

'Het had ons vást te pakken gekregen,' zei Bethany.

'Ze kwam gewoon ineens uit de lucht tevoorschijn. Net als die vent in die oude film, die vent uit *Star Wars,'* zei Eric. 'Alleen was zij geen vent en ze had ook geen lichtzwaard. Ze had helemaal geen zwaard.'

Hoewel er geen zuchtje wind was, fluisterden vlak voor Molly bladeren tegen bladeren, een gesprek dat het mos deed trillen, en een hand van een van hun achtervolgers dook op. Alleen een hand die een tak vastgreep om in evenwicht te blijven.

'Obi-Wan Kenobi,' zei Elric.

'Ja, dat is 'm,' beaamde Bethany. 'Een ouwe man.'

De zichtbare hand was ongeveer even groot als die van Molly, misschien met een vinger extra en zo te zien erg sterk. Vuurrood, geschubd, reptielachtig.

'Maar zij was niet oud,' zei Eric.

'Best oud,' protesteerde Bethany.

'Maar niet zo oud als die vent in *Star Wars.'*

'Nee, niet zó oud.'

De rode hand, waarvan de vingers vier kootjes hadden en voorzien waren van zwarte klauwen, even puntig als de doornen van een roos, liet de tak los en verdween tussen de bladeren toen het vliegensvlugge schepsel zich voor hen uit repte.

Elric had het nog steeds over het dreigende wezen dat ze op hun zolder waren tegengekomen, toen hij zei: 'Ik weet niet hoe ze het bij ons weghield.'

'Ze heeft het weggetoverd,' antwoordde Bethany.

Molly vroeg zich af hoe iets wat even groot was als zij zo snel van boom naar boom kon komen, vrijwel zonder geluid te maken en zonder de bladeren en het mos in beweging te brengen. En ze vroeg zich ook af hoeveel ervan door de bomen zwermden, zowel onder als boven de dichte mist.

'Ze heeft het helemaal niet weggetoverd,' zei Eric ongeduldig.

'Met een toverspreuk,' hield Bethany vol. '"Dat de kracht met u is".'

Molly prentte zichzelf in dat ze gewoon door moesten lopen. Ze wist intuïtief dat elke aarzeling als zwakte zou worden beschouwd en dat elk teken van zwakte een aanval zou uitlokken.

'Doe niet zo stom,' zei Eric. 'Ze zei helemaal niet "dat de kracht met u is" of zoiets.'

'Nou ja, maar wat zei ze dan wel?'

Ze waren nog maar hooguit vijftien meter van het volgende kruispunt. Voor hen lag Main Street, met drie brede rijstroken in plaats van twee smalle. En de takken van de bomen strekten zich ook niet uit over de volle breedte van de weg, zoals hier.

'Ik weet niet meer wat ze zei,' bekende Eric.

'Ik ook niet,' zei zijn broer.

'Maar ze heeft wel íéts gezegd,' verklaarde Bethany.

Hooguit drie stappen voor hen verscheen de rode hand of een die er sprekend op leek weer op een kaal stuk van een tak. Molly overwoog haar pistool leeg te schieten op de boom. Maar dat zou roekeloos zijn, zelfs als ze het schepsel raakte en doodschoot. Ze begreep instinctief – en instinct was behalve haar intuïtie het enige waar ze op af kon gaan – dat een schot waarschijnlijk onmiddellijk een woeste aanval van anderen in die houten snelweg boven hun hoofd tot gevolg zou hebben. Op hetzelfde moment dat ze de hand zag, zakte een aanhangsel vlak voor hen traag in een halve lus naar beneden: meer dan een meter lang, rood met groene vlekken en met een diameter van minstens tweeëneenhalve centimeter in het midden, maar uitlopend in een kwast met stekels aan het eind. Het ding, misschien een staart, gleed tussen de bladeren door en zwiepte dwars door het mos meteen weer omhoog en uit het zicht.

Bethany en haar broertjes waren ook getuige geweest van het kronkelende schouwspel. Dat was ook de bedoeling. De staart was een uitdaging en moest paniek veroorzaken. De kinderen bleven staan en klemden zich aan elkaar vast.

'Niet stil blijven staan,' fluisterde Molly. 'Maar zet het niet op een lopen. Blijf maar gewoon op dezelfde manier verder wandelen.'

De kinderen waren angstig en op hun hoede, maar het was verstandiger rustig door te lopen dan te gaan rennen, want dat zou misschien net als bij een tijger een uitnodiging zijn de jacht te openen. En dan zouden ze het onderspit delven.

Ze waren nog negen meter van het kruispunt. Alsof al deze verschrikkingen onderdeel waren van een waanzinnig scenario, dat meter voor meter uitgedokterd was en zorgvuldig in scène gezet, steeg het gejammer van een vrouw opnieuw op in de troosteloze ochtend, in de verte beantwoord door het onmiskenbaar treurige gehuil van een man. Voor en iets rechts van Molly begon bovendien een ijzeren putdeksel in de weg te rammelen alsof er van onderaf een of ander rusteloos wezen tegen stond te kloppen. Het zou best het onthoofde lichaam van Ken Halleck kunnen zijn.

44

Menselijk gehuil van een onmenselijk ding, rode reptielen zo groot als poema's in de bomen en een onthoofde man, of iets wat nog erger was, die tegen een putdeksel stond te bonzen om bevrijd te worden uit het riool. Een golf van anarchie sloeg over de wereld, een door bloed getekende vloedgolf die dreigde alle gezond verstand mee te sleuren en met wortel en tak uit te roeien.

Molly bleef doorlopen, hoewel ze betwijfelde of ze veilig onder de bomen vandaan zouden komen. Maar tot haar verbazing bereikten ze toch het kruispunt met Main Street, waar het enige wat zich boven hun hoofd bevond, de eindeloos veranderende, purper getinte laag van opeengestapelde mistdekens was. Voordat ze zichzelf toestond ook maar een sprankje hoop te koesteren, verscheen weer een van die geluidloze toestellen in het wolkendek en kwam met grote snelheid vanuit het westen naar hen toe. Het ene moment kreeg ze het in het oog en zes hartkloppingen later hing het al boven haar hoofd. Een vormeloos voorwerp. Een lichtbron die ze niet konden zien. Het feit dat het zo volkomen geluidloos in de lucht kon zweven suggereerde een ongelooflijke kracht.

Net als de eerste keer kreeg Molly het gevoel dat ze fysiek tot in de cellen van haar vezels bestudeerd werd, dat iedere draad in het complexe weefsel van haar emoties in kaart werd gebracht, dat elke kronkel in haar hersenen van de meest heldere plekken tot de meest duistere krochten binnen een mum van tijd tot in detail onderzocht en begrepen werd. Bestookt door analytische stralen, door onderzoekende stroomstoten, door telepathische röntgenapparaten, door wetenschap en technologie die het menselijk begrip ver te boven gingen, werd ze binnenstebuiten gekeerd en *begrepen.* De eerste keer had ze zich naakt, doodsbang en beschaamd gevoeld. Nu had ze weer datzelfde gevoel en even sterk.

Het was niet zo vreemd dat de kinderen verbijsterd leken en ook bang, wat volkomen terecht was, maar ze had toch het idee dat ze zich lang niet zo geschoffeerd voelden als zij. Toen ze een blik op Neil wierp, die door zijn gezichtsuitdrukking en zijn houding meestal een open boek voor haar was, zag Molly meer dan alleen angst. Ze herkende alle facetten van ontzetting, oplopend van bezorgdheid en vrees tot het begin van paniek, maar ook iets wat op een schrijnend verdriet leek. Maar dat verdriet leek bijna verdrongen te worden door de woede over de opdringerige manier waarop de inlichtingen vergaard werden en die je eigenlijk alleen maar kon omschrijven als 'psychologische aanranding'.

Ze voelde zelf ook een golf van woede in haar hart opwellen die de bloedtoevoer leek te evenaren, want ze vond dat als hun wereld in beslag werd genomen en iedereen dat vroeg of laat met de dood zou moeten bekopen, ze toch op z'n minst het recht hadden op een snelle en gemakkelijke dood. In plaats daarvan had ze het gevoel dat ze een aangelijnd, levend stuk speelgoed was dat door een valse meester op een intens gemene manier werd geplaagd, gekweld en gemarteld.

Ze kon geen verklaring bedenken waarom een buitenaards ras, dat duizenden jaren verder ontwikkeld was dan de mensheid en dat over genoeg kennis beschikte om de snelheid van het licht te overtreffen en een heel sterrenstelsel binnen een mum van tijd over te steken, zo barbaars en zo genadeloos was. Een beschaving die geavanceerd genoeg was om schepen te bouwen die groter waren dan bergen, en machines die het vermogen hadden om een hele planeet in luttele uren aan te passen, zou ook een beschaving moeten zijn die alles in het werk stelde om lijden en onrecht te voorkomen. Een ras dat in staat was tot de genadeloze vernietiging die in de afgelopen nacht had plaatsgevonden, had kennelijk geen geweten en geen enkel besef van berouw en was dus ongeneeslijk sociopathisch. *Slecht.*

Maar een beschaving, opgebouwd door individuen die alleen uit eigenbelang handelden, die niet in staat waren tot medeleven en geen enkel mededogen hadden met anderen, kon toch nooit tot grote bloei komen. Het kwaad zou zichzelf uitroeien, zoals het altijd deed, en een dergelijk ras zou zichzelf allang uitgeroeid hebben voordat het naar de sterren kon reiken. Tenzij...

Tenzij het een soort *bijenkorf* zou zijn, waarin elk individu gewetenloos was, niet eens wist wat mededogen was, genoot van wreedheid en geen persoonlijke identiteit had die hem of haar onderscheidde van al die andere miljarden van zijn soort. Dan zouden ze stuk voor stuk hun kwaadaardige neigingen richten op alles buiten de korf, en hun intellect aanwenden voor het creëren van duistere technologieën om het gezamenlijke kwaad te bevorderen. Hun behoefte om te vernietigen, hun onverzoenlijke razernij, zou gericht worden op alles wat niets met de korf te maken had of geen nut had voor de korf. Ze zouden alles kapot maken, alles ruïneren, alles wat zich op hun weg bevond met de grond gelijkmaken.

Nadat ze gedurende een decennium of een eeuw de aarde hadden bezet, zouden ze uiteindelijk weer verder trekken naar een andere planeet. Dan zouden ze een levenloze aardbol achterlaten, even onherbergzaam als Mars, met niets anders dan zand, stenen, ijs en een treurige wind.

De tot nog toe ongeziene verwoesters van planeten genoten intens van de chaos die ze veroorzaakten, van de angst en van het bloed. Hun enige drijfveer was de vernietiging van alles wat voor hen 'anders' was en het enige waarin ze genoegen schepten, was het lijden dat ze veroorzaakten. Het bewijs daarvan was overal in Black Lake te aanschouwen.

Dat waren de gedachten die door Molly's hoofd schoten, terwijl ze de kinderen bleef aanmanen om door te lopen over Main Street met het geluidloos zwevende vaartuig boven hun hoofd. De weerschijn van het in mist gehulde toestel speelde over het asfalt terwijl het hen op de voet volgde naar het café.

Er stonden geen wachtposten voor de deur. Achter de inmiddels gedoofde neonreclames van biermerken voor de ramen waren de rolgordijnen nog steeds gesloten. Van het interieur was niets te zien.

De afspraak die Molly met Neil had gemaakt – dat ze voortaan overal samen naartoe zouden gaan, dat ze aan elkaars zij zouden sterven als ze geconfronteerd werden met de dood en dat ze de ander niet alleen dood zouden laten gaan – moest verbroken worden. Als ze samen naar binnen zouden gaan om de mensen in het café ervan te overtuigen dat de dood in een of andere vorm in de kelder onder hen op de loer lag, zouden de vijf kinderen alleen buiten zijn. Weerloze slachtoffers. Maar als ze de kinderen mee naar binnen zouden nemen, zouden ze hen misschien juist blootstellen aan een soortgelijk monster waarvan ze het in de kerk gered hadden. Of aan iets wat nog erger was, gezien het feit dat ieder uur iets ergers de specialiteit van de vijand was.

In dit geval konden Neil en zij niet bij elkaar blijven en dat zou in de toekomst nog wel vaker gebeuren. Als ze de moed niet konden opbrengen om als het niet anders kon iets alleen te ondernemen, dan konden ze nu net zo goed meteen naar de bank gaan met de kinderen voor wie ze de verantwoording op zich hadden genomen en vergeten dat er misschien nog andere kinderen waren die hen nodig hadden. Zoals Cassie. In het café.

Neil wilde naar binnen gaan, maar ze waren het erover eens dat degene die bij de kinderen bleef met het geweer bewapend moest zijn.

Terwijl ze naar het lichtgevende vaartuig wees, dat nog steeds in de mist zweefde, zei Molly: 'Dat zul je niet met een geweer uit de lucht kunnen schieten, maar één schot hagel zal meer grote insecten en akelige beesten tegen kunnen houden dan alle kogels uit mijn pistool bij elkaar.'

Neil probeerde haar het geweer te geven, maar ze wilde het niet aanpakken. Ze had nog nooit een geweer afgevuurd en ze had het vermoeden dat ze er door de harde terugslag niet erg effectief mee zou omspringen, in ieder geval niet tot ze had geleerd hoe ze die moest opvangen. Alleen een dwaas of iemand die levensmoe was, zou op het idee kunnen komen om in het heetst van de strijd met een nieuw wapen te leren omgaan.

Neil zou op straat blijven om de kinderen te bewaken. En Molly zou gewapend met het 9mm-pistool het café ingaan om de aanwezigen ervan te doordringen dat het verstandiger was weg te gaan en om Cassie daar op de een of andere manier weg te halen.

In Main Street was in het sombere halfduister geen beweging te zien, behalve de dunne violette nevel die loom door de ademloze ochtend dwarrelde. De stilte van een vlieg in een brok amber, van een fossiel in het hart van een steen, lag over Black Lake. Toen klonk in de verte het verdrietige gejammer van een man. Een huilende vrouw gaf antwoord. En nog een. Ze klonken alle drie alsof ze verscheurd werden door emotie. Heel overtuigend, tot het tot je doordrong dat de cadans van hun gehuil volkomen identiek was.

De ochtend was warmer geworden. Molly trok haar regenjas uit.

Misschien zaten de rode draken uit de bomen wel van een afstandje toe te kijken. Het was best mogelijk dat hun jachtgebied beperkt was tot de kruinen van de bomen. Het zou ook kunnen dat ze wel naar beneden kwamen om mensen op straat te doden. Maar ze veronderstelde dat het niet veel uitmaakte, want als zij het niet zouden doen, zou er wel iets anders komen.

Vijf meter boven hun hoofd leek de fluwelen mist op een gordijn dat was dichtgetrokken tussen de stervende mensheid – die niet alleen hoofdpersoon maar ook toeschouwer was – en de laatste akte van Armageddon. Toneelknechten waren bezig de decorstukken voor de dag des oordeels op hun plaats te zetten.

Het lichtgevende toestel bleef waakzaam boven hen hangen. Molly was nog steeds niet gewend aan het feit dat de bemanningsleden haar zo grondig door konden lichten. Ze voelde zich opnieuw vernederd, bang, boos en gek genoeg ook beschaamd.

Ze concentreerde zich op haar boosheid. Dat zou, net als hoop, de wanhoop op afstand houden. Virgil drukte zijn neus tegen haar linkerhand en ging toen weer waakzaam tussen de kinderen en de dode stad heen en weer lopen.

Molly hoefde niet tegen Neil te zeggen dat ze van hem hield. Dat wist hij allang. En zij wist wat ze voor hem betekende. Ze vertelden elkaar dat nog een keer, zo goed en zo kwaad als het ging, door elkaar aan te kijken en even in de hand te knijpen. Gewapend met het pistool en een zaklantaarn liep ze het café in.

45

Net als daarvoor flakkerden kaarsvlammetjes in een groot aantal amberkleurige glazen bakjes. De muren en het plafond van het café van Russell Tewkes leken in het speelse kaarslicht te trillen als beschilderde gordijnen. De lucht zelf leek ook lichtgevend, net als in een droom over engelen, en heel even was Molly opgelucht bij het idee dat iedereen die hier was toen zij weggingen, later zelf ook was opgestapt. Er zat niemand in de zitjes of aan de tafeltjes. Niemand hing aan de bar en Tewkes zelf stond er ook niet achter. Derek en de dronkaards waren weg. Net als de vredesapostelen. En hetzelfde gold voor de weifelaars, met inbegrip van Cassie.

Als ze niet nog een moment om zich heen had gekeken, als ze zich had omgedraaid en weer was weggegaan, had ze waarschijnlijk gedacht dat het hele stel ten slotte toch naar de bank was gegaan om te helpen bij de voorbereiding van het verzet. Maar doordat ze toch bleef staan, besefte ze dat het scenario dat haar het beste beviel hier niet was opgevoerd.

Ten eerste waren er de vuurwapens. Alle geweren, buksen en pistolen waren achtergelaten. De dronkaards en de vredesapostelen waren niet gewapend geweest, maar veel van de weifelaars waren er toch op voorbereid dat ze zichzelf zouden moeten verdedigen als ze uiteindelijk tot de slotsom waren gekomen dat het niet anders kon. En ze zouden niet allemáál ongewapend naar buiten zijn gegaan in deze veranderde en veranderende wereld.

Ten tweede lagen er overal kleren. Jassen en jacks waren op stoelen achtergelaten. Daarna viel haar oog op de truien en de overhemden die over sommige van de jassen hingen, samen met een spijkerbroek. Toen ze verder het café in liep, vond ze stapels kleren die op de grond waren gegooid. Pantalons, katoenen broeken en meer spijkerbroeken, nog een heel stel overhemden en blouses, sokken en mannen- en vrouwenondergoed. Schoenen, laarzen, riemen en regenhoedjes.

Er waren tekenen van geweld: de vloer was bezaaid met losse knopen in allerlei kleuren en vormen. Kleren waren zo wild of in een aanval van razernij uitgerukt, dat de knopen eraf waren gesprongen. Van een aantal kledingstukken waren de naden opengerukt.

En toch was er kennelijk geen schot afgevuurd.

Een dikke deken van stilte leek over het café uitgespreid. Ze hield haar adem in en luisterde, maar het leek wel of ze een kilometer onder water zat. Voorzichtig schopte ze tegen een paar knopen. Ze vlogen kletterend over de houten vloer, een bewijs dat ze niet ineens doof was geworden.

Horloges waren afgedaan en weggegooid. Overal op de tafels en op de vloer zag ze de warme gloed van goud en de kille glans van zilver: halskettingen, medaillons, armbanden en ringen.

Aangezien ze geen flauw idee had wat er was gebeurd, kon Molly alleen maar vermoeden dat de dertig tot veertig verdwenen mensen gedwongen waren zich tegen hun wil uit te kleden. Omdat ze een aantal van hen kende en wist dat het normale, vrij zedige mensen waren, kon ze zich geen enkele situatie voorstellen waarin ze zich uit vrije wil hadden uitgekleed.

En toch was er geen schot afgevuurd.

Dus... Misschien waren ze allemaal ineens stapelgek geworden doordat ze zonder het te weten een of ander vergif hadden binnengekregen dat hen tot waanzin had gedreven. Het was bekend dat er vrij zeldzame, exotische schimmels bestonden, waarvan er één zelfs in graan kon worden aangetroffen, die visuele en auditieve hallucinaties veroorzaakten, en dat een hele gemeenschap daardoor in massahysterie kon geraken. Er waren zelfs mensen die geloofden dat dit – en niet uitsluitend religieus fanatisme – de belangrijkste reden was geweest voor de beruchte heksenprocessen in Salem, want die hadden plaatsgevonden in de tijd van het jaar dat de schimmel voorkwam.

Schimmels behoorden tot dezelfde categorie als zwammen, en zwammen leken een belangrijker onderdeel te zijn van de buitenaardse ecologie die de aarde werd opgedrongen dan van het normale milieu op deze planeet. Vergif dat afkomstig was van buitenaardse zwammen zou waanideeën, collectieve hallucinaties en massahysterie kunnen veroorzaken van een inhoud en een sterkte die de mensheid tot dan toe onbekend waren. Tijdelijke waanzin. Blijvende krankzinnigheid. Misschien zelfs wel moordlustige razernij.

Op de tafels en op de vloer lagen gebroken bierflesjes. Corona. Heineken. Dos Equis. Sommige daarvan leken niet per ongeluk maar met opzet gebroken te zijn om als wapen te dienen. De lange hals van een Corona-flesje kon prima als heft fungeren, terwijl de kapotte fles zelf verscheidene scherpe punten bevatte.

Op een van die steekwapens vond Molly bloed. Vervolgens op nog een. En op een derde. Het was nog nat. Er waren ook wat spatjes op een paar van de uitgetrokken kledingstukken terechtgekomen, maar in zo'n bescheiden mate dat een slachtpartij op grote schaal of zelfs maar een vechtpartij onwaarschijnlijk leek.

Minstens veertig mensen waren verdwenen. Kennelijk naakt. Maar... in leven? Of dood? Waar waren ze gebleven?

Opnieuw hield Molly haar adem in en verdrong het wilde bonzen van haar hart naar de achtergrond, maar ook dit keer hoorde ze niets. Achter de grote gelagkamer, langs alle tafeltjes, lag de gang naar de heren- en damestoiletten. Rechts daarvan zat nog een deur in de achterwand met het opschrift UITSLUITEND PERSONEEL.

Het kaarslicht in dit voorste stuk van het café, waar de inwoners van de stad hadden gezeten, was niet sterk genoeg om de schaduwen achter in de grote gelagkamer te verjagen. Maar omdat erachter licht flikkerde, zag ze dat de deur, die eerder in de nacht gesloten was geweest, voor een kwart openstond.

Ze stond niet echt te trappelen van verlangen om in haar eentje op onderzoek te gaan, alleen vergezeld van een stoot afschuwelijke verwachtingen. Gezien het feit dat ze de rest van haar leven waarschijnlijk voortdurend met raadsels en onvoorstelbare dingen geconfronteerd zou worden, vond ze het niet zo erg om dit mysterie maar te laten rusten. Hoewel ze meestal graag het naadje van de kous wilde weten, zou ze in dit geval wel eens met een heel harde klap het deksel op de neus kunnen krijgen.

Er was maar één ding dat haar ervan weerhield om terug te gaan. Cassie. Als het meisje nog in leven was, zou ze in gevaar verkeren en ontzettend overstuur zijn. Ze mocht haar niet in de steek laten.

Misschien was het gewoon puur toeval dat Cassie blond haar had, net als Rebecca Rose, en dat haar ogen blauw waren, net als die van Rebecca Rose. Maar Molly was er haar leven lang van overtuigd geweest dat toeval niet bestond. En ze was niet van plan dat nu wel te gaan geloven. Ze zocht overal een bedoeling achter, hoewel de betekenis vaak moeilijk was te achterhalen. Soms was het zelfs vrijwel onmogelijk. Zoals ook nu weer.

Als ze bezig was met een boek en geloof kreeg in het karakter van haar personages, gingen ze vaak uit eigen beweging dingen doen. Dingen die ze leuk, boeiend of afschuwelijk vond. En als ze hun die vrijheid had gegeven, verheugde ze zich over de verstandige keuzes die ze maakten en over de triomfen die ze beleefden, werd triest van hun stommiteiten en de gemene streken die ze uithaalden en voelde vaak echt verdriet als ze leden of doodgingen. Om hun de kans te geven hun eigen beslissingen te nemen deed ze eerder verslag van de gebeurtenissen in hun leven dan zelf de verhaallijn te bepalen, en meestal probeerde ze hen alleen voorzichtig de goede kant op te sturen met behulp van allerlei signalen en voortekens en drukte hen vrijwel nooit met de neus op de feiten. Soms begrepen ze die en handelden ernaar, maar af en toe hadden ze de pech dat ze niets in de gaten hadden.

Nu ze hier alleen was in de Tail of the Wolf, hoopte ze maar dat zij ook voorzichtig de goede kant op zou worden gestuurd. En als ze de signalen die ze zou krijgen, niet zou begrijpen, hoopte ze ook dat er meteen zou worden ingegrepen en dat ze hard met haar neus op de feiten zou worden gedrukt.

De vraag was niet of ze wel of niet door zou gaan. Ze kon niet terug. Ze kende haar rol. Ze redde kinderen, ze liet ze niet in de steek. Ook al had Cassie bruin haar gehad en geen enkele gelijkenis vertoond met Rebecca Rose, dan nog had Molly haar niet in de steek kunnen laten. De vraag was niet of ze het meisje wel of niet moest proberen te redden, maar hoe ze het best naar haar op zoek kon gaan om haar hier weg te halen. Achter in de gelagkamer stond de deur met het opschrift UITSLUITEND PERSONEEL op een kier. Het flikkerende licht in de kamer erachter leek haar te wenken.

Misschien werd ze met de neus op de feiten gedrukt. Maar het kon ook een valstrik zijn.

46

Piekerend over de deur, die ze geen moment uit het oog verloor, liep Molly naar het eind van de bar. Ze deed de klep open en gluurde naar de smalle ruimte achter de tapkast, waar Russell Tewkes biertjes had getapt en cocktails had gemixt. Ze knipte haar zaklantaarn aan. Er zat niemand verdekt opgesteld tussen de scherven van de kapotgegooide barspiegel.

Duisternis heerste ook in de gang naar de toiletten. Toen haar lichtstraal de schaduwen verjoeg, was er niemand te zien. Ze overwoog even om rond te kijken in de toiletten. Het vooruitzicht was niet bepaald aanlokkelijk. Bezorgd vroeg ze zich af hoe groot de kolonie zwarte zwammen inmiddels zou zijn. Waar zouden die toe in staat zijn? Nadat Render ervandoor was gegaan, had ze het raam in het damestoilet niet dichtgedaan. De afgelopen nacht had het ene na het andere gedrocht opgeleverd en er kon van alles naar binnen zijn gekomen. In die kleine ruimte zouden de drie wc's een regelrechte uitdaging vormen om verrassingen die regelrecht afkomstig leken uit de hel, als een duveltje in een doosje te voorschijn te laten springen. Daar kwam nog bij dat de beide toiletten nooit veertig mensen konden herbergen. Dood of levend, ze dacht niet dat ze hen her en der in kleine groepjes aan zou treffen, maar allemaal samen op één plek.

Op hetzelfde moment werd ze zich er opnieuw van bewust dat ze zich in de veranderende wereld bevond, op het rustpunt waarop verleden en toekomst naadloos op elkaar aansloten. Hoewel ze zich haar hele leven tegen dat idee had verzet en uit ambitie alleen maar vastberaden naar de toekomst had gekeken, begreep ze eindelijk dat dit de belangrijkste regel van het menszijn was. Het leven speelde zich niet gisteren of morgen af, maar alleen op het rustpunt dat het heden was. Het is een simpele, vanzelfsprekende waarheid, die moeilijk te accepteren is, omdat we het verleden een lading sentiment meegeven waar we ons graag in rondwentelen, terwijl we het heden verdragen en constant van de toekomst dromen. Wat Molly tot dusver in haar leven had gedaan was geschiedenis, niet meer te veranderen en niet meer uit te wissen. Wat ze in de toekomst hoopte te doen had geen enkele betekenis als ze op dit rustpunt midden in haar leven niet wijs handelde en niet van minuut tot minuut de juiste beslissing nam.

Cassie. Ze moest op zoek naar Cassie. En bij haar zoektocht naar Cassie zouden van minuut tot minuut zowel verleden als toekomst vastgesteld worden.

Met het pistool, met de zaklantaarn en met angst in het hart liep ze voorzichtig naar de deur. Door de kier zag ze een stuk of acht kaarsen op de grond staan, in ronde glazen houdertjes. Salamanders van abrikooskleurig licht kropen over de muren. Ze duwde met haar voet tegen de deur, die meteen op goed geoliede scharnieren naar binnen openzwaaide. In het kaarslicht waren geen aanwezigen te zien. Ook niet in het licht van de zaklantaarn toen ze dat vanaf de drempel door de kamer liet dwalen.

Het bleek een soort ruimte te zijn voor de afgifte van goederen, ongeveer drieëneenhalve bij viereneenhalve meter. Geen ramen. Een grijze betegelde vloer met in het midden een afvoerrooster. Kale betonnen muren. Recht tegenover de plek waar zij stond, bevond zich een brede stalen deur, die waarschijnlijk uitkwam in het steegje achter het café. Hier werden vaten bier, sterke drank, wijn en andere voorraden in ontvangst genomen. In de muur rechts van haar werden de flakkerende kaarsvlammetjes weerspiegeld in de gemoffelde roestvrij stalen deuren van een lift. Het café had geen bovenverdiepingen. De lift werd gebruikt om goederen naar de kelder te brengen. In de muur links van haar zat ook een deur, die eveneens op een kier stond. De logische conclusie was dat ze daarachter een trap naar de kelder zou vinden.

Tussen de deuropening waarin zij stond en de deur naar de kelder zag ze in het licht van de zaklantaarn een nat bloedspoor op de grijze tegels: geen sloten, alleen spettertjes en wat vlekjes. Omdat er geen stroom meer was, hadden ze niet de lift genomen naar welke waanzin ze beneden ook zouden aantreffen. Onder dwang of uit vrije wil, maar in ieder geval in de greep van een onvoorstelbare angst, waren ze een voor een de trap afgelopen, naakt en bloedend.

Er liep een rilling over Molly's rug toen ze nadacht over die vreemde processie en zich afvroeg met welke ceremonie of met welke wreedheden die mensen daar beneden in de kelder waren geconfronteerd.

Ze keek om naar het verlaten café. Daar was niets veranderd.

Terwijl ze het bloed zoveel mogelijk probeerde te vermijden stapte ze over de drempel en liep achter de straal van haar zaklantaarn aan langs het spoor dat haar buren nog niet zo lang geleden hadden achtergelaten. De koperen deurknop, die ooit had geglommen, was nu besmeurd met het bloed van ontelbare trillende handen. Ze trok de deur met haar voet naar zich toe.

Achter de drempel lag een kleine overloop van licht hout met rode spikkels. Ze had niet veel zin om erop te stappen en boog zich in plaats daarvan vanuit de deuropening voorover. Een tochtvlaag dreef langs haar heen, met een geur die ze nooit eerder had geroken en die ze alleen met de grootste moeite zou kunnen beschrijven. Het was geen smerige lucht, in feite niet eens onaangenaam, maar toch verontrustend.

Een smalle en steile houten trap voerde naar een lager gelegen overloop en vandaar liep een tweede, kortere trap linksaf naar de kelder.

Kennelijk hadden ze alle kaarsen in de ontvangstruimte achtergelaten. De trap werd alleen verlicht door de straal uit de zaklantaarn.

Bij de gedachte aan haar buren die in het donker naar beneden hadden moeten lopen, voelde Molly zoveel medelijden opwellen dat haar knieën begonnen te knikken.

O donker donker donker. Ze verdwijnen allen in het donker.

Ze kon de onderste treden van de tweede trap niet zien. De kelder lag helemaal buiten haar gezichtsveld en ze slaagde er niet in om de zaklantaarn zo te richten dat het licht erin viel.

Ik loop door de vallei van de schaduw des doods, doch ik vrees het kwaad niet.

Gemakkelijker gezegd dan gedaan. De angst benam Molly bijna de adem en ze had nog geen voet in die ommuurde, omlaaglopende vallei gezet.

Om uit te vinden welk lot de mensen had getroffen die hier een spoor van bloed hadden achtergelaten en erachter te komen of Cassie nog in leven was – en waar haar drie waakhonden waren gebleven – zou Molly op z'n minst door moeten lopen naar de tweede overloop. Zodra ze daar was, zou ze zich kunnen bukken om met behulp van haar zaklantaarn een blik te werpen in de duistere kelderruimte.

Ze kon niet besluiten of het haar moed was die op de proef werd gesteld of haar wijsheid. Onder deze omstandigheden zou het waarschijnlijk het verstandigst en het best zijn om voorzichtigheid te betrachten, maar het was ontzettend moeilijk op stel en sprong het onderscheid te zien tussen voorzichtig en lafhartig gedrag.

In de vreemd geurende tocht was geen zuchtje te bespeuren. Geen kuchje. Geen gejammer. Geen flarden van een gefluisterd gebed. Met veertig mensen die op elkaar gepropt in een kille kelder stonden, zou je toch iets van ongemak moeten kunnen horen, een zenuwachtige beweging, ingegeven door angst. Hoewel het donderende gebons van veertig angstige harten misschien alleen in veertig borstkassen te horen zou zijn, moest de angstige ademhaling van zoveel mensen zich toch door een bepaald geruis verraden. Ze zouden niet allemaal gelijktijdig hun adem inhouden en wachten tot Molly daar zelf mee ophield.

Toch lag de kelder van het café zwijgend te wachten, in een beklemmende rust die verderging dan gewone stilte.

Haar mond was zo droog dat ze eigenlijk niets uit kon brengen, maar ze slaagde er toch in één simpel woordje over haar lippen te krijgen: 'Cassie?'

De kelder ving de naam op en gaf niets terug. Een straaltje zweet gleed als druppeltjes ijswater over haar rechterslaap en krulde zich om haar oor. Ze verhief haar stem, omdat ze nauwelijks harder dan op fluistertoon had gesproken: 'Cassie?'

Het antwoord kwam niet van het meisje en niet uit de kelder beneden, maar uit de ontvangstruimte achter Molly: 'Ik kan wel bijten, maar niet snijden.'

47

Bukken, draaien, richten en schieten, allemaal in één vloeiende beweging. Molly deed de eerste drie dingen, maar ze kon zich nog net inhouden voordat ze de trekker helemaal overhaalde en de vrouw neerschoot.

Angie Boteen, die klarinet speelde, van swingmuziek hield en serveerster was bij Benson's Good Eats, ergens in de twintig, met donker haar en grijze ogen, stond naakt in de ontvangstruimte en hield een gebroken Corona-flesje bij de hals vast.

'Daar heb ik altijd van gegriezeld, vooral van messen, scheermesjes… en gebroken glas,' zei Angie.

Ze klonk alsof ze het was, maar dat was niet zo. Ze zag er ook uit alsof ze het was, maar dat was evenmin waar. De bezorgdheid in haar stem maakte het echt, maar tegelijkertijd was ze zo afwezig dat het leek alsof ze slaapwandelde.

'Ik moet gesneden worden, dat wil ik ook, ik wil gehoorzaam

zijn, echt waar, maar ik ben juist altijd zo bang geweest voor scherpe dingen.'

Molly ging ervan uit dat de kaarsen wel zouden blijven branden en stopte de zaklantaarn tussen haar broeksband om haar pistool met twee handen vast te kunnen houden.

'Angie, wat is hier in vredesnaam gebeurd?'

Angie Boteen negeerde de vraag alsof ze niets had gehoord. Het leek alsof ze al uit het leven was gestapt en zich niet meer op het rustpunt van het heden, maar in het verleden bevond.

'Toen ik zes jaar was, heeft oom Carl dat ook bij tante Veda gedaan. Omdat ze hem bedroog, sneed hij haar de keel door. Ik was erbij, ik heb het zelf gezien.'

'Angie...'

'Ze heeft het overleefd, ze hield er alleen een krassende stem aan over en een litteken op haar keel. Hij moest naar de gevangenis en toen hij vrij kwam, nam ze hem weer terug.'

Molly voelde zich even naakt als Angie, zoals ze daar op de drempel stond met haar rug naar de keldertrap.

'Na de gevangenis werd oom Carl door de mensen heel anders behandeld. Niet slechter. Voorzichtiger, met meer respect.'

Molly wilde Angie Boteen eigenlijk niet uit het oog verliezen, maar keek toch even om. Naar links en naar beneden. Er was niemand op de trap. Toen ze haar aandacht weer op Angie en de scherp gepunte fles vestigde, kwam ze tot de ontdekking dat de vrouw een stap dichterbij was gekomen.

'Tot daar en niet verder,' waarschuwde Molly, terwijl ze het pistool met twee handen vasthield en haar armen strekte.

In de bolle glaasjes op de vloer laaiden de vlammetjes van de kaarsen op en zakten weg om vervolgens weer op te laaien en langer en feller te worden, zodat het gezicht van de vrouw afwisselend van onderaf belicht werd en meteen daarna weer in schaduwen was gehuld. Het werd constant vervormd, waardoor Molly moeite had haar gezichtsuitdrukking te lezen.

'En wat dacht je dat er gebeurde?' zei Angie. 'Ik krijg verkering met Billy Marek, die door messen in de problemen kwam. Hij heeft een paar mensen neergestoken en in de gevangenis gezeten.'

Hoewel ze uiterlijk in trance leek, werd de vrouw verscheurd door onderdrukte emoties en die klonken door in haar stem. Bezorgdheid. Vrees. Doodsangst die aan de ketting lag. Maar wat voor gevoelens verhulden die flakkerende kaarsvlammetjes nog meer? Waanzinnige verlangens? Boosheid? Moordlustige woede? Het was nauwelijks te zien.

'Ik weet dat hij me nooit met een mes te lijf zal gaan, want ik pieker er niet over om hem te bedriegen, maar de mensen hebben respect voor hem en dus ook voor mij.'

Hoewel Molly nog geen moment geleden de trap had gecontroleerd verbeeldde ze zich nu alweer dat ze iets naar boven hoorde komen. Maar misschien was het wel geen verbeelding. Misschien was het dit keer wel waar.

'Hij heeft een keer iemand voor me neergestoken,' zei Angie. 'Dat had ik hem gevraagd en Billy heeft het ook gedaan. Later schaamde ik me daarover en had ik er spijt van. Maar hij deed het wel. En hij zou het weer hebben gedaan als ik hem dat had gevraagd en dat gaf me een veilig gevoel.'

Molly schuifelde voorzichtig naar links, weg uit de deuropening, tot ze met haar rug tegen de muur stond en niet alleen de afstand tussen haar en de naakte vrouw wat groter maakte, maar ook wat verder van de trap kwam te staan.

'Als hij hier zou zijn,' zei Angie, 'had ik hem kunnen vragen om me te snijden. Dat had Billy vast wel gedaan, hij zou het precies goed hebben gedaan, niet te diep, en dan had ik het niet zelf hoeven te doen.'

Molly had bijna gevoel dat er waanzin in de lucht hing: iets besmettelijks dat verspreid werd door stofmijten en gemakkelijk ingeademd kon worden, waarna de infectie zich snel van de longen via het hart naar de hersenen uit zou breiden.

Ze dacht aan de reden waarom ze hier was en deed een poging om de toestand onder controle te krijgen. 'Luister,' zei ze. 'Een tijdje geleden was hier een klein meisje. Ze heette Cassie.'

'Ik wil gehoorzamen, echt waar, ik wil net als de anderen gehoorzaam en braaf zijn. Wil jij me neersteken?'

'Wie wil je gehoorzamen? Ik wil je best helpen, Angie, maar ik begrijp niet wat er hier aan de hand is.'

'De snijwonden zijn een uitnodiging. Daar vormen ze allemaal trosjes. Dat is voor hen de uitnodiging om in je bloed te komen.'

Zwammen, dacht Molly. *Sporen.*

'Ze komen met duizenden tegelijk in je bloed,' zei Angie. 'Ze willen een tijdje in het vlees zitten, in het levende vlees, voordat ik doodga.'

Zelfs als de rondedans van kaarslicht en schaduwen Angies gezicht niet vervormd zou hebben, zou de waanzin van de vrouw toch voorkomen dat Molly haar emoties begreep en haar bedoelingen kon raden.

'Angie, lieverd, zet die fles nou maar neer en laat mij je helpen.' Molly hoefde geen moeite te doen om medelijden voor te wenden. Ondanks haar angst voelde ze een diepe sympathie voor deze verdrietige en verwarde vrouw. 'Ik zal je hier wel weghalen.'

Het aanbod werd met opwinding en angst begroet. 'Met dat soort lulkoek hoef je bij mij niet aan te komen, trut. Dat kan helemaal niet en dat weet je best. Ik kan nergens heen, ik kan me nergens verstoppen, nergens, nooit meer. En jij ook niet. Jij krijgt ook te horen wat je te doen staat, heus wel, en dan doe je dat, anders zal het je berouwen.'

Molly voelde hoe de kilte van de koude betonnen muur achter haar rug dwars door haar kleren tot in haar botten doordrong en haar brein in een gure greep nam. Ze stond te rillen en kon niet meer ophouden.

'Ik moet gehoorzamen.' Een lang, gekweld gekreun rees uit haar op en ze sloeg met haar vuist op haar borsten. 'Gehoorzamen, anders zal het mij berouwen.'

Met groeiende wanhoop probeerde Molly het nog een keer. 'Cassie. Een meisje van negen. Blond en met blauwe ogen. *Waar is ze?*'

Angie wierp een blik op de keldertrap. Haar stem klonk scherp en dringend. 'Ze zijn allemaal beneden, ze hebben de uitnodiging gegeven, ze bleven maar snijden, ze hebben hun bloedbaan geopend.'

'Wat gebeurt daar beneden?' wilde Molly weten. 'Waar kan ik het meisje vinden als ik de trap afga?'

Terwijl ze haar linkerhand opstak met de handpalm naar boven, zei Angie: 'Ik heb gebeten. Ik heb heel hard gebeten tot er bloed kwam.'

Zelfs in het flakkerende, bedrieglijke kaarslicht waren de tandafdrukken in het vlezige gedeelte van de hand van de vrouw duidelijk te zien, net als het gestolde bloed.

'Ik kan bijten, maar niet snijden. Ik kan bijten en er is ook bloed, maar dat is niet goed genoeg, want ik had opdracht gekregen mezelf te snijden.'

Tussen de kaarsen door liep ze naar Molly toe en Molly week achteruit en stapte opzij.

Terwijl ze haar de gebroken fles voorhield, met de scherpe kant naar haar toe, zei Angie boos en dringend: *'Pak aan en snij me.'*

'Nee. Zet die fles neer.'

Er verscheen een smartelijke blik in die ogen vol waanzin. Warme zilte tranen welden op en vloeiden. Boosheid veranderde op slag in wanhoop en zelfmedelijden. 'Ik heb niet veel tijd meer. Zo meteen komt hij die trap op, hij komt me vast halen.'

'Wie?'

'Hij die alles bepaalt.'

'Wie?'

Haar ogen waren rood van de hete tranen. 'Hij. Het. Dat ding.'

'Wat voor ding?' vroeg Molly.

Een vloedgolf van warme tranen spoelde de jaren weg van Angie Boteens gezicht en veranderde het in het smoeltje van een doodsbang kind. 'Het ding. Het ding met gezichten in zijn handen.'

48

De wereld was één groot krankzinnigengesticht geworden, dat zich uitstrekte van pool tot pool.

Het zou best kunnen dat er inderdaad een schepsel met gezichten in zijn handen door de kelder onder het café waarde, iets wat door Goya in zijn donkerste uren bedacht en geschilderd zou kunnen zijn. En misschien bestond dit dreigende gevaar alleen maar in het brein van Angie Boteen. Of het nu bestond of niet, voor haar was het echt.

'Ik ben bang voor scherpe dingen. Ik ben een slappeling,' zei ze. 'Altijd al geweest. Ik wil gehoorzamen, ze verwachten gehoorzaamheid, maar ik kan mezelf niet snijden. Wel bijten, maar niet snijden.'

Molly week opnieuw achteruit, voorzichtig tussen de kaarsen door. Als een heks die niet buiten haar beschermende pentagram mocht komen. Angie draaide om haar heen en kwam opnieuw met de gebroken fles naar haar toe. 'Pak aan,' zei ze. 'Doe het, snij me open. Voordat hij terugkomt.' Ze wierp een blik op de trap en keek Molly weer aan. 'Snij me open voordat hij boos terugkomt.'

Molly schudde haar hoofd. 'Nee. Leg dat ding weg.'

Op hoge toon maar tegelijkertijd smekend eiste Angie: 'Beschouw me maar als iets wat je haat. Doe maar net alsof ik alles ben waar je jaloers op bent, alles waar je bang voor bent… en steek dan toe. Snij me… snij me aan flarden!'

Molly mocht dan een taaie zijn, even taai als ze altijd was geweest, en al op jonge leeftijd gehard door de verschrikkelijke dingen die ze had meegemaakt, nu voelde ze van binnen toch iets knappen. Een barrière die in stand moest blijven als ze ooit Cassie wilde vinden, als ze al die kinderen wilde redden die op haar rekenden.

De eerste tranen sprongen in haar ogen. Ze knipperde ze weg, uit angst dat ze daardoor niet scherp meer zou kunnen zien. Want in dat geval zou ze kwetsbaar zijn voor Angie, voor wat veertig mensen de kelder in had gedreven, voor het ding met gezichten in zijn handen. Als het bestond.

'Angie...' Molly's stem brak terwijl ze tegen het gewonde kind in het hart van de vrouw sprak. 'Wat hebben ze met je gedaan?'

Ondanks haar waanzin herkende Angie Boteen de tederheid die Molly tot tranen toe had geroerd. Omdat ze uit die woorden begreep dat haar laatste kans vervlogen was, smeet ze de fles weg. Hij ging aan diggelen tegen de liftdeuren.

'Ik wou dat ik al dood was.' Angie begon te rillen, alsof ze nu pas merkte dat ze naakt in een koude kamer stond. 'Ik wou dat het al zover was.'

Molly liet het pistool zakken en zei: 'Ga nou maar met mij mee naar buiten.'

Angie keek vol angst naar de keldertrap. 'Het komt eraan.'

Molly schuifelde nog een stukje verder in de richting van de deur naar de gelagkamer en zorgde er tegelijkertijd voor dat ze de kelderdeur onder schot kon houden. Ze hief het pistool op.

De vrouw was helemaal niet in Cassie geïnteresseerd, alleen in haar eigen ellende, maar Molly gaf het niet op. 'Een negenjarig meisje. Je moet haar toch gezien hebben. Ze was het enige kind dat hier achterbleef.'

Alsof ze in drijfzand stond, begon Angie Boteen weg te zakken in de vloer.

49

Een buitenaards ras, dat honderden of duizenden jaren verder ontwikkeld was dan wij, zou over technologische middelen beschikken die in onze ogen niet het resultaat zouden zijn van toegepaste wetenschap, maar bovennatuurlijk, pure magie.

Dat citaat van een of andere sciencefictionschrijver had Neil gebruikt na de gebeurtenissen in het huis van Corrigan. In de uren daarna had Molly meer dan eens het bewijs gezien dat die veronderstelling klopte en de manier waarop Angie Boteen door de vloer van de ontvangstkamer verdween, was zeker niet het minste.

Beton is spreekwoordelijk hard. Echt. Voelbaar. Massief, zoals in: 'bouwmateriaal, bestaande uit een zeer hard mengsel van kalk of cement'. Maar toch leek deze ter plekke gegoten plaat van gewapend beton, het spul waarvan schuilkelders en munitiedepots gebouwd werden, zijn miljarden atomen aan te passen aan de tussenruimte van de atomen waaruit het lichaam van de vrouw bestond. De vloer leek niet zachter te worden. Hij sperde niet open als de kaken van een haai. Er verschenen geen concentrische cirkels in, zoals bij een steen die in het water wordt gegooid. Wat er wél gebeurde, was dat Angie Boteen erin opgenomen werd alsof ze een geest was – minder dan ectoplastische rook, een vage verschijning – om haar moeiteloos doorgang te verlenen van de ontvangstruimte naar de kelder.

Angie was geen geest. Haar vlees was even solide en kwetsbaar als dat van Molly. Ze had de Corona-fles van zich af gegooid en die was tegen de liftdeuren aan gruzelementen gegaan. Haar blote voeten hadden afdrukken achtergelaten in het bloedspoor naar de keldertrap. Haar tranen waren van haar gezicht gedrupt en hadden kleine, donkere vochtplekjes gevormd op het beton, stuk voor stuk een duidelijker spoor op de vloer dan zij achterliet toen ze er dwars doorheen ging.

Ze verdween niet onmiddellijk, als een koker die door de buizenpost naar binnen wordt gezogen, en ze bood net zomin weerstand als ze die ondervond. Het kostte haar misschien zes seconden om van de begane grond naar de kelder te zakken, van haar voetzolen tot een laatste sliertje haar dat achter haar aan dwarrelde.

Gezien het feit dat ze zo bang was geweest voor het ding met gezichten in zijn handen en ervan uitgaand dat dit wezen alles te maken had met het feit dat ze dwars door het zeer harde mengsel van cement en kalk werd getrokken, maakte Angie verrassend weinig misbaar tijdens haar verdwijning. Ze gilde niet. Ze begon niet om de hulp van God te schreeuwen of om de zeer gerespecteerde Billy Marek met zijn messen.

Ze zei zacht: 'O', niet van verrassing maar uit herkenning – Molly had geen flauw idee van wat – en keek omlaag naar haar benen die in het beton verdwenen. Haar ogen werden groot, maar ze leek minder bang dan ze was geweest vanaf het moment dat ze in de ontvangstruimte was opgedoken. Toen Molly haar hand uitstak, probeerde Angie die te pakken terwijl ze zei: *'Sauvez-moi, sauvez-moi'* – precies dezelfde woorden die astronaute Emily Lapeer aan boord van het Internationale Ruimtestation had geschreeuwd toen ze neus aan neus kwam te staan met de ongewenste bezoekers. 'Red me, red me,' herhaalde Angie in het Frans met de stem van Emily Lapeer en haar ogen waren ineens anders dan daarvoor, vijandig en spottend. Ze was niet bang, omdat ze niet langer Angie was. Angie was een machteloze gevangene in de macht van hetgeen in haar was gekropen en nu haar lichaam gebruikte.

Molly trok haastig haar hand terug en keek toe hoe de vrouw tot haar kin, tot haar neus, tot haar voorhoofd wegzonk, alsof ze verdronk in afgehard beton. Weg.

Als Molly haar hand had aangepakt, was ze misschien met Angie meegesleurd, dwars door de betonnen vloer als een vlaag nevel in het maanlicht.

Bij de gedachte daaraan voelde ze zich even verlamd. Ze durfde geen voet meer te verzetten uit angst dat de oppervlakte van de vloer even instabiel zou zijn als die van een vijver in de zon. Toen herinnerde ze zich ineens een opvallend detail uit het radioverslag over het ruimtestation. In de luchtsluis, vlak voordat Arturo begon te schreeuwen, had Lapeer gezegd dat er iets door het *gesloten* luik naar binnen kwam: 'er gewoon dwars doorhéén komen... materialiseert *rechtstreeks uit het staal...*' Het risico dat ze door de vloer de kelder in zou worden gesleurd was misschien wel minder groot dan het gevaar dat een of andere bedreiging omhoog zou komen naar de ontvangstruimte.

Vloeren, muren en de kluisdeuren in de bank boden geen bescherming. Geen enkel fort zou deze vijand kunnen weerstaan. Geen plaats op deze nieuwe aarde zou meer veiligheid, vrede of zelfs maar privacy bieden.

De werkelijkheid is niet meer wat het is geweest.

Toen Molly nog in Berkeley studeerde, was dat een van de van de favoriete aforismen geweest van de dopehoofden die om de een of andere reden een voorkeur hadden gehad voor studierichtingen als vrije kunst en literatuur. De figuren die de traditionele waarden van literatuur verwierpen ten gunste van 'intellectuele vrijheid door emotionele en taalkundige anarchie', wat dat ook mocht betekenen.

De werkelijkheid was niet meer wat het was geweest. En vanmiddag zou het weer heel anders kunnen zijn dan vanmorgen.

Een kruising tussen Lewis Carroll en H.P. Lovecraft.

Voor patiënten in ouderwetse krankzinnigengestichten, die in het verleden vaak onbegrepen waren en niet in staat hun eigen leven te regelen, zouden deze nieuwe omstandigheden misschien meer overeenstemmen met hun verwachtingspatroon en hun kijk op het leven.

Molly had daarentegen het gevoel dat haar geestelijke gezondheid zich in de precaire toestand bevond van een trein zonder remmen die op losliggende rails een berg af dendert.

Als het buitenaardse wezen met gezichten in zijn handen beschikte over een technologie die het in staat stelde even gemakkelijk door de vloer omhoog te komen als Angie erdoorheen was getrokken, als het een onbegrensde bewegingsvrijheid had, dan kon ze nu net zo goed de keldertrap aflopen, op zoek naar Cassie. Want dat zou niet gevaarlijker zijn dan hier te blijven staan of samen met Neil buiten op straat te zijn. Met voorzichtigheid zou ze niets opschieten. Moed of zelfs roekeloosheid zou beloond worden.

Opnieuw liep ze in het kaarslicht langs het bloedspoor naar de kelderdeur. Ze stond al bijna op de drempel toen ze vanuit haar ooghoek iets zag bewegen, abrupt stilstond en zich omdraaide.

Een hond. De golden retriever – een van de drie honden die bij Cassie waren gebleven – stond in de deuropening naar het café. Zijn houding was gespannen, de blik in zijn ogen ernstig. Toen kwam zijn staart in beweging.

50

Het signaal dat de hond met zijn staart gaf, was voor Molly overtuigend genoeg geweest om met haar zaklantaarn achter hem aan te lopen naar het damestoilet. Geen hond zou kwispelen als hij een kind was kwijtgeraakt dat hij onder zijn hoede had en zeker niet een van deze honden, die niet alleen ongewoon intelligent leken te zijn maar ook nog veel trouwer dan dit soort viervoeters normaal gesproken al was.

Cassie stond in het toilet, met haar rug tegen een hoek, bewaakt door de twee bastaards. Het stel trok heel even hun lip op tegen Molly, vast niet omdat ze haar per abuis als een bedreiging beschouwden, maar omdat ze haar wilden geruststellen door te laten zien hoe waakzaam ze waren.

Iemand had het raam dichtgedaan waardoor Render was ontsnapt. Er stond nog steeds een plas op de vloer eronder, maar er groeide niets in.

De angstige Cassie vloog meteen in Molly's armen, drukte haar gezicht tegen Molly's hals en begon onbeheerst te trillen. Molly stelde het meisje gerust, streek over haar haar en kwam tot de conclusie dat haar niets was overkomen.

Volgens de logica van de oude werkelijkheid hadden ze zo snel mogelijk het café moeten verlaten. Vluchten zou het belangrijkst zijn geweest, het kind geruststellen kon later ook nog. In de nieuwe werkelijkheid zou de wereld buiten even gevaarlijk zijn als elk vertrek in het café, met inbegrip van de kelder. Elke plek buiten zou zelfs nog gevaarlijker zijn dan het café. Ondanks de inhoud van de schoonmaakkast en in weerwil van de sporen die waarschijnlijk welig tierden in de verwondingen die de meute beneden zichzelf toe had gebracht, dwaalden steeds meer van de groteske en vijandige levensvormen van een andere planeet door de open lucht rond.

De bezitters van deze magisch aandoende buitenaardse technologie waren in staat hun prooi dwars door muren, vloeren en plafonds uit elke schuilplaats tevoorschijn te halen en het stond wel vast dat ze zichzelf ook op die manier door vaste stoffen konden verplaatsen. Maar de lagere levensvormen – te vergelijken met de inheemse zoogdieren, de reptielen en de insecten van de aarde – hadden dat vermogen niet. Voor hen vormden muren een obstakel.

De zenuwachtig fladderende zwermen in het huis van Johnny en Abby waren wanhopig op zoek geweest naar een uitweg uit hun nesten achter de betengelde wanden. Het enorme, insectachtige gedrocht in het gewelf onder de kerk zou de eiken vloer niet met geweld los hebben gerukt als het in staat was geweest zich zonder moeite dwars door die planken heen te materialiseren.

De logische conclusie was daarom dat het café weliswaar geen bescherming bood tegen de machtige heersers van deze invasie, maar wel tegen de giftige wezens uit hun ecologie.

'Ze zijn allemaal dood, hè?' vroeg Cassie.

Omdat de moeder en de vader van het meisje zich ook onder de vermisten bevonden, zei Molly: 'Misschien niet, lieverd. Misschien zijn ze...'

'Nee.' Het meisje had geen behoefte aan zoete broodjes. 'Beter dood... dan met een van die dingen in je.'

Dit leek een verwijzing te zijn naar iets anders dan sporen die door snijwonden het lichaam binnenkwamen. Het zat er dik in dat Cassie nooit had gezien wat er in de schoonmaakkast groeide, evenmin als de witte kolonies die nu door het schemerlicht van de purperen ochtend scharrelden.

'Wat voor dingen?' vroeg Molly.

'De dingen met gezichten in hun handen.'

Angie had het ook over zo'n wezen gehad. Maar het meisje had het over ding*en*, de meervoudsvorm.

De drie honden kwamen in beweging, begonnen angstig te piepen en gromden zacht, alsof ze precies wisten welke schepsels ze bedoelde.

'Wat bedoel je daarmee, Cassie... gezichten in hun handen?'

De stem van het meisje daalde tot een gefluister. 'Ze kunnen je gezicht pakken, het in hun handen houden en het aan je laten zien, samen met andere gezichten. En dan knijpen ze die in hun vuisten fijn, zodat ze beginnen te schreeuwen.'

Molly's verwarring werd door die verklaring niet weggenomen. Maar toen ze doorvroeg, kreeg ze dankzij de antwoorden op haar vragen een wat beter beeld van wat er met Cassies ouders en de anderen in het café was gebeurd, hoewel ze zich nog steeds geen duidelijke voorstelling kon maken van de dingen met gezichten in hun handen.

Drie daarvan waren door de vloer van het café omhooggekomen, midden tussen de mensen die zich daar hadden verzameld. Ze hadden een menselijke vorm – rond de twee meter groot, met twee benen en twee armen – maar verder hadden ze totaal niet op mensen geleken. De wezens hadden er zo eng en buitenaards uitgezien dat zelfs de vredesapostelen in paniek waren geraakt. Sommigen hadden geprobeerd te vluchten, maar de buitenaardse wezens hadden hen tegengehouden door alleen maar naar ze te wijzen, niet met een wapen of een instrument, maar gewoon met hun hand. Op dezelfde manier hoefden ze alleen maar te wijzen naar gillende mensen om hen hun mond te laten houden en naar degenen met een wapen om hen zover te krijgen dat ze het lieten vallen zonder een schot gelost te hebben.

Molly moest meteen aan telepathische controle denken – alweer een reden zich af te vragen of verzet tegen de overname van de wereld wel enige zin had.

De drie buitenaardse wezens waren vervolgens rond gaan lopen om mensen 'hun gezicht af te pakken'. Wat dat precies inhield, begreep Molly nog steeds niet. Volgens Cassie bleef alles eerst 'glad' op de plaats waar iemands gezicht had gezeten en het gezicht dat was afgepakt zat 'levend in de hand van het ding'. Daarna veranderde de gladde plek waar het gestolen gezicht had gezeten even in een buitenaardse snuit – precies zoals die van het drietal dat door de vloer omhoog was gerezen – die vervolgens weer verdween om plaats te maken voor het oorspronkelijke mensengezicht. Daardoor had Cassie het idee gekregen dat buitenaardse meesters bezit hadden genomen van die mensen, maar dat was een gedachte die rechtstreeks door films was ingegeven en het was best mogelijk dat het niet de juiste verklaring was.

Het meisje had niet gezien of iedereen in het café het slachtoffer was geworden van deze gang van zaken, want ze was samen met de honden in doodsangst naar het damestoilet gevlucht. Ze had het risico niet durven nemen door de deur naar buiten te vluchten, omdat ze dan veel te dicht in de buurt van de buitenaardse wezens was gekomen. Ze was hier in het toilet blijven wachten en had er min of meer op gerekend dat een van de dingen haar daar zou weghalen om haar ook haar gezicht af te pakken.

Molly was niet in staat zinnige harde feiten uit het bizarre verhaal van het meisje te distilleren, maar ze maakte er wel uit op dat Cassie niet per ongeluk of uit slordigheid over het hoofd was gezien. De buitenaardse wezens hadden haar opzettelijk laten ontsnappen. Toen ze ervandoor ging, hadden ze haar net zo gemakkelijk tegen kunnen houden als de volwassenen die hadden geprobeerd te vluchten.

Abby en Johnny, opgesloten in een huis dat 'verandert... alsof het leeft', waren niet aangevallen door het beest dat hun dronken vader in de garage had afgeslacht en ook niet door de opgewonden zwermen die in de wanden ritselden. Eric, Elric en Bethany waren niet samen met hun ouders en grootmoeder door het dak de regen in 'gezweefd'. En op zolder waren ze gered van het vormeloze roofdier dat ze alleen vanuit hun ooghoeken hadden kunnen zien, het ding dat rook naar 'verbrande lucifers, rotte eieren en poep'. In de kerk was Bethany weliswaar op het nippertje de dans ontsprongen, maar alle vijf kinderen waren aan de dood ontsnapt – en dat was misschien niet helemaal aan Molly en Neil te danken.

De conclusie dat Cassie opzettelijk was ontzien leidde weer tot de volgende conclusie: dat de oorlogsstrategie in deze fase van de verovering van de aarde het noodzakelijk maakte dat de meeste menselijke wezens boven een bepaalde leeftijd zonder pardon uitgeroeid werden, maar dat de kinderen nadrukkelijk werden gespaard. Op het eerste gezicht leek dat onbegrijpelijk en misschien zelfs wel onverklaarbaar, maar vervolgens vond Molly in het wespennest van onwerkelijke gebeurtenissen, te midden van de warwinkel van duistere wonderen en onmogelijke dingen die de afgelopen twaalf uur hadden gekenmerkt, een spoor van logica dat onvermijdelijk leidde naar een vermoeden dat haar koude rillingen bezorgde.

Een voor een keek ze de drie honden aan. Bastaard, bastaard en retriever: ze keken haar vol verwachting recht in de ogen. Drie staarten kwispelden aarzelend.

Ze keek rond in het toilet.

Ze nam aan dat, als haar gedachten waren gelezen en haar vermoeden bekend was, er nu iets dwars door de vloer, een van de muren of het plafond zou opduiken om haar eerst van haar gezicht en vervolgens van het leven te beroven.

Hier, op dit rustpunt van de veranderende wereld, wachtte ze op de dood – tevergeefs.

'Kom, schattebout,' zei ze tegen Cassie. 'Laten we maar maken dat we wegkomen.'

51

De bewolking bleef laag, dik en purperkleurig. Misschien zou de loodkleurige schemering voortaan het normale daglicht zijn, van zonsopgang tot zonsondergang. Ergens in de ten dode opgeschreven stad werd het geweeklaag van een vrouw beantwoord met het gehuil van een man, die op zijn beurt weer antwoord kreeg van een andere jammerende vrouw. En alle drie gaven ze stuk voor stuk uiting aan hun verdriet met precies dezelfde aaneenschakeling van verstikte snikken en jammerkreten. De rondscharrelende witte zwammen schenen continu op verkenning te zijn, of misschien zaaiden ze wel nieuwe kolonies op plekken die ze daarvoor geschikt vonden.

Nadat ze Neil stevig had omhelsd en had gevraagd of hij Cassie onder zijn hoede wilde nemen, nam Molly de drie kinderen Crudup voor het café apart om nog eens naar het verhaal te luisteren dat ze haar onderweg van St.-Perpetua naar de Tail of the Wolf hadden verteld. Nu haar ervaring met Angie in de ontvangstruimte van het café en Cassies verhaal haar nog helder voor de geest stonden, zou ze de belevingen van Eric, Elric en Bethany misschien beter kunnen begrijpen.

Hun vader en moeder waren vanuit de woonkamer omhooggezweefd alsof ze plotseling gewichtsloos waren geworden. Het echtpaar was dwars door het plafond gegaan, vervolgens door het plafond van de slaapkamer erboven, op de eerste verdieping, en uiteindelijk door het dak het huis uit gevlogen. Hoewel de kinderen niet alleen verbijsterd maar ook doodsbang waren geweest, waren ze toch achter hun ouders aan naar boven gehold en vervolgens de losse trap naar de zolder opgeklauterd. De hele gebeurtenis had zich afgespeeld tijdens een van de tochten van het gigantische ruimteschip over de stad, toen het zwevende gevaarte een drukkende uitwerking had en het geluidloze geronk van de motoren door merg en been was gegaan. Daarom waren de kinderen tot de conclusie gekomen dat hun ouders omhooggestraald waren naar het moederschip.

De kinderen spraken over hun grootmoeder met een opvallende genegenheid die ontbrak als ze het over hun ouders hadden. De oma was ontzet geweest door de uiterst vreemde hemelvaart van haar dochter en schoonzoon. De kinderen hadden haar niet gerust kunnen stellen met hun mededeling – gebaseerd op films en tv-programma's – dat iedereen die omhooggestraald werd naar een buitenaards ruimteschip ook altijd weer teruggestraald werd, al hadden ze daarvoor een onbeschoft onderzoek moeten ondergaan en soms pijnlijke proefnemingen.

Nog geen uur later, toen de grootmoeder ook ineens van de vloer van de woonkamer omhoogzweefde naar het plafond, was ze niet gaan gillen zoals je misschien zou hebben verwacht, maar had alleen een kreet van verbazing geslaakt toen haar voeten het tapijt verlieten. Terwijl ze neerkeek op haar kleinkinderen hadden ze tot hun verbijstering gezien dat ze glimlachte en ze zwaaide naar hen voordat ze door het plafond verdween.

Toen de kinderen haar op de eerste etage hadden ingehaald,

had ze voluit gelachen. En voordat ze door het dak verdween, had ze op zolder gezegd: 'Maak je maar geen zorgen over oma, lieve schatten. Ik heb helemaal geen last meer van mijn reumatiek.'

Inmiddels hield Eric nog steeds vol dat hun grootmoeder 'een klap van de molen had gehad', een bewering waar Bethany nog steeds even kwaad over werd als eerder die ochtend. Elric hield zich op de vlakte.

Vanwege het verontrustende vermoeden dat Molly had gekregen toen ze in het café naar Cassie had staan luisteren, was ze voornamelijk geïnteresseerd in wat er was gebeurd nadat oma was verdwenen, toen de kinderen Crudup alleen in huis waren geweest.

Het vijandige wezen had zo'n misselijkmakende geur verspreid, dat ze hadden gekokhalsd toen ze voor de tweede keer naar de zolder klommen. Bethany had haar neus en mond met twee handen bedekt om de ergste stank tegen te houden, maar de tweeling, die niet voor niets naar Scandinavische helden was vernoemd, had zich groot gehouden en door hun mond geademd. Ze kwamen er pas achter waar de stank vandaan kwam toen hun grootmoeder door het dak was verdwenen. Op dat moment ontdekten ze een wezen dat je gemakkelijker uit je ooghoeken kon zien dan wanneer je er recht naar keek, dat eigenlijk een vorm was zonder details, dat voortdurend van gedaante veranderde en dat tussen hen en de enige uitgang van de zolder stond.

'Het wilde ons pakken,' zei Bethany.

Daar twijfelden de drie kinderen geen moment aan. Het zou hen ook gegrepen hebben, daar waren ze het eveneens roerend over eens, als de vrouw die op Obi-Wan Kenobi leek er niet was geweest. Wat ze bedoelden, was niet dat de vrouw in fysiek opzicht op Sir Alec Guinness leek (ze was eigenlijk best knap), niet dat ze even oud was geweest als Obi-Wan (wel oud, beaamden ze, maar misschien hooguit een paar jaar ouder dan

Molly), niet dat ze gekleed was in een intergalactisch gewaad met capuchon (ze konden zich niet herinneren wat ze droeg), maar dat ze een beetje doorzichtig was, precies zoals Obi-Wan als hij na zijn dood af en toe een bezoek aan Luke Skywalker bracht om hem raad te geven.

De kinderen verschilden van mening over de manier waarop de vrouw het beest had verdreven – met een toverspreuk, een magische ring, ingewikkelde handgebaren vol toverkracht die het tot overgave dwongen, of door de pure kracht van haar persoonlijkheid – maar ze waren het er wel over eens dat ze het naar een uithoek van de zolder had verbannen, weg van het luik dat de enige uitgang was. Ze waren weggevlucht van de hoogste verdieping zonder ook maar één keer om te kijken naar het stinkende ding dat zoveel vormen kon aannemen, of naar de verschijning die hen had gered.

'Ze leek wel een beetje op jou,' zei Bethany tegen Molly.

'Helemaal niet,' zei Eric.

'Nou,' zei Elric, 'ik denk eigenlijk van wel.'

'Ze leek echt op jou,' hield Bethany vol.

Eric bestudeerde Molly's gezicht. 'Ja, misschien ook wel.'

Molly had geen flauw idee wat ze van het hele verhaal moest denken en of ze er wel aandacht aan moest schenken. Het belangrijkste was dat zij, door de kinderen nog eens hun verhaal te laten vertellen, een reden te meer had gevonden voor het verschrikkelijke vermoeden dat in het café bij haar was opgekomen.

Ze keek om zich heen naar de stad. In het westen schoot een van die lichtgevende vaartuigen, een schotel of een bol, van noord naar zuid door de dikke mist en op de grond zorgde de weerschijn van het licht ervoor dat de schaduwen van de huizen en de bomen erachteraan leken te vliegen als een meute kwaadaardige geesten, aangetrokken door een rattenvanger die een liedje speelde dat voor mensenoren onhoorbaar was.

De buitenaardse wezens, deze nieuwe heersers over een hervormde aarde, waren ongevoelig voor lijden en in staat tot wreedheden die in elk opzicht de ergste daden van de mensheid overtroffen, ook al was de mens zelf in veel opzichten eveneens een wrede soort. Toch stonden ze toe – en zorgden ze er misschien wel voor – dat de meeste, zo niet alle, kinderen in leven bleven.

Deze verwoesters van beschavingen kenden geen genade. Als de meeste of alle kinderen opzettelijk gespaard werden, dan zou dat vast maar tijdelijk zijn. De buitenaardse wezens hadden hen kennelijk voor een speciaal doel nodig.

52

'Voor welk speciaal doel dan?' vroeg Neil.

'Dat weet ik niet. Ik heb geen flauw idee,' zei Molly.

Ze stonden midden op straat zacht te praten zonder elkaar aan te kijken, op een afstandje van de zes kinderen en de vier honden. Ze hielden de omliggende gebouwen en bomen in de gaten.

Voor de directe toekomst en waarschijnlijk voor de rest van hun leven, al zou dat wel eens op hetzelfde kunnen neerkomen, zouden ze voortdurend waakzaam moeten zijn, ook al waren ze met andere dingen bezig. Als ze moe werden, zouden ze om beurten moeten slapen.

Het zou best kunnen dat de buitenaardse wezens de kinderen voorlopig nog in leven wilden houden en dat Molly en Neil, als de personen die de kinderen onder hun hoede hadden, ook nog niet direct op de lijst stonden om uitgeroeid te worden, maar ze konden er niet blind op varen dat ze naar aanleiding van de recente gebeurtenissen de juiste conclusies hadden getrokken. Toewijding was het enige wat hun hoop gaf, als daar tenminste al sprake van was. Een grimmige overeenkomst schoot haar door het hoofd. 'We zijn aan het oogsten.'

'Wat zijn we aan het doen?' vroeg Neil.

'De kinderen zijn het gewas. Wij zijn het land op gestuurd om hen te oogsten.'

Ze kon zien dat hij een beetje nerveus werd van dat idee, misschien wel omdat het de waarheid akelig dicht leek te benaderen.

'We zijn wie we zijn en we doen wat we willen doen,' ontkende hij slap.

'Misschien maken die smeerlappen daarom maar al te graag gebruik van ons,' opperde ze. 'Maar welk lot de kinderen die wij geoogst hebben ook wacht, één ding staat vast: we geven ze niet zomaar zonder slag of stoot over.'

Dat leek een bijzonder loze belofte als je rekening hield met de krachtsverhouding tussen hen en de buitenaardse wezens, maar ze was bereid om haar leven te geven om zich aan die uitspraak te houden.

'Je moet de honden niet vertrouwen,' waarschuwde ze hem.

Neil keek aandachtig naar de vier dieren die waakzaam en beducht op elk gevaar langzaam om de kinderen heen drentelden. 'Maar ze gaan voor die kinderen door het vuur.'

'Ze zijn trouw en moedig,' beaamde ze. 'Zoals dat meestal het geval is met honden. Maar dit zijn geen normale dieren.'

'Dat hebben we inderdaad uit hun gedrag kunnen opmaken,' knikte hij.

'Het zijn honden, maar ze zijn meer dan dat. Aanvankelijk leek het op toverkunst, met Virgil en die roos en zo. Maar het is dat "meer dan dat" waarvoor we moeten opletten.'

Hij keek haar even aan. 'Is alles goed met je?'

Ze knikte. 'Het was een nare toestand in dat café.'

'Allemaal dood?'

'Of erger.'

'Als het daarop uitdraait...' zei hij.

'Op de dood, bedoel je,' vulde ze aan om hem te helpen.

'Als het daarop uitdraait, wil je dan dat ik je bedien?'

'Kun je dat?'

'Ik mag het niet meer uit hoofde van mijn functie doen, maar ik ken de tekst nog steeds en ik geloof erin.' Hij glimlachte. 'Ik denk dat ze in dit geval wel een oogje zullen dichtknijpen.'

'Goed,' zei ze. 'Ja. Ik zou het prettig vinden als je dat deed. Als het zover komt.'

'Ben je erop voorbereid?'

'Ja. De eerste keer dat een van die lichtgevende vaartuigen boven ons hoofd zweefde, leek het echt zo'n klassieke toestand met een vliegende schotel, en jij en ik samen met Johnny en Abby eronder op straat. Ik rekende min of meer op dodelijke stralen in de trant van *The War of the Worlds.*'

'In de film hebben zowel Gene Barry als Ann Robinson het overleefd,' zei hij.

'De machtige Martianen werden allemaal door aardse bacteriën gedood,' kon ze zich nog herinneren. Maar dit keer verwachtte ze geen Hollywood-einde.

Ze moest ineens weer denken aan het moment vlak voordat ze hun huis verlieten, toen Neil, de filmfanaat, voor de laatste keer voor de tv had staan kijken naar scènes uit een paar van zijn favoriete oude films. Ze wist dat hij het leuk zou vinden als ze hem iets zou vragen waardoor hij zijn kennis kon luchten.

'Wat is er eigenlijk met Gene Barry gebeurd?' vroeg ze. 'Heeft hij ook nog andere films gemaakt?'

'Nog een paar, waarvan er één echt fantastisch was. *Thunder Road* met Robert Mitchum.'

Virgil had de kinderen achtergelaten onder de hoede van de andere drie honden en kwam naast Molly staan. Hij snoof ongeduldig.

Molly bukte zich naar de herder en krabde hem zacht achter de oren, zonder te laten merken dat ze hem niet meer volledig vertrouwde, en zei: 'Goed hoor, kereltje. Ik weet het. Het is tijd om weer aan het werk te gaan.'

Virgil draaide zich meteen om en liep haastig in zuidelijke richting Main Street af.

Ze gingen weer op weg. Molly liep achter Virgil aan, de zes kinderen en de drie andere honden volgden haar op de voet en Neil bewaakte het eind van de rij.

Op deze sombere wijnkleurige dag, die tussen de doorweekte grond en de laaghangende bewolking klam aanvoelde, leken alleen woorden als 'begrafenis' en 'begraafplaats' van toepassing te zijn. De bomen hingen vol zwart-met-grijze slierten, schaduwen en mos, en de auto's die langs de weg stonden geparkeerd, leken te wachten op de lijkwagen om erachteraan te kunnen rijden en een lijkstoet te vormen. De winkels en de huizen rezen als kale grafmonumenten zonder naam of opschrift omhoog, alsof de doden voorgoed vergeten waren zodra ze onder de grond lagen.

Over deze benauwde dag lag weer een benepen stilte. De naaperij van huilende vrouwen en jammerende mannen was opgehouden. Gevederde herauten van de dood – raven, uilen, kraaien – hadden zich niet in de dreigende lucht gewaagd. Ze zaten ook niet in de bomen te krassen of te roepen, hipten niet door de natte tuinen op zoek naar dikke regenwormen en hadden zich evenmin verzameld om op schuttingen of verandahekken de dodenwacht te houden.

Ondanks dat gebrek aan gevleugelde voortekens wist Molly toch instinctief dat de meeste mensen uit Black Lake dood waren. Nog niet zo lang geleden had ze het idee gehad dat ze zich verschanst hadden in hun tot forten omgebouwde huizen en zich gewapend met geweren, messen en honkbalknuppels opmaakten om hun gezinnen te verdedigen. Nu wist ze wel beter. Degenen die niet meteen waren afgeslacht, waren gevangengenomen en achter slot en grendel gezet voor experimenten of wrede spelletjes. In deze huizen was geen leven meer te bekennen – of buitenaards ongedierte moest rondscharrelen door de vochtige kamers en buitenaardse planten moesten wortel hebben geschoten in kelders met een vruchtbare bodem van rottende lijken waarop ze hun bleke bladeren en zwarte bloesems konden uitspreiden.

Molly keek om naar de kinderen en haar gezicht vertrok toen ze zag hoe hoopvol ze haar aankeken, in het volste vertrouwen dat ze op haar konden rekenen. Er waren zelfs een paar aarzelende lachjes en ze voelde zich geroerd door hun aandoenlijke zelfvertrouwen. Ze keek weer voor zich om te voorkomen dat ze zouden zien dat de tranen haar in de ogen sprongen. Ze verdiende dat vertrouwen niet, ook al was ze bereid haar leven voor hen te geven. In deze wereldwijde holocaust, waarbij hele legers waren gesneuveld voordat ook maar één soldaat een kogel had kunnen afvuren, was ze zich er scherp van bewust dat zij en Neil niet opgewassen waren tegen de taak die voor hen lag.

Een mislukte schrijfster met een pistool en een mislukte priester met een geweer. In hun leven waren ze maar in één opzicht succesvol geweest – echt ondubbelzinnig succesvol – en dat was op het gebied van de liefde. Hun niet aflatende en nog altijd groeiende liefde voor elkaar had hun verlossing en vrede geschonken. Maar hun vijand was ongevoelig voor de kracht van de liefde. Als ze afging op alle bewijzen die ze inmiddels verzameld had, waren deze indringers niet eens in staat om het principe te begrijpen.

Virgil sloeg bij de hoek rechts af, Marine Avenue op, en toen Molly achter hem aan liep, dacht ze heel even dat de vochtige lucht en het vreemde licht haar voor de gek hielden en in eendrachtige samenwerking een soort luchtspiegeling of fata morgana hadden geproduceerd. Het leek alsof er op het volgende kruispunt een enorme spiegel stond, waarin Virgil en de processie die achter hem aan liep, werden weerspiegeld. Toen drong het tot haar door dat de hond die voor de andere processie uitliep, niet Virgil was, maar een Ierse setter. Twee gewapende vrouwen, niet één, liepen aan het hoofd van de stoet en één gewapende man – kleiner en ouder dan Neil – vormde de achterhoede. In het midden liepen een stuk of twaalf kinderen en zes honden.

De andere groep ging in noordelijke richting de dwarsstraat in. Ze bleven even staan en keken langs de heuvel omhoog naar Molly. Het licht was zo slecht dat ze op deze afstand hun gezichten niet kon onderscheiden, maar ze moesten stomverbaasd zijn. Ze zwaaide en ze beantwoordden haar groet.

De hond die bij hen de leiding had, de Ierse setter, liep door. Na een korte aarzeling besloten ze het dier te volgen in plaats van Marine Avenue op te lopen en hun nieuwsgierigheid te bevredigen. Hun werk zat er nog niet op. Ze wisten trouwens net zo goed welke taak Molly en Neil op zich hadden genomen als Molly wist waar zij zich mee bezighielden. Het aantal kinderen onder de inwoners van Black Lake was te groot om door een enkele ploeg gered te worden. En als er twee ploegen waren, dan zat het er dik in dat er ook nog een derde was en misschien zelfs wel meer. Daar had Molly moed uit kunnen putten, als ze niet het vermoeden had gehad dat ze aan het oogsten waren in plaats van bezig met de uitvoering van een reddingsoperatie.

De andere groep liep de dwarsstraat in en verdween uit het zicht.

Virgil bracht Molly naar een vlakbij gelegen Victoriaans huis, waarvan de dakkapellen, zadeldaken en houten sierlijsten een elegante indruk maakten. Ze wierp een blik op haar horloge. Bijna twaalf uur. Er waren tien uur verstreken vanaf het moment dat ze voor het eerst de lichtgevende regen had gezien en de coyotes op de veranda. Ze wist instinctief dat ze niet veel tijd meer hadden en dat de laatste slag van deze oorlog, wat dat ook mocht wezen, al snel uitgedeeld zou worden.

deel zeven

'In het eind is mijn begin.'
T.S. Eliot, *East Coker*

53

Dakkapellen versierd met in hout uitgesneden bloemmotieven, houtwerk dat met gulle hand was aangebracht, bedden vol sleutelbloemen, omringd door smeedijzeren hekjes, gecanneleerde verandapalen met Italiaans aandoende kapitelen en een in panelen verdeelde, met zorg en fantasie geschilderde voordeur met een glas-in-loodraam: dit huis was een toonbeeld van evenwichtige architectuur, een bewijs van de langdurige strijd van de mens tegen chaos en van zijn zoektocht naar de zin van het bestaan.

Tijdens Molly's leven hadden architecten voornamelijk steriliteit gepredikt, oftewel orde zonder doelstelling, en kracht op een voetstuk gezet, oftewel zin zonder gratie. Door de grondbeginselen van de maatschappij die het had voortgebracht af te wijzen, hadden het modernisme en zijn filosofische stiefkinderen niets anders te bieden dan opzichtigheid in plaats van ware schoonheid, en sensatie in plaats van hoop.

Haar leven lang had ze de maatschappij lelijker en valser zien worden. En nu ze achter Virgil aan deze verandatrap op liep, werd ze bekropen door een onthutsend gevoel van verlies. Dit prachtige huis, met zoveel liefde ontworpen en gebouwd, was een symbool van alles wat weggevaagd zou worden door de nieuwe ecologie en de wrede nieuwe heersers over de aarde. De verwoesting die al stapje voor stapje was aangericht door een eeuw van modernisme, was in minder dan een dag meer dan verduizendvoudigd en al gauw zou het werk van het modernisme zelf met de grond gelijkgemaakt worden door koudbloedige wezens, die de belichaming waren van de toekomst waarnaar het modernisme had gehunkerd.

Alle dwaasheden van de mens leken het waard gekoesterd te worden, als dat de prijs was om alle mooie dingen van de menselijke samenleving te behouden. Hoewel het hart van de mens egoïstisch en arrogant is, zijn er zoveel mensen die de strijd tegen dat egoïsme hebben opgepakt en hebben geleerd nederig te zijn. Zolang er leven is, zal er dankzij hen de hoop bestaan dat verloren schoonheid herwonnen kan worden, dat wat geschoffeerd is in ere kan worden hersteld.

Maar het menselijk leven zou misschien binnenkort zo grondig uitgeroeid worden dat het zou lijken alsof het nooit had bestaan.

Toen Virgil voor de deur wachtte, keek Molly om naar Neil, die op straat stond met hun zes gijzelaars voor geluk. Zeven huwelijksjaren waren zo snel voorbijgegaan... Zeventig zouden nog niet genoeg zijn geweest.

De kinderen zagen er ontzettend kwetsbaar uit. Het kwaad leek altijd door kinderen aangetrokken te worden, vooral door kinderen. Voor degenen die doortrokken zijn van het kwaad, is het bezoedelen en vernietigen van onschuld het grootste goed.

Virgil maakte een grommend geluid. Net als bij het huis waar ze Johnny en Abby hadden aangetroffen, ging de deur open, misschien doordat de hond er macht over had of omdat een boze kracht in het huis Molly wilde overhalen naar binnen te komen, met dezelfde gastvrijheid die de spin tentoonspreidt tegenover de vlieg.

De hond stapte over de drempel. Molly aarzelde. Als dit de laatste uren van haar leven waren, dan moesten die ten dienste staan van kinderen, of ze hen op de lange duur nu wel of niet zou kunnen redden. Maar ze was zo moe en haar ogen begonnen te branden door het gebrek aan slaap. Ze had zoveel afschuwelijke dingen gezien dat ze emotioneel opgebrand was. Met als gevolg dat er een kloof vol twijfel gaapte tussen de goede bedoeling en de daad.

Ze sterkte haar besluit met een dichtregel van Eliot: *Het leven kun je ontvluchten, met de dood zal dat niet gaan.*

Je kon een grimmige moed putten uit dat soort harde waarheden.

Ze liep het huis binnen. Hoewel niemand de deur had aangeraakt, viel die achter haar en Virgil dicht.

Net als in dat andere huis, in een andere straat, hoorde ze geritsel in de wanden – het gewemel van zwermen veelpotige wezens of het gefladder van ontelbare vleugels. Dit keer moest ze de morele steun van Neil ontberen, ze kon zich alleen laten leiden door de Duitse herder, die misschien wel in dienst was van een of andere kwaadaardige macht. Maar als ze vertrouwen wilde blijven houden in haar intuïtie en haar geloof, die haar nog nooit in de steek hadden gelaten, dan moest ze ook de hond vertrouwen.

De purperen dag stond met de neus tegen de ruiten gedrukt, maar verlichtte niets. Ze knipte de zaklantaarn aan en probeerde niet te denken aan hoe lang – of hoe kort – de batterijen nog mee zouden gaan.

Virgil liep naar de trap en ging naar boven. Terwijl ze achter hem aan klom, hoorde Molly hoe de wervelende stroom van geluiden in de muren plotseling geordend werd in een afnemend en aanzwellend ritme. Het was een eb en vloed die zich voortdurend herhaalde, waardoor ze abrupt op de overloop bleef staan.

In het afgemeten gefluister van deze zucht uit duizend kelen hoorde ze een bepaalde bedoeling, een betekenis en iets wat op wanhoop leek. Ze luisterde nog aandachter en voelde een rilling van verbazing toen het zachte, ritmische geritsel plotseling in woorden veranderde: *'Tijd voor moord... tijd voor moord... tijd voor moord... tijd voor moord...'*

Hoewel het kwaadaardige koor ontelbare stemmen telde, waren ze stuk voor stuk nauwelijks luider dan een zucht. Bij elkaar brachten ze zo'n verraderlijk gefluister voort, dat het bijna leek alsof het in haar hoofd ontstond. Het had meer weg van een auditieve hallucinatie dan van een echt geluid.

Abby had nadrukkelijk gezegd dat de muren af en toe praatten. Het meisje had niet verteld wát ze zeiden.

'... tijd voor moord... tijd voor moord...'

Molly kon er niet uit opmaken of het een dreigement was of een bevel dat door het constant te herhalen iets dwingends kreeg. Of dat het totaal iets anders betekende.

Ze hield zichzelf voor dat ze dit fascinerende duistere koor gewoon moest negeren. In plaats van ernaar te luisteren liep ze uit nieuwsgierigheid dichter naar de muur van de overloop toe.

Het weldadige licht van de zaklantaarn liet de rozen op het behang opbloeien, voornamelijk gele maar ook een paar roze. Geen doornen, veel blad. Ze liet haar hand over de papieren rozen glijden, zonder dat ze precies wist wat ze verwachtte te voelen. Misschien een bobbel in het pleisterwerk. Een bewijs dat er structureel iets mis was met het huis. De muur was glad, droog en stevig. Er gleed een lichte trilling over haar handpalm, anders niet.

'... tijd voor moord... tijd voor moord... tijd voor moord...'

Ze had het idee dat ze tussen de Engelse stemmen ook andere hoorde, die een vreemde taal spraken. Ze boog haar hoofd naar de muur en drukte haar oor tegen de gele rozen. De papieren rozentuin scheidde een vreemde, licht verontrustende geur af, maar dat konden ook best de chemicaliën in het behang of het plaksel daaronder zijn.

Toen ze zich concentreerde op de stemmen in de vreemde talen, klonken die ineens duidelijker, alsof ze wisten dat ze specifiek belangstelling voor hen had. Ze hoorde dezelfde drie woordjes in het Frans en in het Spaans. Hardnekkige stemmen scandeerden ze in wat wellicht Russisch, Japans, Chinees, Duits of Zweeds was en weer anderen in talen die ze absoluut niet herkende. Daarna werd het ritme verbroken. De afgemeten geluidsgolven veranderden weer in een woordeloze vloed van duizenden en nog eens duizenden scherpe geluidjes, het getrippel en gezoef, het getik en gezoem van een druk nest.

In een poging er door middel van niets anders dan geluid achter te komen wat voor soort ongedierte achter het pleisterwerk zwermde, bleef ze nog even met haar oor tegen de muur gedrukt staan tot ze een eenzame stem vanuit dat gefladder en gefriemel hoorde fluisteren. *'Molly.'*

Verbijsterd stapte ze weg bij de muur. Tree voor tree speelde het licht van de zaklantaarn over de trap naar beneden en vervolgens op dezelfde manier naar boven, waar de hond stond te wachten. Ze zag niemand die haar naam had kunnen uitspreken.

De planetaire apocalyps was plotseling griezelig persoonlijk geworden. Iets van buitenaardse oorsprong, dat met onbekende bedoelingen in de wanden rondkroop, had haar naam uitgesproken op een enge, intieme manier die haar met walging vervulde.

En opnieuw, op een dringende, verlangende toon: *'Molly.'*

54

Met glimmende ogen die in de schaduw vertrouwd aandeden maar in het licht van de zaklantaarn een vreemde, felle indruk maakten, stond Virgil boven aan de trap op Molly te wachten. Hij begroette haar niet met een gekwispel maar met een dringend gepiep, en bracht haar meteen naar de enige deur van de vijf die gesloten was.

In die kamer klonk het zachte gehuil van een kind, misschien een jongetje, dat niet lag te snikken alsof hij direct in gevaar was, maar alsof hij uitgeput was van een angst waar geen eind aan kwam.

Ze probeerde de deur te openen met de hand waarmee ze de zaklantaarn vasthield. Ze kreeg de knop niet omgedraaid. Heel even wachtte ze of de deur misschien open zou gaan op commando van de hond of van het wezen dat hen beneden had binnengelaten, maar dat gebeurde niet.

Omdat ze het pistool liever niet in haar zak wilde stoppen, legde ze in plaats daarvan de zaklantaarn op de grond en probeerde het opnieuw nu ze haar hand vrij had. Op slot.

'Lieverd, we zijn hier om je te helpen,' riep ze tegen het huilende kind. 'Je bent niet meer alleen. We komen je halen.'

Alsof haar woorden een toverspreuk waren, zwaaide de deur abrupt naar binnen open en onthulde absolute duisternis, zwart als een hongerige muil. Uit de muren en het plafond klonk haar naam, gefluisterd met een gretigheid die uitgehongerd leek. *'Molly, Molly, Molly, Molly...'*

Van schrik deed ze onwillekeurig een stap achteruit. Virgil schoot onverschrokken langs haar heen de kamer in. De deur viel met een klap dicht.

Ze probeerde de knop weer, hoewel ze wist dat die niet zou draaien en dat klopte. Ze bukte zich en pakte de zaklantaarn van de vloer. Toen ze zich weer oprichtte, zag ze beweging in de hal. Van rechts kwam iets snel op haar af. Hij smeet zich met zijn volle gewicht tegen haar aan, een man die niet zo groot was als Neil, maar toch behoorlijk uit de kluiten gewassen. De klap kwam zo hard aan dat de zaklantaarn uit haar hand schoot. Ze liet het pistool vallen en sloeg tegen de grond. Hij liet zich boven op haar vallen, waardoor ze naar adem snakte, en zei: 'Je krijgt ze niet mee. Dat zijn mijn offers.'

De zaklantaarn lag maar een paar centimeters links van hen, waardoor ze hem kon zien. Kortgeknipt rood haar. Een zinnelijk gezicht: blauwgroene ogen met zware oogleden, volle lippen. Littekenweefsel dat als een koord van zijn linkeroor naar zijn mondhoek liep, een souvenir van een oud messengevecht.

'De lammetjes zijn van mij,' zei hij. Hij stonk uit zijn mond, de zure lucht van bier, de scherpe geur van knoflook en de walgelijke stank van rottende tanden. Hij balde zijn vuist tot het formaat van een fikse, ingeblikte ham en beukte op haar gezicht in. Doordat ze net op tijd haar hoofd wegtrok, was zijn klap bijna mis. De knokkel van zijn duim brak het kraakbeen in haar linkeroor en zijn vuist sloeg met een dreun tegen de vloerbedekking.

Ze schreeuwden het allebei uit van pijn en ze wist dat ze de volgende klap niet zou kunnen ontwijken. Hij zou haar neus in elkaar rammen, haar jukbeenderen breken en haar vervolgens doodslaan. Hij was bijna anderhalf keer zo zwaar als zij en ze kon hem niet van zich afduwen, dus voor hij opnieuw kon uithalen, tilde ze haar hoofd op en beet hem in zijn gezicht. Als ze de kans had gehad, zou ze hem in zijn keel hebben gegrepen. Maar ze kon haar hoofd niet ver genoeg draaien en moest hem hogerop pakken. Haar ondertanden onder zijn kaakbeen, haar boventanden diep in zijn gave wang.

Hij brulde van de pijn en deinsde achteruit, maar ze beet zich vast alsof ze een terrier was. Hij sloeg wild op haar schouders en tegen de zijkanten van haar hoofd, maar het waren klappen die nauwelijks aankwamen, in paniek gegeven, en Molly weigerde los te laten. Hij richtte zich nog verder op, net ver genoeg, en ze liet hem los, spuugde hem uit, duwde hem van zich af, gooide hem opzij en schoof haastig weg.

De woesteling, ontzet nu hij zelf op zo'n barbaarse manier was aangevallen, rolde op zijn zij, greep met twee handen naar zijn kapotte gezicht en nam jammerend van ongeloof de schade op. Molly spuugde zijn bloed uit, kokhalsde van de smaak en spuugde nog twee keer, voordat ze zichzelf toestond naar adem te happen. Ze greep de zaklantaarn op en krabbelde overeind. Ze had maar een paar seconden, drie of vier. Zijn schrik zou niet lang duren en dan zou hij meteen razend worden en zich met geweld willen wreken.

Lammetjes, had hij gezegd. *De lammetjes zijn van mij.* Er moest meer dan één kind in de kamer zijn waarin Virgil was verdwenen. *Offers,* had hij gezegd.

Ze hoorde belletjes rinkelen in haar beschadigde oor en het half verpletterde kraakbeen prikte alsof het met glas werd bewerkt.

Haar pistool. Dat lag hier ergens. Ze moest het vinden. Het was haar enige hoop.

Vloerbedekking, bloedspatten, vloerbedekking, vuile voetstappen, muntjes die waarschijnlijk uit zijn zakken waren gevallen, allemaal te zien in het rondwarende licht, maar geen pistool.

Terwijl hij haar mompelend vervloekte, waarbij de lucht bij elk woord door het gat in zijn wang floot, hees hij zich op zijn knieën en begon op te staan. In de hoop dat ze zo nog wat extra tijd zou krijgen om naar het pistool te zoeken, schopte ze naar zijn hoofd, maar miste. Hij greep haar voet, trok haar bijna omver, maar kon haar niet vasthouden.

Vloerbedekking, vloerbedekking, een plasje bloed, nog meer muntjes, vloerbedekking, een zelfgerolde sigaret – een joint, aan beide kanten dichtgedraaid – vloerbedekking, maar geen pistool. Geen pistool. Misschien was hij erbovenop gevallen.

Geen tijd meer. Ze holde naar de dichtstbijzijnde kamer, weerde schaduwen af met behulp van de zaklantaarn, gooide de deur achter zich dicht en voelde op de tast naar het slot in de hoop dat het erop zat. En dat was inderdaad zo. Alleen maar een gewoon slot, geen grendel.

Het slot klikte dicht. Hij knalde tegen de deur op en schudde die aan de knop heen en weer. Zo meteen zou hij er een trap tegen geven. Het slot was niet veel bijzonders. Dat zou het niet houden.

55

Een mandoline, een fluit, een tamboerijn en een Franse hoorn op een bed van hulst en omringd door linten was het motief op de zitting van de met *petit point* beklede eetkamerstoel die links van de deur stond.

In de gang trapte de man die ze gebeten had, tegen de deur. Het slot kraakte, maar het sprong niet open, hoewel het een volgende trap niet zou overleven. Molly hield de stoel schuin achterover en zette de rugleuning haastig klem onder de deurknop. Een tweede trap vernielde het slot, maar de schrap gezette stoel hield de deur tegen en weerstond ook een derde trap. Exquise borduurwerk bleek bestand tegen woeste aanvallen en zo hoorde het ook in een goed geordende wereld.

Hij vervloekte haar en ramde met een vuist op de deur. 'Je bent nog niet van me af,' beloofde hij. 'Ik kom terug zodra ik klaar ben met mijn lammetjes.'

Toen leek hij weg te gaan.

Of hij nu op haar stond te wachten of niet, hij was een gewone man, niet iets van een andere planeet. Hij was niet in staat geweest om dwars door de gebarricadeerde deur te vloeien.

Ze had diverse confrontaties met buitenaardse en ongelooflijke monsters zonder schade doorstaan, maar een doodgewone man had haar verwond. Ze besefte dat er een betekenis in dat feit school, maar die ontging haar voorlopig nog en ze kreeg opnieuw het gevoel dat ze op het punt stond iets te ontdekken wat van enorm groot belang was.

Ze had geen tijd de stukjes van de puzzel die haar intuïtie haar voorschotelde, op hun plaats te leggen. Om na te denken had je tijd en rust nodig en die had ze geen van beide.

Het beest dat ze had gebeten, had gezegd dat de lammetjes, de kinderen, zijn *offers* waren. Voor wat, voor wie, op welk altaar, met welk doel maakte niet uit, het enige wat telde, was wat hij van plan was en hem tegen te houden voordat hij dat kon uitvoeren.

Haar verpletterde en bloedende oor deed pijn, maar het rinkelde niet meer. Ze kon er prima mee horen. Het enige geluid was de voortdurende beweging in de muren, het geritsel en gewriemel. Er klonken geen stemmen op uit het fluisterende gedrang.

Ze voelde de ene na de andere golf van misselijkheid opkomen. Haar mond raakte vol speeksel. Maar ze proefde nog steeds bloed, dus spuugde ze het uit in plaats van het door te slikken. En nog een keer.

Toen ze zich afkeerde van de deur en het licht van de zaklantaarn liet ronddwalen, was het eerste wat ze zag een bijl die diep in de zijkant van een hoge houten kast beet. Bloed op het blad en bloed op de steel.

Haar maag draaide zich om. Ze wilde eigenlijk niet verder kijken, maar ze moest en ze deed het ook.

Ze stond in een kantoor aan huis, dat nauwelijks verlicht werd door twee ramen, die uitkeken op door mos verstikte bomen in het purperen middaglicht. Een deur naar een aangrenzende badkamer stond open.

Ze deelde de kamer met twee aan mootjes gehakte lijken – een man op de vloer en een vrouw die op een hoopje in een fauteuil lag. Ze was immuun geworden voor afgrijselijke toestanden, maar ze keek er toch niet te aandachtig of te lang naar.

Uit familiefoto's aan de muur achter het bureau bleek dat dit de ouders waren van de kinderen die opgesloten zaten in de kamer vlak bij de trap. De kinderen op de foto's waren een jochie met kuiltjes in zijn wangen en zijn oudere zusje, met zwart haar en een Cleopatra-pony.

Aangezien de man met het litteken op geen van de foto's stond, moest hij een indringer zijn. Ze had geweten dat Michael Render niet de enige psychopaat was die misbruik zou maken van de chaos van een ineenstortende samenleving.

Offers.

Haastig doorzocht ze de laden van het bureau, op zoek naar een wapen. Ze hoopte dat ze een pistool zou vinden. Maar het beste wat haar in handen kwam, was een schaar.

Achter haar zei de man met het litteken: 'Laat die maar vallen,' en drukte de loop van een vuurwapen, waarschijnlijk haar eigen 9mm-pistool, in haar nek.

56

De geborduurde stoel stond nog steeds klem onder de deurknop, maar de moordenaar was niet dwars door die barrière of een andere gestapt. De aangrenzende badkamer gaf eveneens toegang tot een slaapkamer. Hij was lang genoeg in het huis geweest om de indeling te kennen en hij was het kantoor binnengekomen via de badkamer en de kamer ernaast.

Molly liet de schaar niet meteen vallen zoals haar was bevolen. Haar levendige verbeelding toonde wat haar te wachten stond: verkrachting en martelingen die het risico waard leken om zich met een ruk om te draaien en te proberen de schaar in zijn buik te planten in de hoop dat ze het schot zou kunnen ontwijken.

Maar ze wist niet wat de toekomst zou brengen en ze wilde zich niet laten leiden door de angst voor wat er zou kunnen gebeuren. Het verleden en de toekomst zijn allebei even onherroepelijk en het enige wat telt, is het moment van nu, het heden, waarin het leven zich afspeelt, waarin keuzes worden gemaakt op grond van praktische en filosofische redenen.

De schaar viel kletterend op het bureaublad.

Hij verschoof de loop van het pistool naar haar keel, sloeg zijn arm om haar heen en betastte haar borsten door haar trui heen, niet gedreven door lust maar door de wens om haar pijn te doen. En dat deed hij ook, door hard te knijpen.

'Dus je vindt het leuk om te bijten, hè?' Zijn stem had een vreemde klank gekregen door het gat in zijn wang en zijn adem stonk nog steeds, maar nu ook naar bloed. 'Eet je lamsvlees?'

Als ze gilde, zou Neil komen, maar dan zouden de zes kinderen op straat achterblijven, alleen beschermd door de honden, die inmiddels ook verdacht waren.

'Eet je lamsvlees?' herhaalde hij, terwijl hij haar zo gemeen kneep dat ze hem bijna het genoegen deed om het uit te schreeuwen van de pijn.

'Nee, daar hou ik niet van.'

'Je zult het vanzelf lekker gaan vinden,' zei hij. 'Ik neem je mee door de gang naar mijn twee lammetjes en dan ga ik lekker toekijken hoe jij je tanden in die twee malse hapjes zet.'

De onbekende wezens in de muren en in het plafond begonnen nog zenuwachter door elkaar te fladderen.

'Hoe harder je ze bijt, hoe meer leuke plekjes je kunt bedenken om ze te bijten, hoe groter de kans dat ik je laat leven.'

Om tijd te rekken en in de verwachting dat zijn antwoord zo van waanzin aan elkaar zou hangen dat ze er geen touw aan vast zou kunnen knopen, zei Molly: 'Je noemde ze offers. Voor wat en waarom?'

'Ze willen de kinderen, kinderen meer dan iets anders, maar ze kunnen niet aan ze komen.'

'Wie?'

'Zullie, die nou de macht over de wereld in handen hebben.'

'Waarom kunnen ze niet aan de kinderen komen?'

'Weet je dan helemaal niks? Kinderen kun je niet ziften,' zei hij. 'Maar daar hoef ík me niks van aan te trekken. Als ik die kinderen om zeep help, zullen zullie die nou de macht hebben, goed voor mij zijn.'

Molly voelde zich als een blinde vrouw die regels in braille las, waaruit op willekeurige plaatsen puntjes waren weggelaten. Vlak achter de horizon van haar bevattingsvermogen daagde elementair begrip.

Hij trok zijn arm weg, maar duwde de loop van het pistool nog harder tegen haar keel, vlak onder haar kaakgewricht. 'Pak die zaklantaarn maar van het bureau en loop langzaam en netjes met me mee. Haal geen rare streken uit, anders jaag ik een kogel door dat mooie koppie.'

Achter de ramen leek de sombere middag plotseling op te klaren. Het koude witte licht dat omlaag straalde, poetste het paars uit de lucht. Ze herkende het soort licht meteen. Een van die geruisloze, lichtgevende toestellen moest boven het huis hangen. Net als eerder had ze het gevoel dat ze nauwlettend werd gadegeslagen en bestudeerd. Maar het bleef niet bij bestuderen: ze had het gevoel dat ze binnenstebuiten werd gekeerd, dat alles in haar hart, brein en lichaam bekénd werd.

Haar belager had kennelijk hetzelfde gevoel, want hij verstijfde en week een pas achteruit, weg van het raam, waarbij hij haar meetrok. 'Wat is dat voor gelul?'

De angst leidde hem af en toen de druk van de loop tegen Molly's keel afnam, wist ze gewoon dat dit de tijd was iets te ondernemen, want ze was zich zelden zó bewust geweest van het moment. Haar blik was klaar, haar brein werkte op volle toeren. Alle ervaring uit haar verleden en alle hoop voor haar toekomst concentreerden zich op het rustpunt van *nu.*

Ze griste de schaar van het bureau en rukte zich tegelijkertijd los. Ze hoorde de dubbele klik van de trekker, maar niet de knal van een schot. Ze draaide zich naar hem om. Het pistool was dertig centimeter van haar gezicht verwijderd. De loop leek gigantisch, heel donker. Hij haalde opnieuw de trekker over. Het pistool ging niet af.

Alsof ze een van de schikgodinnen was die een levensdraad doorknipte, priemde ze de schaar meedogenloos in zijn hand. Hij schreeuwde het uit en liet het pistool vallen. Ze smeet de schaar naar hem toe, bukte zich en griste het pistool van de grond. Toen ze zich oprichtte, zag ze dat hij zijn handen uitstak om haar te grijpen. Ze haalde de trekker over en voelde de terugslag van het pistool in haar hand.

Hij werd het offer dat hij van de kinderen had willen maken. De kogel trof zijn hart met zoveel precisie dat hij al dood was voordat er een verbaasde trek op zijn gezicht kon verschijnen, een afkoelend lijk voordat hij de grond raakte.

Het was geen toeval geweest dat zijn wapen twee keer geketst had voordat haar kogel hem van korte afstand had getroffen, en er mankeerde ook niets aan het pistool. Iets werkte in haar voordeel, een of andere geheimzinnige macht.

Achter het pleisterwerk was de wriemelende zwerm stil geworden.

57

Het felle schijnsel van de UFO die boven het huis hing, stroomde door de ramen, en het licht was veel te onthullend in dit met lijken bezaaide abattoir. Molly pakte haar zaklantaarn van het bureau en liep het kantoor uit via de badkamer en de andere kamer. Hier viel het licht door een raam hoog in de muur van de douchecel, waardoor ze zichzelf in de spiegel kon zien – plus de gestalte van iemand anders die hier helemaal niet was. Ze ving een glimp op van de ander en bleef geschrokken staan om nog een keer te kijken, maar nu zag ze alleen haar eigen spiegelbeeld.

Ze wist niet of haar moeder, Thalia, die ze in een flits in de spiegel had gezien, hier ook werkelijk was geweest of dat dit visioen alleen maar de kortstondige verwezenlijking van haar liefste wens was, een hallucinatie of misschien zelfs wel het eerste spoortje van waanzin.

Ze was het liefst blijven staan om de spiegel te bestuderen, maar de lammetjes die gered waren van de offertafel, hadden haar nodig. Terwijl ze door de volgende kamer en de gang liep, werd haar weg via diverse ramen en dakramen verlicht door het vaartuig in de lucht.

Toen ze bij de deur vlak boven de trap kwam, zwaaide die wijd voor haar open. Het was een meisjeskamer. Pluchen beesten zaten tegen het hoofdeinde van een bed, waar een gerimpelde strook omheen zat. Satijnen gordijnen afgezet met zigzagbandjes. Posters van tieneridolen aan de muren, gladde jongens met een androgyne uitstraling. Kwikjes en strikjes.

Twee stoelen met de ruggen tegen elkaar. Het meisje met de Cleopatrapony, hooguit een jaar of elf, en haar broertje met de kuiltjes in zijn wangen zaten erop vastgebonden met breed plastic plakband om hun polsen en enkels.

Virgil bewaakte de kinderen en hij moest het opnemen tegen een paar formidabele tegenstanders. Een kolonie zwammen – witte bollen, bleke longzakken – zat weggekropen in een hoek. Een tweede kolonie, al voorzien van die dikke maar toch insectachtige poten, hing boven het bed aan het plafond. Afgezien van de opzwellende en leeglopende zakken was er geen beweging te zien, hoewel ze vanbinnen misschien wel krioelden van leven.

Op het bed lag de lege rol van het plakband en het mes dat de moordenaar had gebruikt om het af te snijden. In de hoop dat het lichtgevende vaartuig boven het huis zou blijven hangen en genoeg licht door de ramen zou laten vallen om te voorkomen dat ze in de aanwezigheid van die wandelende zwammen bij het licht van de zaklantaarn zou moeten werken, griste Molly het mes van het bed en begon het plakband door te snijden.

Ze heetten Bradley en Allison, en Molly deed haar best om hen zoveel mogelijk gerust te stellen, terwijl ze uitlegde dat ze meteen en via de kortste weg naar buiten moesten lopen. Ze jokte over het lot van hun ouders toen ze daar angstig naar informeerden. Het was misschien wel gemakkelijker om het leven van al die kinderen te redden dan hun te leren hoe ze een toekomst moesten bouwen op de gammele fundamenten van persoonlijke tragedies en catastrofale vernielingen.

Ze zette die gedachte vastbesloten van zich af. Om dit werk te kunnen doen, moest ze zich volledig concentreren op het heden en als ze de kinderen hoop wilde geven en hen over de wanhoop heen wilde helpen die voortsproot uit het nadenken over alles wat ze verloren hadden, zou ze hun uiteindelijk ook moeten leren alleen maar aan het heden te denken.

Nu besefte ze trouwens pas dat ze op een gegeven moment, nadat ze over de drempel van dit huis was gestapt, de overtuiging had gekregen dat ze inderdaad een toekomst zouden hebben, terwijl ze daarvoor geen enkele reden had gehad te denken dat ze een kans zouden hebben te overleven. Ze kende een paar van de redenen voor die veranderde opvatting, maar niet alle. Kennelijk had haar onderbewustzijn meer redenen voor optimisme bespeurd, die het nog niet met haar wenste te delen.

Omdat Bradley de jongste was en nog banger dan zijn zusje, maakte Molly hem eerst los en zei dat hij dicht bij Virgil moest blijven. Haar vertrouwen in de hond was door de recente gebeurtenissen vrijwel helemaal hersteld.

Toen ze bijna klaar was met het lossnijden van Alison, hoorde Molly een slobberend, ontegenzeggelijk organisch geluid en ze keek net omhoog naar de kolonie boven haar hoofd op het moment dat het vel van een ronde zwam, ongeveer zo groot als een meloen, openspleet alsof het oogleden waren. Onder het vlies zat het gezicht van een mens.

Van alle ongelooflijke en groteske dingen die ze sinds de coyotes op de veranda had gezien, was dit toch wel de meest bizarre, de minst begrijpelijke en de meest verontrustende aanblik. Hoewel ze ervan walgde, kon ze haar ogen niet afwenden.

Bij nadere bestudering bleek dat het gezicht in de zwam geen reliëf had. De oppervlakte van de zwam onder de geopende oogleden was glad, bol en doorzichtig, en het mensengezicht leek erin te drijven als een van de voorwerpen in die met sneeuw gevulde kerstballen. Het was het gezicht van een man met blauwe ogen en een blonde snor. Zijn blik richtte zich op Molly en het was net alsof hij haar kon zien. Zijn uitdrukking was angstig en smekend en hij leek haar iets toe te roepen, hoewel hij geen geluid maakte.

Ook van een tweede zwam gleden de witte vliezen open waardoor een ander gezicht tevoorschijn kwam: een vrouw die het uitschreeuwde en kennelijk vreselijke kwellingen onderging. Het geschreeuw was onhoorbaar.

Dit waren geen echte gezichten, maar terwijl Molly er verlamd van schrik en angst naar stond te kijken, kreeg ze het vermoeden – dat al snel plaats maakte voor zekerheid – dat ze allemaal de weergave waren van een menselijk bewustzijn, het brein en het geheugen van iemand die echt had geleefd. Ze waren bij hun dood weggeplukt uit hun lichaam en op de een of andere manier in deze walgelijke bouwsels opgesloten. Elke kolonie van witte zwammen was een soort organische gevangenis, waarin het bewustzijn was opgesloten van mensen die door toedoen van de nieuwe heersers over de aarde om het leven waren gekomen. Of misschien was het juister om te stellen dat de kolonies een soort dataopslagsystemen waren waarin complete menselijke breinen werden verzameld, inclusief het geheugen, de kennis en de persoonlijkheid.

Molly had het gevoel alsof haar bonzende hart in haar borst samenkromp en verschrompelde bij dit soort overwegingen.

Er gingen meer oogleden open waardoor ook andere gezichten getoond werden, niet alleen in de kolonie die over het plafond scharrelde, maar ook in verzameling zwammen in de hoek. Door de manier waarop ze naar haar en de kinderen keken en door de uitdrukking op die gezichten, wist Molly ineens zeker dat ze in hun gevangenis bewúst waren. Bewust, waakzaam en wanhopig. Een paar van hen waren al gek geworden van hun toestand en gingen als waanzinnigen tekeer, zonder geluid te maken.

Virgil was verstandig en maakte zich uit de voeten naar de overloop. Omdat ze wilde voorkomen dat Bradley en Allison nog meer van die walgelijke voorstelling zouden zien, duwde Molly de kinderen haastig achter de hond aan. In de deuropening keek ze nog een keer achterom en zag opnieuw de oogleden van een bol opengaan, waardoor het gezicht tevoorschijn kwam van de man met het litteken die ze hooguit drie of vier minuten geleden had doodgeschoten. Hij keek haar aan met een van haat verwrongen gezicht.

Ineens kregen de gezichten de kans zich te laten horen en uit de kolonies steeg een schrille kakofonie op van gehuil, gejammer, gegil, geroep om hulp, kreten van boosheid, vloeken en krankzinnige lachbuien.

Terwijl Molly achter de kinderen aan de trap af vluchtte, zette het vaartuig dat boven het huis had gezweefd, zich in beweging, waardoor de ramen weer modderig paars werden en in het huis opnieuw duisternis heerste.

58

Neil wilde haar gehavende en met bloed besmeurde oor bekijken, maar Molly stond erop dat ze door zouden gaan met het werk. Virgil was alweer op pad en draafde in oostelijke richting door de straat, terug naar waar ze vandaan waren gekomen.

Dit keer liepen de kinderen – inmiddels acht in getal – voorop, achter de hond. Molly en Neil volgden in hun kielzog, waakzaam maar niet langer op het randje van paranoia.

'We hoeven de kinderen alleen maar te beschermen tegen mensen,' zei Molly. 'Doodgewone, uit man en vrouw geboren mensen. De boosaardige en zieke figuren. Maar de buitenaardse wezens en alles wat afkomstig is uit hun wereld... die zullen de kinderen niet aanraken.'

'Hoe weet je dat?' vroeg hij.

Ze herhaalde wat de man met het litteken had gezegd. '"Kinderen kun je niet ziften."'

'Hè?'

'Er zijn dingen in dat huis gebeurd waardoor ik er nu heel

anders tegenaan kijk. Dat zal ik je later wel vertellen. Maar het belangrijkste is dat de kinderen onaantastbaar zijn.'

'Waarom?'

'Dat weet ik niet zeker, maar ik ben bezig met een bepaalde theorie. En er is nog iets... Ik denk dat mensen zoals wij, die naar hen op zoek zijn, ook onaantastbaar zijn.'

'Je oor heeft het anders behoorlijk te verduren gehad.'

'Maar dat was niet een van hen, niets... buitenaards. Er zat een vent binnen, een of andere psychopaat. Hij had hun ouders gedood en was van plan ook Bradley en Allison te vermoorden.'

'Ik dacht dat ik een schot hoorde. Maar het klonk nogal gedempt en ik wist het niet zeker. Ik was bijna naar binnen gekomen.'

'Toen was alles al voorbij.'

Hij keek haar niet alleen verbaasd, maar zelfs een beetje verwonderd aan. 'Vroeger schreef je alleen maar boeken.'

'O ja? Een hele tijd geleden misschien.'

De herder bracht hen terug naar het kleine centrum van Black Lake. Alle bomen zaten inmiddels vol slierten zwartachtig mos dat een paar ervan al had verstikt. Er begon ook mos te verschijnen op de gebouwen: het hing als franje aan goten en vensterbanken.

'Goed,' zei hij, 'maar worden ze door ons nu gered of geoogst?'

'Gered, denk ik. En ik heb ook weer een beter gevoel over de honden.'

Snelle, donkere figuren dartelden over de daken van de huizen en de veranda's, in en uit de laaghangende mistdeken, en van het ene gebouw naar het andere. Ze hadden het formaat van apen en waren even lenig als makaken of kapucijnaapjes, maar zonder de speelsheid van dat soort diertjes. Hun koppen waren te groot voor hun lijfjes, die niet met vacht bedekt waren maar met schubben, en van een afstandje zagen hun scheve snuiten eruit alsof ze in een brand half weggesmolten waren.

Ze hadden handen met evenveel vingers als mensen of apen, al waren die wel voorzien van een groter aantal kootjes. Soms zaten ze zichzelf te betasten alsof ze verschrikkelijk veel pijn hadden, hoewel ze alleen maar gesmoorde geluidjes maakten, die af en toe op gemeen gegrinnik leken.

Overal groeiden zwammen: op gazons en in parken, in bloembedden en bloembakken. Ze sproten op tussen de tegels van de trottoirs en op houten wanden en daken. Ze waren niet allemaal wit of zwart met gele stippen, maar in een grote variëteit van vormen en kleuren, en ze zorgden niet voor een sprookjesachtig landschap, maar voor de schimmige woestenij vol voortdurend veranderende vormen uit de van zweet doordrenkte droomreizen van een bewusteloze junk op het randje van een overdosis.

'Wat ik me afvraag,' zei Molly, 'is of we misschien een vergissing hebben gemaakt door te veronderstellen dat die buitenaardse wezens een eendrachtig leger vormen, een zwerm die maar één doel voor ogen heeft en voortgedreven wordt door maar één verlangen.'

'Daar ziet het anders wel naar uit.'

'Ja. Maar het is net zoiets als het invoeren van verkeerde gegevens in een computer. Dan komt er ook allerlei onzin uit. Verkeerde waarnemingen die resulteren in verkeerde conclusies. Het kan best zijn dat bij hen net zo'n onderlinge verdeeldheid bestaat als bij het menselijk ras. En misschien is er wel een groepering die niet achter de complete vernietinging van een ras en de bijbehorende beschaving staat.'

'Als dat zo is, vormen ze wel een minderheid. En als je nagaat wat er allemaal is gebeurd, hebben ze ook verdomd weinig invloed.'

'Behalve dat ze het besluit hebben doorgedrukt dat kinderen met rust gelaten moeten worden.'

'Desondanks beroven ze ons toch van onze wereld,' zei hij. 'En hoe kunnen ze verwachten dat iemand, laat staan een kind, kan overleven in zo'n waanzinnig milieu?'

Ze fronste. 'Dat is onmogelijk. Dan zouden ze nooit gelukkig worden en geen enkele hoop kunnen koesteren. Maar volgens mij maken we een denkfout en ik pieker me suf om de oplossing te vinden.'

Virgil bracht hen naar de bank. In de afgelopen nacht had Neil in een discussie met de groep die als motto de-vrijheid-of-de-dood had, dit gebouw aanbevolen als de plek waar ze zich het best konden verschansen en verdedigen, aangenomen dat ze daar de kans toe zouden krijgen en dat het zin had tot hun laatste snik te vechten.

Molly dacht eerst dat dit het eind was van hun reddingsoperatie. Ze ging ervan uit dat ze zich nu zouden aansluiten bij degenen die voor het verzet hadden gekozen en dat ze zich hier met alle waardigheid en moed die ze konden opbrengen, konden voorbereiden op het einde. Maar toen drong het tot haar door dat er geen wachtposten bij de hoofdingang van de bank stonden. De rolgordijnen voor de ramen waren dicht en voorzover zij kon nagaan was er ook niemand die vanuit de bank de straat in de gaten hield.

'Dit klopt niet,' zei Neil. 'Er is iets mis.'

'En er zijn vijf kinderen binnen,' zei ze.

Hun opdracht was nog niet voltooid.

59

Als de kinderen om de een of andere reden immuun waren voor extreem geweld, dan kon hun ook niets overkomen als ze op straat achterbleven met de honden. Dan zou Neil dus in staat zijn samen met Molly de bank in te gaan. Maar het feit dat de holocaust hen ongemoeid zou laten, was niet meer dan een theorie, ook al was die gebaseerd op overtuigend bewijsmateriaal.

En omdat het niet meer dan een theorie was, durfde Molly hen niet alleen te laten zonder een volwassene om op hen te passen.

Neil stond erop dat hij dit keer het voortouw zou nemen als een van hen alleen naar binnen moest, maar dat voornemen werd door Virgil niet bepaald enthousiast begroet. De hond weigerde met hem mee te gaan. De herder ging zelfs op de stoep voor de deur zitten om de ingang te blokkeren. Neil stak zijn hand uit om boven de kop van de hond de deur open te doen, maar die bleek op slot te zitten. Toen Molly naar hen toe kwam, stond Virgil op en begon te kwispelen. Toen zij haar hand naar de deur uitstak, ging die al open voordat ze iets had aangeraakt. Net als eerder tijdens deze odyssee, deze helse rondreis, bleken levenloze dingen een eigen wil te hebben. Nadat hij haar even had geknuffeld, liet Neil het initiatief weer over aan Molly. Hij liep terug naar de kinderen en de honden die op straat waren achtergebleven.

Onderweg naar de bank had ze het magazijn uit haar 9mm-pistool gehaald en bijgevuld. Met tien kogels was het weer volledig geladen en klaar voor gebruik. Ze had een paar reservepatronen in de zak van haar spijkerbroek.

Met haar zaklantaarn in de linkerhand en het pistool in de rechter duwde ze de deur met haar schouder open en liep achter Virgil aan naar binnen. De enige bank in Black Lake en omstreken – gebouwd in 1936, toen rekeninghouders nog gerustgesteld konden worden door de chique behuizing van een financiële instelling – kon zich niet meten met de luxe van grotere banken uit dezelfde periode in vrijwel alle belangrijke steden, maar op zijn eigen bescheiden manier was het gebouw imposant genoeg. Marmeren vloeren. Zes marmeren pilaren. Marmeren lambrisering. De loketten waren van brons en versierd met glimmende strepen en nikkelen inlegwerk.

De ruimte voor het publiek, de loketten en het kantoorgedeelte achter een marmeren hek werden helder verlicht door een aantal gaslampen, die als dromerige slangen zacht stonden te sissen. Molly deed haar zaklantaarn uit en stopte die op haar rug in de tailleband van haar broek, zodat ze haar beide handen vrij had voor het pistool.

Hoewel meer dan twintig volwassenen – plus vijf kinderen – vanuit het café waren vertrokken met de bedoeling de bank te bevoorraden en zich daar te verschansen, waren er maar vier volwassen mensen – drie mannen en een vrouw – in de ruimte voor het publiek. Ze stonden naast elkaar op een rij voor de loketten, met de rug naar de deur. Ze draaiden zich niet om toen Molly binnenkwam. Dat was vreemd, omdat de deur niet geluidloos open was gegaan en de nagels van de hond over de vloer tikten, een geluid dat als een hagelbui door al dat marmer werd weerkaatst. Ze herkende een van hen aan zijn rug: Vince Hoyt, de geschiedenisleraar en trainer van het footballteam.

'Vince?'

Hij draaide zich niet om.

'Is alles in orde?' vroeg ze.

Het viertal reageerde niet.

Goede raad was duur. Ze keek neer op Virgil, maar de hond had zijn leiderschap opgegeven en zat Molly met een ernstige blik aan te kijken, wachtend tot zij iets zou doen. Terwijl ze naar het rijtje van vier liep, viel haar op dat ze stram, met opgeheven hoofd en rechte schouders in de houding stonden, hoewel hun armen slap naast hun lichaam bungelden.

'Wat is hier aan de hand?' vroeg ze, een vraag die meteen werd beantwoord toen ze langs hen heen liep en voor hen bleef staan. Ze hadden geen gezicht.

60

Dit was het verschijnsel dat Cassie had beschreven: mensen zonder ogen, neuzen en monden, met gezichten die van oor tot oor en van de haargrens tot de onderkant van de kin glad waren, in de kleur van lichte klei, even glanzend en gespeend van uitdrukking als gebakken porselein.

Ze hadden dood moeten zijn, want ze konden niet ademhalen. Hoewel hun borsten niet op en neer gingen ten teken dat ze in- en uitademden, ging er af en toe een duidelijke rilling door hen heen, en hun keel bewoog alsof ze slikten. Bij twee van hen was in de slapen duidelijk een kloppende ader te zien. En ze hadden allemaal trillende handen die slap naast hun lichaam hingen. Ze straalden een gevoel van angst uit dat bijna tastbaar was, bijna intens genoeg om het te kunnen ruiken. Ze hadden geen gezicht, maar op de een of andere manier waren ze nog steeds in leven – en ontzettend bang.

Ergens in de bank bevonden zich vijf hulpeloze kinderen en het stond wel vast dat ze in het gezelschap waren van een ding met gezichten in de handen. Omdat ze kennelijk van alles op de hoogte waren, zou het ook weten dat zij was binnengekomen.

Virgil weigerde nog steeds de leiding te nemen, maar hij bleef dapper aan haar zij, hoewel hij duidelijk zichtbaar liep te trillen. Ze opende het lage bronzen hek naar de ruimte achter de loketten en stapte het rijk van het geld binnen in het besef dat geld geen enkele betekenis meer had.

Achter de loketten bevond zich opnieuw een lage afzetting en daarachter liep een gang. Ze deed opnieuw een hek open en liep voor Virgil uit de gang in. Drie gaslampen stonden op regelmatige afstanden in de gang. De stilte werd door niets verstoord, alleen door het gesis van het gas in de branders achter de glazen ruitjes. Hier lag vloerbedekking. De hond liep geruisloos met haar mee.

Aan de rechterkant van de gang zaten vijf deuren, aan de linkerkant drie, allemaal met matglazen panelen. Op sommige stond de naam van bankemployés, een ervan was getooid met het bordje TOILETTEN. Op twee deuren stond niets.

De ingang van de grote kluis bevond zich aan het eind van de gang. Een massieve, ronde, roestvrij stalen deur, in een stalen omlijsting en met rondom vergrendelingsbouten van meer dan zeven centimeter doorsnede, stond open.

Achter de deuren met de matglazen panelen was alles donker. Ze stond even na te denken, maar vertrouwde vervolgens op haar intuïtie en liep er behoedzaam langs. In gedachten hoorde ze weer Cassies angstige stem: *Ze kunnen je gezicht pakken, het in hun handen houden en het aan je laten zien, samen met andere gezichten...*

In de kluis stond minstens één gaslantaarn te branden. Ze zag niemand in de ruimte vlak achter de brede deurstijl.

... gezichten in hun handen... en dan knijpen ze die in hun vuisten fijn, zodat ze beginnen te schreeuwen...

Molly was nog viereneenhalve meter van de kluisdeur verwijderd toen ze in hoofd en hart, in merg en been, het enorme vliegende gevaarte terug voelde keren. Het kwam vanuit het noordnoordoosten en leek de atmosfeer eronder zo samen te persen dat ze het gevoel had dat ze een duiker was in een diepe kloof in de zeebodem, met de druk van de hele oceaan boven haar op haar schouders.

Op een paar stappen van de kluis hoorde ze een gedruppel. Ze draaide zich om en zag dat Virgil tegen de muur stond te plassen. Toen hij klaar was, kwam hij bevend en met de staart tussen de poten naar haar toe, maar ze kon nog steeds op hem rekenen.

'Brave hond,' fluisterde ze. 'Dappere kerel.'

Op de drempel werd de angst haar bijna te veel en ze bleef staan. Haar mond was droog en warm, haar handen koud en klam. De bewerkte kolf van het pistool was nat van het zweet.

Ze probeerde een rilling te onderdrukken, maar haar tanden klapperden even als een stel castagnetten. Ze stapte over de negentig centimeter brede, ronde deurstijl. Vlak erachter stond een hek open.

Recht voor haar, achter de kleine vestibule, lag een rechthoekige kamer met wanden vol kluizen. Daar stond een gaslamp te branden, maar er was verder niemand te zien. Rechts van de vestibule stond een hek met een stalen omlijsting open. Erachter wenkte licht.

Zelfs hier in de kluis kon ze het ritmische gedreun voelen van de grote motoren in het gigantische schip dat boven de stad vloog. Ze liep door het hek. Links was de kamer met het geld, planken vol bankbiljetten, munten en mappen. En hier waren de vijf kinderen, zittend op de vloer met de rug tegen de muur, levend maar doodsbang. En ze had het kunnen weten: hier was ook Michael Render, haar vader.

61

Render had twintig jaar geleden bij haar op school in het klaslokaal vijf kinderen vermoord en nu liepen er weer vijf dat risico. Alsof hij wist wat ze dacht, zei hij: 'Het magische aantal is aanwezig, hè?'

Ze had eigenlijk verwacht dat zijn stem metalig zou weerkaatsen van de wanden van de kluis, maar die bleken het geluid juist te dempen en zachter te maken. Ondanks zijn spottende woorden klonk hij als een begrafenisondernemer, die uit eerbied voor de doden zachter gaat praten.

Molly hield het pistool met twee handen vast en richtte het op zijn knappe gezicht. 'Ik neem ze mee naar buiten.'

'Maar dan toch wel dood.'

'Als het erop aankomt,' zei ze, 'ben jij de enige die hier doodgaat.'

'"Als het erop aankomt,"' herhaalde hij spottend. 'Je bent moreel zo in verwarring dat je nooit de juiste keus zult kunnen maken, lieve Molly. Je had me in het café al dood kunnen schieten, maar je liet me gaan. Om wat voor wandaden te bedrijven?'

Ze schudde haar hoofd. 'Je onderschat me.'

Bibberend, met de staart tussen de poten en een hangende kop glipte Virgil langs Render heen om zich bij de kinderen te voegen.

Render trakteerde haar op een van zijn stralende glimlachjes, vol van de intensiteit en de warmte die haar moeder hadden verleid om met hem te trouwen. 'Hoe heet dat ook alweer als je je eigen vader vermoordt? Patricide, geloof ik.'

'Ik heb geen vader,' zei ze.

'Dat probeer je jezelf wijs te maken, maar echt overtuigd ben je niet. Je weet dat ik die dag naar je school kwam omdat ik van je hield en je niet kwijt wilde raken.'

'Jij hebt nooit van iemand gehouden, alleen van jezelf.'

'Ik hield zoveel van je dat ik die dag heb gemoord om jou te kunnen krijgen. Ik heb iedereen die me in de weg stond, gedood om de kans te krijgen jou op te voeden zoals het een goede vader betaamt.'

Hij deed een stap naar haar toe.

'Blijf waar je bent,' waarschuwde ze. 'Vergeet niet dat ik die dag twee kogels in je lijf heb geschoten.'

'En nog in mijn rug ook,' beaamde hij. 'Maar toen was je nog onschuldig en je niet echt bewust van de complexiteit van goed en kwaad.'

Hij deed nog een stap en stak zijn hand naar haar uit, met de palm omhoog, alsof hij een beroep deed op haar emoties. Ze week achteruit. Hij bleef naar haar toe komen en zei: 'Geef pappie nou maar een pakkerd, dan kunnen we rustig gaan zitten om dit uit te praten.'

Molly was inmiddels zo ver achteruitgelopen dat ze in het geopende hek tussen de geldopslagplaats en de vestibule stond. Ze kon alleen verder terug als ze de kamer uit liep… en hem alleen liet met de kinderen.

Hij bleef met uitgestoken hand doorlopen. 'Je moeder heeft altijd geloofd in de macht van de liefde, de wijsheid van overleg. Zij zei dat met een beetje goede wil alles mogelijk was, als je maar bereid was om compromissen te sluiten. Heb jij dat dan niet van haar geleerd, Molly?'

Ze schoot hem in zijn borst. De kluis dempte de knal van het pistool niet, maar weergalmde ervan, alsof ze in een enorme kerkklok stonden. Ze hoorde de kinderen gillen en zag uit haar ooghoeken dat een paar hun handen tegen hun oren drukten. Andere kinderen sloegen ze voor hun ogen.

Render schokte toen de kogel hem raakte. Hij sperde zijn ogen open. En glimlachte. Ze schoot opnieuw op hem, twee, drie, vier keer, maar hij viel niet om. Er zaten vier kogelgaten in zijn borst, maar hij bloedde niet.

Terwijl ze het pistool liet zakken, zei ze: 'Je was al dood. Je was al dood toen je naar het café toe kwam.'

'Toen de chaos begon, waren er een paar bewakers in de inrichting die ons vrij wilden laten,' zei hij. 'Uit medelijden. Ze wilden ons liever laten gaan dan ons als beesten in een kooi laten zitten, om van honger dood te gaan of nog erger. Maar er waren er twee die daar niets van wilden weten… En die hebben ons in onze cellen doodgeschoten voordat ze naar huis gingen.'

Wat voor haar stond, was niet haar vader, maar iets wat er tot in de kleinste bijzonderheden zoveel op leek dat het haar had weten te overtuigen. Nu veranderde het en werd wat het werkelijk was: een gevlekt zwart-met-grijs *ding* met een gezicht dat eruitzag alsof het onbeholpen was gereconstrueerd nadat het volkomen in elkaar was geklapt. Bolle ogen zo groot als citroenen, rood met elliptische pupillen. Leerachtige, dichtgevouwen vleugels hingen langs het lichaam omlaag van schouders die bedekt waren met botuitsteeksels.

Toen het haar zijn grote, krachtige en van klauwen voorziene handen liet zien, zag ze in allebei een gezicht. In tegenstelling tot de gezichten in de zwammen zat hier wel wat reliëf in en ze zagen er dan ook echter en verontrustender uit dan de gezichten die ze eerder had gezien. In de linkerhand zat het gezicht van Michael Render. In de rechter dat van Vince Hoyt, de footballtrainer die nu zonder gezicht in de ruimte voor de loketten stond.

Het buitenaardse wezen kneep zijn enorme handen dicht en tussen de gesloten vingers hoorde ze hoe zowel haar vader als Vince Hoyt het uitschreeuwde van de pijn. Toen het zijn handen opende, waren de gezichten veranderd en nu zag ze een beroemd politicus in de linker hand en een beroemd actrice in de rechter. Ook zij gilden het uit van ellende toen ze in de vuisten werden samengeknepen.

Molly had het gevoel dat ze zweefde, alsof ze gewichtloos was, alsof ze droomde en alsof ze zo vanaf deze plek weg zou kunnen drijven naar een ander deel van de nachtmerrie.

De mond van het ding leek op een rafelige wond en toen het begon te praten, zag ze tanden die op gebroken glas leken. 'Ik zal je je gezicht niet afpakken en je hier weg laten gaan met vier van de lammetjes. Maar niet meer dan vier. Jij mag kiezen wie van het stel hier achter moet blijven.'

Haar hart bonsde zo hard dat haar hele lichaam trilde en het pistool in haar onvaste vingers schokte. Ze keek naar de vijf kinderen, die het voorstel van het wezen ook hadden gehoord. Ze ging nog liever dood dan een van hen hier achter te laten.

Ze keek recht in de vuurrode ogen en hoe vreemd ze ook waren, ze begreep toch wat erin stond te lezen, zodat de waarheid plotseling tot haar doordrong. Dit was een handlanger van de wanhoop, die haar van elk sprankje hoop wilde beroven, net als het wandelende lijk van Harry Corrigan, net als Derek Sawtelle in zijn tweedjasje met het handgestrikte vlinderdasje, net als Michael Render, net als de pratende pop en de rondscharrelende zwammenkolonies en net als vrijwel alle gebeurtenissen en iedereen die ze was tegengekomen sinds ze wakker was geworden van het geluid van de regen.

Ze hadden niet alleen het bloedige drama uit haar jeugd gebruikt, maar ook het blijvende verdriet over haar moeder, die ze aan kanker had verloren, haar ingewortelde angstgevoelens, de grootste twijfels die ze omtrent zichzelf koesterde en zelfs haar liefde voor het werk van T.S. Eliot – dat haar altijd kracht en inspiratie had geschonken – om haar in verwarring te brengen en uit te putten, zodat ze zich zou overgeven aan de uitzichtloze vertwijfeling die een holle, een voze vrouw van haar zou maken, een krachteloos en verlamd wezen dat onschuldigen niet meer de helpende hand zou kunnen reiken.

Er waren veel dingen gebeurd die ze nog niet begreep en die ze misschien nooit zou begrijpen, maar één ding wist ze zeker, ook al wist ze niet waarom het zo was: *zo lang ze ook maar een sprankje hoop bleef koesteren, konden ze haar niets doen.*

'Je hebt geen macht over mij en ook niet over hen. Ik ben hun patrones,' verklaarde Molly. Ze was zelf verrast toen ze het woord over haar lippen hoorde komen, want ze had het nog nooit gebruikt, hoewel ze wist dat het een soort beschermvrouwe was. 'Ik haal ze hier weg. Allemaal. En wel meteen.'

Het stak zijn hand uit naar haar gezicht. De uitgespreide klauwen reikten van haar hoofdhuid tot onder haar kin, van oor tot oor, en de aanraking was koud als ijs, en glibberig. Ze deinsde niet achteruit. Ze vertrok geen spier. Haar adem stokte.

Na een korte aarzeling trok het ding zijn hand terug. Het buitenaardse wezen bleef haar even aanstaren en hoewel de gelaatsuitdrukking even vreemd was als het gezicht, wist ze toch dat het overstelpt werd door haat, woede en frustratie.

Ze had hooguit een paar minuten geleden gevreesd dat het haar zou overkomen, maar het ding steeg op van de vloer alsof het plotseling gewichtloos was geworden en zweefde omhoog. Het verdween dwars door het plafond, wellicht aangetrokken en opgenomen door het kolossale ruimteschip dat over Black Lake vloog.

62

In de marmeren hal waren de vier gezichtsloze mensen verdwenen.

Voorafgegaan door een hollende Virgil en met vijf kinderen in haar kielzog voegde Molly zich op straat bij Neil en zijn koor op hetzelfde moment dat de laaghangende mist begon op te trekken en te verwaaien. Door de purperen nevelsluiers was het moederschip zichtbaar. Heel laag, vlak boven de toppen van de bomen. Het vaartuig had zo'n volslagen ander uiterlijk dan ze naar aanleiding van films verwacht had, dat Molly volkomen van haar stuk werd gebracht. Ze was zo onthutst dat ze geen ontzag of angst voelde, maar bekropen werd door een vreemd gevoel van rust.

Geen metalige glans zoals in wel duizend films, geen overdaad aan lichtjes zoals in *Close Encounters of the Third Kind*, geen enkele gelijkenis met de slagschepen uit *Star Wars*, maar iets wat organisch leek en oneindig vreemd. Boven hun hoofden gleed geluidloos een gevaarte voorbij dat op bepaalde plaatsen bedekt leek met het chitinepantser van een insect. Andere plekken waren geschubd, of glad, bleek, zacht en kloppend alsof er een gigantisch hart onder schuilging, terwijl een stuk verder weer stukken bedekt waren met rijen puntige uitsteeksels of hoorns. Overal zaten diepe kraters die op wonden, breuken of zweren leken, bezaaid met wriemelende hopen weefsel die op verwarde tentakels leken, bedekt met kwaadaardig uitziende uitwassen.

Het meest ongelooflijke van dit *corpus malignus* waren de menselijke gezichten, die als knipperende ogen overal in het oppervlak ingebed waren, tienduizenden gezichten, *miljoenen* gezichten, mannen en vrouwen van elk ras, die beurtelings zichtbaar werden en weer verdwenen als vliezen zich openden of weer sloten.

Er kwam geen eind aan, het vaartuig was zo enorm lang en breed dat de totale omvang te groot was om vanuit één gezichtspunt te bevatten. In massa en volume was het groter dan de optelsom van alle vaartuigen die de mensheid door de geschiedenis heen had gebouwd om zich over water of door de lucht te verplaatsen, wel duizend keer groter, duizend keer duizend. Hoewel het aandrijfsysteem – evenmin als het proces waarmee de zwaartekracht uitgeschakeld werd – nog steeds geen decibel geluid produceerde, begon het gevaarte te versnellen tot de details van de oppervlakte in een waas veranderden, en het vloog steeds sneller over Black Lake, kilometer na kilometer. Toen de snelheid bleef toenemen en het eind nog steeds niet in zicht was, begon het ook te stijgen door de langzaam optrekkende mist die het al snel weer in sluiers hulde, en verdween uit het zicht.

Een paar seconden nadat het kolossale en massieve verschijnsel was verdwenen, kwam er ook een einde aan de benauwende uitwerking die het geluidloze gedreun van de motoren op Molly had. Maar nog steeds in de ban van het gevaarte bleef ze net als Neil en de kinderen zeker nog een halve minuut, en misschien nog wel langer, omhoogstaren in de purperen mist, tot een plotselinge hoosbui hen tot op de huid doorweekte.

63

Toen het begon te regenen, gingen ze terug naar de bank, die verlicht was door gaslantaarns en die hun een veilig onderkomen leek te bieden. Bij het doorzoeken van het pand vonden ze niets wat op gevaar duidde, menselijk of anderszins.

Stortbuien ranselden de grond, maar hooguit half zo hard als tijdens de eerste zondvloed. Deze regen was niet lichtgevend en rook zoals regen hoorde te ruiken, fris en schoon. Hij verdreef geleidelijk aan de duisternis uit de lucht en gedurende een tijdje klaarde de onnatuurlijke pruimkleurige schemering achter de ramen op naar het vertrouwde grauwe licht van een herfstbui.

Er waren al voorraden naar de bank gebracht voordat de buitenaardse wezens de plannen het gebouw in een fort te veranderen hadden verstoord. Molly ontdekte een paar kisten met reservebrandstof voor de lantaarns die hen wekenlang van licht zouden voorzien. Neil vond dekens en dozen vol ingeblikt vlees en fruit, pakken crackers, koekjes, snoep, vers brood en cakes.

Met drie dekens op elkaar maakten ze een paar behaaglijke bedden op de vloer voor de loketten. Het grote aantal honden zou voor extra steun en warmte zorgen. Een vierde deken, waarvan met behulp van stukken touw een rol was gemaakt, vormde een prima kussen.

Terwijl de dag ten einde liep, sijpelde een waterige schemering door de stad. Het was rustig op straat en afgezien van de neergutsende regen gold hetzelfde voor de lucht. Opvallend rustig, als je rekening hield met de recente gebeurtenissen. Molly vertrouwde de stilte voor geen meter.

Toen het donker was geworden, lieten ze eerst de honden nog een keer uit en controleerden daarna de sloten op alle ramen, draaiden de dievenklauwen dicht en barricadeerden de deuren met meubels. Ze konden niet voorkomen dat de buitenaardse wezens dwars door de plafonds, de muren of de vloeren naar binnen zouden komen als ze dat wilden, maar op die manier konden ze wel de rare beesten van de planeet waar ze thuishoorden op afstand houden.

Molly geloofde nog steeds dat de kinderen onschendbaar waren en dat zij en Neil, als hun beschermers, ook onaantastbaar waren, maar ze wenste geen enkel risico te nemen. Bovendien was het best mogelijk dat er nog mannen als Render vrij rondzwierven en tegen monsters van het menselijk ras konden ze zich hooguit met vuurwapens verdedigen.

Ze konden alleen een koude maaltijd klaarmaken, maar doordat er zoveel verschillende en lekkere dingen waren, werd het toch een feestmaal. In het licht van de gaslampen gingen ze in een kring op de grond zitten, dertien kinderen en twee volwassenen rond een verzameling opengetrokken blikken en dozen, en gaven alles door waar om gevraagd werd.

Onder het eten bleef het aanvankelijk stil, half door vermoeidheid en half door de schok. Maar het duurde niet lang tot ze, getroost door voedsel en het suikergehalte van ongekoelde frisdrank, weer begonnen op te kikkeren. Ze zaten rustig met elkaar te praten over de angstaanjagende dingen die ze hadden meegemaakt, wisselden verhalen uit en deden hun best te begrijpen en te accepteren wat er allemaal was gebeurd. En ze probeerden zich voor te stellen wat hun nog te wachten stond.

Het vijftal dat uit de kluis was gered, vertelde hoe hun ouders en anderen voor hun neus waren ontvoerd en vanaf de vloer dwars door het plafond waar ze nu onder zaten, omhoog waren gestegen op een tijdstip dat het moederschip waarschijnlijk op zo'n grote hoogte was gepasseerd dat ze het niet hadden gevoeld. Sommigen van de ontvoerde mensen hadden gehuild toen ze opstegen, anderen hadden gelachen, maar ze hadden zich geen van allen verzet.

'Ja, dat gelach,' zei Eric Crudup terwijl hij terugdacht aan zijn grootmoeder die dwars door twee plafonds en een dak was afgevoerd. 'Als ze opstijgen, worden ze gek. Hartstikke volkomen knetter.'

Hun verlies was zo groot dat ze de omvang ervan nog niet beseften en daarom waren ze nog niet kapot van verdriet. Maar Molly wist dat het ongetwijfeld zou komen als ze over de eerste schok heen waren.

Vreemd genoeg begon niemand over het feit dat het moederschip eruit had gezien als een levend wezen, misschien omdat het zo opvallend anders was dan alles wat ze in films hadden gezien en niet wisten wat ze ervan moesten denken. Of omdat ze het zo eng vonden dat ze er gewoon niet over na wilden denken.

Om acht uur gingen ze slapen. Neil stond erop de eerste wacht te nemen en beloofde dat hij Molly om één uur wakker zou maken, zodat zij hem dan kon vervangen.

Ze had eigenlijk verwacht dat ze wakker zou liggen, gekweld door de afschuwelijke vernielingen die ze had gezien en door zenuwachtig gepieker over de toekomst, maar ze viel vrijwel onmiddellijk in slaap nadat ze haar hoofd op het geïmproviseerde kussen had gelegd. Ze droomde niet.

Vijf uur later maakte Neil haar wakker. Ondanks zijn belofte was hij van plan geweest haar te laten slapen, maar nu was hij zelf zo moe dat hij bang was dat hij in slaap zou sukkelen en dan zou er niemand zijn die hen kon verdedigen.

Bij het zachte licht van een gaslamp ging Molly in een stoel zitten, legde het pistool naast zich neer en luisterde naar de ritmische ademhaling van de slapende kinderen en het incidentele gesnurk van de honden. Het was de eerste keer dat ze de tijd en de gelegenheid had zich af te vragen of er veel verschil zou bestaan tussen de wonderlijke dingen die ze had gezien en haar interpretatie ervan. Ze wist in haar achterhoofd dat de waarheid nog niet helemaal achterhaald was, maar wat dat precies inhield, ontging haar nog steeds.

Patrones. Een voogdes, een beschermvrouwe, met name iemand met bijzondere gaven. Het was weliswaar geen archaïsch woord, maar ze kon zich toch niet herinneren dat ze het ooit eerder had gebruikt, als schrijfster of gewoon in een gesprek. En toch was het haar te binnen geschoten als precies het juiste woord om het buitenaardse wezen in de kluis lik op stuk te geven. *Patrones.*

Een paar minuten voor drie in de ochtend hield het op met regenen. Ze liep naar een raam om een van de rolgordijnen op te trekken, maar liep terug naar haar stoel zonder dat ze naar buiten had gekeken. Ze was bang dat er een of andere zwam op het raam zou zitten, met mensengezichten die het zwijgend uitschreeuwden in het ronde oppervlak van het rare vruchtvlees.

64

Bij het aanbreken van de dag werd de geketende zon bevrijd van de regen en de mist die haar aan de ketting hadden gelegd. Alsof er iets te vieren was, beschilderde ze de hemel in het oosten met een rozerode gloed, maakte de rest van de lucht blauw en schonk Black Lake een verzameling vergulde ramen. Molly, Neil, de kinderen en de honden verruilden het kille marmer van de bank voor de warme ochtend op straat. Aanvankelijk stonden ze alleen maar zwijgend te genieten, met opgeheven gezichten en open monden, alsof ze zich laafden aan de gouden wijn van de zon. Het was nog maar zesendertig uur geleden dat ze zonlicht hadden gezien, maar Molly had het gevoel dat het een half leven geleden was dat ze voor het laatst die heerlijke warmte op haar gezicht had gevoeld.

Het was een van de kinderen die als eerste zag dat er iets veranderd was. 'Hé, al die gribuszooi en die rare griezels zijn verdwenen!'

De wurgende zwarte mosslierten waren uit de bomen en van de gebouwen weggeregend, opgelost en via de goten in het riool beland. Het schimmenspel van zwammenkolonies, zowel de wandelende als de vaste, was verdwenen. Wat overbleef, was precies zoals het hoorde: doorweekt gras, druipende struiken en verregende bloembedden, glibberig van de modder.

Er dartelden geen aapachtige figuurtjes over de daken en er was niets roods en hongerigs wat door de bomen kroop. Molly had bijna het gevoel dat ze alles gedroomd had... Of dat ze nu droomde. De aarde was overgenomen door een buitenaards ras dat net zo wreed was geweest als een ras van intelligente krokodillen. De toekomst had er dreigend uitgezien, alsof er binnen de kortste keren een eind zou komen aan de mensheid en alsof alles wat die mens had bereikt, weggevaagd zou worden. Maar die toekomst, die onvermijdelijk had geleken, was dat niet. Hier, op het rustpunt van het heden, ging het leven gewoon door, van het ene moment op het andere.

Ze kon niet bevatten wat er was gebeurd, wat die prinsen van een andere ster hadden willen bereiken, of ze hun doel ook inderdaad hadden bereikt en waarom ze waren vertrokken. Ze voelde een spoortje angst in haar hart toen ze in de lucht iets zag bewegen, maar meteen daarna zag ze al dat ook dit klopte en goed was. Boven hun hoofden zweefde een havik in grote bogen rond.

Het geblaf van een hond die niet bij hun groep hoorde, vestigde haar aandacht op het noordelijke stuk van Main Street. De Ierse setter die ze een dag geleden voor het eerst had gezien bracht drie volwassenen en een groep kinderen naar de bank. De rij kinderen was groter geworden sinds ze op Marine Avenue naar hen had gezwaaid.

Er werd opnieuw geblaft, dit keer door een hond van onbestemde afkomst met een krullende vracht, die de komst van een andere groep aankondigde, vanaf de zuidzijde van Main Street.

Eén volwassene, zeven kinderen en een goudkleurige kat die hun westelijke flank bewaakte.

Molly voelde Neils blik op haar rusten, keek hem aan, ging naar hem toe en pakte zijn hand vast.

Een derde groep – vier volwassenen, meer dan twintig kinderen en een hele verzameling honden – riep hun iets toe toen ze vanuit het kleine park aan de overkant van de straat kwamen.

Molly was door alle schokken en verbijsterende dingen van de afgelopen zesendertig uur niet zo diep getroffen als nu het geval was, en er was zeker niets gebeurd dat haar zo'n riem onder het hart had gestoken.

Een kwartier later was ook de laatste van negen groepen gearriveerd en kon Molly de som opmaken van de nog levende inwoners van Black Lake, waar ooit meer dan tweeduizend mensen hadden gewoond. Tweeëntwintig volwassenen, voornamelijk ouders. Honderdzevenenzestig kinderen, van wie meer dan de helft nu wees was. Veertig honden en zeven katten.

65

Het was donderdagochtend toen iedereen zich op Main Street had verzameld en na afloop van het ontbijt waren alle tweeëntwintig volwassenen het er al over eens dat ze de kinderen weg moesten brengen uit Black Lake naar een wat behaaglijker onderkomen in het laagland in het westen. Het was immers september en in de bergen zou de winter niet lang meer op zich laten wachten. Ze hadden geen elektriciteit, geen gas en geen behoorlijke voorraad brandstofolie, dus moesten ze zich wel in een milder klimaat vestigen.

De rest van de dag werd besteed aan het verzamelen van een lange stoet voertuigen en het pakken voor de reis. Etenswaren, drinken, kleren, aandenkens. En ook wapens, hoewel ze hoopten dat ze die nooit meer nodig zouden hebben.

Donderdagnacht kroop iedereen in de bank onder de wol, in elk vertrek behalve in de kluis. De meesten sliepen, maar sommigen deden geen oog dicht, omdat ze lagen te wachten op het geluid van een enorme plensbui.

De nacht ging voorbij zonder dat er een druppel regen viel.

Vrijdagochtend vertrokken ze uit Black Lake in een karavaan van drie schoolbussen, twee dichte, zes meter lange vrachtwagens en veertien terreinwagens. Alle tanks waren vol en als ze onderweg benzine nodig zouden hebben, verwachtten ze die wel over te kunnen hevelen uit verlaten auto's.

Ze hadden geen idee wat hun te wachten stond, maar wat ze in het westen aantroffen, was hetzelfde wat ze achter hadden gelaten. Blauwe luchten met niets anders dan vogels. Doorweekte landschappen, die langzaam opdroogden. Verlaten steden.

Molly had net als iedereen het gevoel dat het eind van de Oorlog der Werelden een nog groter mysterie was dan het begin. Waar waren de zegevierende troepen naartoe gegaan en waarom?

Eigenlijk hadden sommige bruggen in de snelwegen weggeslagen moeten zijn, maar dat was niet het geval. Molly zag weinig overstromingsschade, zelfs niet in gebieden waar rivieren buiten hun oevers moesten zijn getreden en hele woongebieden onder water hadden gestaan. Af en toe werd de weg geblokkeerd door verlaten auto's, die aan de kant moesten worden gezet, maar verder waren de snelwegen vrijwel altijd leeg en konden ze gemakkelijk doorrijden.

Tijdens de tocht naar het westen kwamen ze drie karavanen tegen die een grote gelijkenis met hun eigen stoet vertoonden. Veel kinderen en hun beschermers, een groot aantal honden, een paar katten en zelfs een tamme papagaai, die wel een paar citaten van Emily Dickenson had geleerd maar niet van T.S. Eliot.

Molly had verwacht dat ze in het lager gelegen land, waar miljoenen mensen hadden gewoond – en waren gestorven – wel langs voorsteden zouden komen die aan knekelhuizen vol lijken deden denken, waar de lucht vergeven zou zijn van de stank van ontbindende lichamen. Maar ze zagen niet één kadaver en de lucht bleef schoon.

De karavanen hadden allemaal hun eigen bestemming en na verloop van tijd reed de groep uit Black Lake weer alleen verder, helemaal tot aan de kust van de Stille Oceaan en Newport Beach, waar twee van de beschermers familie hadden waar ze zich zorgen over maakten.

De kustbewoners ontvingen de nieuwkomers met open armen. Er waren lege steden die gevuld moesten worden in dit uitgestrekte gebied vol eenzame straten en parken, winkelcentra en voorsteden.

Die vrijdagavond liep Molly hand in hand met Neil naar het strand waar ze aan de rand van het water bleven staan om naar de zonsondergang te kijken. Een paar schepen waren langs de kustlijn gestrand, maar op zee was niets te zien.

Hoe zou het met China gaan? Of met Europa? Met Engeland? Hele wereldrijken waren verdwenen. Maar de aarde bestond nog steeds.

Omdat hij wist dat ze vaak troost vond in de woorden van de dichter begon Neil aan een citaat van T.S. Eliot: "'Tussen de oorspronkelijke gedachte en de schepping...'"

"'Tussen de emotie en de reactie,'" vulde ze aan.

"'Valt de schaduw,'" voltooide hij.

De zon schonk hun haar zegen door de lucht in het westen eerst goud en oranje te schilderen, daarna vuurrood en vervolgens purper, om ten slotte – maar slechts gedurende een paar uur – plaats te maken voor de nacht.

66

Samen met Neil, Virgil, twee andere honden en acht kinderen nam Molly haar intrek in een verlaten huis op een rots boven de zee.

In de eerste weken van hun nieuwe leven hadden ze nauwelijks tijd om na te denken en zich af te vragen wat er nu eigenlijk met hen en de wereld was gebeurd. Supermarkten en pakhuizen vol ingeblikte etenswaren zouden de geslonken bevolking nog jaren van voedsel voorzien, maar niet voor eeuwig. Er moesten plannen worden gemaakt om ook op de langen duur te kunnen overleven en er moest veel en hard gewerkt worden om die plannen ook te kunnen verwezenlijken.

Opmerkelijk genoeg (of misschien ook niet) bleken de enige volwassen overlevenden, de patronen en patronessen, een divers gezelschap met een verrassend brede en grote kennis en ervaring voor zo'n klein aantal mensen. Er waren artsen, tandartsen, verpleegkundigen, ingenieurs, architecten, timmerlieden, vakkundige technici... Toen een compleet register werd aangelegd van de mensen die in de directe omgeving van dit stuk van de kust woonden, leek het alsof iedere volwassene met zorg was uitgekozen, niet alleen om de kinderen te redden, maar ook vanwege de bijdrage die hij of zij aan het uiteindelijke doel zou kunnen leveren.

Al na een paar dagen werd met behulp van mobiele generatoren de stroomvoorziening hersteld in daarvoor uitgekozen openbare gelegenheden. Het streven was binnen een jaar bepaalde buurten van elektriciteit te voorzien.

Er werden medische klinieken geopend. Geneesmiddelen werden uit apotheken weggehaald en op rantsoen gezet tot er weer een eenvoudige farmaceutische industrie kon worden opgestart.

De miljoenen doden waren niet terug te vinden, evenmin als

zelfs maar het kleinste voorbeeld van de buitenaardse ecologie, die slechts zo kort was opgebloeid.

De sterren zouden nog heel lang met argwaan worden bestudeerd en honden zouden misschien zelfs nog wel langer meer als gezinsleden dan als huisdieren behandeld worden.

De beschaving, die op het randje van de afgrond had gebalanceerd, werd iedere dag in wel duizend kleine opzichten hersteld.

In oktober van dat jaar, nauwelijks een maand na de val van de wereld, werd Molly onderwijzeres en ontdekte dat ze aan dat werk meer vreugde beleefde dan ze ooit aan de ándere kant van boeken had gekend.

Neil, die vroeger priester was geweest, was uit de kerk getreden toen hij de leider van zijn klooster had aangegeven wegens kindermishandeling en tot de ontdekking kwam dat zijn bisschop de wijsheid, de wil en het vertrouwen niet kon opbrengen de zondaar uit het priesterambt te zetten. Hier aan de kust leverde hij aanvankelijk als eersteklas schrijnwerker zijn bijdrage aan de nieuwe gemeenschap, maar met de kerst bleek hij ineens weer een parochie te hebben.

Molly had hem op de laatste dag van zijn priesterschap leren kennen. Op een middag had ze diep in de put gezeten en was een kerk binnengelopen om even rustig na te kunnen denken. Uiteindelijk was ze door het verlaten schip naar voren gelopen om een kaarsje aan te steken voor haar moeder. Neil, die in alle rust afscheid nam van zijn kerk, had op het priesterkoor gestaan, waar het licht van een gebrandschilderd raam hem in een ingewikkeld kleurenpatroon had gehuld. Hij had zo'n volmaakt gezicht en zulke vriendelijke ogen gehad, dat ze hem voor een standbeeld van de Heilige Johannes had gehouden tot hij zich bewoog.

De komst van het nieuwe jaar werd uit respect voor de doden op een rustige manier gevierd, maar ze kregen met de dag meer plezier in het leven.

Tijdens de winter en in het begin van de lente bleef Molly zich verbazen over de gezonde geestelijke toestand van de kinderen. Ze waren hun beminden niet vergeten en praatten vaak over hen, maar het leek alsof ze gevrijwaard bleven van verdriet. En van nachtmerries. Ze herinnerden zich de afschuwelijke dingen die er in hun bijzijn waren gebeurd wel, maar bijna alsof ze alles alleen maar in een film hadden gezien. Ze waren beter dan de volwassenen in staat bij het moment te leven, op het rustpunt van de veranderende wereld waar het echte leven zich afspeelde.

In april kreeg Molly te horen dat ze in verwachting was.

67

Op een warme dag in juli, toen ze vier maanden zwanger was, zat Molly op haar patio met uitzicht op zee in de schaduw van een ruisende dadelpalm. De schoolvakantie was begonnen en zou tot september duren. Op het glazen blad van de tafel voor haar lag een van haar moeders boeken, die de wereld al was vergeten voordat er een eind aan de wereld kwam, maar die zij nog steeds koesterde en af en toe opnieuw las.

Ze had het boek opzij gelegd nadat ze een verwijzing had gevonden naar de ark van Noach. Toen Neil opdook met een dienblad waar twee glazen ijsthee op stonden, zei ze: '"De zondvloed, de ark, de dieren die twee aan twee aan boord kwamen... al dat gelul uit het Oude Testament..."'

Hij trok zijn wenkbrauwen op.

'Dat was wat Render in het toilet van het café tegen me zei. Maar Neil... Worden er behalve zonde, egoïsme, stenen afgodsbeelden en dat soort dingen in het verhaal van Noach nog andere redenen vermeld waarom de wereld gezuiverd moest worden?'

Terwijl hij zich met zijn glas thee en een biografie van W.B. Yeats in een stoel installeerde, zei hij: 'Ja, inderdaad. Het dulden van moord.'

Ze begreep niet precies wat hij bedoelde.

'De meeste mensen waren te coulant geworden met betrekking tot moord,' legde hij uit. 'Moord werd niet zwaar genoeg bestraft en er werden zelfs verontschuldigingen voor gezocht als het gebeurde ten dienste van utopische denkbeelden. Hoezo?'

'Mijn moeder verwijst ernaar in haar boek.' Ze wees naar het exemplaar dat op tafel lag. 'Ik vroeg het me gewoon af.'

Hij nam een slokje van zijn thee en verdiepte zich in het leven van Yeats. Molly bleef een tijdje naar de zee staren.

Hitler had meer dan twintig miljoen mensen gedood. Stalin vijftig miljoen. Mao Zedong zeker honderd miljoen. Nog niet zo lang geleden waren twee miljoen mensen in Soedan vermoord en nog twee miljoen in Rwanda. Er kwam geen einde aan de lijst van slachtingen. In naam van godsdienst of politieke rechtvaardigheid, in het streven naar een betere wereld door middel van een of andere ideologie waren massagraven gevuld en wie van de moordenaars was daarvoor ooit gestraft, afgezien van een paar nazi's die tijdens de Neurenbergse processen van meer dan een halve eeuw geleden waren veroordeeld?

Er was geen wolkje boven de zee te zien. Blauw vloeide over in blauw aan een vrijwel onzichtbare horizon.

In de oude wereld, die nog maar zo kortgeleden was weggevaagd, had het nieuws dag in dag uit bol gestaan van verhalen over zelfmoordbomaanslagen, schietpartijen tussen straatbendes, mannen die hun zwangere vrouwen hadden vermoord, moeders die hun eigen kinderen hadden verdronken en tieners die hun klasgenoten doodschoten. Ze herinnerde zich dat ze een keer had gelezen dat iemand in de oude Verenigde Staten voor het plegen van een moord gemiddeld zeven jaar moest zitten.

Render had nooit de binnenkant van een gevangenis gezien,

alleen psychiatrische inrichtingen met welzijnswerkers en rozentuinen.

Naarmate ze langer over dat soort dingen nadacht, begon ze zich steeds scherper te realiseren dat het geestelijk herstel van de kinderen en hun weigering over de ellende die ze hadden meegemaakt na te denken, in feite geëvenaard werden door de vreemde onwil van de volwassenen over de buitenaardse wezens te praten. Waarom hadden zij duizenden lichtjaren afgelegd, miljoenen mensen vermoord en een aanvang gemaakt met het herscheppen van de aarde om vervolgens weer te vertrekken?

Eigenlijk zou dat minstens een eeuw lang het belangrijkste onderwerp van gesprek moeten zijn. Maar zoals de kinderen een welkome dispensatie van verdriet hadden gekregen, schenen de volwassenen – met inbegrip van Molly – zichzelf te hebben vrijgesteld van nadenken en nieuwsgierigheid, in ieder geval met betrekking tot het einde van de wereld.

In plaats van Neil lastig te vallen liep ze naar binnen, zocht een dik boek met beroemde uitspraken op en nam het mee terug naar de patio. Ze herinnerde zich iets wat ze via de luidspreker van de telefoon had gehoord, toen Neil met zijn broer Paulie in Hawaï praatte: '...en heeft groten toorn, wetende, dat hij een kleinen tijd heeft.' Het waren de woorden die ze tussen veel geruis door hadden gehoord, toen de telefoon op het punt stond het te begeven.

Ze gebruikte het woord 'toorn' als sleutel en vond het citaat al vrij snel. Het kwam uit Openbaringen, hoofdstuk twaalf, vers twaalf:

Wee degenen, die de aarde en de zee bewonen, want de duivel is tot u afgekomen, en heeft groten toorn, wetende, dat hij een kleinen tijd heeft.

Tot u *af*gekomen? Er werd toch algemeen aangenomen dat de hel ergens in de diepte verborgen was?

Op die avond in september, nadat Molly Neil had wakker geschud uit een nachtmerrie, had hij naar het plafond staan staren toen hij voor het eerst de druk van het passerende gevaarte had gevoeld en had gezegd: '… te ziften als tarwe.' Toen ze hem had gevraagd wat hij daarmee bedoelde, kon hij zich niet eens herinneren dat hij dat had gezegd.

Omdat ze het vermoeden had dat dit ook een citaat was, zat ze een kwartier te bladeren in het dikke boek dat voor haar op tafel lag, voordat ze de bron had gevonden. Lukas, hoofdstuk tweeëntwintig, vers eenendertig:

En de Heere zeide: Simon, Simon, ziet, de satan heeft ulieden zeer begeerd om te ziften als de tarwe.

Molly staarde naar de zee.

Toen ze haar glas oppakte, zag ze tot haar verbazing dat het leeg was. Ze kon zich niet herinneren dat ze haar thee opgedronken had. Ze liep weer naar binnen, pakte de kan uit de koelkast, liep terug naar de patio en schonk haar glas en dat van Neil weer vol.

'Dank je wel, schat,' zei hij.

Ze herinnerde zich iets wat de psychopaat met het litteken op zijn gezicht in het huis van Bradley en Allison had gezegd over zijn bedoeling de kinderen te 'offeren': 'Zullie, die nou de macht over de wereld in handen hebben' wilden de kinderen, de onschuldigen, meer dan iets anders, maar 'kinderen kun je niet ziften'.

Hoewel het een warme dag was, liep er hier in de schaduw van de dadelpalm toch een koude rilling over haar rug.

Na een poosje zei ze tegen Neil: 'Ik ga een eindje over het strand lopen.'

'Wil je dat ik met je meega?'

'Geniet jij nou maar van je biografie. Ik zal me best vermaken.'

Vanaf de rots liep een zigzagtrap omlaag naar het strand. Onderaan deed ze haar schoenen uit en hield ze in haar hand.

Volgens astrofysici zijn er meer sterren in het universum dan korreltjes zand op alle stranden ter wereld. Ze zeggen dat ons universum slechts een van de vele is, misschien zelfs een van een oneindig aantal.

Ze liep over warme melkwegen van zand, wandelde over hele sterrenstelsels en bukte zich om een schelp op te rapen, een kleine nautilus met een kamer die tot in het oneindige door leek te kronkelen.

Ze zeggen dat God het universum heeft geschapen. Niet de astrofysici, maar mannen die misschien wel wijzer zijn.

Ze zeggen dat de hemel een ander rijk is dan het onze, maar misschien betekent dat wel dat het een ander universum is.

Het droge zand knarste tussen haar tenen. Het was warm. Ze liep naar de rand van het water, waar het zand hard en koel was.

Ze zeggen dat een paar arrogante engelen in opstand kwamen en dat God hen uit de hemel naar de hel verbande, en dat is weer een ander rijk dan de hemel of de aarde. Of een ander universum?

Astrofysici – zij weer – vertellen ons dat zwarte gaten, geïmplodeerde sterren met een ongelooflijke hoeveelheid massa, waarschijnlijk doorgangen tussen verschillende universa zijn.

Zou de dood dan zijn eigen zwarte gat zijn, waardoor we van universum verwisselen?

Er verscheen een eenzame wolk in het zuiden, die geluidloos in noordnoordoostelijke richting dreef.

Het gevaarte had het luchtruim geluidloos doorkruist, doordat het geen motoren had en die ook niet hoefde te hebben: het was geen moederschip maar een vaderschip en eigenlijk helemaal geen schip. Het was een ding met goddelijke macht, de heerser over een universum achter het onze, een duistere geest die groot en afzichtelijk was geworden door het verzwelgen van die ene delicatesse waar hij verzot op was.

Wie is de ultieme handlanger van de wanhoop, de meester van de misleiding, de keizer der leugens?

Molly liep terug naar het zachte warme zand en zocht langs

de grens tussen het strand en het helmgras tot ze een stokje vond. Ze liep terug naar het zand dat inmiddels net buiten bereik van het afnemende tij was gevallen, maar nog steeds nat was. Daar ging ze op haar knieën zitten.

Een buitenaards ras, dat honderden of duizenden jaren verder ontwikkeld is dan wij, zou over technologische middelen beschikken die in onze ogen niet het resultaat zouden zijn van toegepaste wetenschap, maar bovennatuurlijke, pure magie.

Met het stokje schreef Molly in blokletters woorden in het zand die ze uit haar geheugen opdiepte.

Een nieuwe gedachte: *Een bovennatuurlijke gebeurtenis die de hele wereld op zijn kop zet en plaatsvindt in een goddeloze tijd waarin de overtuiging heerst dat alleen wetenschap de macht heeft wonderen te verrichten, zou de indruk kunnen wekken dat die veroorzaakt is door een buitenaards ras, dat honderden of duizenden jaren verder ontwikkeld is dan wij.*

Haar handen trilden zo dat ze af en toe even moest ophouden met schrijven. De woorden in een vreemde taal, die ze op de radio had gehoord, en die vanuit het ruimtestation waren verzonden nadat alle astronauten aan boord waren gedood, stonden nu in het zand voor haar. Haar liefde voor woorden, haar passie voor poëzie en haar vermogen om dichtregels te onthouden kwamen haar nu goed van pas.

Nymaman si oygeel, si rifacul, si nod a bah, si natoss, reteh nav nelleis.

Ze had geen flauw idee of de spelling correct was. Ze had ze fonetisch opgeschreven, zoals ze hadden geklonken.

Ze moest rekening houden met bedrog. Dit waren de woorden van een bewustzijn dat goed als kwaad ziet en kwaad als goed, dat vreugde schept in pijn, zich stoot aan de waarheid en waarheid vindt in leugens, dat alles ondersteboven en achterstevoren bekijkt.

De langzaam voorbijdrijvende wolk wierp een schaduw over de woorden in het zand.

Na een poosje vond de zon ze weer.

De branding murmelde en murmelde en ebde weg van haar geïmproviseerde kleitafel.

Het eerste woord dat ze herkende was *sielen. Nelleis* met één l te veel en achterstevoren gespeld. En ze wist dat de juiste spelling *zielen* was.

Het woordje *is* was logischerwijs het volgende.

Met het stokje schreef ze langzaam maar zeker een vertaling onder de eerste zin die ze in het zand had getekend: *Mijn naam is legio, is Lucifer, is Abbadon, is Satan, eter van zielen.*

Ze gooide het stokje in de branding.

Met één hand veegde ze de twee regels uit en waste haar hand in het laatste water van een brekende golf.

Ze dacht na over het lichtgevende toestel dat meer dan eens in Black Lake boven hun hoofden had gezweefd. In het licht dat ervan afstraalde, had ze het gevoel gehad dat ze zo grondig bestudeerd, zo binnenstebuiten gekeerd en *begrepen* werd, dat ze een gevoel van schaamte had gekregen alsof ze spiernaakt voor een stel vreemden stond. Geen toestel. Een goede geest. Haar beschermengel.

En dan de talloze miljoenen die weggehaald waren, dwars door plafonds en vloeren: sommigen hadden geschreeuwd, anderen hadden gelachen. Verschillende bestemmingen.

Ze liep terug over het strand, naar de trap in de rots en klom weer naar de patio.

Neil was nog steeds verdiept in het leven van Yeats. Hij keek op. 'Lekker gewandeld?'

'Ongelooflijk,' zei ze. 'Ik heb besloten weer een boek te gaan schrijven.'

'Het kan nog wel een paar jaar duren voordat er weer uitgevers zijn.'

'Dat geeft niet,' zei Molly. 'Ambitie heeft er niets mee te maken. Ik schrijf het maar voor één persoon.'

'Voor mij?'

Ze trok de biografie uit zijn handen, legde het boek opzij en ging op zijn schoot zitten. 'Misschien laat ik jou het ook lezen.'

'Als het niet voor mij is, voor wie dan wel?'

Ze klopte op haar buik waarin de baby groeide. 'Ik schrijf het voor haar... of voor hem. Ik heb een verhaal dat ik haar wil vertellen en als er iets met me gebeurt voordat ze oud genoeg is om het te horen, wil ik dat ze het verhaal kan lezen.'

'Dat klinkt alsof het heel belangrijk is,' zei Neil.

'O, dat is het ook.'

'Waar gaat het over?'

Ze legde haar hoofd op zijn schouder, drukte haar gezicht tegen zijn keel en fluisterde: 'Hoop.'

Over de auteur

Dean Koontz, de auteur van een groot aantal boeken die de eerste plaats van de bestsellerslijst in de *New York Times* hebben gehaald, woont met zijn vrouw, Gerda, en hun hond, Trixie, in Zuid-Californië.

Correspondentie voor de auteur moet aan het volgende adres worden gericht:

Dean Koontz
P.O. Box 9529
Newport Beach, California 92658